The Reckless One
by Connie Brockway

宿命の絆に導かれて

コニー・ブロックウェイ
高梨くらら[訳]

ライムブックス

THE RECKLESS ONE
by Connie Brockway

宿命の絆に導かれて

主要登場人物

レイン・メリック……………………カー伯爵の次男。投獄生活を余儀なくされる
フェイバー・ダン……………………マクレアン一族の娘
ロナルド・メリック（カー伯爵）……イングランド人の伯爵
フィア・メリック……………………カー伯爵の末娘
アッシュ・メリック…………………カー伯爵の長男
ムーラ・ドゥーガル…………………マクレアン一族の老女。一族の再興を画策
ダグラス夫人…………………………フェイバーの付き添い役
パラ……………………………………ロマの占い師
ジェイミー・クレイグ………………マクレアン一族の男。密輸業者
グンナ…………………………………フィアの乳母
ジャネット・メリック………………カー伯爵の最初の妻。レインたち兄弟の母親
タンブリッジ卿………………………カー伯爵の城の常連客
ランクル………………………………カー伯爵の従僕
トマス・ダン…………………………フェイバーの兄。マクレアン一族の現在の長

1

フランス、ディエップ
一七六〇年四月

暗灰色の雲が低く垂れこめ、細かな霧雨が監獄の中庭に音もなく降っていた。看守長アルマンは、手にしたこん棒をいまいましげに上下に揺すった。もともと虫の居所が悪い日だったのに、こんな天気のなか外に立っていなければならない。腹立たしさがつのる。それなら長居は無用、やることだけやって、とっとと戻ろうとアルマンは心に誓った。

「てこずるのなら、そのくそったれが気絶するまで頭を水のなかに押しこんどけ！」アルマンはどなった。牡牛のようにがっしりした看守たちが二人がかりで、上半身裸の男をなんとか水桶の前にひざまずかせようとしている。

看守たちの思いどおりに事は進んでいなかった。男は激しく暴れている。いつも猛然と戦いを挑んでくる奴なのだ。短いあいだだったがル・アーブルの監獄を脱獄し、その後こっちに移されて以来、ずっとこういう調子だ。

アルマンはポケットから懐中時計を取りだし、ろうそくの明かりのほうに向けた。五時だ。あたりはすでに暗い。それに寒いときてやがる。囚人のむき出しの皮膚から白い湯気が立ちのぼっているじゃないか。からだの芯まで冷えきるぜ。

「このくたばりぞこないめ、急げ！」アルマンは大声を上げた。

マダムがまもなく到着する。「魅力たっぷりな男たち」をとりそろえておいてほしいという手紙を受けとってから一時間も経っていない。衝動的な訪問はマダム・ノワールらしくなかった。いつもなら、自分がこうしたいと決めたら――どんな男がいいかまで細かく――ずいぶん前に知らせてくる。そのため、上役たちがいないときにマダムが監獄を訪れるよう計らえたのだが。アルマンとマダムのちょっとした取り決めが監獄のお偉方に知れたら、やっかいなことになる。

しかし、きょうのマダムを突きうごかしている欲望は根深いみたいだ。からだのほてりをどうしてもすぐに取りのぞかなければいけないらしい。貴族ってえのは勝手放題だぜとアルマンは思い、つやつやした黒い丸石の上につばを吐いた。奴らの気まぐれを説明できる者なんていやしない。こっちもいい目を見ないのなら、マダムに会うのは願い下げだが、とりあえずはたんまり金をもらっているからな。

水桶近くの男たちの動きが一段と激しくなったのにアルマンははっと気づいた。囚人はかかとを後ろに蹴りだした勢いで、年かさの看守の腹にひじ鉄を食らわせた。若いほうの看守が仕返しとばかりに、男のこめかみを情け容赦もなくなぐりつけた。眉の上がぱっくりと割れ、血がにじみだす。男はがっくりと膝をついた。

「だめだ《ノン》、ピエール。だめだ」アルマンはこん棒を振りながら、全速力で近づいた。「傷跡は残すな！　どうしてもってときは水に突っこめ。だけど、傷つけるな、わかったか」

「ええ《ウィ》、傷跡はなしで」ピエールがぶつぶつとつぶやいた。

「それで、おまえ、イングランド野郎《ビト》」アルマンは囚人の髪の毛を片手でつかみ、頭を引っぱりあげた。「行儀よくするのが身のためだぞ」

　男は顔をそむけた。長い黒髪が額をおおい、伸びたひげが顔の下半分に広がっているため、目鼻立ちはほとんどわからない。影になった顔のなかで、目だけがぎらついている。

「さもないと、どうなるんだ」囚人はせせら笑った。「俺を殺すのか？」黒ずんだ顔に陰険な笑みがかすかに浮かんで消えた。「なあ、アルマン。いくら脅されても俺はもうびびったりしないぞ」

　アルマンはぎくりとして姿勢を正した。看守長を見つめる囚人の視線は、望みの失せたすさんだ光を放ちながらもふてぶてしく挑んでくる。

「どうしてだ？」アルマンが尋ねた。

「死人に向かって殺すぞと脅しても無駄だってこった」男はフランスの貧民街なまり――監獄内で話される言葉――であざけった。「きれいな服が置いてあったろう。処刑のときに俺に着せるよう、おやじが送ってきたのか？　なんとまあ、お涙ちょうだいだな。が、それはどうでもいい。俺のからだをきれいにさせたりはしないからな、アルマン」イングランド人は言いきった。「俺の死体から一ペニーたりともふんだくろうと思うなよ。俺の許しもなく――」

ピエールのこぶしが男の腹にめりこみ、声がとだえた。

アルマンはにやりとした。なるほど。このイングランド人がこれほどひどく刃向かったのはそういうわけか。こいつはこれから絞首刑にされると思っているんだ。俺たちが着々と準備をしてるとな。処刑前にからだを洗っておいたら、あとで死体からきれいな服をはぎとれる。監獄のにおいがしみついたやつじゃないのを。そうすりゃ、いい値で売れる。悪くない思いつきだ。

アルマンはうれしくなった。このお高くとまった囚人の鼻っ柱をへし折ってやる機会はそうそう巡ってこなかったからだ。看守長はじっくりと楽しむことにした。囚人の息を吹きかえさせようと、ピエールに指図する。

ピエールはうなり声を上げながら男を水桶のへりの上まで抱えあげ、その頭を冷たい水のなかに突っこんだ。男はせきこみ、水しぶきを飛ばしながら――そしてやみくもに暴れながら、ふらふらと立ちあがった。苦しそうに上下する胸の上を水が流れおち、よごれた肌に泥の跡が残る。やせた肉体には、筋肉や腱が盛りあがって筋状に走っている。男を取りおさえようとする二人の看守の顔は、寒い戸外にいるというのに汗だくだった。

アルマンは不安げにようすを見守った。ここにやってきた当初、このイングランド人はまだ若い青年だったが、歳月が経つうちにいつの間にか、一人前の男になりやがった。劣悪な監獄生活にもかかわらず、屈強なからだつきさえ備えるようになったのだ。

「政治囚」を甘やかすからこのざまだ。ほとんどの囚人がぶちこまれる悪臭漂う地下牢ではなく、奴らは上階の房に入れ、肉と毛布を割り当てる。奴らをどうしても生かしておけという監獄のお偉方の命令で。政治囚なら釈放と引き換えに金がふところに転がりこむ可能性があるからだ。

そんなことは無駄なばかりか危険な措置になるかもしれないとアルマンは危ぶんでいた。もし背が高く肩幅の広いこの男の骨格にもっと肉がつけば……なんてこった《モン・デュー》、看守が三人寄ってたかっても、こいつをおとなしくさせるのは大変になる。そうこうしているうちに、看守のひとりがかんしゃくを起こし、男の顔をこぶしでなぐりはじめた。マダムは傷のある顔が嫌いだ。アルマンはお楽しみ気分を捨て、男たちの争いのなかに入っていった。

「くそっ《メルド》」アルマンは叫んだ。「尼さんのように自分の貞操はせいぜい守るこった！」

「俺の貞操だって？」イングランド人は手足の力をいったん弱め、あえぎながら言った。

「そう《ウイ》だ。まあ、おまえはもう相手にされんかもしれんがな」馬鹿にしたように応じる。

「だれにだ？」

「マダム・ノワールだ」

男は暴れるのをやめた。ただ、張りつめた緊張は抜けていない。目を細めながらアルマンをじっと見る。「マダムが俺を選んだ？　名指しでか？」

「いいや《ノン》。マダムは外国人をと言っただけだ。でな、おまえさん《モノム》はこの監獄にわずかに残っている外国人のひとりなわけだろう。今度また、マダムの指名がかからないようにしようなんて思うなよ。マダムにもう一度つばを吐きかけてみろ。金輪際女の役に立たないからだにしてやるからな。覚えとけ」

「いま女がいても、こいつはもう無理だろうぜ」ピエールがつけ加えた。「マダムの思し召しはありがたく受けとっとけ、いかれ野郎《ブリュット》。女とやれるのはそれっきりかもしれん。だが、仕切るのはマダムだって評判だがな」ピエールはがさついた笑い声を上げた。

男は看守の挑発を無視した。アルマンが男をじっくりと見た。「もしマダムがおまえを連れていっても、逃亡する気など起こさんことだ」と警告する。「マダムとたっぷり楽しむ夜を経験した男どもで、逃げだした奴はこれまでおらんが」

暗い表情のなかで白い歯が一瞬きらめいた。「俺がか?」男は首を振った。「まさか《ノン》。ピエールが言うように、目の前にはいどうぞと来られたら、こっちもいい思いがしたいだけだ」

アルマンは疑わしげに鼻を鳴らした。「少し前はそんなふうに思っていなかったぞ。マダムがおまえを選びそうになったときは」

男の笑みが消えた。「『少し前は』おやじが兄貴にしたとおり、俺の釈放金も払ってくれるという希望があった。そのころは信じていた――」突然口をつぐんだ。わずかな沈黙ののちに肩をすくめ、再びにやりと笑ってみせる。

「まだ信じられるものがあったんだが」囚人レイン・メリックはそう言いたした。

「あの女は化け物だ」レインのかたわらで鎖につながれているイングランド人の若者が、ひそひそ声でののしった。「うわさを聞いた。腐りきった女だ。俺は餌食になるつもりはない」

若者は手首にはまった手かせから逃れようとして、激しくからだを動かした。ざらついた石壁の上に両腕を広げた格好で拘束されている。隣のレインも同じく手かせで身動きがとれない。若者は一七歳だった、というかそういう話だ。つかまったレインがフランスの監獄に連れてこられたのも同じぐらいの歳だった。

「俺をいいようになどできはしないさ!」若者の強がりもここまでで、すすり泣きが始まった。

若者のようすは気にも留めず、レインは監房の扉がもうすぐ開くだろうと冷めた気持ちでそちらをながめる。彼はあごを肩にすりよせた。久しぶりに顔をきれいに剃ってもらったのは、この五年の監獄生活で体験したどんなことよりも、身内がぞくぞくする快感だった。無論、自分で剃らせてはもらえなかった。かみそりを持たせてもいいと考えるほど、看守たちが気を許すわけがない。その代わり、ひげ剃りのあいだ、レインは椅子に縛りつけられていた。

ピエールはレインの脚のつけ根の上でなまくらな刃をひらひらさせ、うれしそうにした。しかし、でっぷりと太った看守のかみそりの動きに、レインはぴくりとも反応しない。ピエールはすぐにそのいたずらにも飽き、次には「マダムの男たち」がベールをかぶった彼女から何をされるのか、どんな奉仕をさせられるのかを、微に入り細に入り話して聞かせることで満足した。

レインはマダムについては何もかも知っていたが、わざわざそれを教えようとはしなかった。マダム・ノワールは囚人たちのあいだでは伝説的な存在だった。少し前にマダムが「候補者の男たち」を見にやってきたとき、彼女の足元につばを吐きかけたのも、事情がわかっていたからだ。そのときのちょっとした反抗のせいでなぐられた傷跡がまだ残っている。

しかし、この牢獄に放りこまれたのは何かのまちがいだと当時は思いこんでいたし、前の監獄を脱走して手に入れた自由はわずか二週間で取りあげられたが、もうすぐ晴れて解放されると、本当に自由の身になると信じていた。父親が彼の身請け金を送ってこないと悟るまでに、ほぼ一年かかった。それにこの監獄は、以前のところよりも逃げだすのが相当むずかしい施設であるのもわかったのだ。

レインは復讐心の虜《とりこ》となった。父親に仕返しをしたいという激しい情念に駆りたてられながら、地獄のような牢で生きぬいた。しかし、ここに閉じこめられた囚人たちは早晩、生きるのに最低限必要な欲求以外すべてを奪われていく。ただ生きていくだけのことが日に日に困難になるなか、乏しい余力をなんとかかき集めて生存することだけに集中しなければならなくなったとき、レインの自尊心はついに消えうせた。

父親が金を払って兄を釈放させたと知ったときも、不公平だという気持ちは起こらなかった。すでにもっとひどい悪事をさんざん見てきたからだ。いや、レインは復讐など望んでいなかった。ただ毎日を生きていきたかった。ここをなんとしても抜けだす、その途上で死んでしまおうともかまわない、という決意だけがあった。

どうあれ、囚人のままでは先も長くない。レインほど長期の収監者はほとんどいない。みんな体調不良や病気で死んだり、ほかの囚人たちの手にかかって命を落としていったりした。心が人知れず徐々に崩壊していき、あるとき突然肉体の機能が停止した、そんな、ぼろくずのような死体が転がっているときもあった。

地獄を抜けでられるかどうかの瀬戸際だった。アルマンがかき集めた囚人の「候補者たち」のなかから、マダム・ノワールに選んでもらえなければおしまいだ。レインはほかの男たちを見回した。二人は古手だった。アメリカ大陸の植民地に住んでいた中年の細面の男と、肺病病みで死にかけているやせたプロシア人だ。レインの隣で鎖につながれているイングランド人の若者は新入りだった。繊細そうな顔をこわばらせている。

突然、扉がきしりながら開いた。レインは入り口のほうに顔を向け、薄暗がりをすかそうとした。黒い人影が房の外の廊下でためらうように動く。もっとよく見ようとした。マダム・ノワールだった。

2

マダム・ノワールは歓楽の夜の相手を選ぼうとしていた。

黒装束に身を包んだ人物が牢のなかに足を踏みいれるのをレインは見守った。不透明に近い黒檀色のベールをつけ、真夜中の闇色の絹地のドレスを重ね着しているため、容姿はさだかではない。品を保ちながらも奇妙にためらいを感じさせる身のこなしだった。黒のベルベットの肩マントが肩をおおい、床に残る水たまりの上でドレスのすそを持ちあげるほっそりした手には黒の長手袋がはまっている。

マダムのあとにつづくアルマンは顔を赤くして、盛りあがった眉を不機嫌そうにしかめている。寒さに備えてしっかりと着こんだ並々ならぬ大男が、足を引きずるようにしてともに歩いてきた。がんじょうな肩に厚地の肩マントをかけ、太い首のまわりにウールのスカーフを巻いている。帽子の縁の下からのぞく目は鋭く、見るものを突きさすかのようだった。

ついてないとレインは心のなかで悪態をついた。どうしてピエールのような奴がお供じゃなかったんだ？　でかいだけで鈍くてのろまな奴が来ればよかったんだ。

マダムはたいまつの前で立ちどまって振り返り、連れの男に話しかけた。たいまつの明かりを背景にして、厚いベールに隠されたマダムの顔の輪郭が浮きでる。ほっそりした首、きゅっととがったあご、貴族的な鼻の形。マダムのもとに「預けられて」一夜を過ごした男たちは戻ったあと、マダムは決してベールをとらなかったと述べたてた。その顔を見た者はいない——アルマンでさえ。そしてだれも彼女の本当の名前を知らなかった。享楽の夜を過ごすために利用する宿屋では、いつも「マダム・ノワール」という仮名で部屋をとっていた。

彼女はひそひそ話をやめ、囚人たちのほうを向いた。男選びに気持ちを集中させようと思ったらしく、つかつかと近づいてくる。従者が影のごとくつきそった。アメリカの植民地に住んでいた男の前でマダムの足が止まった。

「歳をとりすぎている」上品で格式あるフランス語でつぶやき、マダムは牢内をまた巡りはじめた。次はプロシア人の前に来る。男は湿った頭を上げ、どんよりとした絶望のまなざしを向けた。「この男はあたたかくしてやらないと死んでしまう」

「ええ」アルマンは囚人の状態に無関心だった。「プロシア人です」

彼女は震えている男を注意深く見ていた。

「でも、そのうちプロシア人がほしくなるかも」マダムは穏やかな口調で言い、歩きだした。

アルマンはただちに大声を上げ、プロシア人の手かせをはずし、からだを乾かして食事を与えろと命令を出した。別の状況なら、マダム・ノワールは同情してそう言ったのだとまちがえる奴もいるかもしれない、とレインは皮肉っぽく思った。マダムはイングランド人の若者のほうに向かった。

アルマンがマダムのそばに急いでやってきた。「こいつは新入りです。イングランド人でして。若いですよ。どうぞさわってください」競売の売り手のようにまくしたてる。「さあ、どうぞ。遠慮なさるのはマダムらしくありません」

マダムが若者のあごを持ちあげると、彼のくちびるが震えた。

「若すぎる」決めかねているようだ。「でも、イングランド人なのね――」

「お願いです！　名家の出なんだ。私は役には立たない」若者はむせび泣いた。「マダムが望む男じゃありません。私はちがいます――」

「俺がいい」

レインの冷静な声を聞いて、マダムはさっと振り向いた。肩のところで渦を巻くように動いてから静まったベールが、ヨタカの黒い羽を思わせた。首をかしげたマダムのようすは、獲物をねらう優美で小さな猛鳥にますますそっくりに見える。

「ムッシュはイングランド人？」興味を引かれたマダムの声が鋭くなった。

「ああ《アィ》」レインはマダムをじっと見た。「そうです。イングランド人がお好みで、マダム？」

ぶあついベールの奥で、マダムの目がかすかに光った気がした。レインは身動きしたくなるのを必死で抑えながら手のひらを上に向け、じっくり調べてもらいたい気持ちでいるのを示した。「俺が適任です」

「そう？」

アルマンがせかせかと近づき、レインの髪の毛を片手で乱暴につかむと、頭をのけぞらせた。

「さあ、マダム。こちらへいらして、よく調べてください。じっくり品定めしていただかないと。マダムは十分に満足できなきゃ、決めないお人だから」

マダムが間近に寄った。レインは彼女の熱い香りを鼻いっぱいに吸い、思いがけず頭がくらりとした。女のにおい。忘れかけていた過去の女たちについての記憶がいきなりよみがえって、レインを襲った。なまめかしい場面が次々と彼の心をおおい、頭いっぱいに広がる。

ジャコウの香りと花の香り。みだらな誘惑と純粋無垢さ。成熟した女と乙女。ありとあらゆる女たちの断片像が一度に押しよせる。張りつめる肉体。けだるい甘美な余韻にひたる四肢。生々しい記憶に不意をつかれて、彼はぼう然となった。

目を閉じ、深く息を吸い、マダムの香りをかぐと同時に味わった。この五年間、女性と同じ部屋に一緒になったことはない。短い逃亡期間も、納屋や洞穴にひとりで隠れていた。しかし、レインの中心部が硬くなったのは、それだけが原因だろうか。

マダムは欲望につかれたどうしようもないあばずれで、堕落の代名詞だ。かつて精力をもてあまして放蕩を尽くしたレインでさえ、積んだ悪行の長いリストのなかに、倒錯という罪まで加えはしなかった。

なのに、マダムの香りをかいだだけで、ふらふらとなってしまうとは。

「さわってみてください」アルマンが促した。

ちゅうちょゆえか、レインのからだが思いがけず発する無言の懇願と誘いかけに気づいたせいか、手袋をはめたマダムの指は彼の素肌をさっとかすめただけだった。その瞬間、レインは何もかも忘れた。

息をのみ、腰が引けた。マダムの指に触れられるのがいやだったのではない。その逆だった。彼は触れてもらいたかった。マダムの指先は彼の胸の上をすうっと下り、腹を伝い、腰低くはいた膝丈のズボン《ブリーチズ》のほうへと移った。レインは身震いし、マダムの手がもっと下までいくのを願った。自分のからだが丹念に探られるのを待ちのぞんでいた。ほかに見物人がいるにもかかわらず、ふくれあがった欲望でからだがうずいた。

マダムの視線が下りていき、レインの欲情の証拠をとらえた。突然、無垢な乙女でであるかのように、手をもぎ離す。

「マダムは手ごわいのがお好きですか?」アルマンが尋ねた。「こいつはそういう奴です。傲慢で、若い。その上健康です」

「どうかしら――」

「申し訳ありませんが、マダム」マダムの従者がのしのしと進みでた。

「何ですか、ジャーク?」

「この者がうってつけかと思います」

レインは大男のジャークを観察した。いったいいつから使用人が女主人の性欲のはけ口の選別にまで意見をはさむようになったのだろうか。しかし、マダムはジャークをしかりつけなかった。ただ、ためらったのち、イングランドの若者のほうを指さした。

「あちらの男のほうがいいかも」マダムのつぶやきは、レインの耳にはまるでおうかがいをたてているかのように聞こえた。「ただ――」

「若すぎます」ジャークがマダムの言葉を引きとった。警告する口ぶりだ。

レインはじれったさで歯がみした。マダムは俺を選ばなければいけない。どうあっても。

「マダムが望むとおりの者になります」引き結んだくちびるのあいだから無理やり声を出したつもりが、言葉はするりと出て、わずかに残った自尊心のかけらもたやすく捨てられたことに我ながら驚く。「命じられたことは何でもします」

レインは固唾をのんで待った。

「結構」マダムがついに了承した。「この男にするわ」

ジャークが賛成するようにうなずいた。

「これで決まりですね」アルマンが言った。「連れていくのに看守を二人つけましょう」

「それは必要ない」ジャークが重たげなビロードの巾着《きんちゃく》をアルマンに渡した。この大男の自信に感謝すべきところだ。

「しかし、警戒は万全なほうがいいでしょう、ムッシュ」アルマンが反対した。「こいつがどんな奴か、わかってますんで」

提案をはねつけるかのようにマダムは両手を振った。「これまでに何か問題が起きたことがありました？」と冷ややかに言う。「わたしが気晴らしをしているときに、ほかの人間にいてもらいたくありませんわ。とにかく、望むのは……この男と二人きりでいること」

「お気持ちはわかりますが、マダム。しかし万一、こいつが逃げだしたらどうなるか——」

「指図するつもりですか？」

「滅相もない、マダム」アルマンはあわてて断言した。ベルトからずっしりした鍵の束をはずし、拘束していた錠をあけて、レインを壁からはずした。「それでも、こいつが何をするか心配だ」レインの左右の手かせを長めの鎖でしっかりとつなぐ。「こうしましょう。看守たちを馬車の後部に乗せる。マダムはだれからも邪魔されず、私も一安心です。どうです、いい策だと思いますが」

アルマンはレインをぐいと前に引っぱりだして、鎖の端をジャークに渡した。

「そこまで言うのなら」マダムのほっそりしたからだから苛立ちが伝わってくる。

ドレスの衣ずれの音をたてながら、マダムは牢からゆっくりと出ていった。アルマンは看守たちに大声で招集をかけ、マダムのあとを急いで追った。レインは取り決めがまとまるまでずっと頭を垂れたままだったが、ようやく顔を上げると、ジャークがじっと見ていた。ジャークは肩をすぼめて肩マントを脱ぎ、上半身裸のレインにそれを投げかけた。しかし、親切心に見えた行為も、そのあとの脅し文句でかき消される。「馬車に乗ったら、マダムに近寄れんように鎖でつないでおくからな。もしマダムを傷つけたら……おまえのきたない息をマダムの顔に吹きかけでもしたら、首根っこをへし折って、そこに小便をたっぷり浴びせてやるぜ。わかったか《コンプラン》？」

レインのくちびるがまくれあがった。「心配するな。ご主人様に危険はない」

「よし。行儀よく、賢くふるまえ。そうすりゃ、すべてうまくいく。おまえが考える以上にな」

レインは嘲笑せずにはいられなかった。「あんたのおやさしい言葉にはまいったね。これからを期待してもいいのかな」

ジャークは答える代わりに、レインの肩甲骨のあいだを乱暴に突いた。レインはせかされながら牢を出て、天井の低い廊下を抜け、階段を下り、監獄の前庭に出る。門のすぐ外に屋根つきの四輪馬車が止まっていた。看守たちはすでに後部のお供の台に乗りこんでいる。馬車の開いた扉の横にアルマンが立っていた。

いま逃げるのは無理だ。レインは焦燥感をなんとか抑えつつ、足を引きずって前庭を進み、監獄の門を出た。外に出て、思わず足を止め、細かな雨のそぼ降る空を見上げる。自由な世界の空気を吸いこんで目を閉じた。

「さあ、行くんだ」ジャークの声は意外にも穏やかだった。「乗って」

レインは垂れた鎖を持ちあげて、馬車内の床へと放りなげた。ジャークが先に馬車に乗り、床に留められた鎖とレインについた鎖を南京錠でぱちりと留めた。用心深い奴だと内心、レインは舌打ちした。

臆することなく足を踏みいれると、奥のほうで靴のかかとが床板をきしらせる音がした。マダムはもう馬車のなかにいるんだな。彼は薄暗い内部をうかがった。

黒いドレスと厚地のベールをまとったマダムの姿はほとんど闇と見分けがつかなかったが、

できるかぎり隅のほうに引っこんでいるようだった。
まるで俺を死ぬほど怖がっているみたいじゃないか。

3

マダム・ノワールは、レインを今夜の相手に決めたことを後悔しているのかもしれなかった。不安のほうが先に立ち、欲望がなえてしまったのではないか。

しかし、彼女は常軌を逸した《ウトレ》欲望の塊として名高いのだ。こんなに怖がってみせるのは全部、刺激を求めるための倒錯した遊戯だと考えたほうが筋が通っているかもしれない。その遊戯のなかでレインが正しく役をこなせば、チャンスも転がりこむというものだ。

もし鎖をはずしてくれと説得できたら、瞬く間にこの馬車から飛びだして、ディエップの街の曲がりくねった路地に姿をくらませられるだろう。そんなことを考えながらレインは、はいつくばるように乗りこんだ。与えられた役柄を忘れてはならない。

自分の肩が扉をふさぎ、光をさえぎっているのに気づき、レインはマダムの向かい側の座席で前かがみになった。威嚇しているように見せないことだ。マダムの乱れた浅い息が聞こえ、緊張が伝わってくる。

馬車のてっぺん付近からジャークのかけ声がし、馬たちがいっせいに前進した。その勢いでマダムがすべすべした革の座席から投げだされる。レインはさっと片手を伸ばし、落ちかけた彼女を支えた。

「手を離してください」マダムがささやいた。

その口調は命令ではなかった。懇願だった。マダムの不安ぶりは見せかけにすぎないと思っていたが、彼女のようすは知らず知らずのうちにレインにも影響を与えていた。頼みこむような口ぶりからうかがえる従順さに、レインの肉体は自然と反応し、血が騒いだ。マダムはどん欲な獣《けだもの》と一緒に閉じこめられて恐怖におののく乙女を演じているのか？　もしそうなら、マダムの想像力は本人が考える以上に真実を突いている。

レインがこんなに激しい欲望を感じたのはどれだけ昔のことだったろう。

「わたしから手を離して」マダムの声は震えていた。レインはその声に従い、彼女のドレスの袖から手をすべらせながら、ゆっくりと離した。しかし、視線の向かう先を隠そうとはしなかった。彼女のせわしげに上下する胸元のあたりを見つめる。

ごっこ遊びなど、くそくらえだ。レインはマダムに欲情していた。

「マダム」静かに呼びかけたレインは腕を上げて、ジャークの着せかけた肩マントを広げ、手かせをはめられた手首とむき出しの胸を見せる。監獄生活で青白くなった皮膚には、ピエールがしばしば行った「懲罰措置」のせいで盛りあがった傷跡が残っている。「おわかりのように、俺はマダムの仰せのとおりにします。好きにしてください」

マダムは房飾りのついた奥行きのある革の座席で身を縮めた。「わかっていないのね」と小声で言う。

「そうかもしれません」レインは認めた。「でも、教えてくれたらいい。どういうふうにすればあなたが感じるかを、さあ？　マダムはさわるけれど、俺は触れちゃいけないという決まりですか？　興奮させるだけさせておいて、いよいよってときに、すっとやめてしまう？　そういうやり方でなけりゃ、満足しないのでは？　どうぞ、俺をとことん使ってください。どんなひどい仕置きも受けます。どうか、じらさないでくれ」

「黙って！」

「今夜の決まりをはっきり言ってください」レインは短くつけ加えた。自由を得るためならどんな犠牲も喜んで払うつもりだった。座席に深く座りなおし、興奮して硬くなった局部をマダムによく見えるようにする。「俺を見てくれさえすれば、あなたの選んだ役柄を何でもすぐに始められる男だとわかるはずです」レインは言った。

「なんてこと《オー・ロード》」マダムのかすれ声は、まるでいやらしい露骨な誘いに対して恐怖を感じている乙女のものに思われた。やるじゃないか。なかなかの女優だ。

「俺はマダムの僕《しもべ》です」レインは身を乗りだしてマダムの手首をそっとつかむと、その手袋をはめた手のひらを引きよせ、自分の下腹部のあたりに当てさせた。紛れもない快感に、彼は低く息を吸った。「あなたのなかでいま抑えられている炎を感じて、俺のからだがぎりぎりと硬くなっているのがわかりますか？」

マダムは手をもぎ離そうとしたが、彼はそうさせなかった。どんな役柄が求められているのか、何としてもはっきりさせなければ。どこまで傍若無人な態度に出ていいのか。どれだけ相手に誘いをかけていいのか。レインの今後の人生は、マダムの反応を正しく解釈できるかどうかにかかっていた。かつて、もう忘れてしまうほどの大昔、レインもこうした男女の道を相当きわめるところまでいったがいまではそれほど自信がない。

「俺には禁欲の毎日しかなかった、マダム」レインはにこりともせずに言った。「女のやわらかなからだ、愛らしいくちびる、ひしと抱いてくれる腕の記憶はつらくなるだけだから、ずいぶん前から思い出さないようにしてきた。その女たちの亡霊をあなたはよみがえらせ、現実の肉体を与えてしまった。そして、その生々しさで俺をいたぶりにかかっているんだ」

声は低くなり、熱を帯びた。マダムは手を引きぬこうとしたが、本気を出しているようには思えなかった。俺の告白を聞きたがっているのか？　うっとりと聞きほれていろ。こいつはいいや。

レインがマダムのもう一方の手首をつかむと、彼女は急に激しく抵抗した。かまわず、自分の胸のなかにぐいと引きこむ。大きく広げたレインの脚のあいだに、マダムは転がりこんだ。レインの腕はマダムの腰のまわりにからみつき、馬車の床に彼をつなぎとめている鎖がじゃらじゃらと騒がしく音を立てた。

マダムはあえぎ、二人のからだのあいだに入りこんで自由がきかない両手で、彼の冷たい胸をなんとか押しはなそうとしている。手袋をはめた指の感触に、彼の神経はぞくぞくした。胸の鼓動が高鳴る。不安と性的な興奮が同じくらい強くなっている。

「大声を出されたら、俺はマダムの役に立つ前に一巻の終わりだ」レインは歯がみした。マダムの腰は細く、からだは若い雌猫のようにほっそりとしなやかだった。ドレスの布地が何枚も重なっているのに、彼の内ももにマダムの恥骨の繊細なふくらみが押しつけられるのを感じた。黒い絹のベールのすそがはらりとレインの膝のあたりにかかっている。

「奉仕させてくれ」レインはささやいた。マダムのからだの感触に陶然となり、芝居と現実の境がぼやけてくる。自制心もこれ以上つづかない。このゲームをあまりに長引かせたら、無理やり犯してしまうかもしれない。「あなたに触れさせてくれ。愛撫させてくれ。俺が燃えているのと同じくらい、マダムにも熱い火をつけたい」レインはのどの奥を鳴らすようにしてしゃべった。「俺を味わってくれ」

なんとか声に怒りを出さないようにしながら、レインはからだを軽く揺すった。マダムに対する怒りと同じくらい、己の肉体が心と魂を裏切って暴走したのに腹が立ち、自分を許せなかった。「さあ。お願いだ」彼は言った。「やらせてくれ。どうにかなりそうだ。鎖をはずしてくれさえすれば」切羽つまって歯をきしらせながら言う。「そうすりゃあ、春先に種馬が初めての雌馬とやるときみたいに、徹底的につがえる」

「放して！」ベールでおおわれた顔が激しく後ろに引かれた。しまった。早まったか。

レインはマダムの腕をただちに放した。彼女の望みを読みちがえた。荒っぽい下卑た男が好みだろうと決めてかかっていた。しかし、マダムは震えあがっている。心底怖がっているのは明らかだ。ここまで迫真の演技ができる者などそうはいない。

レインは従順そうな表情をなんとかとりつくろおうとした。目を伏せて、その燃えたつ瞳を見られないようにする。マダムは身震いしながら、彼と反対側の座席に座りこんだ。

「お許しください」レインは慎みぶかさとはほど遠い、こわばった口調でしゃべりだした。神経が相当参っていて、いつ切れてもおかしくない。この緊迫した駆け引きと、マダムのせいで。「ついむらむらときて、厚かましくなってしまいました」ベールで隠されたマダムの顔に、傲慢な視線を向ける。「とはいっても、下品でいやらしいほうがお好みかと思ったものので。あなたは慰み者を金で買うと監獄ではもっぱらの評判だから」

その言葉が口から出るやいなや、またもや自分を呪いたくなった。こんなふうに話すつもりはまったくなかった。言葉がひとりでにすべりでたのだ。レインは手かせのはまった自分の手首をあざけるように見おろした。五年に及ぶ監獄生活のあげく、衝動に駆られて何かすることなどもうなくなったと思っていたのだが。

レインは覚悟を決めた。顔をぶたれるか、馬車を引きかえさせる命令がただちに出されるにちがいない。

驚くべきことに、その予想はどちらもはずれた。マダムは座席の奥にさらに身を寄せただけだった。「お願いですから、静かにしてください。落ち着いて。看守たちに聞かれてしまうわ。あせらないで。どうかお願い」マダムは重ねて命じた。「我慢して」

「あなたは俺のご主人様なんです、命令してくれるだけでいい」レインは力なく答えた。

「ご存知でしょうが」

馬車ががくんと揺れて止まるまで、二人は無言だった。窓の外をのぞくと、宿屋の中庭に着いていた。三階建ての建物の向こうには、ところどころ明かりが見えるだけだ。どうやら町外れのあたりらしい。好都合だ。

馬車の扉が勢いよく開かれるやいなやジャークが大きな頭を突っこみ、レインの鎖を留めていた南京錠に鍵を差しこんだ。錠をあけると、自分の手首にレインの鎖を巻きつけて、彼を馬車の外に引っぱりだす。

レインはうなりながら、よろめきでた。ピエールが待機している。不安げな中年の男が宿屋から現れ、マダム・ノワールが馬車から降りるのを手助けした。マダムはその男と一緒に足早に宿屋のなかに入っていった。

「こいつを部屋まで連れていきます」ピエールはジャークに言った。「部屋に入れたら、こいつのことはあんたの責任になりますから。明日の夜明けには牢獄に連れ帰るのを、くれぐれも忘れんように」

ジャークはぶくぶくに太った看守をあからさまに軽蔑のまなざしで見た。「マダムがこれまでの取引で、約束を守らなかったことがあるか？」

「いや」ピエールが言った。「マダムが油断しないように気をつけて。その……ご満足の最中にもね。こいつはずる賢くてむこうみずな奴だから。来い！」

答えるひまも与えずにピエールはレインを乱暴に引っぱり、宿屋の裏手にある使用人出入り口まで先に立って歩きはじめた。宿屋に入ると階段を上り、最上階の亜麻布のひだの彫り《リネンフォール》模《ド》様が施された扉の前で足を止める。扉がさっと開いたかと思うと、宿屋の主人が笑みを浮かべながらお辞儀をし、向きを変えて去っていった。

ジャークはレインの腕をつかむと、凝った装飾がされた古びた部屋に彼を押しいれた。ピエールに廊下で待っているよう大声で命じる。レインはつんのめって膝をついた。そばには四柱式寝台があり、くすんだ青色の繻子の垂れ布がかかっている。マダム・ノワールは寝台の奥のほうに落ち着かなげにたたずんでいた。

「マダム」ジャークがレインのほうを見やりながら、マダムに手渡そうと拳銃を取りだす。「あいつらに金を払ってきます」

「わざわざ行く必要があるの？」マダムは寝台の周囲を回って近づいた。

「あの看守が相棒に分け前を渡すかどうか怪しいものですから。万が一、まだ金をもらっていないと下っ端がこの部屋に来でもしたら、マダムの邪魔になってしまいます。ちょっとのあいだ、この拳銃でこいつをねらっていてください」ジャークはレインのほうをあごでしゃくった。「もし動いたら、撃つんです」

マダムは拳銃を受けとり、レインにねらいをつけた。レインがじわじわと立ちあがった。

「変なまねをしたら殺す」ジャークはぶっきらぼうに言いすてると、不安そうな一瞥をレインに向けてから、足音高く出ていった。後ろ手に扉がばたりと閉まる。

レインは拳銃を見つめた。銃口は地獄の入り口のように黒々と奥深く見えた。しかし、ちゅうちょしたのもほんの一瞬だった。

間髪をいれず、彼は行動に出た。

レインの手がさっと伸びて銃身をつかむと、力まかせにねじり上げる。叫び声を上げたマダムは拳銃から手を離した。レインは彼女の手首をつかみ、ぐいと回転させるように引きよせた。マダムの背中がレインの胸にぶつかり、彼のからだで押さえこまれたもう片方の腕も動けなくなる。

マダムののどに前腕をかけ、頭がのけぞるまで絞めあげる。ほっそりした首を折ろうと思えば、いとも簡単にできるだろう。片手にはマダムの手首、もう一方の手には拳銃がある。レインは慎重に銃の撃鉄を起こしてから、ブリーチズの腰のベルト部分に突っこんだ。

「さあ、マダム、泣きさけんだりしたら、命はないですよ」くちびるの間近にある、ベールでおおわれた耳に向けて、レインはささやいた。

それを聞いたマダムが激しく暴れだし、自由なほうの手で彼の手首を引っかく。蹴ろうとした足は重なったぶあつい ドレスの生地に邪魔されて、うまく攻撃できない。それでも、長靴のかかとがレインの足の甲をとらえ、力いっぱい踏みつけた。彼の足に鈍い痛みが走る。レインはマダムの頭を自分のほほのほうにねじり上げ、口元に彼女の顔が近づくようにした。「やめるんだ」

マダムは小さく泣き声を上げた。激しい抵抗は完全に終わったわけではないが、かなり静まった。たちどころにレインは、マダムの臀部が自分の股間に押しつけられているのを感じはじめる。

下劣な欲求を満たそうとはやる自分の肉体には愛想がつきる。レインは苦い笑いを浮かべた。マダムがあのきたない牢に入ってきた瞬間から、俺は彼女の虜《とりこ》になったのだ。おそらく長い監獄暮らしで、俺の欲望もひん曲がってしまったんだろう。閉じこめられた日々の慰めに幾千もの想像を頭のなかで巡らしたときよりも、倒錯者とうわさされるマダムに熱い欲望があふれたのだから。

「お願い」マダムはかすれた声で言った。「どうか、わたしの話を聞いて」

「だめだ、マダム」レインはささやいた。「あなたが聞く番だ。俺の言うことをよく聞くんだ。あの牢獄には二度と足を踏みいれない。生きて戻りはしない。この誓いをはたすにはマダムが必要だ。今度はあなたが俺の囚人だ」

マダムはうめいて、彼のほほから顔をそむけるようにした。絹のベールがレインのくちびるの上をすっとかすめる。「お願いですから――」

「黙れ」レインはどなった。あることに突如気づいてぼう然となる。

マダムを殺さなければならない。

そうしなければ、この逃亡が成功する確率はほとんどない。宿屋から生きて脱出できたとしても、彼女を引きたてていかなければならないのなら、一時間もしないうちに追いつかれるだろう。猿ぐつわをはめてしばる時間はなかった。ジャークがこの瞬間にも戻ってくるかもしれない。かといってマダムをこのまま残して逃げたら、すぐに大声を上げて騒がれるだろう。殺すしかない。すばやく、音をたてずに。いますぐに。

しかし、レインにはできなかった。生きのびるためのあらゆる本能が殺せと命じているにもかかわらず、殺せなかった。怒りというよりも挫折感で、マダムの首にかけた腕にぐいと力がはいる。マダムが再び足で蹴りはじめたため、レインは彼女のからだを持ちあげ、自分の腰のあたりで宙づりにした。引き締まったしなやかなからだつきの女性を腕に抱えこむ。

かつてはレインの性格の根幹をなしていた、おなじみのいたずら心がむくむくと顔を出してきた。フランスの監獄に身請け金も支払われずに打ちすてられ、この世から消えうせたはずの、むこうみずで利かん気の若者の心がいま戻ってくる。

しかし、殺すことはできないにしても、少なくとも今夜ここで俺も何かをしておかなければな。悪名高いマダム・ノワールがどんな女かこの目で見ておかなければ。

レインは目のつんだやわらかな黒絹のベールをわしづかみにした。「マダム、お顔を拝見」

マダムの頭からベールをもぎとると、留めピンが小刻みに鋭い音をたてながら落ちて二人の足元に散らばった。つづいて、ベールが絹のすれる音を響かせて床に舞った。ほどけた長い髪はやわらかく重たげで、ダマスク織りの絹地さながらだ。マダムの髪はレインの前腕にきらきらと輝く波のように垂れていった。

赤みがかった金色？　いや、アンティーク・ゴールドか。豊かで色つやのいい髪だ。

レインは面食らい、つややかな髪をつかむと、彼女の顔をのけぞらせた。

きめの細かい肌。まるでクリームのように、実になめらかだ。青い目、いやダークブルーか。藍色に近い。おびえている。かなり若いな。

それにしても若すぎる。

「マダム」レインは彼女ののどにかけた腕をゆるめながら言った。「いったいあなたは何者なんだ?」

4

その娘——たしかに娘と呼んでよかった——は身をよじり、レインがあっけにとられているあいだに、その手から逃れた。くるりと向きなおってレインを見ると、髪の毛がさらにほどけて肩のあたりで波打ち、胴着《ボディス》を飾るジェットビーズにからまる。黒絹のボディスのせいで、金色に光る髪の房がいやが上にも際立つ。

黒色といえば、娘の眉も黒かった。完全な黒ではないかもしれないが、黒とひとくくりにしていい色だ。赤みがかった金髪と黒い眉ははっとするような対比を見せた。気性の激しそうな細い眉を鼻柱の上でひそめている。ふっくらとした大きめの情熱的なくちびるがめくれ、真珠のような歯が見えた。前歯が二つ、わずかに大きさがちがう。

「何者なんだ？」レインは再び詰問した。

「説明しようとしていたのに！」娘が言った。「でも、あなたが……なんて愚かなの！　あきれかえるわ。人の話を聞く耳があるの？　あなたという人は何をしようとしているかわからないうちに、相手をひっつかんで傷つけて戦うにちがいないわ。待ってと三度も頼んだのに」手袋をはめた指をレインに突きつけて非難した。「三度もよ。ちょっとは我慢して待てないの？　わたしを殺す必要があって？」

「マドモアゼル」レインはがなりたてた。ふうふううなる小さな雌猫から長々と説教されているのに気づき、驚きはすぐさま怒りに代わる。「もし、俺がその気になっていたら、あなたはもう死んでいる」

レインが凄みを利かせて答えたにもかかわらず、娘は軽蔑したように両腕を振りあげた。「ああ！」と勢いよく声を上げる。「あなたたちイングランド人はみんな似たようなものだわ。強引で、いばり散らして、やみくもに突っ走る。いいわよ、ムッシュ。無鉄砲なふるまいは、自分の人生でやってちょうだい。わたしやジャークを巻きこまないでほしいものだわ」

それを聞いたレインは仰天という言葉では言い足りないほど、思いもかけぬ展開にただあ然とするばかりだった。娘は憤りでからだを震わせている。それとも恐怖からか。レインの視線は鋭くなった。娘のほほに徐々に血の気が戻ってくるのを見て、彼女がそれまで顔色をなくしていたのに気づく。幾筋かの金髪を揺らす娘の息づかいは、苦しそうなあえぎになっている。

最初からおびえていたのか。大人の女性が清純な娘を装って戯れていると思いこんでいたが、本当に何も知らない生娘だったのだ。レインが逃亡のためにわざわざ自分の身を落として演じた退廃ぶりさえ、ぴんとこなかっただろう。なんてこった。娘は行きの馬車のなかで見聞きしたことの半分も理解していないのではないか。

「どういうことなんだ、マドモアゼル。俺はどうせ囚われの身だ。話を聞こうじゃないか」

頼りの拳銃が腰のくぼみにちゃんとはさまっているのを意識しながら言った。

レインが両腕を胸の前で交差させると、娘の視線が彼の裸の上半身に向かい、さっとかすめるように動いた。彼女の顔が赤くなる。おやおや、まるで見習い修道女みたいじゃないか。おかげで、もうひとりの見習い修道女のことが思い出される。しかし、あのとき出会った娘の瞳には、この娘よりはるかに世俗的な欲望の炎が燃えていた。黒髪の美人、メリーは自由奔放だった。一方、この娘は――まず、美人ではないな。

眉一つとってみても、くっきりしすぎていて、まるで挑むような直線を描いている。それに、あごは角ばりすぎだ。鼻もつんとしすぎのようだ。だが正直なところ、あの髪は見事じゃないか。それに、下くちびるはたっぷりとふくよかで、どうあってもかぶりつきたくなる代物だ。目は――まっすぐな黒い眉が真ん中に寄っていてとがめるような表情を見せているが、その下の目を悪く言う者はいないだろう。それどころか、皆ほれぼれとながめたくなるのではないか。

「見つめるのはやめて」娘は顔をさらに険しくして言った。

「俺は話すこともつかむことも脅すことも許されないばかりか、見ることも許されないのか？　では、あなたも十分に見たはずだから」レインは娘のほほが再び真っ赤になったのに気づいて、満足した。「ここらで、いったい全体《イン・ゴッズ・ブラッド》、何が起きているのか、教えてくれてもいいんじゃないか？」

娘は一足飛びにレインに近づき、彼の口に指先をかぶせて、ただちに黙らせようとした。

「静かにして……神様の名前をみだりに呼ばないで」娘はあせってささやいた。おやおや、彼女は修道女のような話し方もするのか——。

扉が力まかせに開けられ、壁にぶつかって、また音をたてて閉まった。ビートのように赤いジャークの顔がちらりと見えた。レインは娘のからだをつかんで、腰から拳銃を引っぱりだすと、彼女の頭にねらいをつけた。ちょうどそのとき扉が再び開き、ジャークがなだれこんできた。

「気をつけて、友よ《モナミ》」レインが忠告すると、ジャークはすぐに足を止めた。銃身が娘のこめかみのすぐ近くにある光景は、まるでレンガの壁が目の前にさっと現れたのと同じ効果があった。

「だから、年若いほうを連れてくるべきだったのよ」娘が言った。

「ふん！」吐きだすように言ったジャークの視線は、拳銃の上でとまったままだ。「あの、ちょっと風が吹いただけでぶるぶる震えるような男を？　あいつを『野獣《ラ・ベト》』とまちがえてくれる者はいないぞ」

「ラ・ベト？」レインは訊き返した。「だれが野獣なんだ？」

娘がレインにさっと注意を戻した。「ちがうわ」すばやく言う。「『ラ・ベト』とは言ってないわ、ムッシュ。ランベットよ。わたしの夫の名だわ」

娘には実はしっぽがあると言われたところで、これほどびっくりはしないだろう。レインは自分がどうしてこんなに驚いたのか、うまく説明できなかった。ただ、彼女はどうやっても人妻に見えない。

「ムッシュ、拳銃を下ろしてくれ」ジャークはなだめるように、ゲール人のごとき大仰な身ぶりで説得にかかった。しかし、頼みこむ口調とはうらはらに、目は決してやわらいではいなかった。「扉を閉める。だから、銃を下ろせ。すべてを説明するから」

「それで、もし俺が銃を下ろさなかったら？」

ジャークの顔がどす黒くなる。「おまえの指がしびれて銃を落とすまで、ここに座りこんでやる。もし逃げようとしたら、即座に援軍を呼ぶまでさ」なんとか相手を説きふせようという気持ちをまったく失ったようだ。

「俺はいつでもあんたを殺せるんだぜ」レインはそのことを思い出させた。

「もし撃ったら、その音で仲間が来るぞ」ジャークが冷淡に言いはなった。「だから銃をしまえ、いいな？」

なるほど、この男は脅されるのが嫌いとみえる。レインもかつてはそうだった。しかし、必要とあればどんな屈辱にもやがては自分でも驚くほど慣れていくものだ。

「いい考えがある」レインはもちかけた。「銃はこのままにして、とにかくあんたの話を洗いざらい聞こうじゃないか」

「くそ野郎《メルド》」ジャークは怒りを爆発させた。「この外道《げどう》め。よくもそんな――」

「ジャーク！」娘が割りこんだ。「お願い。これ以上どうしようもないわ。説明して。でなければ、わたしがします」

娘は汗ばんでいるのか、ほほやふっくらとしたくちびるがつややかに光っている。彼女に話をさせたほうが、うそかどうか簡単に見当がつくだろう。

「そのほうがいいやり方だな」レインは言った。「あなたが説明するんだ、マドモアー—おっと、マダム・ランベット。それからジャーク、あんたはお利口にしているんだ。さもなきゃ、撃つぞ。で、それから……」あとはわかっているだろうと言わんばかりに、娘ににやりとしてみせた。「それからのことは、あなたはもうこの世にいないからわからないわけだが」

「マダムの言うとおりだった」ジャークはレインを見つめたまま、娘に話しかけた。「あの細っこい若造のほうを連れてくるべきだった」

「さて、もう一度だけ言う。話してもらおうか」

娘はゆっくりとうなずいた。「お望みどおりに、ムッシュ。わたしの夫、リチャード・ランベットは一カ月前に熱病で亡くなりました。イングランド人でした」

レインはその話に引きこまれたが、無言でいた。

「わたしたちのような結婚は長つづきしない……というか、実際、しなかったのですけれど、どんな目で見られるかはわかっています。でも、心がいつも賢い選択をするわけではないですわね」

「俺にそんなことがどうしてわかる？　ほかの男たちが女とよろしくやっているあいだ、俺は何年も牢獄で暮らしてきたんだから」レインは娘の感傷的な言葉を冷たく笑った。彼女が藍色の瞳を伏せた。

「ああ。すみません、ムッシュ。とても無神経なことを言ってしまって」

おいおい、彼女は礼儀作法に反したと、俺に謝っているのか？　鼻先で笑わずにはいられなかったが、娘がちらりと視線をずらして満足げな表情を浮かべたのは見のがさなかった。俺を油断させようとしてあの無邪気なせりふをひねりだしたんだな、ちくしょう。思った以上に、この娘は頭が回るのかもしれない――相手にとって不足はない。

「あなたが愚かな心をもっているのはわかった」レインは言った。「気の毒な話だが、俺には関係ないと言っていい。おっと、俺の無神経さについてもおわびしなければならないかな、マダム」

娘の鋭い視線がレインを値踏みするように動いた。いいぞ、その調子だ。

「話をつづけて」

「わたしの夫は、その、彼は外交官でした」娘は言った。

「察するところ、あんまり優秀な人じゃないな」今度はにらむような娘の視線が飛んでくる。

「どうか、俺がまちがっていたら訂正してくれ。イングランドとフランスはまだ敵国どうしじゃなかったのか？」

娘の向こう側で、ジャークが落ち着かなげに身じろぎした。

「ええ《ウィ》、ムッシュ」娘の声はこわばり、目はきらきらしている。怒りのせいか心痛のせいか、レインにはわからなかった。「でも、あなたに夫のことを悪く言ってもらいたくありません。もしわたしたちが恋に落ちなかったら、彼の関心が政治的な問題だけに向いていたら、おそらく――」

「マダム、カトリック教徒のように率先して責めを負いたがるのは、あなたが修道女たちに育てられたからかな？」娘が驚愕のまなざしをレインに向けた。彼女は修道院育ちではないかというレインの想像は当たっていた。「しかし尼さんたちでさえ、戦争がつづくのを、下っ端の外交官が恋にうつつを抜かしていたせいにするのはためらうと思うがね」

娘のしかめっ面がさらにゆがんだ。レインは噴きだしそうになるのを懸命にこらえた。笑う場面ではない。彼女との言葉のやりとりは気晴らしになったが、俺の命運はどうなるのか、まだ瀬戸際だ。そして、獄舎生活で目を悪くしたのでなければ、娘の話に気をとられているあいだにジャークが無言でじわじわと近寄ってきているじゃないか。レインは銃をジャークに振り向けた。

「おい、おまえ《モノム》。俺には忍耐がないとマダムから厳しくとがめられたが、その忍耐とやらを見せてくれないか。おとなしくするんだ、ジャーク、さもないと殺す」

娘はみずみずしいくちびるをすぼめた。ああ、完全にむっとしているな。

「話の背景はもういい。俺に何をさせたいんだ？」

ジャークは不服そうにうなずいた。娘が大きく息をする。

「半年前にスコットランドの伯父が亡くなり、夫は広大な地所を遺産として残されたという知らせを受けました。そして、わたしと幼いアンガスがスコットランドまで旅立つ手はずを整えようとしたのです」

「幼いアンガスだって?」

娘は控えめに目を伏せた。「わたしたちの息子です」

息子だと? レインの視線は娘のほっそりした姿をたどり、腰まで下りた。その腰まわりは彼女がいま身につけているネックレスで囲めるほど細い。しかし、コルセットで締めあげれば、あれくらいか細く見せられるのかもしれない。

「ご想像のとおり、フランス人の女性と子どもがスコットランドに渡る手立てを確保するのは至難の業です。特に、ある程度地位のある――といっても、内情はみじめなものですが――淑女には大変なことなのです。ムッシュ、わたしは両親と死に別れました。伯母の家で育てられ、夫の死後はまたそこに戻って暮らしています。ともかく、夫はいろいろな方面を探したあげく、運よく密輸船の船長と連絡をつけ、旅の段取りをつけたのです。わたしたちは今晩、干潮とともに港を出る予定でした――いえ、出る予定です」

「では、なぜだ?」レインは尋ねた。「どうして、こんなところに悪名高い女になりすまして、俺と一緒にいるんだ? アンガスをディエップの船着場まで急いで連れていかなければいけないところだろう。ジャーク、口を開くなよ」大男に警告する。

「なぜなら」娘は突如怒りに駆られて言った。「夫は一カ月前に死んでしまったというのに、わたしたちが波止場で落ちあう約束をした船長は、男性と、それもイングランドの男性と取引ができるものと思いこんでいます。昨日、船長から手紙が来ました。船に女性を乗りこませるのに同意した自分のことを口ぎたなくののしった文面でした。船に女性を乗せると、悪運を招くのですって。乗組員たちが反乱を起こすかもしれないと心配していました。別の船を見つけてほしいと思っているとまで書いてありましたが、手紙の最後には、ようやくしぶしぶながらも、約束したことは守ると結んでいました」

レインは何も言わなかった。娘が片方の腕を伸ばして、腹立たしそうに手のひらを広げた。

「これでおわかりでしょう? わたしはひとりっきりなのです。船旅の代金はもう払ってしまい、手元には余分のお金はありません。女だけになって、密輸業者、その……海賊が約束を守ってくれるという保証などないのです。わたしにはイングランド人の男性が必要でした。ジャークが調達先を教えてくれたのです」

「で、どうしてジャークはそんなに物知りなんだ?」

「わたしの伯母が……マダム・ノワールなんです。ジャークは伯母の執事として働いていました。彼はわたしに好意をもってくれていて、小さいときからかわいがってくれたんです。それで、わたしが苦境に立たされているとわかると……解決策を考えてくれました」ベールを引きおろされて金髪をあらわにして以来初めて、娘ははにかんでどぎまぎしているように見えた。

レインはジャークにぱっと目を向けた。貴族の家の執事にはとうてい見えない。しかし、レインのほうも、何人もの執事と会ってきたわけではないので、判断はさし控えた。「では、ムッシュ・ランベットの身代わりをさせるために、監獄からイングランド人を選びだすというのは、あんたの思いつきだったんだな」

「そうだ《ウィ》」ジャークは認めた。「マダム・ノワールがどんなふうにやっているかは知っていた。段取りや、取引をする人間の名前も。急に話をもちかけられて夫の役を喜んでやるイングランド人など、あの監獄にしかいないと考えたんだ」

レインの生存本能は声をそろえて、気をつけろと叫んでいた。この筋書きは気に食わなかった。怪しかった。

「しかし」一、二歩後退して、扉のほうにからだを向けたが、レインは依然として拳銃でジャークをねらっていた。「あんたの計画は、喜んでやるイングランド人を見つけられるかどうかにかかっている」

「ムッシュ」娘が言った。驚きのあまり、眉がVの字形に寄っている。「こちらの申し出で得するばかりなのに、どうして手を貸すのを拒むのですか？」

「申し出とははっきり言ってどんなものなんだ？」

「今晩、あなたは波止場に行って、わたしの夫のふりをします。密輸船の船長に会って、それから……」

「それから？」

「わたしが到着したところで、一緒に乗船して、スコットランドに向かいます。あちらに上陸さえしたら、お互いそれぞれの道を行くことに」

「アンガス坊やはどうするんだ？」

「アンガス？　もちろん、わたしと一緒に行きますわ」

「で、スコットランドに着いたら、夫のその広い地所へと歩いていくんだな」

「まさか《ノン》」娘は苛立たしげに言った。「馬鹿なことを言わないで。夫の一族はわたしを……わたしたちを出迎えてくれるわ」明るい夜空の色の瞳がかげった。聞きとれないくらいのかすかなため息をつき、レインの目をとらえると、弱々しくほほえむ。「アンガスは広大な土地を治める地主になるのよ、そうじゃなくて《ネスパ》？　一族の計画や戦略や希望はすべてその点にかかっているの」

娘の話し方はちょっと風変わりではあったが、一族の誇りと希望が跡とりの息子にすべて注がれる場合があるのだろうとレインは思った。レインの家の息子たちがそんな扱いを受けていないからといって、娘の話をうそと決めつけることはできない。

ここで初めて、自分が彼女の言葉を信じているのに気づいた。全部が全部本当だとは思えないが、最後の部分だけはうそではないと思えた。娘の目に悲しみが宿っていたからだ。我が子にかかる期待の重圧を感じとっている情愛深い母親とはこんなものではないかと想像できた。観念しながらも不安でたまらず、多少恨みがましく思う母親の姿だった。

「ムッシュ、助けてくださらないのですか？　わたしたちが何か悪いことをしました？　あなたは少しのあいだですがすでに自由になって、清潔な服を着て恩恵を受けているじゃありませんか。もうすぐ、あたたかい食事をお腹いっぱい食べられますし」娘の声は疲れていた。緊張が極限に達したらしかった。

合図があったかのように、扉をどんどんとたたく音がした。レインは頭をさっと巡らし、脱出の方策がないものかと探した。ジャークたちに叫ばれでもしたら、俺は万事休すだ。

「ムッシュ！」娘は静かにささやいて懇願した。

「さあ」ジャークがせきたてる。「おまえに失うものがあるのか。手に入れられるもののことを考えろ」

スコットランドに帰れるかもしれない。いったいどれだけの夜を、かびくさいわら布団に横たわり、監獄を逃げだしたあとの行動を頭のなかで細かに組みあげながら過ごしただろうか。とうとうその計画が実現する機会が訪れたのだ。

まずはスコットランドに帰り、マクレアン島に立つ城、ワントンズ・ブラッシュに戻る。その城には、何度呪っても呪い足りない父親が住んでいる――もちろん、あの冷酷な父に会いにいくわけではない。そうではなく、密かに城に戻り、母が非業の死を遂げる直前に隠した宝石を取りもどすのだ。レインは母が東洋の茶箱の秘密の引き出しのなかに、宝石をしまいこむのを見ていた。その宝石についてはだれにも話さなかった。兄のアッシュにさえも。

そして、こっそりと持ちだしはするが、もらって当然の宝石をポケットにしっかり入れ、新世界へと船出する――自由な世界へ。何にもしばられない地へ。スコットランドとマクレアン島と父のカー伯爵、そして何と言っても自分の過去から解きはなたれるのだ。

部屋の外で使用人が再び音高く扉をたたいた。娘は豊かな曲線を描く下くちびるを舌で湿らせながら、レインを不安そうにながめた。

それに、船に身を潜めて幾晩か過ごすというのはちょっと心がそそられはしないか――同じ船室でランベット夫妻として、過ごすおまけもつくのだ——この黒い眉の、奇妙な魅力のある娘と一緒に。

レインは薄く笑い、拳銃の撃鉄が引きおこしてあるのを確かめてから、ブリーチズの腰に突っこんだ。「扉を開けろ、ジャーク」落ち着いた声で言う。「波止場に向かう前にまず何か食べたい」

5

娘の言葉どおり、部屋に入ってきた使用人は、食べ物を山積みにしたお盆を抱えていた。皮がぱりぱりした焼きたてのパン。ラードを練りこんだ生地でできたミートパイの上部の切りこみからはほのかに湯気がもれ、香ばしいハーブの香りが漂う。冷製のマトンの肩肉もある。シロップのかかったほかほかのりんごのスライスも山盛りになっている。

娘とジャークが本当のことを言っているかどうかは疑いが残るが、レインの協力をなんとか得ようとしているのはたしかだった。ここ何年ものあいだで初めて、レインは腹いっぱい食べ、娘が話す大まかな計画を頭の片側だけで聞いていた。言うべき言葉、「密輸船の船長」に近づく際のふるまい方、落ち合う時間と場所について教えられながら、頭のもう片側では自分のための別の行動案はないかと思案していた。

しかしどんなにがんばっても、娘が提示する計画と同じくらい有望な策は思いつかなかった。それに、いま宿屋から出ていったところで、逃亡が成功するかどうかは疑わしい。前回の脱獄経験から、計画と協力者が必要なことは身にしみていた。

レインには協力者がいなかった。目の前の丘の向こう側に何があるのかさえ知らない。逃げおおせたところで、目的もないままでどうする？　身分を証明する書類も金もなければ――どこかのみじめな居酒屋のけんかで命を落とすようなことがなかったとしても――さまよいつづけるしかない。ついには再びつかまるか、なんとか小金を手にするまでだ。

それ以上の人生を送りたかった。牢獄に長いあいだ放りこまれていたせいで、自分の人生が価値あるものなのかどうか、どうしても考えるようになった。フランスに連れてこられる前に望んでいた未来よりも多くのものを求めていると自覚したのだ。以前思い描いていたのは、父親のやらかす華々しい悪事のけちな物まねにすぎなかった。

レインはそれとなくテーブルの反対側にいる娘を見た。金髪を束ねてうなじのところでまげを作っている――ほどけた髪はあんなにすばらしかったのに。計画に賛同してもらおうと説得に努めるあいだ、娘の口の端には緊張感が漂っていた。

人に頼みこむのは性分に合わないのかもしれない。あんな断固とした眉を神が与えた理由は、娘に出会う異性に対して前もって警告を与えるためだろう。レインは彼女の死んだ夫に思いをはせた。この娘なら、どんな伴侶でもひざまずかせて懇願させてしまうにちがいない。

ジャークは何も言わずに灰色がかった肉の塊にかみついていた。レインの説得を娘にまかせるなんて、賢い男だ。獣脂ろうそくの光が娘のほほを明るく包んでいる。彼女のほほほどやわらかく見えるものに触れたのはいったいどれだけ昔だろうか。

娘がかけた呪文を振りはらい、聞いた話のどれだけが真実かを見きわめようとして、レインは飲みほしたカップを再びいっぱいにした。とはいえ、真実などどうでもいい。やるべきことは波止場に姿を見せて、どこぞのならず者に上流階級のアクセントで話しかけ、スコットランドまでの航海が滞りなく行われるよう手配するだけ……。それぐらいならば、この二人を信用する危険を冒してもかまわないかもしれない。

ディエップの波止場は混雑していたが、レックス・ルージュ亭のあたりは奇妙なほど閑散としていた。もっとも、こうした船着場の生活はほとんど知らない。密輸業者と会うはずの居酒屋を馬車の窓からのぞきながら、レインは物思いにふけった。ディエップは最近できた港町だった。

一陣の風が馬車に吹きこみ、新しくもらった外套のなかを通りぬけた。必要からというよりは長く忘れていた習慣から、厚手の毛織物の折り返しをぐっとあわせた。レインのかたわらで娘が震えていた。コバルト色の瞳は外を見たままだ。この計画が同意に達して以来、彼女は無口になり何かに心を奪われている。

馬車の上部の御者席で、ジャークは密輸業者からの合図を待っていた。合図があり次第、レインに伝える手はずになっている。レインはそれから居酒屋まで向かい、船旅についての最終的な確認をすませればいい。ポケットのなかで三枚のルイ金貨がときおりちりんちりんと鳴った。彼はジャークに――一応なるほどと思う理由ではあったが――万一、密輸業者が土壇場でしぶったら、交渉に色をつけなければならないからと言って、金をむしりとっていたのだ。

すべてが計画どおり進めば、マダム・ランベットはお膳立てがすむまで馬車のなかで待機し、それからアンガス坊やを連れてくる。何が起こるかわからない波止場に、溺愛する息子をぎりぎりまで連れてきたくないのだ。アンガス坊やのことを考えたレインは、娘の亡夫がどんな人物か知りたくなった。「どうして早死にしたんだ?」

娘はレインのほうを見た。薄暗い馬車のなかで、彼女の瞳はほとんど黒色に見えた。「なんですって?」

「あなたの夫だ。なぜ死んだんだ?」

「ああ。肺の病気にかかって」娘は再び顔をそむけた。

「ぞっこんだったんだろう?」レインが尋ねる。

娘は黙ったままだった。

しゃべりたくないようだが、娘の態度に腹を立てるわけにはいかない。彼女だってレインのことは、イングランド人で、監獄にいたということしか知らないのだ。彼の名前さえ訊こうとしなかった。すぐ近くにジャークがいるわけだから、自分の身の安全を心配する必要は彼女にはないはずだ。

大男の執事に考えが及ぶと、先刻燃えあがったままの欲望の炎がくすぶりがちになったが、完全に消えうせはしなかった。レインのものあいだに彼女のからだがはまりこんでいたときの感触が忘れられない。彼女の手がレインの素肌に触れ、そのからだがぴったりとくっついてきたことを。この瞬間でさえ、これからのわずかなあいだに起こりうる展開を何通りも考えようとしている一方で、彼の肉体はぐずぐずと娘のからだを求めて焦がれていた。一分、二分と時間が過ぎていく。馬車の内部は二人の体温であたたかくなっていた。外からは、馬車がときおりがたがたと通りすぎる音や、馬の蹄鉄が丸い敷石に当たってかちんと鳴る音や人の声が、ぼんやり遠くに聞こえた。

「なぜあんな無礼なふるまいをしたの？　どうしてわたしに乱暴な態度をとったの？」娘が身じろぎし、硬い革の座席がきしんだ。

突然の質問にレインは驚いた。彼はただ娘の香りを吸い、かたわらに彼女のぬくもりを感じ、その姿を目で追うひとときを密かに楽しんでいたからだ。娘はいやそうに質問をくり返した。視線はかたくなに外に向けたままだ。「なぜあんな無礼を？」

「あなたがなりすました女性こそが無礼な人なのでは？」レインはとまどいながら答えた。娘は自分の伯母がどんな女かよく知っているはずだ。なんといっても、伯母がどうふるまうか把握していたから、うまく化けてレインを連れだせたのだから。

「きっぱり拒んだわたしに、あなたはさわったわ」

レインは彼女が何を言いたいのかわからず、無言で相手の言葉を待った。

「あなたはなめらかな上流のアクセントで話すわ。いったい何者なの？　いい家柄に生まれたということ？　上流階級の社会で罪を犯して、牢に入れられたの？」

「マダム、信用紹介状をほしがるには、ちょっと遅いんじゃないか」娘のとがめる口ぶりを愉快に感じながらレインは言った。

「なぜ監獄にいたの？」不安気なまなざしで問いかける。「あなたは……だれか女の人を襲ったとか？　貴族のレディを？」

俺を強姦犯だと考えているのか。ああ、そうか、そんなまちがいは前にもあった。それでも、昔ならそう思われたことに傷ついただろう。礼儀正しい態度で彼女を非難し、どんな女でさえあらがえない俺の魅力について夜を徹して証明しようとしたかもしれない。

しかし、すんでのところで彼女に暴力をふるいかけたわけだから、そう思われてもしかたあるまい。レインは考え深げにほほをこすった。ここ何年かのうちで初めて、自分の顔が鏡にどう映るだろうかと気になった。にやりとすると娘はその笑みを誤解し、座席のクッションのほうへ身を縮めた。

「ちがう」レインは娘の不安をやわらげようとした。「俺はいやがる女と無理やりやったことはない」

娘はちゅうちょしている。「それでは、なぜ牢屋に？」

「『政治的な理由』さ。つまり、俺の牢獄行きがだれかに利益をもたらしたという意味にとってもらってかまわない」

「何だかわかりませんわ」

「それでもあなたは外交官の妻なのか？」レインが軽くあざけると、娘は相手をどぎまぎさせる視線で再び彼を見やった。レインは小さなため息を返した。なんと若々しいのだろう。心が大きく波立つ。

「何かいけないことでもやったからですか？」

「何もしなかったからと言ったほうがいいかもしれない」レインはつぶやいた。「謀られて、自分ではどうすることもできずに監獄に放りこまれた。その上、いつかは俺を救いだすための金が支払われるとフランスの役人が期待したばっかりに、ずっとそのまま閉じこめられていたんだ」前に身を乗りだした。娘のほのかな香りにうっとりする。「ここだけの話、あなたがいなかったら、なんとか理由をこしらえて俺を自由にしてくれる者なんて現れなかっただろうと断言できる。感謝するよ」

レインは再び笑みを浮かべた。今度は敵意のない笑みだった。突然、自分の置かれた状況を注意深く見直せるようになる。この娘がいたからこそ、あたたかい馬車のなかに座って、清潔なからだに服を着こみ、突然の自由に驚くと同時に、また自由を失いやしないかと心配できるまでになれたのだ。

しかし、レインの微笑は娘を安心させる代わりに、ますます落ち着かなくさせたようだ。口の端が悲しげに下がり、膝の上で両手の指をせわしげにからませている。「閉じこめられるのはつらかったでしょうね」

レインはつい笑い声を上げてしまった。それを聞いたジャークが馬車の上部で身動きした音が伝わってくる。

「落ち着くんだ、ジャーク」レインは低い声で呼びかけた。「あんたのご主人は機知に富んでいる。なかなかおもしろいことを言うとただ感心したのさ」

娘はうら若く、はかなげだった。それに、彼に笑われて少々憤慨しているのもたしかだ。ジャークが彼女を心配するのも当然だろう。彼女のような無邪気な娘を食い物にする男をそれこそ何人も見てきたレインは、実際その手の男たちと気の合った仲間として付き合ってもいたのだ。

「ええ《アィ》、マダム。つらかったですね。でも、いまほど強くいやだとは思わなかった」

「なぜですか？」娘は身を乗りだした。好奇心でつかの間、恐怖を忘れたらしい。窓枠が娘の頭と肩を額のように縁どり、外の明かりが髪に照り映えて、シルエットのまわりに後光のような輝きを与えていた。この娘が護衛も連れずに旅行するのは論外だろう。しかし、自分と一緒にいたところで危険かもしれないとレインはぼんやりと考えた。

「それは、自由とはどんなものかを忘れていたから」レインは言った。「で、いま自由の感覚が徐々に思い出され、監禁生活とのちがいがあまりに……大きくて」

　逆光になっているため、彼女の表情は読みとれなかった。

「どうしてあなたの家族は助け――？」

「今度は俺が訊く番だ」レインは娘の質問をさえぎった。兄のアッシュはもう城にはいない。妹のフィアも、一番裕福な求婚者に金と引き換えに売りわたされているだろう。カー伯爵については考えたくなかった。レインは父親にまったく興味がなかった。父がどうなっていようと知ったことではない。ただ、ワントンズ・ブラッシュに着けば、父の姿を見ざるをえないだろうとは思っていた。

ああ、ワントンズ・ブラッシュ。

これまでは監獄内のけんかで殺されたりしたくないという、ささやかな野心しかもてなかった。それなのに、また自分の未来や可能性や、今後の選択についてあれこれと考えられるようになるとは。そんな思いがどっとあふれでて、レインは圧倒された。

「ムッシュ？」

暗がりに長いあいだいたあとで太陽の下に出てきた男のごとく、レインは目をしばたたいた。この若い娘には大きな借りができたと痛いほど意識する。打ち明けられた話は計画の一部にすぎず、本当のねらいはほかにあるのではないかと疑ってもいた。しかし、昨日までは何の希望もなかったのに、今晩は少なくとも未来が考えられるじゃないか。

「あなたには借りができた」レインは言った。

「ムッシュ、わたしは何もしていませんわ。あなたのほうがわたしを助けてくれたんです」

娘は顔を伏せて、手袋をはめた手をじっと見た。カールした長い髪が一筋、肩にはらりと落ちた。まるでやわらかい新鮮な果実のようだ。レイン自身は経験しそこなった青春の輝きにあふれ、じらすように誘いかけてくる。「わたしのほうこそ借りができました」彼女はつぶやいた。

きれいな娘から感謝されたいなどと天に祈ったことはない。いくらレインでも、そこまで図々しくはない。しかし彼女は借りができたとはっきり言っているじゃないか。それに、自分が日和見主義者であるのはよくわかっている。「俺たちはお互いに恩義を感じているみたいだな、かわいいマダム《マ・プティット》」レインはためらった。「いいかな……あなたの髪にさわっても」言うつもりでいた言葉とはちがっていた。迷って口ごもりながらも、切望がにじみでている。かろうじて残っていた自尊心のかけらで抑えつけてきたはずのあこがれが。馬鹿め、レインは自分をこっぴどくしかりつけた。つまらんことをしゃべりまくるあほうだ、俺は。洒落たふるまいや礼儀正しさには自信があったのに、なんてざまだ。「髪にさわってもいいかな……」などとねだるとは。

　レインはともかく娘の返事を待った。

　娘のあごがわずかに下がって、またかすかに上がった。人間を初めて見た高地《ハイランド》の子馬に接するように、おびえさせないように注意しながら、レインはゆっくりと手を伸ばした。娘は無言で、用心しながらもじっとしている。レインの指は輝く髪の上でいったん止まったが、じわじわと下りていき、髪に触れた。

　まるで絹だ。ひんやりとした絹。つややかな髪はさざなみが光っているようで、冷たいしなやかさがある。レインは目を閉じて、親指と人差し指のあいだで髪をなぞり、その手ざわりと豊かさを心に刻んだ。指を上にあげていくと、金属に似た冷たさは失われ、頭皮のあたたかさが伝わってきた。手を広げ、五本の指のあいだから髪をこぼれ落とした。握りしめ、こぶしのなかのすべすべした手ごたえを確かめ、また放すと、石鹸のほのかな香りが立ちのぼる。彼はため息をついた。

「何歳ですの、ムッシュ？」心から訊きたがっているような娘の声に、レインは目を開いた。

「二〇代に入って数年です、マダム」

「若いんですね、なんてこと《モン・デュー》」娘は息を吐いた。「監獄には何年いたのですか？」

「どうでもいいこと――」

「何年間？」娘はあきらめなかった。

「五年です」

「そんな少年のときに……」彼女の声はかぼそく、ほとんど聞きとれなかった。レインは娘の声ににじんだ恐怖を感じとり、居心地が悪くなった。当惑してそっぽを向いたが、すぐにまた視線を戻した。何年も目の前のような女性を目にして楽しむことがなかったからだ。

「不当ですわ」娘はささやいた。「正義はどこに行ったの？」

あまりの無邪気さに、レインの内部でずっと眠っていた腕白小僧が再び目覚めた。娘の天真爛漫さをおもしろがる部分が、まだ残っていたのだ。「正義ですって、マ・プティット・マダム？　正義が俺の人生をどうこうしてくれるのですか……いや、あなたの人生についてもそうですが」

レインの手はまだ娘の髪に触れていた。娘から目をそらさずに、彼は一握りの髪を手首にゆっくりと巻きつけていった。彼女は抵抗したが、何が何でもという激しさではなかった。軽く引っぱられるうち、火鉢の熱であたためられる封蠟のように、娘のからだのこわばりが解けていった。くちびるは――断固とした拒絶の形の眉とは対照的に、あだっぽく誘いかけてくる豊満なくちびるは――驚愕のあまりわずかに開いていた。白い歯がきらめき、瞳に混乱の光がちらつく。甘いクローブの香りの息が彼のほうにかかる——。

「来たぞ！」御者席に通じる天井のハッチがぱっと開き、ジャークが馬車のなかをのぞきこんだ。

娘は急いで身を離そうとしたが、髪をつかまれていたのでたじろいだ。レインが娘を解放する。ジャークめ、邪魔しやがって。

「忘れるな、しゃべるのは英語だけだ」ジャークは低い声で脅した。「奴のそばに近寄るまで話しかけるな。船長はあんたと関わりをもったことを人に知られたくないのさ。言っておくが、奴のフランス語は相当ひどいからな」

天井の扉がジャークによってぱたんと閉められると、レインは娘を見た。光線の妙なかげんで、顔色が青くなっていた。

「幸運のキスを、マ・プティット・マダム」

娘の目は丸くなった。「だめです、ムッシュ。わたしはつい最近未亡人に——」

「——俺もつい最近解放されたばかりだ」娘の後頭部をつかんで引きよせたレインは、花びらのようなくちびるに自分の口を押しつけた。焼けつくような一瞬、彼女は素直に受けいれたが、次の瞬間にはもがいて、彼を力まかせに押しやった。

「急げ」御者席からジャークが叫ぶ。

レインは礼儀正しく頭を下げてお辞儀をし、娘の前を通りすぎ、馬車の扉を開けた。「マダム、あなたはこれで借りを返したわけだ」道に飛びおりて、振り返りもせずに、レックス・ルージュ亭のほうに向かっていった。

居酒屋の戸口の横につるしてあるランタンの下に、背の高い男が立っていた。大きめの肩マントを身に引きよせ、強く吹きつける風を防ごうとしていた。真剣な表情で、からだは緊張している。

レインは歩調をゆるめ、あたりを見回した。居酒屋の建物の角で男たちが三人身を寄せ、小さな火鉢の火の上で手をこすり合わせている。道のはずれには、幌を閉じたランドー馬車（幌の前半部と後半部が別々に開閉する四輪馬車）の上で御者が前かがみに座りこんでいる。馬車の引き綱につながれた二頭のふぞろいな馬たちは脚をもぞもぞと動かしていた。あまりに静かだった。

背の高い男がランタンの下で足を踏みだした。その青白い酷薄な顔が見えた。

「ランベットか？」男は呼びかけた。

「そうだ」レインはそう答えて立ちどまった。目立たないようにしろというジャークの警告は何だったのか。ほとんど人気のない袋小路で、密輸業者から大声で名前を呼ばれてしまった。

建物の角にいた男たちのひとりが顔を上げた。道のはずれに止まっていた馬車の扉が開く。背の高い男は明らかに満足してうなずき、片手を広げて急いで近づきはじめた。男の青白い顔が――。

青白い？

船乗りであんなに青白い奴がいるわけがない。

はめられた。レインの背後で女の叫び声がする。「わなよ。逃げて！」

忠告は無用だった。レインはすでに走りだしていた。

馬車からばらばらと出てきた兵士たちを尻目に全速力で走りぬける名前も知らない長身の若者が夜の闇にのみこまれるのを彼女は見守った。馬車のてっぺんの座席から、「ジャーク」、またの名をジェイミー・クレイグ、最近では「ラ・ベト」という名で知られる男が激しくののしり、馬たちにむちを当てると波止場に向けて馬車を進ませた。

ひとたび怒りが収まれば、ジェイミーも娘が正しいことをしただけでなく、最良の行動に出たとわかってくれるだろう。波止場にいた兵士たちもすぐに、「ラ・ベト」と思いこんだ男を追いかけている仲間に合流するはずだ。なにせ、彼はフランス当局の取り締まりをおちょくることに関してはもっとも名高い密輸業者なのだ。波止場では、この二週間で久方ぶりに、兵士たちの警備が手薄になるだろう。そこで本物の「ラ・ベト」はいつもより安全に、大事な積み荷を載せて、故郷のスコットランドへと船出する。

その「積み荷」は赤くすれたくちびるを指先でさわった。初めてのキスだったのだ。これまで親族以外の男性からからだに触れられたこともなかったのに。あの男性とのキスが初めての体験だった。悪臭漂う監獄でたまたま出会った、シェリー酒色の目をもつ背の高いがんじょうなイングランド人。彼を連れだしたのがもし本物のマダム・ノワールだったら、その運命を彼は喜ばなかったはずだ。それは確信していたのに、なぜこんなに罪悪感がつきまとうのだろう?

サクレ・クール女子修道院で正直であるようしつけられてきたからか、答はすばやく出た。わたしはマダム・ノワールとたいして変わらない。マダムとは目的がちがっているだけで、彼を利用したのはたしかだ。

娘は頭を垂れて、青年がなんとか自由を得られますようにと短い祈りをささげた。しかし、ひどいやり方で他人を利用したという罪の意識にさいなまれて十字を切ったところで、決められた路線からはずれた行いはしないのは承知していた。彼女は自分自身のために行動しているのではないのだ。

馬車の窓から身を引き、カーテンをすばやく閉めた。そうすることでイングランド人のイメージを締めだそうとした。いまは一族のために行動しているのだ。一〇年ほど前に自らが犯し、一族の衰運をもたらした過ちを償うのだ。

彼女だけが、一族のたどった非業の運命を変えられる人間だった。

そう教えこまれて育ち、性格も何もかも教えに沿うようにつくりあげられた。ずいぶん前に送りこまれたフランスの女子修道院にいるあいだも、ムーラ・ドゥーガルからの手紙は頻繁に届き、彼女のなすべきことを常に伝えてきた。ついに、実際に行動に移すときが来たのだ。

フェイバー・マクレアンは故郷に帰ろうとしていた。

6

こぎ出す準備が整うまで一時間ほどかかった。細長い小船に乗った六人の男は無言のまま、全身の力をふりしぼってオールをこいでいた。指揮をとるジェイミーは、密輸船の方角を指示しながら黒い海のなか、人や物をぎっしり載せた小船を進ませていく。彼はまるでカロン（冥界を囲むステュクス川の渡し守）のごとく、新たな死者の霊たちを運んでいるように見える。

もちろん、わたしは死者の世界に行くわけではない、とフェイバーは自分に言いきかせた。わたしは故郷に帰るのだ。もっと舞いあがった気分になってもいいはずだ。勝算のほとんどない賭けに、わたしたちはなんとか勝ったのだから。

ここ何日も北部海岸一帯は、兵士たちだけでなく護衛兵、労働者、商人、船乗りたちでいっぱいだった。皆が名高い密輸業者「ラ・ベト」を見つけようとしていた——はっきり言えば、彼をつかまえた者に支払われる前代未聞の高額賞金をねらっていたのだ。よせばいいのにどうやらジェイミーは、フランス当局を何度もからかいすぎていたようだ。

フェイバーは数日間ジェイミーと行動をともにして、彼がどのように人の度肝を抜くのかを理解した。目立たない場所で風景に溶けこむのが、つかまらない一番の極意だと考えたのはジェイミーだった。彼は密輸業者が好みそうな小さな入り江を選んで隠れたりせずに、船を港の沖合に堂々と停泊させた。

当局の警戒はほとんど沿岸地域に集中していたものの、港町をおざなりにしているわけではなかったので、ジェイミーたちは当局の注意をそらして、その間に密輸品と――同時にフェイバーを乗船させる時間をひねりだすための陽動作戦を立てる必要があった。ジェイミーはまたも妙案を思いついた。しかし、その計画を実行するには、イングランド人の男――置きざりにできるイングランド人――がいなければならない。そんな役を喜んでやる間抜けをどこでどうやって探せばいいのだろうか。

驚くべきことに、その答えを与えてくれたのはサクレ・クール女子修道院の院長だった。院長は広範な情報網をもっているだろうから、マダム・ノワールについての話をどこか別の筋から耳に入れたのかもしれない。とはいえ、修道院長の兄、ドミニク神父がマダム・ノワールのざんげを聞く聴罪司祭であると知れば、背景をつい憶測したくなる。情報の出どころはともかく、フェイバーにとってありがたいことに、院長は悪名高いマダムの習慣を実によく知っていた。

計画は単純だった。修道院の乳しぼり女のひとりが、フランス人の中尉の前でぽろりとうわさ話をもらす。院長がある晩あるところで、スコットランド製の上等のウールの毛布を幸運にも入手できるのを楽しみにしていると言うのだ。一方、フェイバーはマダム・ノワールになりすまして地元の監獄に行き、名高い密輸業者にまちがえられそうなイングランド人を選びだす。

すべてが計画どおりに運ぶはずだった。

しかし、イングランド人の瞳だけは計画に入っていなかった。そして、男が二度と監獄には戻らないと誓ったことも。それに、フェイバーの髪に触れる許しを求めているときに、彼の心が痛々しいほどむき出しになったように思えたことも。あんなふうに感じたのは初めてだった。

手こぎ船はめざす密輸船のフジツボだらけの側面に軽くぶつかって止まった。フェイバーは顔をしかめた。これほど罪悪感に苦しむ必要はないのだ。つかまえたのが「ラ・ベト」ではないとわかれば、身代わりのイングランド人は監獄に戻されるだけのこと。もし、本物のマダム・ノワールが彼を連れだしていても、同じ結末になる。

上方から小声の呼びかけが聞こえ、ジェイミーも同じように返事をした。即座に縄ばしごが下りてきて、船べりから二人の男たちが身を乗りだした。フェイバーが彼らの手をつかむと、船の上に引っぱりあげられた。間を置かず、ジェイミーもあえぎ声でののしりながら、巨体を持ちあげ、船べりをよじ登った。部下たちがすぐにつづいた。

「この人を船室に連れていけ」ジェイミーはフェイバーのほうに顔を向け、強いスコットランドなまりで部下に命じた。「錨を上げろ、さあふんばって帆を揚げるんだ。故郷に帰るぞ、野郎ども」

ジェイミーのかけ声に対して口々に応じる声が低くとどろく。はげかけた男がフェイバーのひじをとって船室の戸口まで連れていくのを、男たちは好奇のまなざしで追った。先に部屋に入った彼女が振り向くひまもなく、船室の扉はぱたんと閉まった。

フェイバーは部屋のなかを見回した。狭い簡易寝台が一方の壁に釘づけにされている。同様に、もう一方の壁にはテーブルが固定されていた。テーブルの上には縁の欠けた洗面器が置いてある。フェイバーは喜んで、その凍るような冷たい水にハンカチの端を浸し、顔にそっと押しあてた。

船室の外から女性の声が聞こえた。フェイバーは驚き、それから不安になった。扉の向こうにいるのはムーラ・ドゥーガル以外考えられない。ムーラは鋼鉄の意志と不退転の決意をもって、ここ九年以上のあいだフェイバーの成長に影響を与えてきた女性だ。ムーラが船に乗っているとはだれからも聞いていない。フェイバーは彼女に会う心の準備ができていなかった。その女性が自分の人生に及ぼす影響の大きさを穏当に表現しようとして、言葉につまる。ムーラは海をへだてた数百キロのかなたから、手紙という手段でフェイバーをほとんどがんじがらめにしてきたのだ。

実際ある意味では、ムーラ・ドゥーガルがいまのフェイバー・マクレアンをつくったと言ってもよかった。かつてフランスの地を踏んだ少女はもう存在しない。

「うまくいったかい？」ムーラがジェイミーに尋ねる声がした。

「まずまずでした、奥さん」ジェイミー・クレイグは丁重に答えた。「監獄の看守は、あの娘がマダム・ノワールと名乗っても、瞬き一つしなかったね」

「あの娘は少しは役に立つかい？　義務をきちんとはたせそうだろうか？」

ジェイミーはちょっと間を置いてから言った。「ええ、大丈夫《アイ》でしょう。しかし、これは言っとくけれど」低い含み笑いが響いた。「まあ、なんて言うか、冗談がわかる人間であれば、あの娘がマダムの役についてちっとも理解していないのはすぐにわかっただろうな」

「なるほど、ジェイミー・クレイグ」ムーラの声は低くこわばり、とげとげしくなった。「楽しめてよかった。でも、これは冗談ではないんだよ。私たち一族が奪われたものを取りもどす最後のチャンスだ。神聖な目標に向かって懸命に努力する気持ちがないならば、別にいいよ。私たちがやるだけだから」

「お許しを、奥さん」ジェイミーはうなるように言った。「俺はただあの娘には――魅力があると言いたかっただけで」

「魅力がある？」ムーラは考えこみながら彼の言葉をくり返した。「いいね。フェイバーには魅力が必要さ。目的を達するには、魅力はたくさんあったほうがいい。それで、監獄のなかではどうだったんだい？」

フェイバーは扉に耳を押しあて、ジェイミーの返事をなんとか聞きとろうとした。「……用心深くて強情そうで。俺だったらあんな頑固な男には逆らわない。でも、フェイバーはすぐに男を手なずけ、素直な子羊に仕立てて、フランス当局の張った網のなかに送りこんだんだ」

罪の意識でフェイバーののどがつまった。

「しかし、男が中尉のそばまで行くのにもう少しというところで、フェイバーが叫んだ。わなよって。イングランド人の男は走って逃げ、俺たちも別の方向に馬車を急発進させたのさ」

船室の扉が突然さっと開き、フェイバーは急いで後ろに下がった。老いた女がランタンを掲げながら、フェイバーの前に立っている。フェイバーはまぶしさに目を細めながら、明かりの向こうにいる人物を確かめようとした。

「戸口で立ち聞きしていたのかい？」女が訊いた。

「大義の役に立つのであれば」フェイバーは静かに答えた。

「ああ！」やせた女の顔に大きな笑みが浮かんだ。戸口をいっぱいにふさいでいるジェイミーのほうを振り向く。「不敵だね」

まばゆい光を放つランタンは依然としてフェイバーの顔を照らしだすようにかざされていた。フェイバーは苛立ち、意を決して挑む口調で言った。「わたしの顔からそれをどけていただけませんか、マダム」

フェイバーの命令口調に、低いくすくす笑いが応じた。老女はランタンをからだのわきにおろした。「マクレアンの娘らしいしゃべり方だね。なんたって『無冠の王族』だからさ。マクレアンの者たちはいつだって、自分たちのことをそう考えていたから」

ムーラの笑顔が消えた。「結構だね。そういう女王様のような態度がこれからもっと必要になる。だが傲慢なだけでは、あんたの血族を殺すメリックの悪夢を夜ごと見ないですむようにはならないだろう？　ちがうかい？」ムーラは自らの問いに激しい口調で答を出した。「メリックの悪夢を断ち切るには、償いをするしかないんだ」

フェイバーはあとずさりした。一族のほとんどが殺戮されるきっかけをフェイバーがつくったあの夜について、ムーラが平然と触れてきたことに不意を突かれた。わたしはうぶすぎた。ムーラから歓迎の言葉を贈られると思っていたのだ。馬鹿だったわ。一〇年近くものあいだに何度も受けとった手紙には、まったくちがう教えが記されていたのに。

ムーラはフェイバーを冷たい表情で検分し、フェイバーも老女をじっと見つめかえした。ムーラ・ドゥーガル、旧姓ムーラ・マクレアン。彼女の顔は、古代ギリシアの硬貨に彫られている人を思わせた。あか抜けてはいるが、性別不明の姿は尊大で、何かにとりつかれているような雰囲気がある。その目には上まぶたが重くかぶさっており、細い顔にはちりめんを思わせる皮膚が垂れていた。薄いくちびるは断固たる意志をたたえている。明るい青色の瞳だけが内側で火が燃えているように輝いていた。

たっぷり五分間、女たちは向きあい、互いに沈黙を破ろうとしなかった。ジェイミーでさえ、二人が無言のうちに交わす感情のやりとりを邪魔するのを遠慮した。彼は居心地悪そうに足の位置を変えて、一方からもう一方の女へと心配そうに視線を動かした。片方には一〇年もの長いあいだ、遠くに散らばったマクレアン一族を独力でまとめあげてきた女、ムーラが立っている。もう一方には、その同じ一族の長らく行方不明の長、言うなれば「無冠の王」を兄にもつ娘、フェイバーが立っていた。そのフェイバーを、マクレアン一族のかつての栄光のために犠牲にしようと、ムーラはもくろんでいるのだ。

「あんたは一九歳だ」ムーラがとうとう口を開いた。感情がまったく読みとれない口調だ。

「はい《ウィ》、マダム」フェイバーが答えた。

「ジェイミーが言うには、この船まで逃げだすのに、勝手に計画を変えたそうじゃないか。だましたイングランド野郎に叫んで警告してやったとか。そうなのかい？」

「ウイ」

「今後いっさい、思いつきの行動はなしだよ。絶対に。わかったかい？」ムーラの手が攻撃をしかける蛇のようにさっと伸び、フェイバーのあごをつかんだ。

「ウイ、マダム。承知《ダコール》しました」

「『承知』だって？　あんたに同意なんて求めてないよ。理解できたかどうか訊いたんだ」

フェイバーは顔に血が上るのを感じた。「ウイ」

「それから、フランス語はもう話さないことだ」つぶやいたムーラは何かほかに心配ごとがあるようだった。「あの女《ひと》はフランス語はかじった程度だったからね。そのことを忘れないどくれ」ムーラはジェイミーを見上げた。「あの女のことは知ってるだろ？　どう思う？」

大男は首をかしげた。「フェイバーにはマクレアン一族の特徴が色濃く出ていない。マクレアンたちは奥さんのように黒い髪の血統なんだ。フェイバーより多少とも背が高い者ばかりだし。堂々としていて、快活だ。フェイバーはりりしい顔立ちだが、激しすぎるところがあるかもしれない」

「髪の毛は染められるし、眉は抜ける」ムーラは小声で言った。「仕草や習慣、立ち方や話し方で、人は似てくるもんさ」

ムーラはフェイバーのあごをねじって、彼女の顔をあちこち光に当てた。「なるほど、あんまり似たところはなさそうだ。でも、このあごの形とかきれいな肌はいいじゃないか。鼻もマクレアンそのものさ。似てない部分をちょっと細工すれば……」

フェイバーは怒りのあまり、老女の冷たく乾いた指から自分の顔をもぎ離した。わたしの顔を陶工の手を待っている粘土の塊みたいに話されるのはごめんだわ。わたしはすでに個性を備えた、ひとりの確固たる人間のはずだ。たいした人間ではないかもしれないが、自分の未来をささげるしかない運命の者にとっては、いまもっているわずかばかりのものも貴重だった。それでも、フェイバーにはトマスがいた。長いこと会っていない兄に思いが移ると、心配が波のように襲ってきた。

「トマスはいなくなったの？」フェイバーは尋ねた。

「アイ」ジェイミーが言う。

「そう」もっと話が聞きたいという思いがつい口調ににじむ。トマスの手紙が女子修道院に届くようになった数年前までは、兄は死んだものと思いこんでいたのだ。トマス・マクレアンは、強制労働に従事させられ、船長にもなった。ダン侯爵でもあり、マクレアン一族の長でもある兄。

トマスと長兄のジョンが反逆罪でロンドンに引きたてられて以来、フェイバーは彼に会っていない。トマスには一七四五年の反乱に加わった罪で、国外追放と強制労働者として売りとばされる判決が下った。長兄の、ゆえにさらに「危険な」ジョンは絞首刑のあと、内臓を抜かれて四つ裂きの刑に処せられた。ジョンは当時、一六歳だった。

「トマスはしばらく帰ってこないの？」フェイバーは訊かずにはいられなかった。

「私たちがしなければならないことをすますくらいまでは留守さ」ムーラが言った。

フェイバーはうなずいた。トマスは非常に侮りがたい男だ。容易にあざむかれたりはしない。兄は強制労働者として船の上で年月を過ごした。彼を買った主人は小規模な海運業を自前の船で営んでいる船長だった。トマスはその船長に認められ、のちには信頼を勝ちえた。強制労働の年季が明けると、それまで仕えていた主人の海運業に出資し、ついには自分の船をもって船長となった。

成功を収め、これからもさらに繁栄しそうななか、トマスの目は別の目標に向いていた。マクレアン一族をだまし、一族のあらゆる権利を盗んだ男、カー伯爵を破滅させるために、トマスはスコットランドに戻ったのだ。

この計画のために、彼は「ダン」という名字を名乗った。マクレアン一族の長が昔使っていたもので、長らく忘れさられていたフランス語の呼び名の一つだ。ロンドンでトマスは自堕落に過ごし、ごくつぶしの評判を立てさせ、遊び人の若者たちの仲間に入った。かつてはマクレアン一族の城であったワントンズ・ブラッシュ、いまでは賭博と放蕩三昧の魔窟となった場所へと、そのごろつきたちは興奮を求めて再々出かけていたのだ。トマスは一行についていき、伯爵と親しくなった――カー伯爵のような怪物がどの程度まで友情を築けるのかわからないままに。一方で、伯爵を破滅させ、彼がもっているものや大切にしているものを一挙に打ちくだく最良の方法を探っていたのだ。

こうしたことはトマスの手紙に少しずつ書かれていた。フェイバーはわずかな手がかりを拾いあつめて、文面やあえて伏せられていることから、兄の目標を理解した。しかし、トマスの計画はどこかでゆきづまったようだった。最後の手紙では決心が揺らいで、その決意を取りもどすためにスコットランドから遠く離れてみる必要があるとだけ書かれていた。フェイバーにとってはそれこそ好都合だった。

トマスはムーラの計画をまったく知らない。もし知れたら、彼は全力を挙げて妹が関わらないように阻止しただろう。しかし、フェイバーはすでに抜けられなくなっていた。ムーラは何度も長い手紙を書き、フェイバーがなぜこの計画に参加しなければならないかを説きつづけたのだ。

一族がほとんど皆殺しになったのはフェイバーのせいだったから。

そして、サクレ・クール女子修道院の善良な院長が、神は許してくださると言ってくれても、マクレアン一族が同じように許してはくれないことを、フェイバーはよく知っていた。

フェイバーは暗い物思いを振りはらった。見上げると、ムーラの冷たい目が値踏みするように彼女を注視していた。この女性からやさしい言葉をかけてもらえるなんて、どうして考えてしまったのだろう。フェイバーがかつて愛した、何ものにも代えがたい人たちが死に、一族の受けついできたものがとだえたのは、すべてフェイバーの責任だとムーラは考えているのだ。

今回のスコットランドへの帰還は、放蕩者が故郷に帰る旅でも、一〇年に及ぶ追放生活が終わったからでもなかった。

それは罪をあがなうためだった。

7

スコットランド北部沿岸
マクレアン島
六カ月後

カー伯爵は居城「ふしだらな女の頬紅《ワントンズ・ブラッシュ》」の塔の窓から、寒々とした中庭を見下ろした。嵐が近づいていた。怒りにまかせた逆手打ちのような突風が岩だらけの島に吹きつけ、オークやナナカマドの枝に残っていた葉をちぎりとり、広場じゅうに放りだしていく。頭上には藤色の筋が入った暗雲が不穏げに西のほうに動いていた。振り向いて東の窓を見れば、島をとり巻くぎざぎざの岩に大波が砕けちる風景が広がっているはずだった。

しかしそれも、東の窓の外を見下ろしたらという条件つきの話だ。伯爵自身はそんなことはしない。実際、避けられるかぎり、何年も東の窓の前に立ってはいなかった。西側のながめのほうが気に入っているからというわけでもないのだが。

長く稼業をしすぎた安手の売春婦のように、ワントンズ・ブラッシュは粗野な先祖の姿を垣間見せはじめていた。あれほどまでに骨折ってあかぬけない城に装いを施したというのに、もともとの素性の悪さはこれ以上隠しおおせなくなっている。どうやったところで、スコットランドの淫売は淫売だ。伯爵は密かにののしった。

注文して城の正面に張らせた赤レンガはところどころくずれ、痘瘡の跡のようにぽっかりと開いたところからは、人力で切りだした灰色の岩がのぞいている。かすかに光るピンク花崗岩を敷きつめさせた中庭には、スコットランドの丈夫な芝が老女のあごに生えるひげのように伸びていて、押しあげられた敷石がでこぼこになっている。

時間の浸食は城の内部にも及んでいた。もちろん、著しいものではない――まだそんなに目立ちはしない――しかし、兆候はあった。いくつかの部屋で高価な漆喰の細工がひび割れていた。大理石のマントルピースの欠けた部分は修理されないままだ。南翼の壁には黒ずんだ水の染みがついている。目に余るほどではないが、老朽化は明らかに進んでいた。

ワントンズ・ブラッシュはカー伯爵がある情報と引き換えに手に入れたものだった。彼は若いころ、長期休暇のつもりでスコットランドにやってきたが、実際のところ、ロンドンの債権者たちが彼の莫大な借金を忘れてしまうまでこちらにいようと思ったのだ。かなり長い滞在になるだろうと覚悟はしていた。そして、彼はジャネット・マクレアンと出会う。この城の当時の城主イアンがかわいがっていた親戚の娘、ジャネットだ。

ジャネットは裕福で、彼にのぼせあがっていた。ほかにすることもあまりなかった伯爵は、彼女と結婚した。二人はこの城で、イアンにあたたかく見守られながら暮らした。しかし、それも伯爵が城の装飾に辛抱しきれなくなったときから変わる。一七四五年にジャコバイト（スチュアート家支持派）の乱が起きたとき、カー伯爵は野心を実行に移すチャンスをつかむ。彼は反乱軍の指導者たちについての情報を、鎮圧にやってきたカンバーランド公に流したのだ。反乱分子が一掃され、イアンたち一族が不運にも処刑されたり国外追放にあったのち、感謝したカンバーランド公はワントンズ・ブラッシュとその領地をカー伯爵のものにした。そして、伯爵は城の装飾に徹底的に手を入れたのだ。

金に糸目をつけることなく城をつくりなおし、人にみせびらかすための建築物にした。島の湾曲部の外端の、一番小高いところにあるU字形の城は本棟の部分が断崖に面しており、塔の北側と南側に延びる両翼部分は、常に吹きつける海風から広い中庭を守っていた。カー伯爵は中庭をイタリア風に改造し、華やかなひな壇までつくったが、年月が経つにつれスコットランド自生の雑草がじわじわと侵入してくるようになった。昼間、そこをそぞろ歩く客などひとりもいなかったため——彼らはたいてい夜行性だった——伯爵はそのイタリア趣味の洒落た庭園を必死に維持しようとはしなかったのだ。

問題は、カー伯爵自身があっさり認めていることだが、もうワントンズ・ブラッシュに興味がわかないという点だった。ワントンズ・ブラッシュは目的をはたしてくれた——まったくのところ、いまでもおおいに役立っている。この城のうわさを聞いて、賭博好きの名家の大金持ちたちがイングランドじゅうから集まってくる。

カー伯爵はすべてに抜かりがなかった。飽食のグルメたちを誘いこめるように、この忌々しい城に依然としてたっぷり金を注ぎこんでいた。ここには、スコットランド一のワインセラーがまだあり、イングランド一のシェフがいた。また、芸術品や工芸品や宝飾のものばかりが集められていた。伯爵が屈辱にまみれたロンドンへと勝利の凱旋をするためにここを出るあかつきには、それらのコレクションをもっていくことになる。心の底にたまっている昔の恨みは大きく、ともすればじわりと表まで出てくるのだ。

　ジャネットが死んだのち、伯爵はうるさい債権者たちに借金を返し、自分の地位にふさわしい生活が送れるよう蓄財を始めた。金はなかなか貯まらなかった。じれったいほど時間がかかった。それで、相当な財産を相続するはずの女性とまた結婚した。しかし一緒になってみると、妻の財産は聞かされたほどの額ではなかった。してやられたのだ。その妻は事故に遭って死んだ。三番目の妻も事故死してしまった。

　すでに必要な財産を手にしていた伯爵に対し、もうろくしてやたら信心家ぶるようになったジョージ王は、不運にも彼が次々に妻を亡くすことをずっと苦々しく思っていた。いまいましい王は、カー伯爵はロンドンや、王の息のかかった社交界ではどこに行っても歓迎されない、伯爵の庇護を受ける女性が今後再び命を落とすようなことになれば、伯爵は自分の首を差しださなければいけなくなるのだろうときつい戒めを伝えてよこした。

　そういうわけで、彼はどこともしれないこの北の辺境の地に二五年間、居座るはめになった。非公式に追放された二五年——最初は自分の理由でそうせざるをえなかったのだが、あとからは王の命令でロンドンに戻れなくなったのだ。

しかし、こうした月日ももうすぐ終わるだろう。伯爵は指をとんとんと鳴らしながら考えた。事態は動きはじめている。金持ちの娘に求婚したり、弱みをもつ者をゆすったり、おべっかやご機嫌とりをしたり、人を威嚇したり……と、これまで奮闘してきたすべてが、実を結びつつある。もうすぐだ。数カ月後には、伯爵はロンドンの上流社会を再び牛耳っているだろう。

しかしまずは、この城を切り盛りするための緊急の用事がいくつか残っている、と窓に背を向けながら思った。ワントンズ・ブラッシュからきっぱりと出ていく前に、雑用を片づけなければならない。

カー伯爵は部屋を横切り、散らかったテーブルの前で前かがみになっている、むさくるしいなりのしなびた老女に近づいた。海に面した窓に垂れ布がかけられたままである理由を、この老女は知っているのだろうか。わかっているのかもしれない。老女は何でも知っていそうに見えた。といっても、そんなことが気になってしょうがないわけではない。年取った流浪《ロマ》の民の占い女ふぜいが、私のような一筋縄ではいかない人物をどうこうできはしない。せいぜい役に立ってもらおうじゃないか。

「さて、何が見える、パラ?」伯爵は指のつめを点検しながら言った。

老女がぱっと振り向いた。何枚か重ねた色あせたショールとつぎの当たったドレスのすそがぐるりと回って足元に落ち着いた。まっすぐな灰色の髪が垂れた合間から、しわの寄ったひからびた顔が伯爵を見つめる。

「それで？」彼は促した。

マホガニー材のテーブルの上に散らばった、占い道具の象牙色のかけらの小山に、パラはきたない指を突っこんだ。「あの女《ひと》はだんなを愛してた。それだけ深い愛をささげられた男はほかにいやしないね」

カー伯爵の背筋がぞくりとした。めったにない感覚だけになおさら興奮がつのった。パラは彼の最初の妻、ジャネットのことを言っているのだ。私が心から愛した唯一の女性。一瞬、ジャネットの顔がちらついた。黒い絹のような髪、青白い肌、濃いこはく色の目。ジャネットの笑みはわずかにゆがんでおり、それがとても魅力的だった。その瞳は悲しみを帯びた愛情で輝いていた。伯爵を愛しても、ジャネットは決して幸福にならなかったからだ。

「そうだ」伯爵はつぶやいた。「たしかにそうだった」

「いまでもだんなを愛してるね」

ロマの老女の声で、彼の感傷的な気分はたちまち消えた。

「墓に入ってもだんなを愛してる」占い女のずるそうな声は、伯爵をたぶらかし、試そうとするかのように、ゆらゆらと渦を巻きながら漂った。

伯爵は落ち着きはらって近寄り、占いの道具が広げられているテーブルを見下ろした。

「ああ、なるほど。たしかにそうだろうな」彼はくちびるをめくり上げ、見せかけの微笑を浮かべた。「あいつが私につきまとうのはそういう理由からか？　あいつとあいつの罰当たりの一族が？　私が愛されすぎているからだというのか？」

伯爵はこぶしをテーブルに打ちつけた。複雑にからみあった骨片が飛びちり、天板をすべって床へと落ちる。

パラは毒々しい視線で伯爵をにらみつけ、膝をついてかがみこんだ。散らばった骨片をすくいあげ、やせこけた胸で抱きかかえると小声で意味不明の言葉を口ずさんだ。「あああ、こわしちゃったね！」老女はとがめた。

「そうか？」伯爵が困惑気味に眉を上げる。かっとなってしまったようだ。「それがどうした？　私からもらった金で、たくさんの死体から何本でも買えるだろうが」

「パラはお金をくれとは言ってやしない」

伯爵はにやりとした。この老女はときどきおもしろいことを言って楽しませてくれる。

「もちろんだ。おまえの言った言葉は正確には覚えていないが、要するに、金の無心は精霊との純粋な交流を損なうということだったな。しかし、おまえは私の『贈り物』を拒んだことはない気がするが。ちがっていたら、教えてもらいたいものだ」

パラはさらに背を丸めてうずくまった。むっつりと口をすぼめている。

「二年前に城の馬屋に隠れているおまえを見つけて以来、私の与えた『贈り物』がどのくらいになるか、わかるか？」

「わしは隠れてなんかいない」パラは弱々しく反論した。「わしは……精霊の声に従ったんだ。だんなが危険だと精霊が話してくれた。わしはだんなに警告しにきた。狂犬のことを教えてやったじゃないか」

伯爵はまぶたを半分閉じた目でパラを見つめた。

「知ってんだろ、本当だって」パラは頭を小刻みに上下させながら言いつのった。「だんなのために、未来を見てやったんだ。精霊のささやきに耳をすませると、過去に何があったか、これから何が起こるか、見えてくるんだ。パラがだんなの役に立ったことが、何度も何度もあっただろ」

「二、三回はな」伯爵は譲歩し、テーブルの下から椅子を引きだしてどさっと腰を下ろした。実際、パラは狂犬病にかかった犬に気をつけろと忠告した。また、密輸船が沈没し、その船に積んであった宝が岸に打ちあげられているとも告げた。たしかにこの女はほかのだれよりも私がどんな人間か知っている。精霊の助けなしに伯爵の日ごろは見せない面について、これほどまで承知しているはずがない。

彼は脚を伸ばし、平らな腹の前で両手の指を組んだ。刺繡を施した絹のベストのなめらかさに気持ちが静まる。

「お願いだから、情け深いだんなさん」パラは低く哀れっぽいねこなで声を出した。「だんなのお客さんも骨で占ってやるよ。占いは皆好きさ」

「これまでのところはちょっとした気晴らしになっているからな。それは結構」伯爵はつぶやいた。「入りびたっているあのいまいましいヘルファイア・クラブから、サンドイッチ卿を誘いだすのは生半可なことじゃない。卿と、たいていは頭が空っぽの金持ちの取り巻きたちをこの城にずっと引きとめておくのはもっと大変だ。ときどき占いやら予言やらで、客をうまく楽しませるんだな。どの程度真実を言い、どの程度ぺてんにかけるかは知らんが」

伯爵は身を乗りだし、意味ありげにパラをねめつけた。「私を二度とこけにするな。馬鹿なまねは決してしないほうがいい。欲深なこともな」

パラは伯爵から目をそらした。首からひもでつるした革の小袋に占い道具の骨を放りこむと、袋の口を閉じてボディスのなかにたくし入れる。「うそはついてない。精霊たちが話してくれることを聞かせてるだけじゃから。それから骨が言ってることも。奴らがうそをついているんなら……」

パラが肩をすくめると、伯爵はその口達者な弁解に口の端をゆるめた。この老女は私が使いそうな論理で、この場をしのごうとしている。もし精霊たちがうそをついているのならば、彼女に落ち度はない。老女はただのメッセンジャーなのだ。

「おまえをなぜ信頼しているか、わかってるか、パラ」伯爵は尋ねた。「あてにならない奴だと知れれば殺されると、おまえ自身が承知しているという事実はさて置き、なぜだかわかるか？」

パラが緊張しながら首を振ると、筋ばったのどにかかった安物のネックレスがかちゃかちゃと鳴った。

「それはな、おまえの言う、霊界からのメッセージは地獄の硫黄のにおいではなくて、ジンのにおいがぷんぷんしているからだ。信頼できる占い師だと？　正直な心をもっているだと？」伯爵は笑った。「そんな者は上流社会にもいやしない。おまえたちのようなくずのなかにいるわけがないじゃないか。本当の理由を教えてやろう。私がおまえの話を聞くのは、おまえがみじめで哀れっぽく、人をだましにかかっているからだ。不誠実で臆病者でもある。おまえのような奴には、死者の声を聞くと言い張るのが精いっぱいだろう。それでも十分に危ないがな」椅子に再び身を沈める。「魔女たちが焼き殺されたのも、そんなに遠い昔ではない。おまえもそれはわかっていると思うが」

部屋の真ん中でうずくまったパラは、キツネをおびきよせるためのおとりのウサギのようだった。

「さて、その骨をいじって何やら聞き、何やら見て、においもかいだのはわかった。ジャネットについてだな。どんなことだ？　ジャネットの愛は不滅だとかいったたわごとならもういいぞ」悲しみに似た感情が生まれて、伯爵の心をちくりと刺したが、その痛みは無視した。死者がこの世に戻ってくるのはただ一つの理由しかない。生きている者を悩ませるためだ。「ジャネットはもう死んでしまったんだ。さあ、何を……おまえは……見た？」

煙突から低いうめき声のような音がしたかと思うと、突風が流れて窓ガラスががたがたと揺れた。

「声が聞こえてくるんだからしょうがないじゃないか」パラはやっと小声で言った。「だんなが何度も尋ねてきたんだよ。わしがうそをついたら、だんなにはわかるはず。わしはうそはつかない。あの女はだんなを愛してるんだ。だんながしでかしたことも水に流して、今でも」

「おお」立ちあがって去ろうとした伯爵は、パラの平板な小声を聞いた。これまでも正確に前兆を告げたとき、老女はそののっぺりした口調になっていた。

「あの女の望みは……」

「何だ？」

「だんなと再会したいんだと」

伯爵は失望し、鼻を鳴らした。女の好きそうなお涙ちょうだいの話だ。ワントンズ・ブラッシュにはきょう七〇名を超える客がいる。城から幽霊を追いはらうための策をパラが何も言いだせないなら、そろそろ生きている者たちの世話にかかったほうがいい。

「あの女はだんなのそばにいたがってる」

「ああ、しかし、愛しいジャネットにはもうしばらく待ってもらわねばなるまい、そうだろう？」

パラの視線の強烈さに、伯爵の笑みは薄れた。まちがえようがなかった。これまでに幾多の男たちに伯爵がさせてきた、なじみのある表情だ。パラは恐れている。

「まだ、あるな」伯爵は催促した。「何を知ってる？」

「あの女は待ってはいない。この世に戻ってくるんだ。許すために。奴らからだんなを守るために。これまでもやってきたように」

奴らか。マクレアン一族の者たちだ。ジャネットは生前、伯爵の裏切りを疑う一族の者たちから彼をかばってきたのだ。夫はそんなことをしないと信じて。少なくとも最初のうちは。

ジャネットが死んだころには一族の者もほとんど殺されていたが、その後、たまたま息子のレインが女と遊んだことがきっかけで、呪わしい一族の残党を皆殺しにする口実ができ、それもやり遂げた。

実際のところ、マクレアンたちの亡霊がはたせなかった復讐をしようと墓からはいずりでて、城にとりつきはじめたとしても、そんなに驚きはしなかった——この世に戻ってくるのに、ちょっと時間がかかりすぎたくらいだ。

しかし、ジャネットについては……ジャネットとなると話がちがった。彼女がいまにも戻ってくるとこの占い師は言っているわけだが、それはおかしい。なぜなら、ジャネットはもう何年にもわたってずっと伯爵にとりついてきたからだ。

「どんな形でジャネットは私にまとわりつくのだ？　いつやってくる？」

「いま」

「合点がいかんな」

「もう霊のままじゃない。もぐりこむ入れ物を見つけたんだ。ここで。ワントンズ・ブラッシュで」

「どういう意味だ？」

「別の人間として生まれ変わってる。その人間は、もうひとつの魂とからだを共有しているのに気づいていないのさ。でも、だんなが見たらわかる。あの女だとすぐにね」

伯爵は前に出て老女の腕をつかみ、引きずりあげて立たせた。伯爵の心臓が胸から飛びださんばかりに激しく鼓動している。「うそを言っているのなら、そのからだから心臓をもぎとって、のどにつめこんでやるからな」

「うそはつかん！」パラは叫んだ。「あの女はだんなが好きなんだ。もう一度一緒にいたいと思ってる！」

伯爵はパラを放りだした。震える指でかつらの毛を後ろになでつけながら、ずれを直す。ジャネットが戻ってきたのか、とぼんやり考えた。

それならば、ジャネットを見つけなければならない。


部屋の扉がぱたんと開き、ドレスのすそをまとめて持ちあげながらこそこそと出ていくパラの姿が見えた。彼女は塔の急な階段を下りていく。伯爵も少しあと、ぼうっとした表情でそれにつづいた。らせん階段をただやみくもに下り、低いアーチ形の扉を抜ける。急に向きを変えた伯爵は、かがみこんでいた女にぶつかった。

黒色の厚いベールで女の顔の左側は隠されていたが、むき出しになった右側からは、ゆがんだ口とくずれたあごが見え、だらりと垂れたまぶたの下からは落ちくぼんだ目がわずかにのぞいていた。ぞっとするあまり、伯爵はたじろいだ。

女は縮みあがって壁にへばりついていた。ねじ曲がったからだが震えている。

「いったいだれだ？」伯爵が問いつめた。

「グンナで、だんなさん」年取った女は口が出るようにベールの角を上げ、強いハイランドなまりで小さく答えた。

「くそ、また別のばあさんか。私の城でいったい何をしている?」

「だんなさんのお嬢さんに仕えてるんで。フィアお嬢さんです。もう何年も」女はオカガニのように、すり足で横に動いた。その姿を見るだけでむかつく。

「ふん」伯爵は目をそむけて、小声で毒づいた。フィアがこの女をことのほか気に入っていたのを思い出した——グンナといったか?——だんだん扱いづらくなっていく娘になんらかの影響を与えられるのはこの女くらいだろうとも思っていたな。

「本当にここで何をしているんだ、ばあさん?」伯爵が再び訊く。

「だんなさんの命令に従ってるんで」グンナは口ごもった。

「どうやって? 私のようすをこそこそ探っていたのか?」伯爵はたたみかけた。

「そんな。ちがう、だんなさん。フィアお嬢さんの用事のないときはいつでも上階の東側の部屋にこもっていろと言いなすったから。あたしの姿を見て、だんなさんやお客さんたちの気分が悪くならんようにって。それでここにいたんで、だんなさん」

伯爵はあたりを見回し、青ざめた。グンナの背後の窓の外には、波が逆巻く北海の風景が広がっている。上の空だったのか、通る道をまちがえて、ここに来てしまった。ジャネットが墜落死した、その崖っぷちを見下ろす場所へと。

状況がわずかながらわかってくると、伯爵の背中の筋肉が緊張し、頭皮がちくちくしはじめた。ジャネット本人が伯爵をここに導いたかのように思えた。

「だんなさん?」グンナの尋ねる声がする。

彼は手足が震えそうになるのを抑え、目の前の縮こまった女の姿に意識を集中させた。こんな哀れな女に対して、恐怖とはほど遠いものであっても自分の内面をさらけだすのは、自尊心が許さないのだった。

伯爵はグンナをかすめるように通りすぎ、皮肉っぽくつぶやきながら歩き去った。「美を愛する私が、きょうはどうして醜いばあさんにばかり囲まれなければならんのか」

8

城正面の大広間には一〇〇人近い客があふれていた。カー伯爵は修練を積んだ微笑を顔に張りつけている。現実主義者としての伯爵は完全に立ちなおった。幽霊など、ちゃんと始末できる。しかし、ジャネットが本当によみがえるかもしれないという馬鹿げた考えは……くだらん。無知な女の世迷《よま》い言だ。

伯爵は客のあいだを進み、行きあう人々と挨拶した。客たちの少なくとも半分は名前も顔も知らなかったし、招待状をもつ人たちの取り巻きがたくさんいたところでかまわない。浪費家が多ければ多いほど、好都合だ。

伯爵はポートワインをあおった。一息で飲んでしまうと、また一杯、グラスに注いだ。ふだんの夜なら飲んでいる薄い色のお茶は敬遠した。客たちを目利きの目でさっと見渡す。今晩は派手に賭けてくれる者はいそうにない。どうということもない客ばかりだ。売春婦が少しにペテン師がひとりか二人。

「閣下！」

背が高く非常にやせた男が人ごみを縫って近づいてきたのに気づき、伯爵は片眉を上げた。

タンブリッジ卿と呼ばれるジェイムズ・ウェルズだ。未来の国王ジョージ三世の遠い親戚にあたる。彼は皇太子に、王族にふさわしい――俗世間の楽しみも含めて――娯楽を教えこんでいるというわさだった。タンブリッジ卿は伯爵の言いなりだから、次期王への影響を考えると、うまい具合にいったものだ。

「少々お話があるのですが」タンブリッジ卿は息せききって言った。「私は……重要なお話が。大変重要な」

「何だ？」伯爵は言った。「だれにとってだ？」

「もちろん、私にとってです」タンブリッジ卿の広い額が汗で光っている。

くそっ、いったい何がほしいというのだ。人の頼みを聞く気分ではなかった。「あとにしてくれ、タンブリッジ卿。客たちが――」

「閣下のお客には待っていただくことにして、伯爵」タンブリッジ卿の声は切迫していた。「お願いです。この何年間か、私は閣下のためにずいぶん働いてきました。もちろん、それはよくご存知でしょう。ですから、きょうは少しばかり閣下のお時間をいただきたいと思いまして」

「この私に要求しているのかな、タンブリッジ卿」伯爵はものやわらかに訊いた。「私にとっては至極迷惑な話だし、君にとってははなはだ危険なことになるだろうに」

タンブリッジ卿は顔を赤くし、あごをぐっと上げた。どんなにいやがられようとも意志を通す覚悟らしかった。

「いいだろう」伯爵は降参してタンブリッジ卿の腕をとると、中庭に開いた扉のほうへと連れていった。

すでに太陽が沈み、風もやんでいる。城へとつづく硬い岩の斜面に、霧がうっすらとかかっていた。城内の人々のざわめきが、絶えず低く響く海鳴りと混ざりあって聞こえる。

「さて、何だね、タンブリッジ卿？」伯爵は卿と向かいあった。

「閣下のお嬢さんのことです」

「フィアがどうかしたのか？」興味がわいた。最近麗しい末娘の行動には予測がつかなくなっている。あるときは手に負えないすれっからしのお転婆な浮気者かと思えば、次の瞬間には冷たく不可解な表情を浮かべたスフィンクスになるのだ。

父親に対するフィアの態度も、この一年のあいだに変わった。昔は私ともうまが合い、一緒にいたがったものだ。皮肉っぽい冗談でいつも楽しませてくれた。しかし、いまでは父を冷笑するようになり、辛らつな言葉を浴びせたりするようになっている。

あの娘は今度は何をやらかしたんだ？　公衆の面前でこのあほうの顔に泥を塗ったのだろうか。

「何の話か知らないが、君が言葉でのどをつまらせる前に、私のほうから先に言わねばならん。フィアの言動のせいで、私は決闘するつもりは毛頭ないからな」伯爵は言い、片手を上げて、しゃべりだそうとするタンブリッジ卿を制する。

「待て。まあ聞け。もし君がフィアと口論をして、どうしても血を流さなければ収まりがつかないというなら、娘の取り巻きのなかから、娘のために戦う男を見つければいい」

「ちがうんです！　もちろん……私が言いたかったのは……そうじゃなくて。まさか！」タンブリッジ卿の顔が真っ赤になった。

ロンドンで決闘の名手として名をはせているわりには、突撃精神が欠けていると伯爵は腹立たしく思った。「おいおい、はっきりしゃべったらどうだ。いったい何を言いたいのかね？」

「私は……お嬢さんを殺したいのではありません。結婚したいのです」

伯爵はタンブリッジ卿をまるまる一分間じっと見つめたあと、頭を後ろにのけぞらせて笑った。わき腹が痛くなり、目の縁から涙がにじんだ。もうこれ以上笑えないとなったところでようやく気持ちを静めて、鼻をすすった。袖口からレースのハンカチを引きだし、目と鼻のまわりに押しあてた。それでもまだときおり笑いの発作が戻ってきて、くっくと低い声を上げながら肩を震わせている。

「いや、感謝する。気晴らしをしたいと思っていたのだ。誓って言うが、タンブリッジ卿、君がこんなに冗談がうまい男だとは思ってもみなかった」

そのころになってようやく、伯爵はタンブリッジ卿が笑っていないことに目を留めた。彼の顔は色を失っていた。蒼白なくちびるは真一文字に固く結ばれている。タンブリッジ卿は真剣だった。

そのことに気づき、タンブリッジ卿の過去のできごとを改めて思い出した――カー伯爵の息子アッシュが短剣で彼の手を串ざしにしたため、卿の決闘家としての経歴はおおいに傷ついたのだ。とはいっても、細身の長剣《レピア》の並々ならぬ使い手だという評判はいまだ高い。それでもなお、伯爵はタンブリッジ卿のたっての願いを受けいれる気にはなれなかった。

「いまの閣下の態度は悪気からではないと考えます」タンブリッジ卿は歯をかみしめながら言った。「私の意図を、お嬢さんを妻に迎えたいという気持ちを誤解なさったんでしょうから」

「いいや、誤解などしておらん」伯爵はハンカチを袖口に押しこんだ。「で、答はノーだ」

「どうしてですか？」タンブリッジ卿が詰問する。「私の血筋は誇れるものです。男爵の称号をもっていますし、何といっても、王室の信頼は厚い。閣下、国王に対して私が影響力をもっている点を評価してくださらないと。そのつながりを利用して、スコットランドに閣下を追放した命令を撤回してもらおうとここ何年も、国王を説得にかかっているのですから。裕福な若い妻が次々に亡くなったのは、不幸が重なっただけで、何の悪意からでもない。国王をもうちょっとでそう納得させられるところまできています。何かきっかけがあれば、すぐにお気持ちは変わるはず」

たっぷり一分間、二人の男は黙って互いを見つめた。カー伯爵は退屈した冷淡な視線を投げかけ、タンブリッジ卿は怒りでからだを震わせながら見返した。とうとう伯爵がため息をついた。「落ち着いたかね、タンブリッジ卿。そうか。君の求婚についての話に戻る前に、ちょっとだけ君を教育しておくか」

タンブリッジ卿は動揺し、目をしばたたいた。

「人を恐喝するこつはな」伯爵は穏やかに説いた。「相手をこちらの目的どおりに従わせたいなら、あらゆる手段を使って脅しをかける気構えでいなければならんのだ」

「たとえば君についてだが、私のために一生懸命にやってくれている。なぜなら、もし私がロンドンに帰れなかった場合――それも、早晩のうちでなければ――私も近々手に入れるおもちゃで、自分を慰めざるをえない。知ってのとおり、キャンピオン城のことだがね。あの城はどのくらい、君の一族のものだった、タンブリッジ卿？　二〇〇年、いや三〇〇年だったか？」

タンブリッジ卿のからだの震えがやんだ。彼の顔が一気にたるんであごが落ちた。そういう表情は不運に見舞われた人間が見せるものだと、伯爵も最近わかりはじめたところだった。

「それだけではなくて」とやさしくつづける。「こんなことを言っては何だが、国外追放の船に乗せられる君の姿を想像して、私は片田舎での生活の憂さを晴らすようになるだろう。何年も前のあのチープサイド街の売女《ばいた》との騒ぎで、君は法の裁きを受けることになる」

「しかし、あのとき私は酔っぱらっていた！」

「おお」伯爵はおどけたように人差し指を振った。「でも、私はしらふだった」

タンブリッジ卿の顔が蒼白になった。

「さて、私も今回は無茶を言わない。いよいよという局面で、君の言う特別のコネをもつおべっか使いをまた新たに探すのは、めんどうだからな。しかしもちろん、見つけようと思えば簡単なことだ。万一、本当に必要であれば、すぐに調達できる。私の言ったこつは心にとどめておきたまえ、タンブリッジ卿。今度、どうしても人に無理難題をもちかけたくなったときのために」伯爵は首を傾けた。「私の言いたいことはわかったかな?」

タンブリッジ卿は黙ったままうなずいた。

「よかろう。さて、どうか教えてくれないか。いったいフィアがどうしたんだ?」

糸を断ちきられた操り人形のように、タンブリッジ卿の肩ががくりと落ちた。不幸のまっただなかにいる男の顔になる。「お嬢さんはセイレン(ギリシア神話などに登場する海の精。美しい歌声で船乗りを惑わし、遭難させる)です。絶対に! おかげで私は気も狂わんばかりになっています」

「そうか」伯爵は同意した。「フィアはその手の駆け引きが得意だと聞いておる」

「思うに、私は魔法をかけられたようなものです。お嬢さんは魔女かもしれません!」タンブリッジ卿はみじめな声のままつづけた。「このどうしようもない気持ちを説明するには、そう言うしかないのです」

「さて、フィアの社交界デビューまぎわに、それはなんとも愉快なうわさじゃないかね」伯爵はいらつきながらつぶやいた。この男がこういった御託をまだ並べるつもりなら、放っておくわけにはいかない。彼をなんとかなだめなければ。「セイレン」は魔力的だが、「魔女」は問題がある。

タンブリッジ卿は片手を伸ばして嘆願した。「お嬢さんをいただきたいのです。どうしても」

「馬鹿なことを言うな」

「でも、どうしてです？」タンブリッジ卿は哀れな声で訊いた。心の痛みに耐えかねて、途方に暮れているようだった。伯爵はフィアの手腕に内心舌を巻いた。「私には財産がありま す。コネもある。どうしてだめなんです？」

「それは、君がすでに私の支配下にあるからだ」伯爵は説明した。「フィアを君に嫁がせるのはほうびとして多すぎる。だめだ。フィアは、私がいろいろはたらきかけても屈服しない男のもとにやる」彼の笑みには誇らしい気持ちがにじんでいた。「フィアは究極のトロフィーだからな」

「しかし……お嬢さんがどうしてもほしい！」男らしい辛抱強さを発揮しようともせずに、卿は泣き言を言った。

伯爵は相手の肩を気安くたたいた。「さあさあ。しゃんとしろ。それに、もし一緒になったとしても二週間もしないうちに、君はしゃぶりつくされたあげく、たたきだされるだろう。なんたるかな！　あの娘はたったの一六歳だ。まだ歯もはえかわっていないような年頃で、君を見事にたぶらかしたんだぞ。フィアが二〇歳になったらどう変身するか想像してみたまえ。三〇になっ——」

伯爵は途中で言葉を止めた。ハイランドのバグパイプのかすかな音が霧のなかから流れてきたのだ。すばやく頭を上げた。「あれが聞こえたか？」

「何がですか？」タンブリッジ卿は自分のことで夢中だ。「もし、お嬢さんが私と結婚したいと言えば、閣下は何とおっしゃいますか？」

「フィアはそんなことは言わん」伯爵は目を細め、たそがれどきの薄明かりに照らされた霧の向こうに目を凝らした。霧のなかで黒い人影が動いた。伯爵には確信があった。格子縞《プレード》の肩掛けをベルトで止めたたくましい男の影のようなものが見えた。「あそこに何か見えないか？」

「お嬢さんがなぜそうしないと？」

タンブリッジ卿に侮蔑のまなざしを向けてから、伯爵は再び霧のほうをじっと見た。「フィアが言うわけがない」

伯爵の答にはいささかの揺るぎもなく、タンブリッジ卿はいくら頼みこんでも無駄と悟ったようだった。彼が大きなため息をついてこそこそと退いたのにも、伯爵はほとんど気づかなかった。流れる霧に目をやる。マクレアン一族の低く陰気なバグパイプの音がしないか耳をすます。何も聞こえない。

忌まわしい亡霊め。隠れんぼうのような子供の遊び以外に、もっと気の利いたことをして過ごせないのか？　ののしりながらテラスを出て、露で光る花崗岩の階段から庭へと下りた。イチイやツゲの木を奇妙で幻想的な形に刈りこんだ装飾庭園《トピアリー》のあいだの小道をわき目もふらずに大股で歩いていく。霧が足元で渦を巻き、白い絹のストッキングがじんわりと濡れはじめ、靴のかかとをおおう淡青色の繻子に染みが広がった。

庭の端にはピンク花崗岩の階段が設けられ、さらに低いひな壇に通じている。伯爵は立ちどまって、のぞきこんだ。かつては薔薇や珍しい植物がきちんと植えられていたところに、ワラビやハリエニシダがいつの間にか入りこんでいる。闇が濃くてよく見えない。すでにそこは夜の支配下だった。霧は深く、空気は冷たくなっている。

「出てこい、呪われたマクレアンの亡霊ども！　私はここにいる。かかってこい」

大声で挑んでも答はなかった。亡霊らしき姿は何一つ現れない。闇から聞こえたバグパイプの震えるような音色もとだえていた。静寂だけがあたりを満たす。

似た経験がこれまで何度もあった。視界の片隅でこそこそ何かが動く。風が吹くはずのないところに冷たい突風が吹きつける。真夜中に太鼓の音が聞こえ、自分の心臓の鼓動かと思えばそうではない……。

こうしたことがつづくと、頭がどうかなりそうになる——いや！　別にどうかなるわけではない。集中できないだけだ。腹立たしい。それだけの話だ。

「いったいどうした？」伯爵は下の闇に向かって叫んだ。「死者は生きている者をまだ恐れるのか。スコットランド人は死んでも、イングランド人から逃げるのか。臆病者の幽霊め」

完全な静寂は伯爵をあざ笑っているかのようだった。怒りのあまり息を荒らげながらくるりと背を向けて、来た道を引きかえしはじめた。自分に注がれる視線や、あざけるように笑う声を痛烈に意識していた。テラスまでの階段を猛然と上がったとき、霧に包まれた道端の薔薇のつるに、くすんだ大きな染みのようなものがからみついているのが、ふと目に留まった。スカーフか？　変だ。さっき来たときは気がつかなかったが、別のことに注意が向いていたからだろうか。

女性客のひとりが庭を逢引の場に使ったにちがいない。しかし、逢瀬にはひどく寒い季節だ。伯爵は身を乗りだして、その布を拾いあげた。また進みはじめようとして、何の気なしに手元を見た。突然、立ちどまる。その目は手に拾ったものに釘づけとなった。

厚地の絹の細長い切れ端だった。かつては鮮やかだったものが、過ぎさった時間によるものか、使いつづけたせいか、海のなかに長いあいだ浸かっていたせいか、色つやを失っていた。片方の端はきちんと三つ折りにかがってあったが、もう一方はぎざぎざにすり切れていた。だれかが乱暴にひき裂いた——。

伯爵はまぶたを閉じた。そしてまた開く。その布は消えはせず、別の布に変わってもいなかった。彼は布をぎゅっと握りしめた。これが何なのか、知っている。

女性用のプレードであるアリサード。ジャネットのものだ。マクレアン一族が使う肩掛けだった。まちがいようがない。ジャネットが死んだ日に彼女が身につけていたものだ。このアリサードをつけたまま舞踏会に出ると言いはったため、彼が激高して裂いたものだ。二つにちぎれた布の半分を、ジャネットは当時赤ん坊だったフィアのからだに巻いた。いま、ここにあるのは、その片割れだ。

マクレアン島の崖下の波打ち際の岩に横たわるジャネットのからだの近くで、この布が波に揺れているのを目撃したのが最後だ。その後、布の行方はわからなくなっていた。伯爵がジャネットを投げおとしたその場所で。

9

「バグパイプを抱えたジェイミーがいるのに、伯爵は見つけようともしなかったさ」ムーラは甲高い声で笑った。フェイバー・ダンの付き添い役《シャペローン》に割りあてられた寝室の化粧台の前に座っている。

フェイバーが見守るなか、ムーラは綿の塊を瓶に入った獣脂につけ、顔から薄い黄土色の顔料をぬぐいはじめた。「といってもきょろきょろしたところで、ジェイミーは見つけられんかっただろうけど。ここに二〇年以上住んでいても、伯爵は城の秘密を半分も知りやしない。南の塔の下の胸壁からささやく声は、中庭の下に広がる庭からのように聞こえるってのも知らないのさ」

「カー伯爵が何を知っていて、何を知らないか、よくわかってるのね」フェイバーは言った。

「そうでなくちゃ。この二年間、私は伯爵の怒声やののしりに耳をすませてきたし、それより前も十何年間、彼が何をするかちゃんと見てきたんだから。そう《アィ》だよ。はかりごとを巡らすことにかけちゃ、私もなかなかのもんだが、伯爵の腹黒さもようくわかってる」ムーラは言った。顔料がついた綿を暖炉の火に投げこむと、脱いだ服を小さく丸めた。その衣装をあとで、寝台の足元にある鍵つきのたんすにしまうのだ。

フェイバーは寝室を見回し、この部屋にも秘密があるのだろうかと考えた。うれしいことに、ここはフェイバーの部屋にはつながっていない。ムーラが勝手に入ってこられないのはありがたかった。

「ジャネットについて、伯爵しか気づいていないようなちょっとしたことを思い出せたらいいんだけど」ムーラはつぶやき、鏡のなかの自分の姿をにらむように目を細めた。

「ええ、何かすぐに思いつければね」フェイバーは言った。「お客として城に来て二週間になるけれど、いまのところ、伯爵はわたしを食器室の猫くらいにしか思ってないみたい。暖炉の火の前で裸で踊ったりしたら別でしょうけど、伯爵の関心をどうやって引いたらいいかわからないわ」

ムーラはいらついたまなざしをフェイバーに投げかけた。小さな綿の塊を口のなかにつめて、ほほをふくらませてから、細かな白粉を顔にはたいて、眉とまつげを念入りに整える。それが終わると、白髪を頭のてっぺんで束ねてまげをつくった。

色白でとてもふっくらしたいまのムーラを見たら、あの浅黒いやせこけた「パラ」――二年ほど前に城の馬小屋にいたところを伯爵に見つけられたロマの老女――と同じ人間だとはだれも思わないだろう。

「私は二年もの歳月をかけて伯爵の頭のなかに、ジャネットがこの世に戻ってくるという手がかりや前兆をつめこんでやったのさ」ムーラは言った。「もし、あんたがジャネットの生まれ変わりだと伯爵に信じこませられなかったら、それはあんたが失敗を望んだってことだよ」

ムーラはボディスのなかに羊毛のつめ物を入れこみながら、思案気にフェイバーをながめた。「そうなのかい？　あんたの未来はあんただけのものだと言えたら、どんな世界が広がるだろうなんて思っているんじゃないかい？」フェイバーをあざける気持ちが強まるあまり、スコットランドなまりが強くなる。「あんたはあのイングランド人のみじめったらしい囚人のことをまだ考えてるんじゃないか？」

「いいえ」フェイバーはその非難を否定した。

「そうかい《アイ》」ムーラがうなずく。「ジェイミーが言っていたが、城に来るちょっと前、あんたはあの男の消息について訊いたそうじゃないか」

「信じないとは思うけれど、わたしが尋ねたのは――」

「罪悪感からかい？」ムーラは吐きだすように言った。「あんたはそう言うだろうよ。この半年間、言いつづけてきたからね。私には、あんたの立派な良心が欲望をでかく育ててしまったように見えるね。しかし、一族の者たちが残らず死んだ責任をとらなければならない娘には、それ以上罪の意識をもつ余裕はないと思うがね」

「そんなに見くびらないでほしいわ」フェイバーは無表情に言いかえした。老女の説得は巧みとは言えなかったが、効果があるのは否定できないだろう。フェイバーをフランスから連れかえって以来、ムーラは事あるごとに一族への負い目を彼女に思い出させた。二人はお互いについてたくさんのことを学んできた。

フェイバーは自分の傷つきやすさを隠せるようになり、ムーラは素直な人形を操りたいと思っていたのに、目の前に現れたのは、実は簡単には扱えない、自立心をもった娘だと知った。ムーラにとってそれは不愉快な授業となった。そして顔を合わせれば絶え間なく張りあって衝突してきたのだ。

「さもなきゃ」ムーラはさらに追及した。「あんたの大事な、若さあふれる男が結局、犠牲になる必要が本当にあったかどうかって悩んでいるのかい？」

フェイバーは無言でムーラを見た。

「ねえ、あんたのせいで死んだ男たちもみんな、青春まっただなかだったんだよ。それぞれが美しい花嫁をもらって、ぽっちゃりした子どもたちを授かり、あったかい炉辺で暮らせるはずだったんだ。そのなかには私の夫も兄弟も、三人の息子もいたわけさ」

「わかってます」そのことは知っていた。ワントンズ・ブラッシュに着いた晩に、フェイバーはそっと城を抜けだして馬屋に行った。そこで、トマス・ダンの御者になりすましていたジェイミーに、ムーラとのあいだに入って確執を収めてほしいと頼んだ。しかし、彼はそうする代わりに、あの殺戮の夜のムーラについて語って聞かせた。ムーラは家族を残らず失ったにもかかわらず、気丈にも負傷者を助けて、回復するまで世話をしたというのだ。

女子修道院の院長がやさしく説きふせてくれたおかげで、あの夜に起きた一族の悲劇については、全責任が自分にあるわけではないとフェイバーは知った。彼女がそう信じられるようになるまで、院長は何年も粘り強く説得してくれた。それでもこのところ毎日のようにムーラからちくちくと責めたてられ、フェイバーは昔の罪悪感が息を吹きかえすのを感じていた。

「私らはここで鳴りを潜めていたわけではなかった。フランスのブランデーを密輸する、一族の最後の男の命を危険にさらして、あんたをフランスに運んだわけだが、居心地のいい修道院でぬくぬくと暮らさせるためにそんなことをしたんじゃない。あんたをゆくゆくは使うためだ。血塗られた借りを返すんだよ。あんたがその計画を実行するんだ」

「それを否定はしないわ」ああ、神様、ちがうなんて言っていない。そんなことはしない。マクレアン一族の期待にときには押しつぶされそうになったが、屈しはしなかった。いまも負けたりはしない。わたしほど強く償いを願う者はいないのよ。

「私らが何年ものあいだずっと懸命に働いて計画し、自分を犠牲にしてきたのは、この土壇場になってあんたに何もかもめちゃくちゃにさせるためじゃないよ」

「わたしはめちゃくちゃになんかしません」

「もしすべてうまくいけば——それはあんたの腕にかかってるが——島と城は再びすぐにマクレアン一族のものになる。それが望みじゃないのかい？」ムーラは迫った。

「ええ」

「では、よくお聞き。ジャネット・マクレアンの役を演じるんじゃだめだ。ジャネット・マクレアンそのものにならなきゃいけない。わかったかい？」

「もうやってみたわ」フェイバーの声にどうしようもなく挫折感がにじみでた。「顔が痛くなるほど必死にやっているのに、伯爵は気づいてくれない」

「もっとがんばるんだ」情け容赦なく言う。

フェイバーは逃げだすつもりはなかった。きっぱりと、永遠に罪悪感と決別するという自分自身の目的のために、するべきことをしているのだ。「時間がどんどんなくなっていくのに、どうすればジャネット・マクレアンになりきれるのか、あなたは教えられないじゃないの。あなたの記憶があいまいで、思っているほど正確じゃないのかも。知らないことは教えられないでしょう」

ムーラは突然くすくす笑った。「私の役者としての才能を疑ってんのかい？　そりゃあないよ。私は善良な老婦人でね、伯爵も納得しているさ」

ムーラは近視の人のように瞬きし、くちびるの端を持ちあげてやさしい笑みをつくった。たちまち自分の役どころである、ぼんやりした老齢の親戚になってしまった。文句のつけようがない。見事な変身ぶりに、フェイバーも賞賛せざるをえなかった。

フェイバーたちは六カ月前にマクレアン島にやってきて、トマス・ダンが留守にしている館に住みついた。それからすぐに、ムーラはトマスが書いたかのように見せかけた手紙をカー伯爵のもとに送った。ムーラが彼の伯母、ダグラス夫人であり、彼の妹フェイバーのシャペローンだと紹介している内容だった。

予測どおり、伯爵は招待客名簿に、さしあたって後ろ盾がいない裕福な相続人の娘を加えずにはいられなかった。招待状がただちに舞いこみ、数日後には、ムーラはワントンズ・ブラッシュの階段を上がるフェイバーのあとにつづいていた。レースのスカーフをはずして、「ああ、とうとう」とささやいたものだ。二人はそれ以来、客としてワントンズ・ブラッシュにときおり滞在していた。

ムーラの微笑が消えた。「でも、一つの点であんたは正しい。時間はどんどんなくなっていく。今晩、伯爵がひとりでいるところをつかまえなきゃだめだ。でも、私があんたのそばにいちゃ、そんな状況は訪れないだろうからね。あいつには恐れいるよ。あんたの兄さんを怖がるだけの分別はちゃんともっているようだ。あんたに不適切なふるまいをして、私からトマスに報告されたくないんだ」その考えがおかしかったらしく、ムーラは含み笑いをした。「私はもうすぐ大広間に下りるから」考えを巡らしながら言う。「少しばかりお酒を飲んで、ご機嫌になっているところを派手にみせつけておくとするか。あんたは一時間したら下りてくるんだ。そのころには私は眠りこんでるようにするから。伯爵がひとりのときに近づくんだよ。あいつがあとあとの心配をしないですむように」

ムーラは立ちあがり、手袋をはめ、扇を手にとった。戸口のほうに向かう途中で、いったん足を止める。「今夜こそそのときだ。『パラ』は伯爵に断言したんだ。死んだ奥さんが伯爵に会いに戻ってくると。それを聞いた伯爵の顔ときたら。気も狂わんばかりに会いたがってる表情だったね」

そのときの情景を追いはらうように、ムーラは頭を振った。「伯爵が奥さんを崖から投げおとしたんだとしても、まだ彼女に恋いこがれているんだ。ジャネットを愛してると本当に思いこんでるのさ。そして、ジャネットも伯爵を愛していると思ってる」彼女は短い陰気な笑い声を上げた。「計画は完璧さ。ジャネットをまた見つけたと思ったら、伯爵はもう放しはしない」

ムーラの顔が緊張している。「そうなって初めてあんたは負債を返せるんだ。伯爵があんたと結婚したら、マクレアン島は再びマクレアン一族のものになる」

ムーラが部屋を出てから一時間後、それまでずっと座っていたフェイバーは立ちあがった。ワインレッドのタフタのドレスのすそまわりをきちんと直し、袖口から伸びる黒レースの三重のひだ飾りを整えてから、出発した。

顔には何の感情も表れていなかった——第一、内側からあふれでてくるものなど何もない。バルコニーの席から劇を見物する観客のひとりになった気分だ。

まずは伯爵の死んだ妻がこの世に戻ってきたと彼に信じこませる。そして、伯爵と結婚する。その後、フェイバーは姿をくらまし、伯爵の捜索の手が決して伸びないフランスへと戻る。それからどのくらい時間がかかろうとも、伯爵が死ぬ日までじっと待つのだ。伯爵が死ねば、城はマクレアンたちの手に戻る。ここスコットランドでは、女性でも亡夫の財産を相続することができるのだ。

そして、「婚姻を成立」させるための行為が——あるいは強要されて——あったとして、たとえ胸が悪くなる思いをしようとも、結局、計画が成就したあかつきには、背負った負債をようやく「完済する」ことができるだろう。

視界の片隅で黒髪の亡霊が揺らめいてから消えた。ぎょっとして、よく見ようと急いで振り返ったが、亡霊と思ったものは壁にかかった鏡に映る自分の姿でしかなかった。

フェイバーは瞬きもせず鏡のなかをのぞきこんだ——青白さを通りこして幽霊のように透けそうな白い肌、ぼんやりと広がった黒い瞳。魂の抜け殻のようなようすはセルキー（ケルトの伝説に登場するアザラシの姿をした海の妖精）を思わせた。

白い肌、高いほほ骨、薄めのくちびる、ほっそりしたのど、細いアーチを描く眉を確かめながら、鏡をじっと見た。すべては幻影であり、潤いを加え、強弱をきちんとつける技術をきわめた達人の作品だった。虹色をした鉛白の微細な粉を混ぜた白粉が、白い肌をつくった。注意深く塗られた口紅が、もともとはふっくらしていたくちびるを薄く見せた。そして、紅を少々刷いたほほ骨が強調された。

あごの下には紅を置いて、首の長さを印象づけた。ムーラの毛抜きによって、眉は細いカーブに仕上がった。ベラドンナの実のエキスを目にさして瞳孔を広げたおかげで、虹彩の青色がほとんど輝きを失い、瞳の青さが目立たなくなっている。

ムーラは最後の仕上げとして、週に三度、いくつかの植物の根やベリー類を粉々にし、フェイバーの髪につけた。それで黒髪ができあがった。さえない色だとフェイバーは密かに思った。黒檀のように深みのある黒い髪には、健康的な輝きがまったく見られない。

少なくともじっとしているときのフェイバーは、ムーラの腕前とその化粧道具と薬のかいもあり、ジャネット・マクレアンにとても似ていた。足りない部分は、死んで久しいジャネットを知る人たちの記憶が頼みの綱で、二人の姿が重なるように祈るしかない。彼女は試しに扇子をぱちりと開いた。きびきびと――ジャネットはのろのろした動作などしなかったのだ――扇子でくちびるを隠すと、まぶたを伏せるようにして流し目を送った。純情すぎるかしら。フェイバーはもう一度やってみようとした。

「申し上げますが、ミス・ダン、鏡のなかのご自分に向かって、心にずしんと響く小悪魔的な表情をつくり、無情にもその魅力を使いはたしてしまうつもりではないでしょうね。つまり、少なくともその流し目の一つくらい私にとっておいてくれますか？」

フェイバーがさっと向きなおると、オーヴィル卿が壁に片方の肩をあずけて立っていた。卿の声は不明瞭で、非難するようにくちびるがすぼまっている。彼女はあとずさった。

ワントンズ・ブラッシュでの最初の晩、オーヴィル卿はフェイバーを人気のない部屋に追いつめた。前口上なしで、いきなり彼女のからだをつかみ、くちびるを裂く勢いで荒々しくキスをしてきた。いまでも卿の冷たい湿ったくちびるを思い出すと、腹の底からぞっとする。逃げようとしたが、オーヴィル卿の力は圧倒的だった。叫び声を上げることは考えられなかった。上品ぶっているとして城から遠ざけられたり、もっと悪くすれば、乙女同然の反応が伯爵の反感を買うかもしれなかったからだ。

ちょうどそのとき、オーヴィル卿の妻がふくみ笑いをしながら、ぼさぼさ髪の従僕に熱心に追われてやってきたので助かったのだ。オーヴィル卿が気をそらしたすきに、フェイバーは彼の腕から抜けだし、逃げることができた。それ以来、フェイバーはなんとか卿を避けてきた。

しかし、その運も明らかに尽きたようだった。

「猫があなたの舌を持っていってしまったのかな」オーヴィル卿がゆっくりとしゃべる。

「幸運な猫ですね」

世慣れた態度をとるのよ、とフェイバーは自分自身に命じた。それが唯一残された打開策だった。彼よりもうんと世知に長けた女性に対して、オーヴィル卿はどうふるまっていいか、とまどうだろう。なんとか呼吸を整える。象牙の扇子をぱちりと閉じた。

「オーヴィル卿」フェイバーはつま先で立ち、卿の後ろをのぞきこむふりをした。「馬屋番の若者と階段を上がっていく女性の姿がちらりと見えましたが、あなたの奥様ではありませんこと？」

オーヴィル卿はあざけった。「それがどうかしましたか？　願わくは妻がその男を堪能できますように――というか」彼はちっともおもしろくなさそうに笑った。「その男が妻をたっぷり味わえますように。他の男と同じように」

歯を見せてにやりとしながら、オーヴィル卿が壁際から身を起こした。「私はとにかくあなたを心ゆくまで食べたいですね、ミス・ダン。一口一口、楽しみながら」

細長く白いあごを軽くたたきながら、ぶらぶらと近づく。

「めったにお目にかかれない、ほかの男がまだ試していないものが味わえるのですね。おお、驚いた顔をしないで、お嬢さん。ねえ、あなたのことを、あれこれ尋ね調べたのですよ。だれでもすることです」

「本当にもううんざり」フェイバーは必死でその場にとどまった。「わたしのほうはあなたにそんな関心はまったく見せていないのです。どうしてそんなお話になるのかさっぱりわかりませんわ」

「ちぇっ、まったく、無作法きわまりない、かわいいスコットランド娘だ。私が何を知ったか興味はありませんか？」

「いいえ」

オーヴィル卿の笑みが大きくなった。「あなたのお兄さんは、いわゆる権利を放棄したスコットランド人ですよね――ジャコバイトびいきの一族の残党と一緒にハイランドでうろうろするよりも、アメリカ大陸行きを選んだのですから。私から見れば非常に賢いやり方だと思いますが、あなたの一族の男たちはそれを明らかに忠誠心の欠如ととらえたみたいですね」

彼は自分の言葉がフェイバーを傷つけたかどうか、注意深く見ていた。彼女の頭に、もしかしたらオーヴィル卿はカンバーランド公の秘密情報員かもしれないという考えがひらめく。謀反の種をいっさい断ちきるために、ハイランドに派遣されたひとりではないか。臆病者の兄が、もしそうなら、ここでおたおたして、この人を喜ばせるわけにはいかない。

一族をまとめる責任を放りだしたといううわさ話はそらで言えるほどだった。そうでなければいけないのだ。トマスがそうなるように仕向けたのだから。おかげで、兄はイングランド人の略奪者たちのあいだを自由に動きまわることができた——彼らは兄を同族を裏切った者と軽蔑しつつも、金を使いたがっている道楽者として仲間に加えたのだ。

「あなたのお兄さんは、キルトを着た兄弟たちからはあまり高く買われていないようですね。でも、そんなに悲しそうな顔をしないでください、ミス・ダン。お兄さんの財産がおおいに埋め合わせをするだろうと聞いてますよ。あなたにも恩恵があるはずです」

フェイバーは鏡に映る自分の姿をじっと見つづけた。退屈な男との会話に飽きた、うぬぼれの強い娘のふりをしながら。

「一族の生き残りがお兄さんを脅したのですか？　急にスコットランドを出ていったのはそれが理由だとでも？」

フェイバーは鏡をよく見ようとさらに身を傾け、こめかみにかかる黒い巻き毛を整えてから、やっと答えた。「トマスのことを言っているのですか？　いいえ、決してそんな事情ではありませんわ。わたしが知っているのは、愛する兄がいまはアメリカにいるということだけです」頭が空っぽな娘の笑みを浮かべる。「さあ、失礼してよろしければ——」

フェイバーがオーヴィル卿の前を通りすぎようとすると、彼のからだが前に出て、進路をふさいだ。彼女の笑みが消える。「閣下？」

「妹を残していくなんてどうしてですかね」

「おそらく、兄は農園に留まるつもりでしょうが、妹のほうは汗をかくのが大嫌いなのですよ。だって、汗まみれになるのはわかっていますから。でも」フェイバーの視線がオーヴィル卿の濡れた眉や汗で光る上くちびるの上を動いた。「汗はここでも同じようにかくみたいですわね」

オーヴィル卿は赤面した。「威勢のいいお嬢さんですね」

「でも、あなたのように世慣れた何でも知っている方には、まったく物足りないはずですわ」フェイバーは下手《したて》に出すぎた口調になったのに気づき、自分をののしった。

オーヴィル卿もその不安げな響きを聞きとっていた。彼の自信がたちまち回復した。「本当にそうかどうか私が判定してあげましょう」彼がぐいっと近づいた。酸っぱい息がフェイバーのくちびるに降りかかる。

それまで彼女を支えてきた勇気が突如消えた。くるりと向きを変えると、ふくれたスカートを下の張り骨ごと持ちあげ、走りだす。耳に入るのはドレスのタフタ地の低い衣ずれの音と、自分の靴のかかとが床を小刻みに鳴らす音だけだった。遠く離れた人の声もぼんやり聞こえはするが、走れば走るほど、その声はもっと遠ざかっていくように思えた。

そしてフェイバーは、オーヴィル卿が追ってくる物音を聞いた。

彼女は自分の寝室に割りあてられた部屋の前も全速力で通りすぎた。その部屋だって安全ではない。鍵を取ってきて扉に錠をおろすひまなどないからだ。追っ手をまくことさえできれば、どうにかなるのに。

「なんて楽しいんだ」オーヴィル卿は叫んだ。「ゲームは大好きだ」

フェイバーは召し使い専用の階段に通じる扉までたどり着き、頭をかがめて低い戸口をくぐった。がたがた音をたてながらすり減った石段を下る。足をすべらせかけ、くねくねとつづく狭い通り道に広がったスカートがはまりこみそうになっても、なんとか前に進む。一番下まで下りると、扉から飛びでて、逃げつづけた。別の扉を開けて、また階段を下りたが、オーヴィル卿の足音は常に背後から聞こえてきた。いくつもの戸口を抜け、別の薄暗い通路へと走る。

自分がどこにいるのかまったくわからなかった。群れから追いはらわれる一歳鹿のように、城のもっとも奥まったところへ、人がめったに入りこまない暗い部分へと追いつめられた。肺が焼けつくように熱かった。ずしりと重くなったスカートを持ちあげられずに引きずっていた。フェイバーは立ちどまり、あえぎながらあたりを見回した。これ以上走れない。死に物狂いで手近の扉に突進し、取っ手を押した。扉はどうにか開いた。

急いで部屋に入りこむと、扉のほうを向いて、そっと閉めた。扉に背を押しつけて待つ。心臓がばくばくと音を立てている。出口はこの扉だけだろうか。

ほかに出口は見つからなかった。

長らく使われないまま見捨てられた寝室の一つにフェイバーはいた。中央部の大きな寝台を除いて、すべての家具にシーツがかけられている。寝台上部の天蓋から下がる薄いカーテンはずたずたに引きちぎれており、まるで虐待された花嫁のナイトガウンのようだった。収納箱や整理たんすが一方の壁に沿って並んでいる。絵画が何枚も重なって山になっていた。だれかがシッとささやいて、すべての動きが止まったような雰囲気がこの部屋にはあった。臆病な幽霊たちだけが集まっていて、フェイバーが出ていくのを固唾をのんで待っている感じだ。オーヴィル卿の足音がしないか、耳をすませた。何の音もしない。

一〇〇数えてから、部屋の向こう端までそっと動いた。ふくらんだドレスのすそが床に積もったほこりを寄せていき、あとに幅広い掃き跡が残る。奥の壁にいくつか並んだ背の高い窓の前で立ちどまると、紗《しゃ》のように薄くたっぷりとしたカーテンを引きあけた。そのとたん、はっと息をのんだ。

コバルト色の波が渦巻く海の上で、夜が空を支配しつくそうとしている。夜の黒い肩のあたりで、昼が最後の輝きをまき散らしながら横たわり、消えつつあった。あまりに幻想的な風景だった。これほどドラマチックな日没は見たことがない。「まあ」思わずあえいでしまう。

「奥様《ミレディ》」

フェイバーの心臓が急に飛びあがった。振り向くひまもなく、オーヴィル卿がかぶさってきた。彼女の腰をつかんで引っぱりあげる。足をすくわれて乱暴に突かれ、顔を窓に押しつけられた。オーヴィル卿のくちびるがうなじを襲い、どん欲に吸いついた。

フェイバーは叫び、足をばたつかせ、恐怖ですすり泣いた。オーヴィル卿は笑っている。燃えさかる火を冷たい水が消しとめるように、その笑い声が彼女の恐怖心をかき消した。

わたしはフェイバー・マクレアン。どこかの卑しいイングランド人の情婦ではない。彼らのえじきには決してならない。わたしはだれからも虐げられたりしない。フェイバーは肩のほうに手を伸ばすと、彼の顔をつめで引っかいた。相手の皮膚が傷ついた手ごたえに満足する。

「売女め」オーヴィル卿は彼女の手首をつかみ、憎々しげにひねって、窓枠に激しく打ちつけた。もう一方の手もつかむと、同じように懲らしめようとした。フェイバーの両手は痛みのあまり感覚がなくなった。

「スコットランドのあばずれ女！」オーヴィル卿は彼女の耳元に低い声でささやいた。「覚悟するんだな。ろくでなしの兄貴もくそくらえだ。さて、どうなるかな――」

その言葉はのどがつぶれたようなうめき声で断ちきれた。フェイバーは突然自分が自由になったのを知って床にくずおれると、からだをひねりながら、いったい何が起きたのか見ようとした。

いままでは部屋の暗さが増していた。闇が広がりかけている。二人の男が部屋の真ん中で争っていたが、圧倒的に強い片方は背が高く肩幅が広かった。そのこぶしが目も留まらぬ速さで空中を突きすすみ、あっという間に相手を打ちのめす。長身の男は突然攻撃をやめて、背筋を伸ばした。やせ形の男のほうはふらふら揺れたかと思うと、床にどさっとくずれた。

見知らぬ男がフェイバーのほうを向いた。ちょっとためらったあと、近づいてくる。フェイバーは手を差しのべてくれるのだろうと思った。

顔を上げ、動揺しながらも感謝の気持ちをこめて、フェイバーは震える微笑を男に向けた。

「ありがとうございます。わたしは……どうやって感謝を表したらいいか。本当に……本当にありがとうございます」

男は手を差しださなかった。フェイバーを助けるために見事に戦ってくれたあとで、このような無礼な態度をとるとは。彼女はとまどって顔をしかめた。男が足をもう一歩踏みだすと、窓から差しこむ夕日の最後の光にその姿が入る。フェイバーは出し抜けに、男が彼女にさわるのをためらった理由を知った。

男の姿を最後に見たのは、フランスの兵士たちが多数、彼に向かってわっと群がっていったところまでだった。そこまでは筋書きどおりに運んでいたのだ。

目の前の男はフェイバーが監獄から連れだしたあのイングランド人だった。

10

背の高い男は目を細めてフェイバーを見た。ああ、よかった。変装のおかげで、あのときの娘だとはわからないだろう——。

「いまの働きに対してお礼を言ってるのか？　それとも、ディエップで俺がおおいに役立ったことにか？」男は訊いた。

見破られた。もう、しらを切るわけにはいかない。

男の声は乱暴だったが、耳に快かった。彼が目を閉じて再び開けると、透明な蜂蜜色の虹彩が揺らめきながら輝いた。上くちびるがわずかにまくれあがっているところに、彼のいまの気持ちが垣間見える。愉快ではなさそうだ。

「あなたらしいやり方だ」男は言った。「あのかわいそうな飲んだくれをどうやってだまそうとしてたんだ？」ぐったりと動かないオーヴィル卿のほうをあごで指す。「くそっ、奴をぶちのめすべきじゃなかったかもしれない。悪いことをした。『背徳夫人』のあなたに引っかかった男に、同じ被害者たる男は同情して当然だし、助けの手を差し伸べてもいいくらいなのに」

フェイバーは痛烈な非難を半分も聞いていなかった。目の前の男性をよく見るのに夢中だったのだ。ああ、なんて大きいのだろう。記憶よりもぐんと背が高く、肩幅も広かった。ぴったりとした黒色の、着古したブリーチズをはいている。前を留めていない白のローン地のゆったりしたシャツからは、褐色に日焼けした筋肉質の胸がのぞく。顔の色も記憶より浅黒かった。がっしりした荒削りの顔はいまでは日に焼け、角ばったあごは生えはじめたひげで青黒く見える。もつれた黒髪はたくましく太いのどのまわりでゆるくカールしていた。

それだけではない。男には前とちがう何かがある。根本的なところで。大事な点が変わっているのだ。

フェイバーは首をかしげ、そのちがいが何か見定めようとした。わかったわ。手かせをはめられ、あの監獄の壁に両腕を広げた形で拘束されていた彼は絶望し、いわば崖から落ちる一歩手前の状況だった。ところが、いま向きあっている男性は自分を完全に取りもどしている。

彼は断然有利な立場に立っていた。それにひきかえ、フェイバーは自分以外の人間の財産の復活を賭けて、運命の重圧にうちひしがれている身なのだ。認めたくはないが、二人の立場は入れかわってしまったようだ。

大柄の図体にしては足取りも軽く、男はすっと近づいてきた。危険は別の形に代わっただけで、まだ去っていないと突然気づき、フェイバーは壁のほうにずり寄った。なんとか立ちあがろうと足を動かした拍子に、靴のかかとが床に当たる音が響く。男は手を伸ばし、彼女の二の腕をつかんで引っぱりあげた。

フェイバーは走って逃げようとしたが、男の手がすばやく彼女ののどをとらえた。熱い手でしっかり握られて、フェイバーはじっとしているしかなかった。なんとか視線をそらさずに見返す。彼の太い親指であごを持ちあげられると、その手のひらに押さえられフェイバーの脈は重苦しく打った。

「さて」男はつぶやいた。その視線が彼女のほほとくちびるとのどの上を愛撫するようにすべっていく。「あなたを何と呼んだらいいのかな。マダム・ノワール、それともランベット未亡人。いったい何者なんだ？」

「フェイバーです。フェイバー・マク——フェイバー・ダン」

男はフェイバーの顔を子細にながめまわすだけで、まったく動かなかった。

「くそっ、これは何のはかりごとだ？」彼女のあごから手を離して、また上腕部をつかんだが、今度の握り方はただ逃亡を阻止すると言うには、痛いほどの力が加わっていた。「どんなゲームをしているか知らないが、本当のところを話せ」

フェイバーはたじろいだ。男が歯がみしながらどなる。「洗いざらいだ。さもないと俺は……とにかく真実を話すんだ」

「うそではありません、誓います！」フェイバーは叫んだ。「わたしの兄はトマス・ダン卿です。兄は沿岸から三〇キロほど内陸の北街道沿いに屋敷を持っているの。この城のだれにでもいいから訊いてみたらいいわ。同じ答が返ってくるはず。わたしはフェイバー・ダンです」

男はフェイバーを馬鹿にするように見た。「で、貴族の妹が好色な女に変装して、フランスで何をやらかそうとしてたんだ？」

フェイバーはもっともらしい説明を探して、一瞬ためらった。男が彼女のからだを揺すった。「はっきり言え」

「わたしの兄は……密輸人でもあり、『ラ・ベト』と呼ばれています」フェイバーは小声で言った。「ディエップでフランス人たちがつかまえようとしていたのは兄です。あなたを身代わりにして兵隊たちに引きわたそうとしたのは、兄を守るためだったんです」

男がフェイバーに顔をぐっと近づけると、その目からはもはや冷たさは消えていた。燃えさかる瞳がにらみつけてくる。フランスにいたときよりもずっと年上に見えた――もっと力強く感じられる。もちろん、さらに危険な雰囲気さえ漂っていた。どうかわたしの言葉を信じてくれますように、とフェイバーは心のなかで祈った。

「絶対にうそじゃありません」しわがれた声になってしまう。

フェイバーをつかんだ手はゆっくりとゆるみ、罰せられているような痛みが彼女の腕から引いていく。

「くそ」男が口にしたののしり言葉は、彼女に対してではなく、自分に向けられているように聞こえた。「俺の質問にまだ答えていない。ディエップで何をしていたんだ、小さなハヤブサ君。そして、この新しい羽はどうしたことだ?」

「何ですって?」フェイバーは面食らった。

「あなたの強情そうな眉はなくなっているし、髪も染められている。どうしてだ?」

「なぜなら」いかにも本当らしい答をなんとかひねり出さなければ。「イングランドの紳士は黒髪の娘が大好きだからよ」

「そんな話は聞いたことがない」

「最近の流行を知る機会があったのですか?」無作法な物言いに男が腹を立てないよう祈りながらフェイバーは訊いた。「それとも、紳士のための雑誌を牢屋《トウシエ》に届けさせていたの?」

一本とられたという表情が男の顔にちらりと浮かんだ。「参った」

「それで、あなたはここで何をしているのですか?」フェイバーはつかの間優位に立ったのを利用して、強気で尋ねた。彼女がだれかを知り、居場所を探りあて、復讐でもしようとしているのだろうか。そう考えると背筋がぞくりとした。いい勉強になったわ。これからは良心がとがめても決して気にしてはいけない。フランス兵に彼をつかまえさせておけばよかった。

「おや、それはない、かわいいハヤブサ君」男は首を振った。「うまく話をそらしたつもりだろうが、そんなふうに高飛車に問いただされても、ごまかされやしない。あなたのことを話しあっているんだ。なぜディエップにいた? 密輸船の船長の身を守るのがあなたの仕事なのか?」皮肉をこめて訊いた。

「もちろん、ちがいます」フェイバーは急いで打ち消した。電光石火の速さで考えを巡らし、話題をはぐらかす試みを捨てる。「わたしは何年も世話をしてくれた親戚のもとにいました。ここにいるよりもフランスにいたほうが安全だったのです。兄のトマスのせいで」彼女はちらりと見上げて、男の反応を探った。彼がどう思っているかはわからなかった。「あなたはトマスのことをもちろん知っているでしょう」

「俺がか?」男がフェイバーの腕を突然放してあとずさり、広い胸板の前で腕を組んだ。フェイバーは上腕部をつかまれた跡をさすりながら、彼から少し離れた。男の冷静な視線が彼女の腕の赤くなった部分に注がれる。

「トマスはカロデンの戦いの直後に、スコットランドを出ました。ハイランドの氏族の長たちが、兄の首に懸賞金をかけたのです」

「なぜ?」

フェイバーはまつ毛を伏せ、屈辱を感じているかのようにくちびるをかんだ。「トマスはカロデンの荒野へと従軍しましたが、まだそのときは本当に若かったのです。カンバーランド公の軍に比べ、高地人《ハイランダー》たちが人数や武器でどれだけ非力かを、思い知りました。トマスは」効果をねらって言葉を止めた。「戦いがあまり好きじゃなくって。血を見ただけで気持ちが悪くなるんです。荒野で戦いが始まると、兄は逃げだしました」

男の突然の笑い声で、彼女はぱっと目を上げた。男をにらむ。薄暗がりのなか、彼は白い歯をきらめかせながら、彼女に向かって大げさににやついてみせた。「神よ、俺を守りたまえだな。あなたは猫にもわんわん吠えるように説得できるかもしれない。うそつき娘め」

「あなたには心遣いというものがないのですか」フェイバーは臆さずに立ちむかった。「兄の不名誉を告白したというのに」

「あなたのお兄さんは血が流れるのが大嫌いで戦場から逃げ出した?」男は首を振った。「お嬢さん、もうちょっとましなことを思いつかないのか。その作り話では、臆病な男が有名な密輸人になるというふうにはつながらないぞ。もちろん、流血の惨事があるたびに『ラ・ベト』が船のなかに隠れているのならば、話は別だが」

「馬鹿なことを言わないで」フェイバーはぴしゃりと言った。無念さが恐怖にうち勝った。

「俺が馬鹿を言う必要はない。あなたが俺たち二人分の茶番をやってくれているからな」

「信じてくれなくてもわたしには関係ありません――」

「おお、それは関係があると思うが」男が静かに口をはさんだとたん、彼女の恐怖が戻ってきた。

フェイバーはごくりとつばをのんだ。「トマスは流血騒ぎが起きないように、密輸の手順や計画を練りあげているの。去年、フランス当局はやっきになって兄をつかまえようとしはじめました。逮捕につながる情報に報奨金を出すと広く知らせたのです。わたしのことが当局に伝わるのは時間の問題でした。長いあいだ育ててくれた人たちに迷惑をかけるのは忍びなくわたしのフランスからの脱出劇をトマスが考えだしたのです。それにはおとり役が必要でした」

「俺のことだな。さあ、ここで巨人ジャークのお出ましとなるか。あなたのばかでかい友人はどこにいるんだ?」

「彼はここにいます。名前はジェイミー。わたしの……兄の御者よ」

「多方面の才能をもつ御者がいるとはなんとも頼もしい」

「ジェイミーはあなたの……置かれた立場とは無関係です。ただ命令に従っただけ」フェイバーの頭に、ジェイミーとこの大柄なやせた男が死闘をくり広げるところが浮かんだ。

「ご心配なく、お嬢さん。あなたの従順な大男を傷つけたりしないから」

フェイバーは安堵のため息をもらした。男が無表情になる。「しかし、教えてくれ。あなたの賢い兄さんはどこにいる? お近づきになりたくてわくわくしているのだが」

「兄は外国にいます」

「不愉快なことを避けるためにか? で、あなたはお兄さんがいないというのに、なぜここにいる?」

本当のことをすべてぶちまけていいのなら、きっと男を納得させられただろう。わたしのことは放っておいて、どこかに行って自分のなすべきことをしたほうがいいと。ところで、この人はここで何をしているの? 「兄は裕福に思われているかもしれませんが、実はそうじゃないんです。わたしたちにはお金がなくて。一族の財産もありません。わたしの身内はとてもとても貧しいのです」

「それで?」男は促した。

「わたしがここに来たのは……一族の財産を取りもどすためです」フェイバーは自分に許していた以上に、真実に近いところをしゃべっていた。

「財産？　夫候補者の群れめがけて網を投げいれているということか、ミス・ダン？　この城で？」男の声には不信の響きがあった。「ワントンズ・ブラッシュで？　ああ、あなたの独創性は高く買っておこう。顔を赤らめながら社交界にデビューする娘で、配偶者を求めてここにやってくる人はなかなかいないから」

「わたしのような娘はほかにどこに行けばいいんでしょう。土地もなく、有力な家族もおらず、推薦してくれるコネもない、スコットランドの名もない娘が行くところなんて」フェイバーは言いつのった。男のせいで、長いこと深く考えないようにしてきた真実と向き合うはめになったのだ。自分の未来はわたしだけのものだと言えたところで、彼女のような娘が「そしてめでたくしあわせに暮らしました」という結末をどこで探したらいいのか。

「ワントンズ・ブラッシュだからこそ、わたしのような者も求婚者を見つけられるかもしれないのです。血筋がどうこうと細かいことを言わず、たとえどんな先祖がいるか知ったところで、全然問題にしない男性がここならいます。この城では豪華なドレスを着て、飾りたて、宝石できらめいているかぎり、わたしは財産家の相続人という触れこみで迎えられるのですから」

「密輸業はちまたでもてはやされているほど、稼ぎが多くないというわけか。スコットランドでは大志を抱く若者にぴったりの、金になる仕事だと思っていたのだが」

「まさか」フェイバーは語気荒く言った。「ちがうわ。昔の栄華を取りもどすにはとうてい足りないんです。それを盗んだイングランド人のろくで……」

「気をつけなさい、ミス・ダン」男がフェイバーの言葉をさえぎった。「あなたの未来の夫はそのイングランド人の『ろくでなし』のひとりかもしれない」

「わかってますわ」フェイバーの声が硬くなる。「でも、しょうがないですわね。あなた方イングランド人はスコットランド人の男たちをこの世から消滅させたのですもの――同郷の男性のなかからお金持ちだけでなく貧乏人さえ選ぶことができない。全員殺されてしまったから」

いまの言葉は彼の心の琴線に触れたのではないかしら。相手が話に共感しはじめたような気がした。

「なるほど《アイ》。その部分には真実の響きがある」少しの間を置いて、男は言った。「とは言っても、これまでずっとあなたのうそが鈴の音のように響くのを聞いてきたからな」

まちがっていたわ。彼はわたしの一族が虐殺されたことにもまったく関心がない。「好きなだけわたしをあざ笑えばいいわ」フェイバーは鋭く言った。

「下くちびるをしまったらどうだ、お嬢さん。そんなに突きだしたら、あまりに刺激的すぎる。ただ、あなたもそのことは十分自覚しているとは思うが」

フェイバーはいらついてじだんだを踏んだが、自分の行為にびっくりして、無作法なふるまいをした足を見下ろした。足を踏みならすなど、子どものとき以来したことがなかったのに。

「恐ろしく感動的な話と立派なヒロインを考えだしたものだな、フェイバー」男がからかい口調で軽くいなす。「なんと勇敢で情熱的なことか。一族のために自分を犠牲にするなんて、いやはやあなたは気高い娘だ」その表情は何も語っていなかった。「その気高さを信じられたらいいのだが。しかし、油断すると、あなたはすぐに俺をいいように利用しにかかるから」

「そうよ、きょうだってわたしはまた同じことをするわ。あなたは罪を犯して牢に入れられていたのよ。これ以上何を失うの？　それに」挑むように男を見た。「あなたは逃げおおせたではありませんか。結局はめっけものだったはずです」

「いや、それはない」男はつぶやいた。「俺はまだこれはと思う掘り出し物は何も手に入れていない」

決然と、肉食獣の身のこなしで、細身の長剣《レピアー》のように鋭い集中力をみなぎらせながら男は足を踏みだした。あとずさったフェイバーの肩が壁にぶつかった。男は笑った。口の片方の端が持ちあがり、高く幅広いほほ骨の下に深いしわが刻まれる。よこしまな笑いだわ。まるで悪魔の笑み。

男が手を彼女の顔のほうに伸ばした。その手は、たじろぐフェイバーを通りすぎ、手のひらが彼女の頭の近くの壁につく。男が身を乗りだしたため、なおさら背が高く感じられる。広い肩幅のからだがフェイバーの上にかぶさるように近づいてきた。その視線は彼女の顔からのどへとゆっくり下り、四角に深くくられた襟ぐりからのぞく胸元が興奮で上下しているところで留まっていた。

「監獄にいた俺はあなたを楽しませるために金で買われたんだ」

「わたしにではないわ」フェイバーは言った。「マダム・ノワールによ」

「あなたがなりすましていた女だ」男は譲らなかった。その声は低く、聞いている者を惑わす力があった。頭を傾け、息を吸う。彼のくちびるはフェイバーのからだのすぐ上にあった。彼女は身を縮こませた。これ以上後退することはできない。むき出しの肩がぶつかっている壁は冷たかった。全身の皮膚が突如、熱をもったかのように感じる。

「髪を染めるべきじゃなかったな」男はつくづくとながめた。髪の房を手に取ろうとする彼の指の関節が、フェイバーの鎖骨をかすめていく。それに反応して、フェイバーのからだに戦慄が走った。男は親指と人差し指のあいだで髪を軽くすべらせ、手ざわりを確かめた。

「前はもっときれいだった」奪いあいになるほどの黄金色だった。しかし、こんな黒では葬式用じゃないか。死んだカラスの目みたいだ」

「お世辞がうまいわ」フェイバーはささやいた。

男はさっと目を上げて彼女を見た。不意を突かれておもしろくなったのか、えくぼができて、また消える。横に広い口もとの緊張がとけ、もの思わしげな表情になった。当惑しているかのように眉根が寄る。

「いったいだれが予測できただろうか。あなたが……よりにもよって……あなたが」ひどく低い声だったため、フェイバーにはほとんど聞きとれなかった。

男のじっと見つめる視線にフェイバーは、自分が一挙に熟れて官能的な女になり、液体のように溶けだしていく気がした。いてもたってもいられなかった。それなのに、どうやっても、彼から目をそむけられないのはなぜ？

「お願いですから」

「何だ？　自分を楽しませてくれとでも？　自分の望みをわかっているのか？」男は尋ねた。

「あのときのあなたのくちびるの味は覚えている。奇妙な感じがするな」手にしていた黒髪を彼女の肩に戻し、カールを根気よく整えようとしていた。「そうじゃないか？」

「ええ」

「俺は監獄に五年間いた、そうだろ？」男は言った。「つかまったのはちょうど肉の喜びがわかりはじめた年頃だった。長い監獄生活で、そんな喜びは覚えていられやしない。逃げだしてから——あなたの助けでね——自分が安全だと気づくまで数日かかった。でもそれから……俺は快楽を求めた——そんなことをしてももう危険ではないとわかったから」

緊張の面持ちでつづける。「そして、どうなったと思う？　とても不思議なことなんだが、知りたいか？」彼の顔は間近にあった。そのくちびるはとてもやわらかく見えた。こわばった顔つきのなかで唯一やわらいだ部分だった。「どうだ？」

催眠術をかけるような低い声と、彼女の鎖骨のちょうど上あたりで髪をもてあそんでいる彼の手の熱っぽさに魅了されながら、フェイバーはうなずいた。

「どんなに激しい絶頂を迎えて、かっと燃えたときでさえ、俺は依然としてあなたを味わっていた」

驚愕を隠そうとしたが無理だった。フェイバーは思わず息をのんだ。男がゆがんだ笑みをまた浮かべる。

「どうしたんだ？　顔を赤くした小さなハヤブサ娘。あまりにぶしつけかな。くそっ、うぶな娘を困らせてしまったな」男は単調な笑い声を上げた。「あなたをマダム・ノワールとまちがえたことを思えば、俺の女性の心を読む腕前も落ちたのかもしれない」

「マダムはわたしの親戚でした」フェイバーは言った。

「俺の知性にちょっとばかりは敬意を払ってもらわないと。俺はあなたがそのマダムに会ってさえいないと思っているんだ――黙って！」たこのできた指先をフェイバーの下くちびるに当てた。「頭で半分も考えないうちに、あなたの口はうそを言いはじめる。作り話を重ねるのはもうなしだ」無理強いさせられたかのように、男はためらいながら、フェイバーの下くちびるを指先で左右になぞった。

「あなたが信じようと信じまいと、わたしにはどうすることもできませんわ」くちびるやほほ、のど、胸、ももじゅうにぴりぴりとした感覚が広がったかと思うと、フェイバーはこれまで体験したことがないパニックに襲われていた。

「くそっ、レディ・ホーク、あなたのなかに真実はあるのか」

言葉が出なかった。フェイバーは無言のまま、男をじっと見つめた。

「なんてこった」邪悪な暗闇に満ちた声で、つぶやく。「神は俺を罰そうとしているのか、それともあなたを？　答は探してみるしかない、そうだろう？」

男がぐいと顔を近づけたかと思うとくちびるが慎重にやさしくフェイバーの口に触れ、ゆっくり重なった。彼女のまぶたがいつの間にか閉じた。

あたたかな吐息。ベルベットのようになめらかなくちびるは引き締まり、フェイバーを試していた。たかがキスなのに、そっとかすめられただけで、膝の力は抜け、頭がくらくらした。男がさらに近づいた。彼の大きなからだが彼女を包み、かぶさってくるのを感じる。

……脅そうとしているの？　それとも守ろうと？　フェイバーにはまったくわからない。

フェイバーの頭は後ろに傾き、壁についていた。男の指先が彼女ののどの片側を薄もやのように広がる炎で焼き、すべり下りて、胸のほうへと動いた。ドレスの襟ぐりの端まで来ると、その線に沿ってなめらかに進み、ともすると下のほうにまで巧みに入りこむそぶりを……。

どろりと溶けた高温の金属がフェイバーのからだのなかを流れた。ぱっと目を開いて驚きのまなざしをすばやく男に向ける。男の瞳からは何も読みとれない。

「放して」フェイバーは懇願した。「お願いです。わたしは裕福ではありません。ほかの人が競って力を貸してくれる名家に生まれたわけでもない。あるものといえば貞操だけです。どうかそれまで取りあげないで」

男はたじろいだように息をのんだ。気のせいかしら？　フェイバーには確かめようがなかった。頭のなかがひどく混乱していて、他人のようすまで気を配るひまはなかった。息づかいが乱れに乱れている。

「放して」フェイバーはくり返した。「お願いですから。わたしはあなたの名前さえ知らないのです！」

「レーーレイフだ」男は言い、手をからだのわきに下ろし、あとずさった。「しかし、もっと俺のことを知らない女性たちとも、ぐっと親密なやりとりをしてきたが」

「よくもそんな口のききかたをするわね」恐怖と混乱のあまり、言葉がほとばしった。「わたしはあなたの知っている、男からお金をとってスカートをまくり上げる街娼じゃないわ」

「おお、心配はご無用。俺は女たちを道端から拾ってきたりしない」男は言った。「それに渡す金もない」

熱い火がフェイバーの胸とのどに広がり、ほほがかっと燃えた。「ああ、そういうことだったんですね」

わたしたちの計画にはとても大きな代償が伴うだろうと承知はしていたが、まさかこんなことになろうとは。

「何なんだ？」男の暗い視線のなかに、笑みがゆっくりと混ざる。

「ディエップでの一件に罰を与えようとして、わたしの居場所をつきとめようとしていたんでしょう。復讐するつもりで、その……無理やりわたしを犯そうと」フェイバーはとぎれとぎれに言葉を継いだ。

フェイバーが黙ると、男は鼻でせせら笑った。「安心しろ。あなたの貞操は心配しなくていい。奇妙に聞こえるかもしれないが、俺にも絶対に守りたい自分というものがある――たとえ自己欺瞞と言われようと、力ずくで押さえこまずとも、女性とはうまく楽しめる」

驚愕して目を見開くフェイバーを前にして、レイフは首を振りながら大笑いした。「それから、地獄のような監獄からようやく解放された俺が、あなたを押し倒してのしかかるために、その行き先を追いつづけていたという説については……どう見ても、あなたのうぬぼれとしか思えない」

そう言われると、本当に的はずれな推測だった。そんな行動に出るのは頭のちょうつがいがはずれた者くらいだろう。フェイバーのほほはまた赤らんだ。

「では、ここであなたは何をしているのですか？」彼女は尋ねた。

レイフは一瞬、思案げに彼女を見てから答えた。「『マクレアンの宝《トラスト》』について聞いたことがあるか？」

「ええ《アイ》」フェイバーは言った。マクレアンの者ならだれでも、行方のわからない宝石の伝説を知っている。「ルビーやダイヤモンドの装身具ですわ。ネックレス、イヤリング、ブローチ、それから指輪。スコットランドのメアリー女王がマクレアン一族のある夫人に感謝の贈り物として与えたものでした。その夫人が、女王の夫ダーンリー卿の裏切りを事前に察知するのに一役買ったからです」

「そうだ《アイ》」レイフは言った。「それだ」

フェイバーは顔をしかめた。「いまでは行方が知れません。おそらく、スチュアート家の輝かしい勝利の帰還をもう一度と、資金調達のために売られてしまったのでしょう」

「ああ！　皮肉屋でもあり、スコットランド人でもあるということか」レイフは笑った。

「その二つがひとりの人間のなかで同居するとは思ってもみなかった。マクレアンの財宝については、一族の者たちがワントンズ・ブラッシュに隠し、それからずっとそのままだと聞いている」

「そのためにここにいるのですか？　まさか」

「理由はほかにあるとでも？　もちろん、あなたの処女を奪うという抗しがたい誘惑に駆られてという説以外だが。あなたがうそをついていなくて、処女膜も無傷という前提でね」

「破廉恥な！」フェイバーは叫んだ。男の言葉の無作法さよりも、自分の馬鹿さかげんを思い知らされたことにろうばいしていた。

レイフの目があざけるように光る。「ここに来たのは一週間前だが、いまのところ、あまりにたやすくて冒険とも呼べない。カー伯爵は東側の部屋は使っていないし、ほとんど倉庫代わりにしている。手はじめにここから捜索を始めた」腕を伸ばして部屋を指しめした。

「『マクレアンのトラスト』は子どもの夜のおとぎ話でしかないわ」フェイバーはぶっきらぼうに言った。「もしルビーやダイヤモンドが本当にあったとしても、所在がわからなくなってからずいぶん経ちます。あなたがトラストの話を知ってるなんて驚きだわ。この付近だけの言い伝えなのよ。なぜ知っているの？」

「牢獄の仲間にアシュトン・メリックという名前の男がいた。そいつが聞かせてくれたんだ」

フェイバーの目が大きく見開かれた。ああ、そうだったの。このあたりではみんなが知っている、カー伯爵の息子たちの話だ。伯爵に復讐しようとしたスコットランド人たちにつかまえられた息子たちは、政治犯としてフランスに売りわたされた。フランスの監獄は身請け金目当てに、彼らを囚人として閉じこめ、伯爵は支払いをずっと拒んでいた。しかし、去年になって——たしかそう聞いているけれど——アッシュ・メリックだけがつかの間城に帰ってきた。

ことによると、レイフはレイン・メリックと会っているかもしれない。わたしのすべての悲しみの元凶たる男と。もしかしたら、あの憎んでも憎みたりない強姦男がどうなったか、知っているのではないかしら。「アッシュ・メリックには弟がいましたけれど」フェイバーは言った。

「ああ《アイ》」

「その弟とは同じ房ではなかったのですか？」

「いや。レイン・メリックはほかの町の別の監獄にいた。レインは兄のアッシュが生きてるか死んでるかさえ知らないんじゃないかと思う。きっとそうだ」

フェイバーは目を閉じた。「神さまはレイン・メリックの耳にその知らせが入らないようにしているのだわ。彼には少しの慰めも与えてはいけないのよ」彼女はつぶやいた。

「レイン・メリックが嫌いなのか？」レイフは尋ねた。

フェイバーはあのどす黒い魂をもった悪魔について議論する気はなかった。いまも、そしてこれからも。

二人の背後で倒れていたオーヴィル卿が身動きしてうめき、からだの向きを変えた。すぐにもこの部屋を出ていかなければ。女子修道院の院長の知恵にあふれた言葉がまたもや、心に浮かんだ。女王のようにふるまうのに、王冠は要らない。フェイバーは背筋をぴんと伸ばした。

「すぐにオーヴィル卿の意識が戻るわ。あなたが彼を殺すつもりがないのなら――だって」レイフが何か思案しながらオーヴィル卿を見ているのに気づき、フェイバーはあわててレイフのようすに注意を戻した。「彼が死んだらやっかいなことになります。犯人を見つけようと城内の探索が始まってしまう――逃げたほうがいい。さあ、助けていただいたお礼に、あなたがここにいることはだれにも言いませんから」レイフの前を通りすぎようとしたが、前に出た彼に進路をふさがれる。

「いや」レイフが言った。「まだあなたに行っていいとは許可していない。考えたんだが」

フェイバーの背筋に警戒が走った。レイフの表情は悪賢い狼のようだ。この恐怖を悟られてはいけない。完璧なアーチを描く眉を片方、上げてみせる。「考えたですって？　ああ。奇抜な思いつきというわけではないでしょうね？」

レイフは見透かしたふうに、くちびるをゆがめた。「たしかにだれにも知られたくない。

夜に台所で食べ物を盗まねばならないのは、ちょっとばかり危険がある。それに、この東側で宝石が見つからなければ、人が寝泊まりしている部屋を探さなければならず、客のなかに紛れこむ必要性が出てくる。とくれば、服が要る。上等の服が」

「それで？」

「あなたが食べ物と服を持ってくるんだ。つまりカー伯爵に、あなたたちは推測したほど大金持ちではないと知られたくなかったらだが」

「伯爵の前に姿を出せると思ってるの？　そんなことをしたら、あなたはつかまえられて絞首刑よ」

「俺は伯爵に面と向かって会う必要はない。ただ手紙を書けばいいのさ」

「脅しているのですか！」

「そうだ」レイフはあっさり認めた。「十分承知の上だ。あなたが想像してくれた復讐と比べるとまったくおもしろみがなさそうだが、そうするしかない」

11

戸口の柱に寄りかかったレインは、肩を怒らせた娘が腰の振りも悩ましく、ドレスのすそを引きながら廊下を進み、暗がりに消える姿を見て楽しんでいた。数日前に彼女が中庭を横切るところを見かけていた。きっぱりと歩くようすや肩の形、頭を上げた姿勢に、前にどこかで目にしたような印象があった。娘の横顔が過去に会っただれかに似ていると瞬間思ったが、正面から見ると、ぼんやりした遠い記憶ではなく、もっと最近出会った女の姿が重なる気がした。しかし、好き者の男に追われて逃げてきた黒髪の娘が、ディエップで自分を完全にだました金髪の未亡人と同一人物だったとは、近くで顔を見るまでわからなかった。

娘は髪を染め、生まじめそうにまっすぐ伸びた眉を抜き――不思議にも、レインはそれを残念に思った――くちびるの輪郭線を小さく細めに描いて紅を入れ、もともとのふっくらした官能的なくちびるの形を隠していた。その目にも何か細工を加えていた。虹のようにきらめく青い瞳の色が消されている。彼に言わせれば、結婚相手を本当に見つけるつもりならば重大なミスだ。

彼女の言葉どおり、イングランドの紳士のおめがねにかなうために、魅力的な娘であろうとあらゆる努力をしてみた結果なのだろうか。おそらくそうかもしれない。フェイバーは決して古典的な美人ではない。その鋭くとがったあごの線は、卵形の顔に左右対称の目鼻立ちという伝統的な美人の基準に当てはまらない。しかし、見る者の関心を引く何かが彼女にはあった。ある種の顔立ちのよさが、しゃべっているときの口の動きを見つめていたいと思わせる何かが、高いほほの線をさわりたいと願わせる力があった。

レインは壁からからだを引きはがすと、向きを変え、部屋のなかほどにぶらぶらと戻っていった。本当ならフェイバーは、いまごろひざまずいて神に感謝をささげるべきだ。監獄での年月がレインに忍耐を教えてくれたことに対して。たいした努力は要らなかったが、がたのきたあのベッドの上に彼女を放りなげて、聖なる女子修道院が注意深く守ってきた娘の純潔を確かめる前に、名前を尋ねるくらいの気持ちの抑制はできた。

そう、フェイバー・マクレアンは運がよかった。名前を告げられ、俺は押しとどまったのだ。しかし、もっと血気盛んであれば……あるいは、彼女がまたうそをついたとわかった場合は……。

レインはため息をついた。あいにく、娘がフェイバー・マクレアンであるのはまちがいない――彼女と彼女の兄がダンという姓を名乗ろうが名乗るまいが、それはどうでもいい。レインには娘の正体がわかった。もうあのころのような子どもではなかったが、頑固そうなあごの形は昔と同じだった。激しく燃える瞳にも変わりはない。

レインの笑みは薄れた。不運なオーヴィル卿が両手と膝をついて立ちあがろうとしているところを見下ろした。両手のほこりをはらいながら、フェイバーの忠告を思い出す。彼女の言うことはおそらく正しいだろう。一番避けたいのは、フェイバーを追いかけまわしていたこの男に俺の存在を知られることだ。捜索が始まったらかなわない。

オーヴィル卿は頭を上げ、かすんだ目でなんとかあたりを見ようとした。レインは顔をしかめ——結局のところ、オーヴィル卿がやっていたことは、レイン自身がやりたかったことと大差ないのだ——卿のあごに痛烈なパンチを食らわした。オーヴィル卿はたちまち目を回し、どすんという音とともに頭から床に倒れた。

レインはうなり声を上げながら卿を持ちあげ、肩に背負ってまっすぐ立った。娘が去った方角とは逆のほうに廊下を進む。とにかく考える時間が必要だった。

フェイバーは人もうらやむ玉の輿に乗って、一族の財産を本当に元通りにするつもりらしい。たしかに、マクレアン一族にはほとんど何も残っていない。レインほどそれをよく知っている人間はいないだろう。父親であるカー伯爵はマクレアン一族をイングランド国王に売りわたし、そのほうびとして、一族が代々もっていた地所や金銭一切合財を得た。しかし、伯爵はそれだけでは満足しなかった。マクレアンのだれかがやってきて、財産をいくらかでも返せと要求されないように、一族を皆殺しにするというあからさまな策に出たのだ。

自分の行動が父親の企みを結果的に後押ししてしまったという苦い記憶を、レインは心の隅に追いやった。城の居住区域に通じる扉を開け、頭を出して、どちらの方向にも人がいないのを確かめると、運んできたオーヴィル卿を放りだす。卿はうめき声を立て、レインは扉を閉めた。

塔の曲がりくねった狭い階段を上階へと上がるレインにランタンは必要なかった。ワントンズ・ブラッシュについては、秘密の通路、潜むのにおあつらえ向きの壁のくぼみ、隠し部屋や、カトリックが迫害されていた時期の司祭の潜伏用の穴まで、すみずみまで知りつくしていた。父親のもとから逃げだすために、数えきれないほど何度もこのあたりに隠れたものだ。ふだんは冷淡な神が、伯爵に東側の部屋を避ける迷信を与えてくれたことを感謝しながら。

ここに来て以来ねぐらにしている最上階の小さな寝室へと向かった。部屋に入ると、扉のかたわらの卓の上にある火口《ほくち》箱の火口石を使って火をおこし、ランタンをともした。テーブルの上から伯爵の最上のポートワインをすばやくつかみ、この部屋の唯一の窓のほうに、ほこりだらけのひじ掛け椅子を蹴りだす。彼は椅子にどっかりと座りこんだ。

瓶の栓を歯で引っぱりぬき、ワインを深々と飲み、手の甲で口をぬぐった。ざらざらしたひげの感触に気づいて手を止める。そろそろ剃らないとな。視線が白色のシャツに向かう。城に来てから三度洗ったにもかかわらず、わずかに染みがついている。自分がそんな細かい気配りをするようになったと思うと笑いたくなる。ほかのことはともかく、あの豚小屋同然の監獄に放りこまれていた年月のあいだに、清潔さに対する熱い情熱がしっかりと植えつけられたようだ。

長い脚を前に投げだしながら、頭を後ろに傾けた。母が隠した宝石を見つけたらすぐに、新しいシャツを一〇〇枚と、ブリーチズも同じ数だけ買おう。よごれたメリヤス下着や汗染みのついたベストは二度と着ない。もしかしたら、香りをつけた絹のハンカチを口に当てて息をする習慣がつき、奇人とうわさされるかもしれない。

しかし、母の遺した宝石が見つかったらどうするだと？　まず本当に見つけられるかどうかがさしあたっての問題に思えた。レインの知るかぎり、その有名な宝石を見たことがあるのは自分を含めてわずかだった。

それは母が死ぬちょっと前のことで、九歳だったレインは、角砂糖を盗むという任務を遂行するために台所の戸口に来た。母がなかにいた。小さい男の子たちが砂糖菓子をちょろまかすことについて母がどんな意見をもっているか知っていたので、あわてたレインは、わきの食料貯蔵室に入りこんだ。

そっとのぞくと、怒った形相の赤毛の人物が台所に現れる。盗み見がばれないように、しゃがみこんだ。会話はよく聞きとれなかったが、その見知らぬ人間が母に無理やり何かを迫り、それを母がきっぱりとはねつけていたのはたしかだった。

とうとう、その人間は去っていき、つづいて、母もそのきれいな顔を不安げに曇らせながら台所を出た。母を慰めたい一心でレインも台所をすべり出て、あとを追った。しかし、母は私室には向かわずに、地元の商人と会ったり城内の召し使いに指示を与えるのに使う小さな執務室へと急いで歩いていった。レインが追いつく前に母は執務室に入り、後ろ手で扉を閉めた。

レインは心配でたまらなくなり、鍵穴からなかをのぞいた。古びた東洋の茶箱のほうにかがみこみ、表面の木製タイルをいじっている母の姿が見えた。突然、浅い引き出しが箱の真ん中からぽんと飛び出してくる。

母は引き出しから重たそうな金色の物体をうやうやしく取りだした。大きくて、竜かライオンのような形をしており、荒削りだが大ぶりの宝石がいくつもはめこまれていた。それを手にしたのもつかの間、母はすぐに引き出しに戻した。

その物体が何かははっきり見えなかったが、母親がそこに隠しておきたい物だというのはわかった。彼はだれにもそのことを話さなかった。兄のアッシュにさえ。もちろん、父親に話すのは論外だった。

あとになって「マクレアンのトラスト」と呼ばれる宝のうわさを耳にしたとき、レインは自分が見たものの正体をやっと理解した。そのころには母は亡くなっていた。母の一族にはたいして愛着もなかったし、父親に対してはそれ以上に愛情を感じなかったため、彼はそのことを黙っていた。

監獄にいるあいだ、レインはしばしば、あの素朴なブローチのことを考えた。それは夜空に輝く導きの星となり、その隠された宝をどうやって持ちだすか、それを手にどこに行くか、どれほどの値段をつけるか、売りさばく方法や相手まで細かくあれやこれや想像して何時間も過ごした。レインの描く未来の中心には常にその宝があったが、夢が本当にかなうかどうかについては確信がもてなかった。

それがいまや、実現する機会が見えてきたのだ。

あの茶箱さえ探しあてれば。

父親に知られずにワントンズ・ブラッシュに入りこむのには、少しも苦労しなかった。伯爵の馬車の帰りを待つ召し使いたちの列にただ加わりさえすればよかった。レインは地面に降ろされたトランクをつかみ、肩にかつぎ、他の下僕につづいて城に入り、召し使い専用の階段を上がった。途中で荷物を投げだし、急遽、回り道をして母親の私室に向かった。そのときは一時間もしないうちに、ワントンズ・ブラッシュを抜けだせると思っていた。

昔の母の部屋に入ると、レインのもくろみはがらがらとくずれた。彼が覚えていた物は何もなく、なお悪いことには、母の持ち物はすべて片付けられていた。

ポートワインをもう一口ぐいと飲むと、瓶に栓をして、椅子の横に注意深く置いた。そのとき以来、彼は城のなかを探しつづけている。

東に面した城の上のほうの部屋は、何年も前からたいして使われていなかったが、いまでは完全に打ちすてられており、物置専用の場所になっていた。そして、なんたる品物の数々！　少なくとも先週一週間のあいだに、レインは父親を駆りたてている悪魔について新たな理解を得た。ひとりの人間の飽くなき欲望についてこれほどまでに雄弁に語る証拠を見たのは初めてだ。その一帯は貴重な品物とくず同然のものがぎっしりつまった枠箱、トランク、調度などがところ狭しと置かれている。

伯爵の財産目録に一度でも加わったものはすべて捨てずにとってあるようだった。小さな茶箱を見つけるために、何世代にもわたって蓄積された宝とごみ同然のものが混ざっている残骸と廃墟のなかを移動していくだけでも人生の半分は使ってしまいそうだった。

そう思っても、ほかに選択肢があるわけではなく、金も技術ももっていない。過去も未来も見えないのだ。父親に近づくことはできなかった――というか、近づく気さえなかった。伯爵は下の息子がフランスの監獄に閉じこめられてやせ衰えながら日々を過ごしていると信じこんでいたし、そう思いつづけるのも当然だった。あの娘がいなかったら、レインはまだ監獄にいたはずだからだ。

レインは腹の上で指を組み、あごを胸骨につけて、あれやこれや考えはじめた。事情が複雑にからみあっている。

フェイバー・マクレアンか。

レインは口の端をゆるめた。神は結局、地上の出来事に関心をもち、天上の玉座にただじっくりと座って、人間にいたずらをする機会を待っているのだと思いはじめていた。そうでなければ、よりにもよって、世界中の幾多の女性のなかから、なぜ彼女がレインを選んで牢から解放することになったのか、その説明がつかない。

あの娘が本名を使っているのは興味深い。マクレアンという姓を隠す必要があるのはわかる。万一、伯爵が正体を知ったら、彼女を鞭で打たせて城から追いだすだろう。「フェイバー」という名前のほうからは何も気づかれないと彼女が思っているのは明らかだった。それに本当のところ、一〇年ほど前に彼の命を救ったやせた少女の名前が「フェイバー」だったことはだれも覚えていないだろう。たしかに、カー伯爵側の者たちはだれひとりとしてその少女が何という名前か尋ねようとしなかった、レインをのぞいては。それから数カ月後、彼の傷は癒え、少女はハイランドから姿を消してしまった。

レインは目を閉じた。上等のポートワインを飲んでも、フェイバーの繊細なくちびるの味は消せなかった。あの娘の名前がサルとかペグとかアンだったら、彼女から糾弾されたとおり、ベッドに彼女を放りなげておおいかぶさっていただろう。

しかし、彼女は一つの点でまちがっていた。彼がそうしたかったのは、復讐心からではなかった。

ずっと裏切られ、いつも利用されてきたレインにとって、あのようなささいな裏切りなど、復讐のリストにさえ載りはしない。はたから見たら本当に愉快な光景だと思えるほど、フェイバーは罪悪感でこの上なく苦しんでいた。聖なる女子修道院の教育はさすがだと言いたくなる。

いや、レインが彼女を押し倒したくなったのは、彼女が本当にほしかったからだ。

あの娘が俺を置きざりにして以来、寄せつけないようにしてきた欲望とあこがれが解きはなたれて、突如押しよせ、驚くべき事態をもたらした。彼は息を深く吸った。からだの筋肉がぴんと張りつめる。彼女のことが頭から離れないと言うつもりも、彼女の姿を想像すると、くどいてその気にさせるひまもなく、一挙に暴走して抱きしめたくなるなどと打ちあけるつもりもなかった。しかし愚かにも、秘しておきたい本心をフェイバーにうっかり教えて、彼女を優位に立たせてしまった。

それでもフェイバーは、彼が手渡したものが自分の武器になるとはわからないほど、まだ「ねんね」だった。

無邪気さと抜け目のなさがどうしてあんなふうに共存できるのか、フェイバーの内面をうまく説明できる人などいないのではないか。天真爛漫でまっすぐな視線を向ける一方で、堂にいったうそをつく。謎は深まり、さらに刺激をかきたてられる。彼女の小さなかわいいからだつきと同じくらい、そそられる。

彼女のなめらかな胸の感触と、しなやかにたわむからだを再び思い出し、先ほどのくちびるを合わせただけのキスを心のなかで再現した。

それだけでは足りなかった。

しかし、彼女はフェイバー・マクレアンだ。彼を憎み、彼の死を願う当然の権利がある娘。レインがあらゆる手を使ってでも救わなければならない、世界じゅうでただひとりの娘なのだ。

フェイバー・マクレアンこそ、レインに人生をめちゃくちゃにされたあのときの少女だった。

12

「奴を門まで引きずっていけ！」

手首を縛ったロープがぱちっという音とともに張りつめ、急に引っぱられたレインは足をすくわれた。霜の降りた地面に顔から突っこみ、陶器か何かの小さなかけらであごや額がすりむける。しかし、顔をそむける力さえ残っていなかった。

「やい、起きろ、イングランド野郎。立て、泣いてんのか、このとんちき」長靴の硬いかかとがレインのわき腹に激しくぶつかり、すでにひびが入っていた骨が折れる。レインはうめいた。うめき声をたてるのが精いっぱいだった。いくつかの手が伸びてきて、彼の腕をつかみ、乱暴に立たせた。レインがふらふらと揺れると、さらに何本かの手が彼のからだをつかんで引きずり、半ば抱えるようにしながら、古びた塔に通じるアーチ形の裏門まで連れていった。そこで、レインは立たされた。浮き彫り模様が施された鉄製の門のアーチの下を、もうろうとした意識のまま左右に何度もぶれながらゆらゆらと進んだ。男たちのひじやこぶしがレインを容赦なくこづき、押しやった。怒声がわんわんと耳のなかで鳴りひびき、汗まみれの体臭や、まだ枯れていないヨシでつくったたいまつが燃えるつんとくるにおいが、鼻孔をいっせいに直撃する。

金気《かなけ》のする味がうっすらと口じゅうに広がった。くちびるの出血は止まったが、あごからはまだ血がしたたり落ちている。血が流れて片目がかすみ、シャツには赤い染みができている。

「マクレアン!」人々はいまや勝利の叫び声を上げていた。「マクレアン! 我々のところに出てきてください」

レインの頭上で弱々しい女の声が答えるのが聞こえた。「これはどういうこと? だれを探しているのですか?」

彼は背中の真ん中を突かれて、勢いよく前に出され、つんのめって膝をついた。彼の後ろから険しい声が応じた。「あたしたちはマクレアン家の人に会いにやってきたんだ」

レインは目を細めて、ぼろをまとった中年のやせこけた人物を見た。激しい怒りでゆがんだ顔からは性別だけでなく、あらゆる人間性もそぎ落とされている。レインの両肩を棒で打ちのめしたのはこの女が最初だった。

「マクレアンの一族《クラン》はもうなくなったのです」上のほうにいる女性はそう答えたが、今度はさらに消えいりそうな声になっていた。

「いいや、奥さん。そりゃあちがう」ひとりの男の声がした。「俺たちがそのクランなんだから。イングランド人たちは俺たちを家から追いだし、農園を焼きはらって仲間を殺したかもしれん。俺たちをウサギかなんかのように何度もけちらしてきたかもしれん。それでもこうして生きのこったんだ。俺たちはマクレアンの人間だ。イングランドの強姦男にスコットランドの正義を教えるために、マクレアンの長のところに連れてきたんだ」

「何ですって？　どういうこと？　あの若者はだれ？」奥方の震える声が高くなった。レイン自身の恐怖を映しだしているように聞こえる。

「カー伯爵のよこしまな息子だよ。こいつは修道女の僧衣をめくって自分の子種をまいたんだ」ぼろぼろの服の女が金切り声を上げた。「あたしたちのクランの娘だったんだよ、その修道女は」

「まあ、ひどい。その男はカー伯爵の息子なの？」

「そう《アイ》だよ。あたしたちを裏切ってだました、あの伯爵だ。あたしたちからバグパイプやプレードを奪いとった張本人さ。土地を盗み、ひとりばかりか三人も妻を殺した下手人だ。ああ、もうたくさん。今度のことでは泣いて引きさがりはしない。正義がどんなものか見せてやろうじゃないか」

群集は口々に同意して大声を上げた。

「俺たちを束ねる長をくだされば、また誇り高く生きていける！」

「馬鹿なことを言わないで！」奥方は叫んだ。あまりに絶望しきった声だったので、ちょっとのあいだ、レインは意識がしっかりと戻った。「殺されるわ……わたしの息子たちは」

「マクレアン！　マクレアン！」背後で人々がいっせいに唱えはじめた言葉はどんどん大きくなってテンポが速くなり、彼の耳鳴りさえかき消すほどの大音量となった。

レインは頭を上げて、彼らに真実を話そうとした。メリーを無理やり犯したのではないと。もちろん、素っ裸のメリーといるところを発見され、彼もまた似たような姿だったが、それでも強姦ではなかった。メリーは襲われたとすばやく叫び、レインに罪をなすりつけた。クランの男たちが怖かったからだ。もし、自分のからだを伯爵の息子に喜んで投げだしていたと知れたら、彼らから何をされるかわかったものではなかったのだ。

レインは男たちに本当のところを話そうとした。メリーの僧服の下にもぐりこんだのは自分が初めてではないということも言おうとして、口を開いた。しかし、言葉が出てこなかった。

そんなことを言おうものなら、メリーがどう扱われるか、彼女の運命が手にとるようにわかっていたからだ。メリーはこれまでの所業を告白するだろう。そして、そこにいた男たち全員から辱めを受ける。次々に男がのしかかって彼女のからだを蹂躙し、彼女が死ぬまでおそらく暴行はつづくだろう。

こぶしがどこからともなく飛んできて、骨が折れているレインのわき腹に命中した。目の前の世界が回転し、人々の怒った顔が一つに合わさり、光と影がまだらに見える炎の渦へとふくらんでいった。

俺はもう半分死んだようなものじゃないかと、レインはぼんやりと思った。これ以上の苦痛は感じないはずだ。

輪縄が頭のまわりに投げかけられ、ちくちくする麻の縄がたちまちレインの血でべとついた。何人かの手が彼をつかんだかと思うと、また押しだされる。レインは再びつまずき、再度、引っぱりあげられて立たされた。

「だめ!」

新たな声がした。若い。幼い子どもの声だ。群集のしわがれた叫びから際立った純粋な声が張りあげられる。

「だめ、そんなことをしちゃ」

人々がささやきはじめた。

「ありゃ、マクレアンの娘だよ」

「首長の末娘だ」

「マクレアンの女の子だ」

人々がその関心を続々と新たな人物に移していったのが感じられた。何かが音をたてながら群集のあいだを通りすぎるがごとき波動が。レインは目を細めて、ぼんやりとあたりを見回したが、何が起きたのかわからなかった。いまにも引っぱりあげられて地面から足が離れ、門の鋭く突きでた飾り棒からぶら下げられるのではないかと思っていたからだ。

「だめ、わたしの話を聞いて。この人を殺しちゃだめ。わたしの母さん、マクレアンの長の夫人がこの人を自由にしてくれと頼んでるのよ」

「子どもが何をわけのわからんことを。ひどい目に遭ったから頭がおかしくなったんじゃないか? だれか塔に上がって、この子の母さんのところに行ってみてくれ。本当はどう言ってるか、確かめたほうがいい」肉づきのよい若者がレインを押しのけるように進みでて、塔に向かった。

「わたしは狂ってなんかない。母さんがこの若者を助けてほしいと言ってるのだから。兄さんたちの命がかかっているの」

不満げなつぶやきが群集のなかに広がった。

「母さんはどこにいるんだ、嬢ちゃん」尋ねる声がした。

「死んでるぞ！」塔の窓から下へと声が響いた。「奥さんが血を流して死んでる」

少女がのどをつまらせながら激しく泣きじゃくる。レインは彼女が哀れでしかたなかった。この子は、死の床の母親の希望をかなえると約束したにちがいない。だが、約束ははたせそうもない。子どもにこんな経験は過酷すぎる。

「母さんが産んだ男の子は死んでいたわ。それからあなたたちがやってきたようすを見て、兄さんたちの命も危ないとわかったのよ。もう母さんには耐えられなかった。絶え絶えの息で、私刑《リンチ》をやめるように伝えなさいとわたしに言ったの。皆さんには死者に対する敬意ってものがないの？」

少女の言葉にもかかわらず、人々の頭に残ったのは、マクレアンの当主の夫人がほとんどつぶれそうなこの塔で死んだということだけだった。彼らの長がこんな塔を隠れ家にしなければいけなかったのに、敵は夫人が本来いるべき城を乗っ取っていい気になっているのだ。それでも、憎き敵の息子は自分たちの手のなかにある。

「死んだのか。皆、聞いたか？　マクレアン家の奥方が亡くなったぞ。綱を引っぱれ。奴を高くつるすんだ。奴の足をばたつかせてやれ」

突然、小さなからだがぶつかってきたのを感じた。細い腕がレインの胴に巻きつき、血まみれのシャツに顔がうずまる。予想外のできごとに、二人のまわりでひそひそ声がいっせいに起こる。

「この人を殺させはしない」少女は激しく誓った。「ロンドンの監獄に入れられている兄さんたちを救うため、父さんはいまでも王様のご慈悲を得ようと走りまわっているはず。この人を殺すのは、同時に兄さんたちの首を斧でたたき切ることになるのよ」

後ろ手にきつく縛られていたレインは、必死にとりすがってくる少女の小さなからだをかろうじて支えて立っていた。人々はどうしていいかわからずに、あたりをうろうろしている。白いナイトガウンを着た幼い少女が、ぶちのめされてぐったりとうなだれた長身の若者にしっかりと抱きついている姿を見て、群衆の血を求める気持ちは一時的に行き場を失っていた。

レインは笑みを浮かべようとしたが、うまくいかないまま、彼のあごの下にある子猫のようにやわらかい髪の毛に向かってささやいた。「後ろにお下がり、お譲ちゃん。奴らは今夜じゅうに片をつけるつもりだ。それに兄さんたちはもう死んでる。ロンドンじゃ、ハイランダーにこれっぽっちも情けはかけない」

「こいつの言うことは本当だ」先ほどのやせこけた女が叫んだ。「離れな、嬢ちゃん。こいつがだれだか、どんなことが起きたのか、あんたにはわからない。行っちまいな」

レインの胴に回された少女の腕にさらに力がこめられた。しがみつく小さなからだは、船の横腹にくっつくフジツボのようだった。

「だめ！　母さんに約束したんだから」

「あの子を引きはがすんだ」

しかし、マクレアン家の最後の生き残りの子どもに手をかけようとする者はいなかった。あたりの人間がぴたりと動きを止めると、永遠とも思える時間が流れた。古今東西の名画や事件を再現するために扮装して舞台に立つ活人画《タブロー・ヴィヴァン》を演じる人物のように、人々はその場に固まって、死の訪れを待っていた。

死は期待を裏切らない。

霜の降りた地面をとどろかせるひづめの音とともに、死神が襲ってきた。黒い街道をハイランダーめがけて、強烈な赤色の軍団がどっと押しよせる。

「イングランドの奴らだ！」

それまでレインをにらんでいた人々は、歓喜にも似た叫び声を上げながら、槍やこん棒、違法の剣や杖をそれぞれひっつかんだ。近づくイングランド兵たちを迎え撃とうと、いっせいに走りはじめる。レインは目の前の光景を見ているしかなかった。少女の手が伸び、彼ののどにかかった輪縄をはずそうと引っぱるのをぼんやり意識した。

兵士たちが攻めてきた。多数の馬のひづめが夜の闇を切り裂き、人々を情け容赦なくけちらす。光る刃《やいば》が肉をそぎ落とし、こん棒が骨をたたきわった。あたりをつんざく悲鳴、空しい努力をしようとするうなり声。いたるところに、脂と汗でよごれ、緊張と憎しみに満ちたこわばった顔があった。

レインは目にしたたり落ちる血を瞬きではらい、少女を見下ろした。彼女は震えていた。虐殺のようすはあまりに強烈で、目を大きく見開いて恐怖に駆られながらそれを目撃した彼女は、歯をかちかちいわせており、レインにもその音が聞こえるほどだった。

戦いはあっという間に終わった。あまりにもあっけなかった。この世の終わりのような凄惨な戦いがくり広げられていたかと思えば、すぐに、音のない夜となった。二人の周囲は、絶命したか死にかけているスコットランド人で埋めつくされた。イングランド兵たち数人が生き残った敵のとどめをさしながら歩きまわっている。

「生きているのか？」

レインは頭を上げて、その聞きおぼえのある声がどこからするのか、確かめようとした。父親が息子の安否を無関心きわまりない声で尋ねている。しかし、それにしても、伯爵が馬を駆って息子を助けに来るなど、信じられない。本当なのだろうか。

「はい」聞きなれた別の声が、ぶっきらぼうに答えた。懸念がにじみでている。兄アッシュはこれまでいつも、レインがむこうみずな行動に走るのを止めようとしてきた。「あちらにいます」

「おお」少しばかりの沈黙。「で、あいつの隣にいるのは？」

「マクレアンの娘です」兵士たちのひとりが答えるのをレインは聞いた。

「おっ?」カー伯爵の口調は明るかった。レインが生きているのがわかったときにも示さなかった関心がそこにはあった。「なぜ、素性がわかった?」

「あの女の子をののしる女がおりまして。もし、あの子がいなければ、レイン・メリックを絞首刑にして、私たちが到着する前にさっさと逃げることができたのにと言っていました」

レインのかたわらで少女がぱっと頭を持ちあげた。「なんてこと」彼女は小声で言った。

「殺したほうがいいですか?」

「女の子か? それともスコットランドのばあさんか?」伯爵は答えた。「いや。二人ともかまうな。ばあさんはマクレアンの血筋を残すことはない。好きにさせろ。女の子のほうは……イングランド国王の臣民とみなされるとすると、いまでは私の保護下に入ったとも言えるわけだから、殺してはならぬ」

「はい《アイ》」兵士はとまどいながら答えた。

「まあ、そういうことだな」ため息をつきながら暗闇から現れた伯爵は、凍てついた地面のそこかしこに散らばる死体のあいだを注意深く馬を進めた。二人の前に来ると息子にはまったく目もくれず、その横にいる娘だけに注意を払う。

「この子にさわるな」レインがしわがれ声を上げた。

伯爵は息子を見下ろした。「心配するな。その血まみれの子にさわって手をよごすつもりはない。しかし、おまえの口のききかたはちょっと……まあ、私の土地からマクレアンの残党を一掃する口実をつくってくれたおまえには感謝する。おかげで、一族はもうひとりもいなくなった」少女の口から悲しい叫び声がかすかにもれた。伯爵の視線がレインの足元で丸まっている小さな姿に注がれる。「そして、お嬢ちゃん、君にも礼を言う」

伯爵は膝で馬の腹を圧迫して合図を出し、二人のほうに進ませた。いぶかしそうに眉根を寄せている。「どうして私のどうしようもない息子を助けた?」

少女が顔を上げると、たいまつの明かりに照らされて涙に濡れた目が光る。「あなたが好きだからやったんじゃありません。兄さんたちの命を助けるためです」

レインの父親は一瞬、少女を見つめてから、金髪の頭をのけぞらせて笑った。腐肉に群がるジャッカルのように、スコットランド人の死体の衣服を物色してまわっていた兵士たちが、伯爵のほうに警戒のまなざしを向けた。

レインは腹の底から吐き気を催し、よろめいた。伯爵がなぜ笑ったかを悟ったのだ。理由は一つしか考えられない。話を聞かされたときの少女の顔を直視できそうになく、レインはまぶたを閉じた。

「お嬢ちゃん、だれからも聞いてないのか。知らないと?」

「何をですか」少女はささやいた。

「つまりこの瞬間にも、ジョン・マクレアンの首がテンプルバーで串刺しになってさらされているのを」

耳までふさぐのは無理だった。幼い子どもにしか上げることのできない悲痛な叫びをレインは聞いてしまった。たった一晩で、母親、兄、一族を失った子どもだけが出せる痛ましい声を。彼女は一族を滅亡へと追いやったのだ。
レインの命を救おうとして。

レインは飛びおきた。全身汗まみれだった。これだけ年月が経っても、彼のからだはあの晩のできごとを拒んでいるにちがいない。椅子の背に物憂くもたれ直して、海を見つめた。フェイバー・マクレアンがこの城で、夫探しをしていようと、別の理由で滞在していようと、レインは彼女を助け、二度と彼女を脅かしたり恐怖にさらさないようにするつもりだった。

これまでは名誉とは関係ない道を歩んできたし、そんな高尚な理念について詳しく知りたいと思ったこともなかった。しかし、フェイバー・マクレアンのために、その未知の領域をぜひとも学びたい気になっていた。

13

新品のかつらを合わせるために、新入りの従者に髪の毛をそってもらうあいだ、伯爵はじっと動かずに座っていた。この小男は――ランダルだったか？　ランクルだったか？――かつらをきっちりと伯爵の頭につけると、銀箔を張った円錐形の髪粉用マスクを手渡した。伯爵がマスクを顔に当てると、細かな髪粉が香り高い雲となって彼のまわりにふりかかり、かつら全体をうっすら白くおおった。ランクルは髪粉がすべて下に落ちてしまうまで数分間待ってから、伯爵の服の上にかけていたケープを慎重に取りはずした。

「閣下、非常にご立派でいらっしゃいます」ランクルは言った。

伯爵は袖から髪粉の小さな塊をはらいおとした。「ランクル」いかにも興味深げに問いただす。「いま、私の容姿について論評したのか？　主人の外見について、召し使いが聞かれもしないのに意見を述べるようになるとは、世の中はどうなっているのだろう。そんな無作法なふるまいには鞭を打つべきなんだろうが、そんなことをしていると、せっかくおまえのうんざりする手伝いが終わって支度ができたというのに、台無しになってしまう。仕置きは我慢するしかなかろう。今回はな」

タンブリッジ卿に対しては度量の大きいところを示し、従者に対しては鷹揚にふるまった。このところ明らかに、要らぬ情けをかけすぎているような気がする。

伯爵は立ちあがり、両腕をわきから離した格好で辛抱強く待った。従者が小走りで近寄り、新しいベストを伯爵の腕に通した。錦織りのベストのすみれ色が、彼の姿を引き立たせる。「以後」ランクルが襟元を調えているあいだ、伯爵は話をつづけた。「しっかりと覚えておくことだ。私が立派に見えるのは当然の話で、万一、立派に見えない場合にかぎり、私の着ているものについておまえがあれこれ言うのを聞かないでもない」

「申し訳ありません、閣下」新しい従者とはこんなものだ——こいつらを仕込むには恐ろしいほど時間がかかる。伯爵はため息をつきながらそう考えて、取りあげた手袋でランクルの顔を激しくはたいた。長手袋の手首の部分についていた水晶玉で、小男のほほが切れる。ランクルは傷ついたところに手を当て、びっくりして伯爵を見つめた。従者の目のなかに揺めいたのは——何たるかな！——怒りらしき感情だった。ありえない。ランクルのような下僕は怒ったりしない。彼らは急いで逃げるだけだ。

「おまえが申し訳なく思っているかどうかと尋ねたわけではない。私の意見を伝えただけだ。それなのに、おまえは私の話をさえぎった。さてランクル、もし、私が少しでも立派に見えなくなった場合、おまえは首だ。こんな野蛮な地で紹介状なしに職を見つけるのは、ちょっとばかり大変かもしれないと思うが」

小男の従者は縮みあがった。

「さあ、行け」伯爵は言った。「今夜の晩餐には出ないと決めた。娘にそれを伝えるように」

従者はお辞儀をしてあわてて部屋を出ていった。

伯爵は緑色のベルベットの布地が下がっている壁に近づき、刺繍が施された引き綱を強く引いた。布地がふんわりとふくらみながら左右に分かれ、見事に描かれた等身大の肖像画の両側にそれぞれ束となって寄る。伯爵は後ろに下がり、いとおしげに絵をながめた。

「ジャネット、なあ、なぜいまになって?」

伯爵が何年も前から毎晩感じている事実を、別にパラからくり返し聞く必要はなかった。そう、ジャネットがこの城にいて、彼をいつも見ていることには、すでに慣れてしまっていた。それで困ることはなかったし、たいして関心も払わなかった。幽霊など結局、使い道は限られている。

しかし、パラが今回しゃべった内容はこれまでとはちがう。霊が別の人間のからだに入りこみ、生き返るという話だ。ジャネットが彼の前にもう一度生身の姿で現れるために、別の人間のからだを借りるとは——もし本当にジャネットの霊が新しい入れ物を見つけたのならば、この呪われた城を永久に去る前に、彼女を探しだす必要があった。

きっとジャネットは何か言いたいことがあって、ブレードを置いたにちがいない。しかし、どんなことを伝えたかったのか。その布きれには彼女の非難の気持ちがこめられているのだろうか。

伯爵は肖像画の下にある収納箱のふたを開けた。なかには金貨にいくつかの宝石、そして気にかかるプレードの切れ端が入っている。

ジャネットが死んだ夜、伯爵はワントンズ・ブラッシュの改修以降初めて催される舞踏会を仕切っていた。社交界きっての重要な人物たちが、ロンドンからはるばるやってきている。なかには、王に仕える秘書官さえいた。客たちが晩餐をとるために大広間のほうへ下りてこようというころ、伯爵は自分の美しい妻の姿を探していた。そういう大事なときに問題が生じたのだ。

妻は崖近くの庭で子どもたちと一緒にいた。ジャネットはマクレアン一族を苦境に導いたのは夫だという事実にとうとう気づいたようだった。怒った妻は、自分の一族への忠誠の証として、一族伝来のプレードを身につけたままパーティーに出ると言いはった。プレードの着用は法律で厳しく禁じられているのを十分に承知していたにもかかわらずだ。城には、王の秘書官がいるというのに！

ジャネットはそこで身の破滅を自らの意志で決めたも同然だった。

「正直なところ、ジャネット」伯爵は本物そっくりの肖像画にささやいた。「おまえが私の『表と裏』に気づいた日、それが、私の一生でもっとも重要な晩餐会の日だったのは、運命の巡りあわせとでも言うものだろうか」

「そうだ」伯爵はうなずいた。「あの忌まわしい崖から自分で飛びおりてもよかったんだぞ。私に無理やり投げおとされる前に。晩餐会をめちゃくちゃにしたかったんだろう？　しかし、私はおまえのつまらん計画をつぶしてやった、そうだな、ジャネット」

伯爵は絹のブレードの切れ端をぼんやりと指でもてあそんだ。

「この布を私の目につくところに置いたのはどうしてだ？　おまえはこれっぽっちもまわりくどいたちではなかった。はっきり言って、うんざりするくらい率直だった。だから教えてくれ、これはどういう意味なんだ？」

伯爵は肖像画の前で考えこみながら、ちぎれた女性用ブレードの片割れをぶらさげて揺らした。もしジャネットがあの晩死なななかったら、財産を相続する見込みの娘たちと次々に結婚する必要などなかったはずだ。妻をめとったそばから死なせ、その結果、ロンドンに帰れないという事態にまでならなかったかもしれない。

ジャネットは本当のところ、この成りゆきにおおいに責任を負うべきなのだ。

ひょっとして彼女は自分が非難される立場にあるとわかったのかもしれない。「おまえは謝罪のつもりでこれを置いたのか？『ここよ。この布っきれをとって。これのせいでたくさんの悲しいことが起きたわ』とでも言いたいのか」

この解釈はおおいに気に入った。「そういうことかもしれんな。要するに、布っきれは恐怖をまき起こすために置かれる道具とはちょっとちがう。なんと言っても、スカーフだ。血まみれの目玉やどくどく動いている心臓でも、腐肉でもないのだから」

「あらあら、お父様。万一、お父様がだれかを恐怖のどん底に陥れようとするときには、どうぞわたしに教えてくださいね。ただちにその場から消えますから」女性らしいなめらかな声が背後から聞こえ、伯爵はぱっと振り向いた。

フィアが戸口の真ん中に立っていた。度はずれて扇情的なドレスの腰のところで澄まして両手を組みあわせている。こんなドレスをほかの娘が着たら、高級娼婦にしか見えないだろう。しかし、フィアが身につけると、サテン地のドレスの色がミッドナイトブルーであることさえ忘れさせてしまう。それほどフィアの存在感は圧倒的だった。

父親と娘は互いに黙ったまま見つめあった。明るい色調の薄化粧をしたフィアの顔は完全に落ち着きはらっている。伯爵はかつて東洋の人形を見たことがある。劇の登場人物を模した磁器の人形だったが、細部まで神経のゆきとどいた職人技が冴える作品だった。それまで見たなかで一番すばらしいものではあったが、生きている人間の本質を描きだしたようなそれを見ながら、なにかしら心が波立った。合わせ鏡を使って、鏡像のさらに鏡像を見ている気分だった。娘と向かいあうと、まさしく同じ気持ちになる。

「おまえはどのくらい前からそこで私をこっそりながめていたのだ？」伯爵はなじった。

フィアは翼のようにのびやかな眉を片方上げてみせた。「お父様を見張ったりしていませんわ。子どもに言ってきかせる昔からのことわざをご存知じゃありません？『鍵穴のところで盗み聞きをしてもちっともいい話は聞けない』って」

フィアはどうとでもとれる口調でしゃべり、鮮やかな青い目には何の感情も表れていない。かつては頭のなかに浮かんだことはすべて伯爵に話したものだが、いまでは何事にも動じない仮面の奥に自分を隠し、決して伯爵に内面をのぞかせない。

「何の用だ？」

「あのちっちゃなランクルがお父様は食事をとらないと言ったので、もしかしたら、ご病気かしらと思って見に来たんです」話しぶりに心配そうなようすはまるでなく、ただ冷たい好奇心だけがあった。「立ちいるわけではありませんが、お母様は答えてくれましたか？」フィアはジャネットの肖像画を見上げた。

伯爵が肖像画の垂れ幕をすばやく閉じた。「絵の前でしゃべるのと、絵に向かってしゃべるのは同じではないぞ、フィア」

「そうなんですか。微妙なちがいを教えてくださって感謝します」

若いフィアのなめらかで魅力的な顔はまったく動揺せず、眉一つ動かなかった。我が娘ながらなかなかのものだ。二人の息子たちは子どものころから短気ですぐ感情に走った。結局、やつらを育てたのは時間の無駄だった。

だが、フィアはちがう。この娘は私と同じ、獲物を襲う肉食獣だ。

感情に溺れて判断力が曇ることなどないだろうし、平凡な道徳基準で決意が鈍りもしないはずだ——めざす目標は、もっとも華麗なる結婚相手を獲得すること。イングランド社交界で最高の、いや、全ヨーロッパ社交界で最高の！　そのあかつきには、権力と社会的威信と富を父親である私はだれからも邪魔されることなくがっちりと手にすることができる。ありあまるほどの金がふところに入り、細かな金勘定で二度と無駄な時間を費やす必要もない。

「何を握っていらっしゃるの？」フィアが尋ねた。

「ジャネットのプレードだ」

「お母様の幽霊がお父様に置いていったものだなんて言わないでね」フィアは笑ったが、恐るべき正確さで父親の表情を読みとり、静かに言った。「まあ、当たりだったみたいね」彼女は手を伸ばし、絹の切れ端を指先ですばやくなでると、同じような速さで手を引っこめた。「ねえ、お父様」と冷静に言う。「お母様の幽霊にぜひとも会ってみたいわ。お父様が万一、その透明な貴婦人とおしゃべりすることがあったなら、そのあとでどうかその切れ端をわたしの部屋に向けてひらひら振ってくださいね」

「私を馬鹿にしているのか」伯爵の声に憎しみがあふれた。

フィアが静かに伯爵を見つめる。「そうかもしれないわ」

しゃくにさわる娘だ。しかし、伯爵はフィアのほほを平手打ちしようとはしなかった。思いとどまった理由は、フィアが口にするどんな生意気な言葉よりも、非常に腹立たしくなるものだった。折檻した場合、彼女がどんな行動に出るのか見当がつかなかったからだ。きっと復讐に出るだろう。おそらくすさまじい復讐に。

「広間に下りなさい」伯爵は命じて、フィアの出方を待った。予測ができない自分にうんざりする。フィアがこれまで伯爵の命令にあからさまに楯突いたことはない。しかし、そんな日もいつかは来るだろう。この娘が反抗するようになる前に、結婚させなければ。「客たちを放っておいてはいかん」

「そのとおりです。自堕落に騒ぎまわるお客には、ハーメルンの笛吹き男みたいに先頭に立つ者が必要ですわね」

「私もすぐに下りていく」

「そうだといいですけれど」フィアはからだの向きを変えはじめた。「お父様がいらっしゃらないのをとても残念に思っているご婦人がいましたわ。晩餐には出席しないと聞いて、とても悲しがっていました」

俄然興味がわいてきた。ジャネットか？「ご婦人だと？」伯爵は尋ねた。「どんな人だ？」

フィアは伯爵をおもしろそうにながめた。「老婦人です。骨董的なお歳とまではいきませんが、かなり歳をとっているのはたしかです」

空恐ろしい考えが伯爵の頭に浮かんだ。ジャネットは女ざかりのときに死んだ。生前の肉体よりも魅力が劣るからだに入りこむ可能性については考えてもみなかった。まさかそんなひどい仕打ちはすまい！

「その婦人はだれなんだ」

「ディグル夫人？　ダグラスでしたっけ。おとなしくて、いつも弁解ばかりしている老猫ですわ。この城の常連客とはちがったタイプね」

「ダグラスだ」伯爵は夫人の正しい名前を教え、ほっとした。その夫人のことなら知っている。ジャネットにはまるで似ていない者が彼女の生まれ変わりという線はどう見てもなさそうだ。「そう、ダグラス夫人は私のいつもの客ではない。しかし、彼女の甥の縁で、夫人と、夫人がめんどうを見ている娘が滞在しているのだ」

「ふうん？」フィアは気のなさそうな相づちを打った。

「この春、城に滞在した甥のことを覚えているだろう」ずるそうな口調で伯爵は言った。フィアの生意気な口答えに対して相応の返礼をするいい機会だ。「トマス・ダンのことを」

長身のスコットランド人にのぼせあがっているとフィアが告白したことは一度もなかった。口に出して言うまでもない。フィアのちゅうちょする場面や、数々の視線に伯爵は気づき、フィアとトマス・ダンとの堅苦しい会話が耳に入るたび、初めて心をささげつくした若い娘の熱い恋の情熱を知ったのだ。突然トマスについての話をしなくなったフィアの態度からも、それはわかった。

フィアの瞳がわずかに狭まり、繊細な鼻が微妙に動いて青い影ができる。最初から見つける気でいないと、ほとんどわからないほどのかすかな変化だったが、伯爵は報われた思いがした。

「もちろん」フィアはきびきびと答えた。「あの人のことなら覚えていますわ」

「ダグラス夫人はトマス・ダンの妹のお目付け役だ。妹の名は……ミス・フェイバーだったと思う」名前と顔が一致しないかと記憶をさらうと、上等なドレスを着た端整な顔立ちの娘の像がぼんやりと浮かんできた。伯爵自身、覚えていたことに驚きを隠せない。未婚女性にはほとんど関心を払ってこなかったからだ。裕福な娘に対してもそうだった。結局、若い娘にどんな利用価値があるというのだ。再婚はとても考えられなかったし、フェイバー・ダンは賭け事をしなかったため、彼女の金を結婚以外の方法でむしりとることはできない。そんな娘に関わりあって時間をつぶしたくはなかったのだ。

「どんな娘だ？」伯爵はフィアに突きさした言葉の短剣の刃先を少しばかりねじった。「兄に似ているのか？」

「トマス・ダンについてはあまりよく覚えていません」フィアはよどみなく答えた。「ミス・フェイバーは小柄で美人です。黒髪で、挑むような瞳の持ち主。まさに黒髪の戦士ね。いま思い出したのですが、彼女はほかのお客にお父様のことを訊いていたみたい」

美人？　黒髪？　私について尋ねていたと？

「なあ、フィア」伯爵は言った。「気が変わった。やはり晩餐の時間には下に行くことにしようと思う」

14

大舞踏場のはるか上方には、アーチ形に出っぱった控え壁《バトレス》を結ぶ通路が下から見えないように巧妙につくられている。レインはその通路に潜み、舞踏場でくり広げられる大がかりな光景を見下ろしていた。人々の姿は巨大な鉢のなかでかき回されている明るい色のガラスの破片のようだ。会場は熱気と香水でむせかえり、人々の体臭が混ざった暑苦しい空気がむんむんと立ちのぼっている。彼らがたてる騒音は、マクレアン島の岩に波がどこまでも打ちつける音にかぶさるように、際限なくつづいていた。

レインが陣取った場所からは、たまにちらりと上を向いた人の顔しか確かめられなかったが、探したかった二人の人間をとうとう特定できた。まず見つけたカー伯爵は、紫色のベストを身につけてきらきら輝いていた。相変わらずまっすぐな姿勢で立ち、優雅で気だるい雰囲気を漂わせている。

レインは、父親の沈着冷静な態度をいくらかなりとも受けついだとは思っていなかった。伯爵は息子の努力をあざ笑い、望みの薄いことに向かってじたばたしないように忠告した。どんなことをやりとげても父親が認めてくれないとわかると、レインは父の関心を引くために別の方面に走るようになった。伯爵の息子という肩書きで、いちいち思い出せないほどありとあらゆる悪事に手をそめた。地元の人々にいやがらせをし、破壊行為をくり返し、酔っぱらってけんかをし、乱痴気騒ぎを起こした。すべては伯爵の心をちくりと刺し、まごつかせ、困らせるための行動だった。とにかく、伯爵から反応を――どんな反応でもいいから――引きだしたかった。

レインはひっそりと笑った。五年前だったら、こうしたふるまいを思い出すたび苦々しい気持ちになっただろう。カー伯爵はレインにとって重要な存在だったからだ。いまとなっては優先事項は否応なく並べかえられ、もう伯爵がどうなろうと知ったことではない。彼を憎む気持ちさえない。

レインは父親を無関心にながめた。相変わらずハンサムで、背筋がしゃんと伸び、上品だ。昔と同じようになめらかに動き、表情は人当たりよく、洗練されている。しかし、これだけ遠いところからも、かつてはぴんと張っていた顔の皮膚がわずかに締まりがなくなっているのがわかった。角ばったあごの下にゆるみが生まれ、きれいな目の下にもたるみができはじめている。伯爵がいくら意志の力でがんばろうとも、歳をとっていくのまでも押しとどめることはできない。

レインの視線は人々のなかを動いていった。フェイバーがいた。まっすぐ立ったフェイバーは明るい黄水仙色の長大なドレスをまとっている。染めた髪はつや消しの黒で、胸元の白さに対して石炭の粉の色を思わせた。彼女は客たちのあいだをゆるぎなく移動していた。まるで、扉も窓もない狭い通路を、遠くに見えるたった一つの出口めざして進んでいるかのようだった。

男にこびるそぶりはまるでしていないのに、フェイバーの姿は見過ごされはしなかった。男の客たちのあいだから、はっきりとわかる変化が生まれている。数人の男たちがフェイバーのあとを追うように歩いていたのだ。もちろん、微妙な動きではある。愚かな男たちが実際に列をつくっていたわけではないが、彼女は明らかにお付きの面々を集めていた。

フェイバーには何かがある。顔かたちが望ましいというのではなくて、それを超えた何かが――くそ、美人でもあるか。いや、器量が悪いわけではないというところだ、と彼は考えなおした。フェイバーのかもしだす雰囲気が男をたきつけ、挑発し、奮いたたせ――。

奮いたたせるだって？

監獄に長くいすぎたにちがいない。フェイバーへの目下の関心を説明するには、それしか理由は考えられない。命を救ってもらったために、実際に備えてもいないような彼女の美点を想像しようとしているのだ。

もしフェイバーが彼を奮いたたせるとしたら、それは欲望からだ。そのドレスの下にもぐりこみたい娘の名前がマクレアンだとは、あまりにも腹立たしい。事情は複雑になっていた。レインはどうあっても獣の欲望と争わなければならない。

義務が最後には勝利するとわかっている。結局、他人に感謝すべき恩義があるなどという経験は初めてだから、こうもとまどっているのだ。それも、とりわけ大きな借りをつくってしまったあとでは。欲望のほうはどんなものか、すでになじみがあった。

レインはもう一度フェイバーを注意して見た。彼女の横にいるみすぼらしい女性は付き添い役にちがいない。一見したところ、あの頼りない年配の婦人では、崇拝者の多そうなこの娘を守れそうにない気がした。しかし、ちょっと観察をつづけると、それはまちがいだとわかった。フェイバーのあとを追ってきた男たちのうちのほんの数人だけが、彼女のそばにたどり着けるようだ。明らかに老婦人は、何らかの基準に達した男たちだけに近づくのを許していた。どんな基準なんだろうか。

どういう審査があるにせよ、とレインは皮肉っぽく考える。俺の名前は絶対に合格者名簿には載らないだろう。とはいえ、俺はフェイバーのあとを追っかける必要はないわけだ。彼女のほうからやってくるのだから。彼は懐中時計を取りだして時刻を見た。あと一〇時間くらいで。

「はい、食べ物よ」フェイバーはぶっきらぼうに言い、結わえたナプキンの包みをレイフめがけて放った。脂が彼の白いシャツにうまいこと大きな染みをつけるところが頭に浮かぶ。

この悪党がこれほどまでに鋭い反射神経をもっているとは思ってもみなかった。窓から外をながめていたレイフはさっと振り返ると、空中で包みを受けとった。シャツの前がはだけ、やせた胴体があらわになっている。ぴっちりした黒のブリーチズの腰の部分に拳銃がねじこまれているが、黒い毛が生えた平らな腹部は張りつめたまま、へこみ一つできていない。シャツの袖口はまくり上げられ、日に焼けた太い前腕が出ている。フェイバーはさっと目を伏せた。あたたかいからだに手を触れた感触が生々しく思い出されて、すっかりどぎまぎしてしまったのだ。ここはディエップではないわ。彼は壁に鎖でつながれてはいないし、わたしももうほかの人になりすましているわけではない——マダム・ノワールに。

残念だったわね、と馬鹿にしたような声が心のなかで聞こえた。

「おやおや、非常に礼儀正しいことだ」レイフが言った。「そんなにすばらしいお行儀だったら、あなたの兄さんの家の戸口は求婚者たちであふれかえるにちがいない、ミス・ダン」

「ふん」フェイバーは鼻を鳴らしたが、冷やかしに対して口元の笑みを完全に消しさることはできなかった。この男性はどうしてこんな奇妙なふるまいに出るのだろう。なんだか……とても親しげだ。たちまち警戒心が生まれる。

レイフは胸に片方の手のひらを仰々しく押しつけるポーズをとった。「誓って言うが、あなたの口がそのように持ちあがると、俺の心臓はどきりとする。あなたにその微笑を大事にしまっておくよう教えた人は、その力を知っていたにちがいない。なぜならば、あなたがにこやかに笑ったが最後、男たちは絶対に自分の行動に責任がとれなくなるからだ。俺だって自分がどんなことをやらかすか、見当がつかないのだから」

フェイバーは驚きあきれながら、思わず笑った。彼女を恐喝した男がどんなふるまいに出るか、予想はいろいろしていたものの、魅力的な言葉や楽しい馬鹿げた冗談が聞けるとは思ってもいなかった。だれもいない部屋の真ん中に食べ物を置いて戻ることになるだろうと予想していたのだ。レイフが自分を待っているとはまったく期待していなかった。

レイフが白くきれいな歯並びを見せながら笑いかえしたので、フェイバーはまたもや驚いた。というのも、笑うレイフの瞳にはあたたかさとユーモアがあふれていたからだ。すばらしく魅力的なほほえみ、いや、圧倒されるほど魅力にあふれた笑みだった。無頓着でいて、人の心をたちまち奪いとるほほえみ。そんなふうに笑う男性には上品さなど要らない。そう考えたところで、フェイバーは我に返った。

彼女がおもしろがらなくなったのに気づいたレイフの笑顔が、口の片側だけが上がる皮肉っぽいものに変わった。「ああ、冗談を許してくれ。つい、お互いの立場とこれまでのいきさつを忘れてしまったものだから」

「つまり、恐喝者としてのあなたと、被害者としてのわたしの立場ということ?」

レイフのやせたほほのえくぼがさらに深くなる。「いやいや、ここでは俺が被害を被った当事者という役だ。俺たちの役回りに誤解の余地はまったくない。ディエップであなたが俺を狼の群れに投げいれたのを思い出してもらえればね」

フェイバーは赤面した。自分の正当性を立証したレイフは、関心をナプキンの包みに移した。窓の下枠に大きなブーツをはいた足を片方乗せ、がっちりした太ももをテーブル代わりにして、リネンのナプキンの結び目をほどいて広げている。包みのほうに前かがみになったせいで、シャツの前が大きくたわみ、フェイバーがあまりにも鮮明に覚えている引き締まった胸の輪郭があらわになった。からだの形が前よりもはっきりと見える。記憶よりももっとがんじょうそうだった。

「ビーフステーキか！」

フェイバーはぎくりとした。レイフが邪気のない蜂蜜色の瞳を上げた。

「イングランド人に神の恵みがあらんことを。夕食に牛肉を食べるのがとんでもなく好きなんだから。ナイフやフォークを持ってきてないかな、スイートハート？」

「わたしのことをそんなふうに呼ばないでください。それから、ナイフもフォークも持ってきませんでした。一応思ったのですが」フェイバーはそっけなく答えた。「銀器を手にあわてて去るところを、だれかから見とがめられるほうが心配だったのです。本当です。晩餐の席で自分の皿の中身を膝の上にあけただけで、わたしはまわりから十分に変な目で見られました」

レイフは爆笑した。「まさかそんなことを！」

「ええ、しましたとも。あなたの食べ物を確保するのにほかに方法があって？　まさか台所の戸口に袋を持っていき、食べ残しをつめてほしいと頼むなんてできない相談ですし。それに、召し使いに命じるのもどう考えても無理でした。そんなことをしたら、あなたが城にいると一時間もしないうちにわかってしまう。使用人たちはひとたび秘密のにおいをかぎつけると、探りだすまで気がすまないものですから」

「召し使いがどんなものか、俺たちはお互いによく知っているわけだな」レイフは肉をかみちぎって、一切れ口のなかに放りこんだ。まぶたを半分閉じながら、食の快楽をむさぼりつくそうとしている。ゆっくりと口を動かし、ひとかみごとに味わい、すべてのみこんだあと、ため息をついた。それから赤ワイン入りのグレービーソースがついた指を一本ずつ慎重になめた。

フェイバーは食べ物をこれほど徹底的に楽しんでいる人間を見たことがなかった。思わず見とれてしまう。

彼の長い指は細かったが力強く見え、やわらかな黒い毛が手の甲にうっすらと生えている。しかし、しなやかそうな太い手首のほうはもっと毛が濃かった。とても男らしい手だ。

顔を上げたレイフは、フェイバーが自分をじっと見つめているのに気づくとウインクした。「カビの生えたチーズとひからびたパンを水に浸したものを、五年間も食べてきたんだ」彼は恨みをみじんも感じさせない声で説明した。「食事を控えて喜ぶなんてまねを今後いっさいするつもりはないね。少しどうだい?」

「いえ」フェイバーの返事はあいまいに響いた。もう一度言いなおす。「要りません!」

「どうぞご自由に」レイフは肩をすくめて、次の食べ物を一かじりほおばった。「ケーキだ!」

その喜びの声で、フェイバーは夢想からさめた。ぼんやり考えていたことが実は形ある物体であって、そこから逃げられるかのように、ぱっと飛びすさった。レイフは気づいていない。彼女が持ってきたケーキを——包みが放りなげられたときにつぶれてしまったケーキを

——むしゃむしゃ食べるのに忙しかったのだ。レイフは美しい——。

どうしてこんなことを考えているのかしら。わたし、馬鹿みたい。この男は敵なのよ。

でも、本当に敵かしら？　フェイバーの心のなかの声がずるそうに問いかけた。はっきり言って、わたしが彼の敵なのかも。そうよ、これまで彼をひどい目に遭わせたのはわたし。ディエップ以来、レイフはわたしに何も悪いことはしていない。彼のせいでおびえたかもしれないが、それだって、彼の行動からというよりわたし自身の罪悪感がつのってのことだったかもしれない。実際、レイフはオーヴィル卿からわたしを救ったのだ。

フェイバーは自分の心に待ったをかけながら目を細めた。でも、レイフがすでに指摘したように、彼はわたしのことをいつでも伯爵に告げ口できるのだから。

わたしのほうが先にレイフのことを伯爵に知らせるべきかもしれない。すぐに。そうなったら、彼もわたしの実情を暴露するだろう。でも、わたしはびっくりして哀れんでいるふりをする。みんな、レイフはおかしなことを言いたてる狂人だと思うわ。特に、おとぎ話でしかない宝石の隠し場所を探していると彼が言いだしたらね。これは名案よ。実行するべきだわ。

いいえ、すでに実行していたはずだったのに。こんな状況じゃなかったら……彼はわたしに何の害も加えていないし、わたしのほうが彼にたくさん悪いことをしたのだから。

「すぐにでも俺は従僕たちをなぐる心の準備をしなければならないのかな」レイフはケーキを食べおえ、着古したブリーチズから菓子のかけらをはらいおとした。「それとも、あなたは結局、俺に情けをかけることにしたのか」

レイフの言葉は彼女の後ろ暗い考えを見事に言いあてていた。自分が卑劣な人間になった気がしたフェイバーはしゃくにさわり、意地悪く言いかえした。

「わたしが食べ物を運んできたんじゃないかしら」と尋ねる。

「囚人を絞首刑にして内臓を引きずりだし、四つ裂きにする前に、監獄の番人たちはちょっとはましな食べ物を食べさせてたな」

レイフの話しぶりはまたもや彼女をぎくりとさせた。こんな恐ろしい話をどうしてああも軽くしゃべれるのだろう。

「あなたのことはだれにもしゃべっていません」

「あの老猫にも?」

「何ですって?」

「あなたの付き添い役さ」

ムーラね。いいえ、レイフのことをムーラに教えるなんて考えてもいなかった。ムーラが知ったら、ジェイミーに彼の居場所を突きとめさせて、そののどをかき切らせるだろう。ムーラの壮大な計画にはどんな邪魔も許されないのだ。「わたしの伯母ですか？　いいえ。伯母は知らないわ」

レイフは再びほほえんだ。「ありがとう」

フェイバーは視線をちらっとはずして、また戻した。レイフの笑みが大きくなっていた。

まるで、ふらふらと揺れうごきながらまったくよからぬことを考えている彼女の心のなかがわかっているかのようだった。レイフは足を窓の下枠から下ろした。「それはよかった」

彼は長い腕を頭の上に伸ばし、腰を回して左右のわき腹をゆっくりと交互に伸ばした。シャツの端が背の高い船の傾いた帆のように揺れている。フェイバーはあたたかいものがのど元からじわじわと上がってくるのを感じ、顔をそむけた。赤面したのを見られて、彼から馬鹿げた憶測を浴びせられたくはない。

「マクレアンのトラストの捜索はどうなっていますか?」

「こんなふうさ」

フェイバーはあたりを見回した。箱やトランクのほとんどに開けられた形跡がある。壁に立てかけられた絵も残らず調べた跡があった。絵の山の一番上にある黒髪の貴婦人の肖像画が顔をこちらのほうに向けていた。昨日はそこになかった絵だ。

肖像画の貴婦人は美しかった。銀色がかった青色のドレスは、その軽やかで薄い布地が肩からすべりおちんばかりだった。強情そうなあごの持ち主はやさしい笑みを浮かべていた。大胆な目を輝かせた、満足している表情だ。

「夫探しはどうなってる?」

レイフの質問で、フェイバーは目下の状況だけでなく、別の義務も思い出した。ムーラの立てた計画のなかの自分がはたす役目がいやでたまらないのに、この部屋で過ごした一時間のあいだ、すっかり忘れていた。たぶん、レイフのことをムーラに言わなかった本当の理由はそこにあるのだと思う。彼のおかげで気晴らしができた。昨晩のカー伯爵の、冷たい計算高さと熱に浮かされたような激しさが薄気味悪く同居した表情を忘れることができずにいたのだ。

「それで？」レイフは促した。

「なんとかね」

「有望な候補者はいたか？」

「たぶん」

伯爵がフェイバーのためにパンチを運んできた。フェイバーは感謝を述べたが、それ以上の言葉がのどにつまって出てこなかった。この男はわたしたち一族を殺したあと、串刺しになった兄の首がロンドンでさらされていると言って、笑ったのだ。だが伯爵は彼女が言葉少ななのを気にしているふうには見えなかった。

伯爵は彼女をじっくりと見すえて、罰当たりなほど高貴に見える眉を片方寄せながらわずかに顔をしかめた。しりごみしないようにするのに、フェイバーはありったけの自制心を使わなければならなかった。こんなことでは、結婚を申しこまれたとしても婚礼の晩の床入りはどうなることか、前途は暗いわとフェイバーは思った。

視界の片隅でムーラをとらえると、彼女は愛想のいいやさしげな仮面の奥でほくそ笑んでいた。有頂天になっていると言ってよかった。フェイバーは間もなく大広間から引きさがり、ムーラがばたばたと追いかけてきた。勝ちほこったささやき声であんたは色っぽかったとほめた。自分の部屋に戻ると、フェイバーはムーラがつづいて入ってこないように扉に鍵をかけた。

おそらくレイフのところに来たのも、もう一度ムーラに対して「扉に鍵をかけようとした」からかもしれない。レイフが持ちこむ危険や危ない空気は、少なくともフェイバー自身が選びとる危険であり、彼女自身にふりかかってくる危なさだった。マクレアン一族やカー伯爵やムーラとはまったく関係ない。関わってくるのはレイフだけ。そしてわたし。

「オーヴィル卿を夫候補者とは考えていないだろうな?」

「オーヴィル卿?」フェイバーは訊きなおした。

「あなたの笑い方はあまり愉快なものではなかったから、卿の懐《ふところ》が十分に大きくてあたたかいものだから、魅力がないにもかかわらず、金を出してくれる夫として役立つと考えたのかと思った」

ねらいを定めた男の名前を彼に教えるつもりはなかった。レイフと一緒にいると心が軽くなるが、彼についてはほとんど何も知らない。ムーラの計画をわずかでも危険にさらすつもりもなかった。それに、もし教えたら、レイフはわたしを笑うだけだろう。悪くすれば、わたしを哀れみ、さらには――心の声よ、黙ってちょうだい――愛想をつかすかもしれない。

「いいえ。オーヴィル卿ではありません。彼は結婚しています。実はまだだれにするか決めていないの」

「そうか」レイフが彼女に近づくと、その背の高さがきわだった。彼の目を見るためには頭を後ろに傾けなければならない。「男を漁る市場に早く戻って、候補者たちを列に並ばせたいとあせっているのだろうな」

フェイバーは淑女らしからぬ勢いで鼻を鳴らした。「まさか」その言葉は抑える前に口からこぼれ、思っているままを表に出してしまった。

レイフの濃い眉の片方が、茶色のタフィーキャンデーの色を思わせる目の上で持ちあがった。「好都合だ」

「あら、それはどうして?」フェイバーは訊いた。

「なぜなら」レイフが言う。「食べ物と服は――あとの物はまだ見ていないが――償いとしては簡単すぎる。特に、強姦を予期していただれかさんなら、もっと要求してもいいとね」

フェイバーの心臓は早鐘のように鳴った。口のなかがからからになる。

「何を望んでいるの?」しわがれた声が出る。

「すぐにわかるさ」レイフのみだらな視線は彼女の顔とからだの上をすべるように動いた。

「しかし、まずは、その服を脱いでもらわないと」

15

フェイバーのむき出しの腕や首は汗でびっしょり濡れていた。こめかみから垂れた細い髪の毛は湿ってくるくると巻きあがり、小さな黒いコンマ記号となってのどや鎖骨に張りついている。彼女はくちびるをなめて、ほてった肌の塩辛さを確かめた。手足はすでに力が入らず、重たくなっている。これまであることさえ忘れていた筋肉が、使いすぎたせいで痛む。

鏡のなかには、ひどい身なりだがくつろいだ雰囲気で見つめかえしてくる娘がいた。自分自身だとはすぐにわからなかった。化粧はとっくに落ちていた。紅潮した肌が輝いている。

「ああ」フェイバーはやましい気持ちでささやいた。「なんてすてきなの」

「何か言ったか？」

鏡から向きなおると、フェイバーはレイフに向かって無邪気に笑いかけた。彼は張りだしだんすの上に持ちあげた大箱のなかを綿密に探していた手を止めている。「何も言ってないわ」

マクレアンのトラストを探す作業が、罰というよりもごほうびに近かったと認めるわけにはいかない。フェイバーは着ていた美しいドレスを脱いで、レイフがどこかの箱から掘りだした古い仕事着を身につけたのだった。意気揚々としている気持ちを隠すのは大変だった。ジャネット・マクレアンになろうとして、あまりにもたくさんの鏡の前でずいぶん長い時間を過ごしてきた。その役割から解放されてほっと一息つけたため、めまいがするほどのうれしさに駆られていた。

すばらしい時間だった。彼女は戸棚、洋服だんす、引き出し、収納箱、寝台の下、細長い旗を巻いたものや亜麻布の山のあいだをかきまわし、ひっくり返し、くまなく探した。マクレアンのトラストも、言い伝えではそれを納めているという茶箱もまだ見つかっていなかった――レイフはそういう箱があると言いはるのだが、そんな茶箱の話はこれまで聞いたことがない。

ちょっとした謎の品や貴重な形見も発見した。一〇〇年前の元気いっぱいの子どもが書いた日記めいたもの。色あせたイスラム風の旗にうやうやしく包まれた、折れた三日月刀《シミタール》。まだかすかに薔薇の香りが残っている、女性用のクリスタルガラスの香水瓶。それらの品々が発する言葉にならない歴史の重みを目の当たりにし、陶然とした。ここにあるのはマクレアン一族の歴史だ。

フェイバー自身が受けつぐ歴史なのだ。

母親が話す昔物語はわずかしか覚えていなかったし、父親からは何か聞いていたかどうかもわからなかった。父のことはほとんど思い出すことはなかった。一族が虐殺された直後に父はロンドンから戻ってきたが、息子の助命嘆願は通らなかった。兄たちの運命はくつがえらなかったのだ。帰郷した父は、妻の死と一族が抹殺されたことを知らされる。そして、その年の内に亡くなってしまった。

一族の祖先についてのことはムーラから手紙で教えられていた。手紙には、人の名前が長々と連なり、勝った戦いと獲得した土地がそっけなく列挙されていた。でも、ここにある品物はちがう。フェイバーは子ども用の真珠の指輪をそっとさわった。血の通った物語が聞こえてくる気がする。祖先は本当にいたのだ。これほど身近な存在に感じられたのは初めてだった。

この革製の指輪を引き出しにしまいこんだのは、きっと愛情深い母親にちがいない。このシミタールで戦っているさなかに死んだのはだれだろう? この刀は象徴的な意味をこめて折られたのだろうか。香水瓶のほうは大おばのものだったのかしら。あの日記は大おばの祖父が書いたもの?

彼女が仕事を怠けていてもレイフは文句を言わなかった――ぼろぼろのトランプを箱から出して床に広げ、ハートのジャックがないとわかるまでじっとながめていたときも、決してとがめなかった。彼は黙ったまま順序だてて捜索を進め、一つの壁に沿って家具や収納箱を次々に調べていた。

ほんのときたまだが、フェイバーが何か奇妙な物を発見して歓声を上げ、レイフのほうを見上げると、彼は何を考えているのかわからない表情でこちらを見つめていた。レイフについてはどう判断したらいいかわからなかった。ここ数時間のあいだ、彼は探索に情熱を燃やす若者でしかなかった。この部屋のなかでは二人とも、子ども時代に経験できなかった無邪気な楽しみを断片的にせよ、取りもどしているかのようだった。

「さあ、六〇センチ四方の箱が入るような大きさの物はこれが最後だわ」フェイバーはそう言って、旅行トランクのふたをぽんとたたいた。ちょうどよかった。あと一時間かそこらで太陽が沈む時刻だ。ムーラの尋問を避けたければ、彼女が扉をノックする前に自分の部屋に戻って晩餐用に着替えをしなければならない。

レイフは返事をしなかったため、フェイバーは重たいふたを上げた。なかには注意深く折りたたまれた繻子の衣類が入っていた。赤褐色と濃紫色の配色で、宝石と金属製の糸がちりばめられた服は、長いこと乾燥させたラベンダーの小枝におおわれた異国の魚のうろこのように光っていた。

「それは何だ?」レイフが彼女の肩ごしにのぞきこんだ。

「わかりませんわ」フェイバーは顔をそむけたまま答えた。レイフからほこりっぽいにおいと勢いが伝わってくる。働いた男の熱と汗のにおいが、力強い空気が、素朴で際立った存在感がどっと押しよせてきた。彼女は振り向こうとしなかったが、レイフがまだシャツの前を開けたままにしているのはわかった。

「くそっ、このハイランドに住んでいた野蛮人のなかにも、少なくともひとりは洒落者がいたんだな」レイフの笑い声が彼女の耳をくすぐった。

「これは何?」フェイバーが光る布地を恐る恐る持ちあげる。

「ペルシア風の紳士の長上着だと思う。まさにフランスの先王時代の宮廷でのファッションだ」

「すばらしいわ！」たたんであった服を広げ、肩の部分をつかんで掲げてみる。「このリボンの輪は何のためにあるのかしら、想像できます？」フェイバーは首をひねって後ろのレイフを見た。

彼は背後にくっつくように立っていた。はだけた胸にはよごれの長い筋が焼印のようについている。ずっとからだを動かしていたため、日に焼けた肌はうっすらと汗ばんで光っていた。斜めからの光線でからだの輪郭や筋肉のつき具合が目立って見える。腹部の白い傷跡は、股上の浅いブリーチズのベルトの下へと消えている。

「飾りたてているな」レイフは彼女の肩ごしに手を伸ばして、ぴかぴか光る飾りものの石を指ではじいた。「なんだ、ただのガラスだ」

「あら、あなたは宝石の専門家だったの？」フェイバーは皮肉っぽく尋ねた。

レイフはえらそうに笑った。いかにもわかったふうの横目を使う。「俺の得意分野がどれだけあるかを知ったら驚くぞ」

そんな言葉は信じられなかった。

フェイバーは彼のまなざしにとらえられて身動きできなくなるのを恐れ、そっぽを向いた。その午後はもう何度もそんなことが起きていた。彼の瞳をのぞいていると、あたたかい蜂蜜のなかで溺れていくような気持ちになった。

場ちがいな考えを消しさろうとしても、彼と一緒にいればいるほど、こうしたつまらない思いがすぐ浮かぶようになる。だって、ありえないわ。わたしたちは……つまり、不倶戴天の敵というわけではないけれど、決して友人でもない。結局、ここには脅迫されて来たのだし、自分から願って来たのではない。たとえ、ここにいるのを楽しんでいたとしても、彼はそのことを知らないのだもの。

フェイバーは冒瀆の言葉でののしりかけたのに気づき、頭をすばやく下げて、私の過ち《メア・》によって《クルパ》と祈りの文句をつぶやいた。いったいわたしはどうなってしまったのだろう。

「何をしているんだ？」レイフが興味しんしんで尋ねた。

「考えているの」

「何について？」

「なんて……なんてぴったりなんだろうと。この衣装は仮面舞踏会にいいんじゃないかと思うの」

「いつの舞踏会？」

「一週間後の金曜日の夜よ」フェイバーは言った。やっかいな考えごとから抜けだせるのはうれしかった。トランクのなかをのぞきこむと、ほかにも衣装が入っていた。もみ革のブリーチズ、ピンクの薔薇飾りのついた靴下留め、輝くクリスタルガラスをあしらったバックル。

「その日は、みんな仮装して顔を隠します」

レイフの表情は平坦で、何の関心も表れていなかった。「ああ、その夜の幸運を祈ろう」

彼は言った。「ただ、わなに仕掛けたえさを食いにげされないように気をつけたほうがいい」

「えっ？」

レイフの笑顔はものやわらかだった。「仮装舞踏会は男女が戯れる絶好の機会だ。あなたはとてもチャーミングに言ってのけたが。『わたしにあるものといえば貞操だけ』だったか？　俺の忠告は、それをちゃんと守れということだけだ。そうすれば、婚礼の晩にあなたは……相手の期待に沿うわけだ。仮装の場は男たちにとって——そして女たちにとっても——本気で買うつもりのないものを味見できるめったにない機会というわけさ」

フェイバーは平手打ちされたような衝撃を受けた。同志としての心地よい交流から、一転してワントンズ・ブラッシュの浅ましい世界へと連れもどされた。返事をする気力もなく、銅色の長上着をつかんだまま、両手をわきにだらりと垂らす。

「おっと」レイフは言った。「糾弾するような顔をしてはいけない、ミス・ダン。この城の配偶者あさりの場に、主要な人物として迎えられているのだからね。客たちがわざわざここまでくるのは楽しみたいからであって、その機会をとことん利用しようとするのを非難する権利はないんだ」

「それで、この城はどんなところだと？」フェイバーは堅苦しく訊いた。

「道徳も良心もない世界だ」

「大げさですわ」

レイフの笑いは殺伐としていた。「これほど明らかな事実をあなたは見ないようにしているんだな」

「あなたこそよくわかっているとでも言うの？」フェイバーは納得できなかった。

「ワントンズ・ブラッシュのことはだれでも知っている、ミス・ダン」レイフは答えた。気の毒になったのか、彼の口調はやわらかだ。「あなたもだろう？」

「もちろん」フェイバーは紳士用の長上着をトランクのなかにぞんざいに投げいれた。「わたしのことをああだこうだと、いろいろ変なふうに決めつけているけれど、実はでたらめに言っているだけなのでしょう。あなたはわたしについては何も知らない。わたしがあなたに関して知っていることよりさらに少ない知識しかないはず」

「あなたの知識とは正確なところ、どんなことなのかな？」レイフは訊いた。

「つまり、あなたは泥棒で恐喝者であり、この城に宝石を盗みにきて、わたしに盗みの手伝いをしろと強制している」フェイバーは否定できるものならやってみろとばかりに、レイフをぐいとにらんだ。彼は反論しなかった。

「どうも休戦状態は終わったようだね」レイフは気にも留めていないふうだ。

「そう。わたしは食べ物を持ってきました。この部屋を探すのも手伝い、あなたのために十分なことをやったわ。では、ごきげんよう《アデュー》と申し上げます、ムッシュ」フェイバーはくるりと向きを変えると、彼には目もくれずにしずしずと通りすぎて戸口に向かった。

「すばらしい！」レイフは手をたたいている。

この悪党！　なんていけすかない人なの？　フェイバーは彼の無礼な態度を無視すること

に決め、激しい非難の言葉が口から出そうになるのをぐっとのみこんだ。取っ手をつかんで引いたが、扉はがんとして動かなかった。ああ、もう《ダム》！　目を閉じて、罰当たりな言葉を口にしたことに神の許しを請う文句を熱心につぶやいた。両手で取っ手をつかみ、力をこめて引く。扉はびくともしない。

「ああ《ダム》、なぜよ《ダム》、ひどい《ダム》」

「ミス・ダン？」

フェイバーのなかで挫折感と屈辱感が競いあい、挫折感が勝った。彼女は真鍮の取っ手をつかんで激しく揺すった。

「ミス・ダン」

「何！」フェイバーは勢いよく振り向いた。

レイフの腕にはエメラルド色のベルベット地のドレスがあり、その長大なすそが床のほうに広がっていた。「ドレスを忘れているぞ」

フェイバーはのど元から次々に飛びだそうとするののしり言葉を出さないように、くちびるを強くかんで歯を食いしばった。気取った態度で部屋の奥へと戻ると、彼からドレスをもぎ取り、背を向けて扉のほうへ肩を怒らせながら歩いた。両手で取っ手をつかむと、足のかかとをてこのように使って——。

「引っぱるよりも押してみたほうがいいかもしれない」

わずかに残った威厳をなんとかかき集めて、フェイバーは取っ手を押した。扉は静かにさっと開いた。

「明日は隣の部屋を探そう」

フェイバーは返事をしなかった。

「それから、牛肉はおいしかったが、チキンやほかの鳥でも大歓迎だ。次回はケーキをぐしゃぐしゃにしないように頼むよ」

何の反応もない。

「それと、服は絶対に忘れないでくれ。今夜もまだ探しつづけるつもりだから、明日、シャツのにおいであなたを怒らせるのはいやだからな」

「明日は来ないわ」フェイバーは食ってかかった。

「それは」午後じゅう落ち着いていたレイフの声が、いまや邪悪さに満ちたものになっていた。「大きなまちがいになるぞ」


「さあ、ミス・ダン」カー伯爵はフェイバーのための椅子をさし示して、彼女が座るのをかたわらで控えて待った。伯爵が晩餐の食卓に彼女を連れてきただけでなく、上座に座らせたのは異例中の異例の行為だった。酒が入ったやかましい話し声のなかに、憶測の混ざったささやき声がさざなみのように広がった。フェイバーは椅子にそっと座り、にらみつける視線に気づかないふりをした。公爵夫人一名、男爵夫人二名、それから少なくとも六名の貴婦人たちがぎらつく目を向けており、フェイバーが彼女たちを飛び越して上手に座っているのを是が否でもわからせようとしていたのだ。

「ミス・ダン」

フェイバーは顔を上げた。食卓の対面の席にいるフィア・メリックはどこかおもしろがっているふうだった。しかし、フェイバーの見るところ、レディ・フィアにはいつでも何かしらおもしろがっているところがあった。いつものように、翼のごとくのびやかな黒い眉は皮肉っぽく持ちあげられ、秘められた洞察力をたたえた薄青色の瞳は氷のように輝いていた。

「レディ・フィア」フェイバーは礼儀正しく挨拶をした。この超然として謎めいた娘がわたしに何の用だろう。少なくともわたしより三歳は若いはずだが、どうかすると、この部屋のどの女性より年上に見える。

「タンブリッジ卿から紹介を頼まれましたのよ」ほっそりした長い指がわずかに動き、上品なバレリーナのような所作で空気をわずかに揺らしながら、それまでは気づかなかった紳士を指す。「ミス・フェイバー・ダン、タンブリッジ卿を紹介いたします。タンブリッジ卿、こちらはミス・ダンですわ」

タンブリッジ卿はうなずき、半分目を伏せながらフェイバーを綿密に値踏みした。「ミス・ダン、ご紹介にあずかりまして光栄です」

タンブリッジ卿は長身でやせており、顔色は青白かった。顔にはふくらみというものがなく、皮膚が下の骨にぴったりと張りつき、形のよい頭骨がはっきりとわかるほどだった。まるで空腹で怒っているように見える。白い手は食卓の銀器のあいだをせわしなく動き、スプーンやナイフをまっすぐそろえようとしていた。

フェイバーは右ほほにえくぼを彫りこもうと必死で念じた。ジャネット・マクレアンの片側だけの笑みをまねしたかった。「ありがとうございます、閣下」

「タンブリッジ卿は伯爵の親しい友人ですの」フィアはなめらかに言った。「そうじゃありません、タンブリッジ卿？」

無言の伯爵は明らかに、気楽な傍観者の立場でいたいらしい。

「でも、卿が望んでいるほどの大親友というわけではないのよ」フィアが同情しているふりをして、ちょっとの間、タンブリッジ卿の手に触れる。しかし、単なる同情でさわるよりも少しばかり長い時間、ぐずぐずと彼の手から離れなかった。タンブリッジ卿は飢えたような視線で彼女を射抜こうとしたが、フィアの瞳はそれを巧みにすり抜けた。

「二人はどうも仲たがいをしたようなの」フィアは言葉をつづけた。「仲のよい間柄ではそんなことはときどき起こりますわね、ミス・ダン。特に、二人のあいだをうまく取りもつために、わたしたちがお手伝いしなければなりませんわ。女性としての務めね。なぜって、女性は平和愛好者なのだから。そう思いませんか？」

フィアの問いかけは、フェイバーが自分の役割を演じるのにちょうどいいきっかけを与えてくれた。しかし、それに飛びつく気はしなかった。その日の午後、フェイバーは思い切り自由を味わっていた。泥棒であり恐喝者である男性が、運命にがんじがらめになっている彼女をつかの間とはいえ解きはなってくれたのはなんと皮肉なことか――でも、その運命はわたしが自分で選んだものなのだから、とフェイバーは厳しく自分に思い出させた。

フィアはまだ静かに彼女の答を待っていた。

フェイバーには返さなければならない借りが依然として残っているのだ。

「お言葉を返すようですが、レディ・フィア。わたしは自分が特別、平和を愛する人間だと思ったことはありません。あなたなら、相手の罪を忘れて許してあげられるでしょうが、わたしには無理ですわ」

伯爵が息を吸いこむかすかな音がまちがいなく聞こえた。手の甲の静脈がロープのように浮きでている。さあ、戦いの開始よ。構《アンガルド》えて。

「では、あなたは聖書が説く正義についてのいろいろなお話を信じているのですか？」フィアは尋ねた。

フェイバーはワイングラスを取りあげて揺らしながら、ルビー色の液体が回るようすを見つめた。印象的な返事を考えつく必要があった。伯爵の関心を引くような答えを。それにしても、伯爵は香水のにおいをぷんぷんさせすぎだ。からだが発する熱がねっとりする蒸気のように彼にへばりついていてうっとうしい。その上、この男は兄の死をわたしに教えるときに笑ったのだ。

「ミス・ダン？」

そう、いまのわたしはジャネットなのよ。亡き妻が伯爵を取りもどしたがっていると、彼に信じこませなければいけない。それが一族の計画——いや、わたしの計画だった。わたしはジャネットになりきると同意したのだから。彼女は伯爵をその手に取りもどしたがっている。

「失礼しました」フェイバーは顔にジャネットのほほえみを浮かべた。「実を言いますと、どんなに図々しくはっきり物を言いすぎたか、悩んでいたものですから。わたしに対する評価が幾分でも低くなるって困りますので——」フェイバーは媚びた視線を伯爵とタンブリッジ卿の両方に向けた。「これまでにいただいてきた評判をです。でも実際のところ、わたしは楽なほうばかりを選んでしまいますの。肉体的にも精神的にも。理不尽な仕打ちを受けたとしても、わたしは自分がほっとできる道を選びますわ——もし、正義だけがその境地を与えてくれるのならば、それが通るようにします。もし、償いで心安らぐのならば、そちらを求めるでしょう。不当に奪われたと感じたら、盗んだものを返してくれと要求します」彼女は恥ずかしそうに瞬きした。「あまりにも浅はかで利己主義だと思われるかもしれませんが」

「すがすがしいまでに正直でいらっしゃる」タンブリッジ卿はきっぱりと言った。「ご自分の行動についてこれほどまでに簡潔に説明できるご婦人に会おうとは、思いもよりませんでした。非常に爽快な気分です。紳士をだますのではなく、自分の性格を正直に伝えるレディなんていやしません!」

フェイバーはタンブリッジ卿をかわいそうに思った。彼は明らかにフィアに対してしゃべっていたが、フィアの関心は、召し使いがテーブルに置いた、冷えた梨に向いたままだ。

「正直さはあまりに過大評価されていると思うわ」フィアは上品な手つきでナイフを使い、梨を薄くそぎながらつぶやいた。「ミス・ダンは同じように考えているでしょうね。もちろん、ミス・ダンのお兄さまも。伯爵も同じ意見でしょう」

何が言いたいのだろう。それにトマスは彼女とどんな関わりがあるのだろう。

「レディ・フィア？」フェイバーは気持ちを落ち着かせてから口を開いた。

「我が娘はどうしても人を挑発したいのだ」フィアが答える前に、伯爵が言った。彼の態度は見ていて胸が悪くなった。「子どもの悪ふざけだな。といっても、フィアはまだ子どもだ。タンブリッジ卿、フィアにまたゲームに誘われたときには、そのことを覚えていたほうがいいぞ」

フィアを怒らせるつもりだったら、伯爵は失望するはめになっただろう。顔を伏せていたフィアはくちびるのまわりに小さく笑みを漂わせていた。

「子ども？　ゲームですと？」タンブリッジ卿はぶるぶる震え、いまにも激しく論じだしそうになっていた。椅子をテーブルから引くと、椅子の脚が床板をこする音が大きく響いた。卿は腰をわずかに前に突きだしながらぱっと立ちあがった。「失礼します、ミス・ダン。今宵はお相手を務められそうにありませんので」

「今宵だけ？」フィアがそう言うのをフェイバーはかろうじて聞きとった。かたわらでは伯爵が忍び笑いをしている。会話の底を流れる悪意を感じとったフェイバーは自分がそのなかでどうふるまったらいいかわからず、頭がくらくらした。わたしはずる賢いジャッカルと一緒に食事をしていたのだ。タンブリッジ卿は憔悴しきって、ただ背を向けて去っていった。

しかし、ジャネットはこんな出来事には慣れっこだったはずだ。伯爵が言ったりしたりしたことの多くに賛同はしなかったけれど、公の場で厳しく責めたてもしなかった。ジャネットは同意できない伯爵のふるまいは見て見ぬふりをしていたと、ムーラは話していた。

「いったいハイランドのどこで梨を見つけられたのですか、カー伯爵」フェイバーはそう尋ね、水気たっぷりの果物を食べはじめた。しかしそれは、粘土の味がした。


宴の夜はなかなかお開きにならなかった。時計は真夜中を知らせたが、どんちゃん騒ぎはそこからさらに勢いがついた。まるで、甘やかされた無責任な子どもが懐中時計を手にしているようなものだった。フィアの姿はすでになかった。彼女がフェイバーになぜか示した関心は、生じたのと同じくらいの速さで消えていた。

ゆがんだ笑みが死後硬直のようにこわばって、フェイバーのほほに残っている。背を高く見せようとしてきたため背骨が痛い。瞳孔を広げようとムーラが彼女の目に垂らしたベラドンナのエキスのせいで頭がずきずきし、視界が揺らぐ。

カー伯爵もフェイバーから距離を置いていた。ふつうならば、フェイバーはとっくに階上に引きあげているところだが、伯爵はそばを離れても、依然として彼女のほうをずっと見ていた。何時間もひそやかに、フェイバーだけを見つめていた。それで彼女は痛む頭としびれた背骨を無視して、ムーラが頭を上下に振って表向きににこしながら、小声で下す指示に耳を傾けていた。

午前二時になって、伯爵はとうとうフェイバーにまた近づき、ダンスを申しこんだ。フェイバーは承諾した。伯爵はすばらしい踊り手だった。無言で複雑なステップをこなしながら巧みにリードした。ダンスが終わると、伯爵は彼女を椅子に連れて帰った。そこでは座ったムーラがつめ物でふくらませた胸の上にあごをうずめ、眠っているふりをしている。伯爵はようやく口を開いた。「あなたのブレードを見つけましたよ」

フェイバーは何か話のとっかかりが思いつかないかどうか、記憶を総ざらいした。ムーラはジャネットのブレードについて何か言っていただろうか。何も思いあたらなかった。もしかしたら伯爵はわたしをだますか試そうとしているの？

「わたしは落としたりしていませんわ、カー伯爵。ほかのご婦人客でなくした方がいらっしゃるのではないでしょうか」

伯爵はじっと黙っている。だまそうとしたのではなく、ほかの答を期待していたのだ。ムーラったら、教えてくれないからしくじったじゃないの。

そのブレードは自分のものだと言うにはもう遅すぎた。とにかく、まずはムーラに聞いてみないと。

「ああ、私の思いちがいでした。ダンスのお相手をありがとう、ミス・ダン」伯爵はそう言ってお辞儀をし、人ごみのなかに消えた。

「あれはいったい何のこと？」フェイバーはムーラを見下ろした。ムーラの表情は本当に眠りから覚めたときのように混乱していたが、その低い声は鋭かった。

ムーラの一方的な非難を黙って聞く気分ではなかった。笑みを浮かべ、とりつくろいながら小さな声でまくしたてる。「今度、ジャネットの肩掛けを置いて伯爵に見つけさせようとするときは、まずわたしに教えてほしいものだわ」

ムーラの上品な仮面の装いが消え、こわばった老女の素顔がにらみつけてくる。仰天しているようだ。「あたしはブレードなんてどこにも置いちゃいないよ」


月の光が眠っているフェイバーの上に注ぎ、青白い光の魔術で彼女の目鼻立ちが浮きあがって見える。頭が枕に沈み、墨のように黒い髪が上掛けの上に広がって、寝台のわきへと垂れている。くちびるがわずかに開き、かすかに顔をしかめると眉のあいだにしわが寄った。

背の高い黒っぽい人影が寝台の足元に立ち、頭を傾けて彼女を一心にながめていた。フェイバーは眠っているときも疲れているように見える、とレインは思った。

彼はその晩のほとんどの時間、舞踏室の上方の通路から彼女を見ていた。夜の催しが終わるかなり前から、フェイバーの肩は疲労でがっくりと落ちていた。レインが立って隠れ見ていた場所からでも、顔の白粉で隠しきれない目の下の黒いくまがわかった。その上、彼女は頭痛がするかのように頭を抱えていた。

この城に来るべきではなかったのだ。こんなところに——。

フェイバーがうめいて悲しそうに身動きした。苦しそうなつぶやきに、レインは物陰から進みでた。相手をそっとさわって慰めようと、手を伸ばしかける。彼は突然、ぴたりと止まった。

いや、そうじゃない。この城に来るべきじゃなかったのは俺のほうだ。

16

午後の日の光が聖母礼拝堂の張り出し窓のステンドグラスから、内部のひんやりした薄暗がりへと斜めに射しこみ、灰色の石の床を暖色のモザイク模様に染めている。頭上のうすよごれた小さな円花窓《ローズウインドウ》の両わきには、浅いくぼみ《ニッチ》があり、そのなかにそれぞれ納められたほこりまみれの聖人の像たちが寝ずの番を務めていた。礼拝堂はずいぶん前にベンチや祭壇が取りはずされていたが、重々しい威厳はずっと保っていた。そのはずだったのだが……この荒れはてたようすは。

とうとうレインは父親が母の愛用品をごっそり始末した場所を見つけたのだった。「こんちくしょう、伯爵め」

あたりを見回したレインは、どっと押しよせた悲しみの渦に、心構えもないまま巻きこまれた。あまりにたくさんの思い出の品があった。これは母が聖ミカエル祭で着ていた青いドレスだ。このドレスを着て、ペティコートの衣ずれの音をかさかさと立てながら階段を急いで下りてくる母の姿がどんなに美しかったか。それがいまでは、だらりと垂れたドレスは黄ばんでネズミたちの巣となっている。

でたらめに積みあげた家具の山の底近くから、レインは母の化粧台の前に置かれていた長椅子を見つけだした。長椅子のクッションの小さな赤いチューリップ模様は色があせて、虫に食われている。母のお気に入りの扇子もその上に置きざりにされていた。扇子は絵入りの絹地がところどころちぎれてなくなり、格子細工模様の象牙の骨は、大昔の人の骸骨のように、触れるとすぐに粉々になりそうな雰囲気だった。

すべての品物がごちゃまぜに置かれ、放りだされ、見捨てられていた。ジャネット・マクレアンの持ち物として注意深く包まれ、保管されたものは何一つなかった。年月による劣化を少しでも遅らせるために、スイートラベンダーの小枝を置くような配慮も見られなかった。

礼拝堂の扉が大きくきしみながら開き、フェイバーがすべりこむ。

「ああ、やっぱりあなただった！　このあたりで何か物音がしたような気がしましたの」フェイバーは得意になって告げた。「城のこの区画は変なふうに音が反響すると思いませんか？　あなたののしり声が廊下の一番向こう端でもはっきりと聞こえていたものですから。本当よ」

フェイバーの明るい声は好奇心にあふれていた。礼拝堂のなかの品々が命を失ってよどんでいるのとは対照的に、生き生きと活動的だった。彼女が、若さゆえの容赦ない現実的な空気をもちこんだ。岸から沖へと向かう激しい海流が岸辺を遠慮なく洗いながしていくように、フェイバーはレインの心から悲しみをあっという間にぬぐい去ったのだ。

「ここで何をしているんだ？」彼は尋ねた。

頭を後ろに傾けて、フェイバーはあたりを見た。「ここはマクレアン一族が結婚の誓いを立て、洗礼を受け、この世との最後のお別れをするところでした」彼女はささやいた。「あのローズウインドウはパリから運ばれてきたもの」

「どうしてそんなことを知っているんだ？」自分の素性がばれるようなことをうっかり言ったときに、フェイバーがどういうふうにとりつくろうのか興味があったため、彼はそっけなく訊いた。彼女は自分がマクレアンのひとりである事実を絶対に秘密にしておかなければならないはずだ。伯爵に知られたら、一時間もしないうちに城から追いだされるだろう。

しかし、レインは彼女を見くびっていたようだ。フェイバーの物思わしげな表情はたちまち消えうせた。「あら、わたしが見つけた日記や日誌にすべて書いてあったのよ」フェイバーは言った。「まあ、すごい。見て！　これはベネチアのレースじゃないかしら。こんなふうに朽ちさせるなんて、いったいだれの仕業？　ひどいわ」

レインが罰として命じた仕事を彼女が楽しんでいる理由はよくわからなかったが、その姿には思わず見とれてしまいそうになる。きょうでフェイバーがマクレアンの宝探しを手伝いはじめてから四日が経つ。彼女は日を重ねるにつれ、どんどん生き生きしてきた。もちろん、うれしそうじゃないかと追及しても、否定されるだろう。しかし、自分の心をごまかしはしないのではないかとレインは思った。フェイバーはうそつきの天分がある。そして、うそつきの天才がみんなそうであるように、彼女は見事なまでに自分自身に正直でいられるはずだ。

「早いじゃないか」昼に来るように言っていたのに、まだ一〇時にもなっていない。彼女は熱意にあふれ、魅力的で、はかなげに見えた。そう、本当に傷つきやすそうだった。レインの頭のなかにフェイバーのそんな印象が根づいたことなど、彼女は思いもしないだろう。「早く始めれば早く終わるわ」皮肉っぽく言ったが、いくら無愛想な口調にしても、目の輝きは抑えられなかった。

くそっ、俺には騎士道精神なんて似合わない。フェイバーを誘惑してとっととやってしまったらどうだ。しかし、レインにそのつもりはない。自分がどう反応するかはよくわかっているのだが、フェイバーが俺にどうふるまうか、自信がなかったのだ。

俺に少しは興味をもってくれていると思っていた。女性が関心をもっているかどうかは、豊富な経験に照らせばすぐにわかる。そしてうれしいことに、フェイバーは明らかに関心をもっている。しかし、女子修道院で育った娘が俺に興味をもっても、その先どうしたいのか、まったく見当がつかない。

それに、どんなものであるにせよ、この関係を危険にさらしたいと願っているのかどうか、自分でもよくわからなかった。これまで女性とのあいだでこうした友情のようなものを感じたことはなかったのだ。若い娘と一緒にいるときは、交わす言葉はすべて裏に熱い意味があり、見交わすまなざしで相手の着ているものをいつでもはぎとっていた。誘惑という隠微な危うい香りにいつも包まれていたのだ。

レインが関わってきた娘たちは彼のある一面に関心をもっていた。その当時でさえ、女たちの興味が具体的にだれかから聞いたものではなく、ちまたのうわさだけで判断したものであることに気づいていた。抑えられない荒々しい衝動というまさにその一点を求めて、娘たちはレインに手を差しのべたのだ――。

「それで？」フェイバーがじれったそうに尋ねた。どうやら質問をくり返しているようだ。

「これは失礼。何と言ったんだ？」

「どうしてわたしを見つめているの？」いくらか動揺しながら自分のドレスを見下ろした。「あの仕事着はよごれてしまったから、また着てくるわけにはいかなくて。それにここはひんやりしているわ」

「じっと見たりなどしていない。あなたのささやかな才能を、きょうの仕事になんとか有効に使えないものかと考えていたんだ」

フェイバーは納得したようだったが、自分が批判されたことはまったく意に介していなかった。部屋を見回すと、扉近くにある、ぐらぐらした古い大型衣装だんすの棚に彼が置いた本を見つけた。

より糸に引かれる猫のように、興味をかきたてられたフェイバーの表情は鋭くなった。急いで近づくと、本を取りあげ、おそるおそる最初のページをめくった。わずかに不ぞろいの前歯で下くちびるを少しかんでいる。そんな口元を見るとはっとする魅力が感じられる。それでも、前はりりしい顔立ちだったのにと、誇り高いまっすぐな眉の代わりに人工的なアーチ形に描かれている眉をレインは残念に思う。

フェイバーが熱心に本を読む姿を見るのはうれしかった。そう思うのは馬鹿げたことかもしれないが、彼はわざわざそういう本を探して、彼女に見つけられるように置いておいたのだ。一族の者たちが生きていれば彼女に伝えたはずの歴史を知ってもらえればと願っていた。レインの記憶が正しければ、フェイバーの父親コリンは当主の家の次男坊で、若いころに名声と富を求めてハイランドを出ていた。夢はかなわなかったが、コリンは家庭をもち、妻とのあいだに三人の子どもをもうけた。家族たちをスコットランドに帰し、一攫千金をねらって彼は旅をつづけ、実りそうにない努力をつづけた。

数年後に夢破れて故郷に戻ったコリンは、自分の息子たちが投獄されたことを知る。息子たちは、父の兄イアンが一族を率いて加わったジャコバイトの反乱に加担した罪に問われていたのだ。イアンはすでに処刑されていたので、兄亡きあと、コリンは短い間だったが一族の長を務めた。

フェイバーはワントンズ・ブラッシュで暮らしたこともなかったなとレインは思い出した。この城はカー伯爵が乗っ取っていたのだから。彼女の母親は岬の見捨てられた古い塔で、夫の帰郷を待っていた。何年も前にレインが縄で縛られて引きずられていったあの塔だ。

過去の記憶がよみがえり、先ほどのうれしい気分が消えた。彼の暗たんたる気持ちを感じとったかのように、フェイバーが読みふけっていたページから顔を上げる。本を閉じた勢いでほこりが舞い、彼女は鼻先にしわを寄せた。「これは会計帳簿みたいなもので、書いた人自身の覚え書きもついています。でも、デュアルト・マクレアンのものではないわ」

「そのデュアルト・マクレアンというのはだれなんだ？」

「先日わたしが見つけた日記を書いた男の子よ」

「わかった。それで、どうしてそれをデュアルト坊やが書いたかもしれないと思ったんだ?」

「あらそんなの、わからないわ」フェイバーは肩をすくめた。女子修道院の尼僧たちがこんな無作法な仕草を見たら嘆き悲しむにちがいない。「そうであったらいいなと勝手に思っただけです。デュアルトが大きくなってどんなふうになったかを知りたくて」

「思い出した。あの日、あなたはまるで仕事になっていなかった。腕白坊主の書いた日記に鼻を突っこむようにして読んでいたからな」

「どうしてデュアルトが腕白坊主だとわかるの?」

なぜならば、あなたが関心があるものは何だって、俺も知りたいからだ。

「日が暮れてしまうとすることもあまりない。たまには俺も文字を読むさ。頼むから、そんなに驚いた顔をするな。すんなりと認めたふりをしてくれ、フェイバー。そこまでぶしつけな態度をとっていると、善良な修道女たちのしつけがなっていなかったと思われるぞ。俺は字が読める……ゆっくり声に出して読んでいけばな。しかし、どうか、俺にかまわず読書をつづけてくれ」

彼の皮肉に気づいていたとしても、フェイバーは取りあわなかった。「いいえ、大丈夫です。あとで自分の部屋で読みますから」彼女は首をかしげた。「あなたはいったい何者なの、レイフ?」

ディエップの馬車での晩以来、フェイバーは何一つ個人的なことを訊いてこなかった。まるで、訊いたら怖い答が返ってくるのを恐れているように。彼は両方の手のひらを返してみせた。「あなたは俺がだれか決めつけているじゃないか。俺は恐喝者であり泥棒だ。つけ加えることは何もない」

「ふつうの泥棒にしては恐ろしく言葉が達者だわ」

「『ふつう』という言葉でくくられたくないと願っている」レインが高慢に言ってのける言葉に、フェイバーは思わず笑った。

「では、あなたはその、実はみんな知らないけれど、だれか地位が高い人の息子というわけ?」

「おいおい、ミス・ダン、俺が隠し子かどうかと訊いているのか?」

「ごめんなさい」フェイバーは小声で言って、顔を真っ赤に染めた。予想外の反応にレインはどうしようもなく魅せられた。

「隠し子ではない。それでも父親からはもう息子だとは思われていないが」これはほぼ真実だった。

「それはあなたが盗みをくり返すから?」

レインはじっと立ちつくして考えこんだ。本当のことを話せばいいじゃないか。もともと素性を偽ったのは、非常に気高く単純な動機からだった。自分が悲劇をもたらした少女の人生を、素性を明かさずに助けていこうと思ったのだ。しかし、そのもくろみはたちまち危険な賭けになった。賭け金がいくらで、何が賭けられているのかさえ、すでによくわからない気分だ。それでも結果がどうなろうと、自分の正体を明らかにすべきときなのではないか。しかし、そんなことをすれば、フェイバーは俺のもとを去っていくだろう。

「まあそんなところだ」レインは言った。

うなずいたフェイバーは、安堵と疑いが奇妙に入りまじった微笑を浮かべている。無邪気なうそつき娘め。純真なのに人の心を惑わす娘。その実体をつきとめたくてたまらなくなる。レインにとってフェイバーはどこまでも不可思議な謎だった。

「お母さんはどうなさっているの？」

「母は死んだ」その言葉はレイン自身も驚くほど鋭く口から飛びだした。フェイバーの引きつった表情を見上げて、彼女が何を思ったかただちに理解する。

「いや、ちがう、フェイバー。母は息子が悪事をはたらくことに胸を痛めて死んだのではない。俺が犯罪の闇世界に足を踏みいれるずっと前に死んだんだ」

「お気の毒に」フェイバーのやさしい声は同情にあふれていた。「わたしの母もわたしが小さいときに亡くなりました」

何と答えていいかわからなかった。フェイバーの母親が死んだときのことははっきりと覚えている。

「お母さんはどんな方でした？」彼女が尋ねた。

「美人だった。気まぐれで、ちょっとばかりうぬぼれ屋だった。ロマンチックなことばかり考えていた。たぶん、母にはずっと乙女らしいところが残っていたんだろう。とにかくおとぎ話をいっしんに信じていた」レインとアッシュにどうしてあざをこしらえたのか訊いたときの母に対して、腹だたしく思ったことを覚えていた。母はまったくちゅうちょせずに問いただしたが、兄弟もちゅうちょせずにうそをついた。母は本当の答をしつこく求めなかった。彼らのほうもしでかしたことをそれ以上明かさなかった。

「お母さんのことをあまり好きではなかったのかしら」

「母を好きではなかったかだって？」レインは思いかえしてみた。「わからないな。母は父のことにかかりっきりだったから。でも、俺たちと一緒にいるときは……彼女ほど楽しい人はいなかった。教養があって、率直で、物おじしなかった」彼は手に持った扇を見つめた。ギリシアの神殿の絵柄の一部がいまでも見てとれた。「たとえば、母は古典ものが大好きだったが、すべてをありがたがって尊敬するふりだけはしなかった。ギリシアの神殿をまねした、庭の仰々しい建築物をあまりに気取っていると笑って、女神アテネの神殿《パルテノン》に引っかけてすっからかん《パルトオプノン》と名づけたくらいだから」

「お母さんを愛してたのね」

「そうだ」レインは扇を下に置いた。「さあ、仕事にかかろう。そんな見えすいた策略で怠けようとしてもだめだ」

フェイバーは笑った。「わたしを動員なさろうとご決断をなさったのであれば、ああ、世界でもっとも厳しいご主人様、どこから取りかかればよろしいのでしょうか？」

「俺の服を持ってきたか?」尋ねる口調が、フェイバーの浮かれた気分をそぐのはわかっていたが、これ以上、彼女の調子につられて軽はずみなことをしないためには、ほかに方法が思い浮かばなかった。

その輝かんばかりの元気よさを少しでも抑えこまなければならない。さもないと、あなたは自分の行動の落とし前をつける羽目になるぞ、小さなハヤブサ君。レインは心のなかでフェイバーをきっぱりと退けた。いくら誘惑の二文字が頭のなかで躍っても、命の恩人を誘いこんで、ものにするようなことは許されない。

「いえ」目をそむけようとしたフェイバーの顔にレインは、傷ついた表情を見てしまった。しかし、取り返しのつかない深手を負うよりも浅い傷のほうがいい。「あなたに合う服をどこで見つけたらいいかわからないのです。あなたはとても――」フェイバーは両手をぱっと上げた。「大きいから。それに一枚岩《モノリス》の像のようにばかでかい洒落者を見つけたとしても、その人が寝ているあいだに部屋に忍びこんで、ちっちゃそうな服をくすねるなんてとてもできそうにありませんわ」

モノリスの洒落者だって?

「あなたは機転がきく娘だから」レインは言いかえした。「きっと何かうまい方法を思いつくはずだ。この服を我慢して着つづけるのも明日が限界だ。それにいくら過去の栄光に浴した衣装がふんだんにあろうとも、それで着飾るつもりはない」

「どうしてですか?」フェイバーは尋ねた。「いい考えだと思うのですが。だって、ここにはこんなにたくさん服があるのですから」

「どうもあなたはおもしろがりすぎている」レインはいばった口調でしゃべった。「あなたがわたしの被害者だという——あなたがそう言ったわけだが——その事実について一言つけ加えよう。被害者は恐喝者の言動をおもしろがることを許されはしない。そういうことはしないものなんだ。被害者と恐喝者に関する規則集があるとすれば、それは必ず最初に出てくる原則だぞ」

この演説のあいだ、フェイバーはすばらしい目をさらに大きく見開いていたが、しまいには笑いころげはじめた。いまいましい！　俺は必死で守ってきた哀れな心の手綱をとるすべも失いかけているのか。だいいち、はねっかえりの娘をあえて抑えつけようとしたのに、一分ともたずに彼女の口の端が下がったのに耐えられなくなり、陽気に笑わせるまでは満足しなかったのだから。

「こっちに来て手伝ってくれ」レインは言った。「家具がいくつもうずたかく積んであるせいで、一番上に手が届かないんだ」

「わたしはどうすればいいの？」フェイバーは尋ねた。

「こっちに来てくれ。教えるから」

フェイバーは慎重に近づいてきた。彼女に対しては自制心を振りしぼって襲いかかろうとしない自分を、聖人の列に加えようとやっきになっている俺の姿は、彼女の目からはさぞかしおもしろく映るだろう。

「それから？」

「あなたを持ちあげるから、小さな品物を下ろしてくれ」

「わたしを持ちあげるですって？」フェイバーはおうむ返しに言い、彼を疑わしそうに見た。

「そう。警戒してにらむのはもうおしまいだ、フェイバー。こっちに来るんだ」

フェイバーはすり足で近づいてきた。頭を上げ彼の顔を真正面から見て、隠れた意図がないか推しはかろうとする。彼女の秘密がしまいこまれているにちがいないあたたかな口のあいだから、わずかに乱れて並ぶ前歯の先がちらりと見えた。彼女ののど元で脈が速く打っている。そのあたりの肌はきっと熱く、繻子のようになめらかだろう。

いまは二人きりだった。

いくら自分に言いきかせてもレインは聖人なんかではなく、聖人になりたいとあこがれたこともなかった。フェイバーが身震いすると彼は即座に反応し、からだじゅうの筋肉がぴんと張った。羽の生えそろったばかりのひな鳥が翼を突然ばたつかせるのを見ている猫のようだった。

もし、もう一度フェイバーがからだを震わせたら、若鳥の無力さに居ても立ってもいられなくなった猫さながらに、有無を言わせずに襲いかかっただろう。ちくしょう。俺は非情な悪人ぶりも板についた監獄帰りだぞ。そんな男と一緒にいるなんて、フェイバーはどうかしているのではないか？　レインは頭を下げ、目を半分閉じて、チャンスの到来をひたすら待った。どんなきっかけでもいい。彼女の脈がどくどくと速くなるのでも、瞳の色が濃くなるのでも、くちびるが開きかげんになるのでも……。

しかし、その瞬間は訪れなかった。フェイバーの脈拍が不規則に波打つことはなかった。瞳の色も変わらなかった。くちびるは閉じたままだ。フェイバーは彼にくるりと背を向けて言った。「いいわ」

彼女の腰を持とうとするとき、レインの両手はぴくついた。作業のためのこの地味なドレスは大きなまちがいだ。二人をへだてるものがほとんどない。ボディスの下にあるはずの硬いコルセットもない。素肌を守るよろいとなるべきコルセットの重たい張り骨がないのだ。簡素な青色のウーステッドの毛織物が彼女の体温をそのまま伝えてくる。

フェイバーの息の一つひとつ、胸郭の上下するさまをレインは意識した。指先は彼女の平たい腹部を感じとった。これではもう、レインにとっての未知な部分は素肌の感触だけになってしまう。

目を閉じたレインは、俺に必要なのは居酒屋だ……そして、居酒屋の女たちだと思った。北街道の東方二〇キロほどのところにレッドローズ亭と呼ばれる店が以前はあったはずだ。そこでは強い酒や喜んで相手をしてくれる娘たちが手ごろな値段で手に入った。

「それで?」フェイバーの声が息切れしているように聞こえる。

歓迎の笑いを浮かべるまだ見ぬ女たちに意識を集中させながら、レインはフェイバーをつかんだ手に力をこめ、はずみをつけて彼女のからだを肩の上に乗せた。

「ああっ!」フェイバーが不安定な足場でよろめいた。バランスをとろうとして両腕をばたつかせている。レインは片腕を彼女の両脚に巻きつけ、もう一方の手をさっと伸ばした。

「俺の手をつかめ」

なんとか体勢を整えようともがくフェイバーが、レインの片手をつかむ。ばたつく足がレインの胸板を蹴ったので、彼はほっそりした片方の足首をぐいとつかみ、自分の胃の上に固定した。「落ち着け！」

しかし、フェイバーは静まるどころか、さらにあわてた。

「くそっ。落ちたいのか」フェイバーのガーターがゆるみ、ストッキングがふくらはぎのほうにずり落ちるにつれ、薄い絹がレインの手にかぶさって手首のほうへと流れおちた。

「からだをくねくねさせるな」レインは重ねられたペティコートの下に手をくぐらせて、彼女の膝にたどり着くとそこから上方に向かい、太ももをがっちりと握った。

フェイバーは恐れおののく雌鹿のようにぴたっと動かなくなった。

彼女の太ももは引き締まってなめらかで、長い筋肉はしなやかだった。馬車に乗るよりも歩くことの多い若い娘の脚だった。繻子のようにつややかな肌をもつ海の妖精だ。

「かわいそうなオーヴィル卿はあれからまだつきまとっているのか？」どうしてこんな質問をしてしまったのか、レイン自身にもわからなかった。自分でもびっくりした。考えもしない言葉が口から出たのだ。

「オーヴィル卿はもういないわ」フェイバーの声は消えいりそうなほど小さかった。

「それはよかった」言葉に所有欲むき出しの喜びがあふれているのに気づき、レインは辟易した。ふつうの口調に戻そうとしたが、それは無理な注文だ。フェイバーの脚がこれほどまでになめらかで、足首にかけてほっそりとし、愛撫してくれと言わんばかりに感じられるというのに。「つまり、オーヴィル卿にとってよかったということだ。彼は結婚していたんじゃないか。あなたを追いかけても時間の無駄だ」

「彼が城をあとにしたのは、白粉をはたいても、あなたがつけた打撲傷の跡をごまかせなかったからよ」

「なるほど」

フェイバーの身動きで、レースのひだ飾りや足首まで垂れた絹のストッキングの下から、あたたかな女らしい香りが広がった。ジャスミンと熱い肌と土のにおい、そして下半身がずきりとうずくような香りだった。彼女の太ももをつかむ手に力が入ると、彼女はレインの手を握りしめた。

「フェイバー」

「何?」

俺は「何」が言いたかったのだろうか。ただ、これ以上、いまの状態をつづけるのは不可能だ。肩を下げて、上に乗っかっていたフェイバーを腕のなかにすとんと落とした。片方の腕で彼女の膝を、もう片方の腕で彼女の肩を支えるようにする。フェイバーの髪はロンドンの真夜中のように濃くくすんだ黒色だったが、かぶっていた小さなキャップからもれた毛が、慎ましげなボディスの上にくるくるとカールして落ちた。垂れた髪の毛をつかんだレインの手の関節が、彼女のやわらかな胸のふくらみに強く当たった。

「洗いながせ」

「何を？」

「髪だ。溶けた金《きん》のように明るく輝いていたのに。その黒色を落とすべきだ」

フェイバーはレインをじっと見上げている。少しばかりおびえていて、ちょっと不安で、それでいて、かなえたくてもかなえられないといった苦悩もちらりと感じられる。「無理よ。彼女は……わたしはできないの」

まるまる一分ものあいだ、レインは若々しい美しい顔を見下ろしていた。白粉もきれいにこすり落とし、瞳の色は不自然な黒ではなく青色になっている。静寂があたりを包んでいた。フェイバーの耳に俺の心臓のとどろきが届いているだろうか。こんなに激しい鼓動が俺の耳にも聞こえているのだから、きっとそうだろう。

いや、ちょっと待て、この音は俺の鼓動なんかじゃない。彼は頭を上げて耳をすませた。何か別の物音だ。だんだん近づいてくる。

「何の音？」フェイバーが訊いた。

「あなたが話していた反響音だ」レインは冷静に答えた。「だれかが廊下をやってくる」

レインは彼女をそっと立たせ、かつて祭壇があった場所の後方に置かれた低い戸棚のほうへ彼女を押しやった。

「そこから出ていくんだ。聖具室ではなく、城の北側に通じる廊下になっている。ここにあなたがいるのが見つかったら大変なことになる。特に伯爵の客に見つかったりしたら。うそじゃない。オーヴィル卿はこの城ではまだましな部類の客なんだ。急げ、ちくしょう!」ためらうフェイバーに、彼は荒々しい声を上げげた。「あなたをまた救うために飛びだすわけにはいかないんだ。幸運なことに、見栄っぱりのオーヴィル卿が、俺のことを言いふらさなかっただけで」

「でも、どうやって――」

「俺はここから出られないんだ、フェイバー」レインは手短かに言った。

「俺ひとりなら、身を隠す場所はほかにある。しかし、二人で隠れられるくらい広くない。さあ、行け」

ずんぐりした低い扉が閉まってフェイバーの姿が消えてようやく、レインはほっと息がつけた。いまでは足音がどんどん近づいてきている。もうちょっとでだれかが礼拝堂まで来る。レインはわざわざあたりをきょろきょろ探したりはしなかった。隠れる場所があるというのはうそだった。家具の山の陰に立って待つ。数分後、扉がさっと開き、ゆっくりと近づく足音が何歩か聞こえた。

来たのがだれであれ、フェイバーがあとにしたあの小さな扉の向こうに行かせるわけにはいかない。レインは飛びだし、こぶしを振りあげ、なぐり倒そうと――。

ローズウインドウから射してくる光のちょうど向こう側に、しなびた小柄な女が立っていた。

「レイン！」グンナが床にへなへなとくずおれる。

17

「グンナ！」レインははじかれたように老女のそばに行き、腕のなかに彼女をやさしく抱えあげた。グンナが彼のほうを見ながら弱々しく瞬きをする。空気を持ちあげたのではないかと思うほどの軽さだった。ぶあつい簡素な衣服の重さを予期していたレインはびっくりした。グンナはいまもなお頭の上から厚手のケープをかけて形のくずれた顔をおおい、その片側だけをのぞかせていた。落ちくぼんだ目で彼をじっと見上げる。レインの記憶にあったぞっとするほど醜い顔ではなく、雨が降るなかに放置された水彩画のように、ただ悲しいほど形がゆがんでいた。

「こりゃあ本当にあんたさんかい、レイン・メリック？ 幽霊なんかじゃないだろうね」グンナはささやいた。目の端から涙がこぼれ、ほほの深いしわを伝って流れおちた。

レインはグンナのほほにキスをした。「幽霊じゃない、グンナ。前と同じ悪ガキだよ。おまえにまた不愉快な思いをさせるために戻ってきたんだ」

めくれ上がった口の端から、すき間のある歯を見せながら、グンナはうっすらと笑いを浮かべた。まぶたを閉じて、レインの胸に頭をそっと預ける。春どきの松からにじみでる松やにのように、グンナの全身から安堵の思いが流れでていた。レインは感激しながらもどこか落ち着きなく、小柄な老女を見下ろした。覚えているかぎり、グンナはそんな「時間の無駄でしかねえ愛なんてもん」を示すひまはなかったはずだ。

まるでレインの心を読んだかのように、グンナの目はさっと開き、やさしい微笑が消えた。なんとかまっすぐ立とうとレインの腕のなかでもがき、手をばたばたさせながら小声でしゃべった。「下ろしとくれ。あんたさんは監獄にいたそうだね。どんな監獄だったんだい？ あんたさんを賞をとった雄牛みたいにしてくれた監獄ってのは、どんなだった？」

やっぱり、グンナはグンナだった。

レインは彼女を下ろした。自分の足で立ったグンナはすぐさま、優美な手の甲で涙の跡をぬぐいとった。その上品な形の手だけがグンナの誇れる唯一の美しいものだった。両手を腰に当て、今度は彼をにらみあげる。「それで？ フランスの監獄を出てからどのくらい経つんだい？」

「六カ月かな。もうすぐ七カ月目になる」

「で、この城に？ ここにはいつから？ 知らせもせず、いつからここにいるんだい？」帰ってきたことを知らせなかったせいで、グンナは傷ついている。それも、本当に心の底から傷ついているじゃないか。彼のことでこんなに心を痛めていたとは、思いもよらなかった。

「二、三週間前」

グンナはくちびるをぎゅっと結んだ。

「すまない」

レインのうそ偽りのないわびに、グンナの声の調子から怒りが消えた。「謝る必要はないさ、レイン。あたしはただ、とっても……」あふれる激しい感情にとまどって、言葉を切った。「無事に元気な姿で帰ってきてくれてうれしいよ。アッシュの手紙では、あんたさんを釈放してもらおうと金を持っていったんだけど、あんたさんは監獄にゃいなかったって。あたしは……あたしたちはあんたさんがフランス野郎に殺されたんじゃないかって心配したんだ」

「アッシュは俺を身請けするためにフランスに渡ったのか？」レインは聞いた話をくり返した。またしても老女の言葉に困惑した。監獄に入れられていたあのどん底の時期に、俺のことを心配しつづけていた人間がひとりだけでなく二人もいたとは。あたたかな手が心の底から差しのべられていたと知って、レインは気が動転した。

「そうだよ」グンナはうなずいた。「一年くらい前に伯爵がお金を払ってアッシュを監獄から出したんだ。アッシュはすぐにあんたさんを釈放させるためのお金を稼ぎはじめた。伯爵はすごく悔しがったが、アッシュはお金もちゃんと貯めて、そのあいだに自分の花嫁も手に入れちゃったんだよ」

「花嫁だって？」レインは驚いて尋ねた。兄は妻をめとるような男にはとうてい見えなかったのだ。

「そうさ《アイ》。伯爵が後見してた娘だ。その小娘に対して伯爵は何かあくどいことを企んでたんだが、アッシュがそこから救いだしたんだ。兄さんをまあ見てみるこった、レイン。娘に魂を抜かれちゃってるし、娘も兄さんにぞっこんだ。娘はなんと、ラッセルの血筋なんだよ」

グンナは明らかにうれしそうな声をたてて笑いながら、首を振った。「ラッセルの家のもんたちは、亡命したジェームズ七世の孫《ボニー・プリンス・チャーリー》のためにマクレアン一族が出陣を呼びかけたときに駆けつけたんだ」

「ジャコバイトなのか」レインは愉快な気持ちで訊いた。「父はさぞかし喜んだだろう」

グンナは顔をしかめた。「伯爵が娘の名前をいまでも覚えてたとしたら、あたしは驚くね。伯爵の頭んなかでは、自分にゃあ関係ないことは存在しないも同然なんだ。アッシュが結婚しちまえば、もう――ねえ、あの人は長男と再び顔を合わせる日が巡ってくるって考えるような、どんくさい人じゃないんだから」グンナは鼻を鳴らした。「少なくとも、この世での再会はね」

レインは口ごもった。「で、フィアは?」妹は黒髪と薔薇色のくちびるをもつ、とても美しい少女だった。父親の小さな分身でもあった。伯爵がフィアをだれかに「売った」という返事を予測した。公爵か、伯爵か、外国の王子かだれかに金と引き換えに嫁がされたと。それがまさしく伯爵のたてた計画だったからだ。

「まだ城にいるが、あと数カ月もしたら伯爵と一緒にロンドンに行くのさ。そう伯爵は言ってる」

「ジョージ王が禁じていたんじゃないのか? 伯爵はロンドンに戻らせないと」

「そう《アイ》。伯爵の三番目の奥さんは女王の名づけ子だったんだ。その奥さんを前の二人と同じように死なせる前に、王家とのつながりがわかってりゃあよかったと伯爵は思ってんじゃないかね。でも、人を殺したっていうちゃんとした証拠もなしに貴族を縛り首にするわけにもいかないし、伯爵は悪い奴だって思い切って言う者もいないしね。で、王様は伯爵をこの地に追放したのさ」グンナは言った。「でも、最近は伯爵がはっきりと言ってる。フィアはこの春、社交界にいよいよお目見えだって」彼をちらりと見上げる。「フィアと話をしたかい？」

「いや。もう結婚して、ここにはいないと思っていたから」フィアの姿を見ているのだろうか。レインは自分の熱意に驚きながら、思いを巡らした。記憶を探って、ここで見た娘たちの顔のどれかが、昔の記憶の幼い顔と重ならないだろうかと考えた。

レインは舞踏室のはるか上から、たくさんの華やかな娘たちを見下ろしていた。そのなかのひとりが妹だったのだろうか。フィアは俺のことを覚えているだろうか。五年前よりもいまのほうが、伯爵の意のままにつくりあげられた人形になりきっているのではないか。先ほどまでの期待感が悲しみに代わった。もちろん、完全な繰り人形だろう。レインは首を振った。「フィアに会っても何を話していいかわからない。俺がここにいるのはだれも知らないよ、グンナ。このままでいきたいね」

「あたしならそんな考えにすがりつきゃあしないよ、レイン。カー伯爵はこのところ、『何か』を見てるんだ。その、幽霊って奴をね。で、思ってんだが、伯爵が見たのはあんたさんの姿じゃないかって」

レインは一瞬彼女を見つめてから、笑いだした。「伯爵が俺のことを幽霊だと思ってるって？　そりゃ、すばらしい。伯爵は俺を監獄でのたれ死にさせるつもりだったんだ。だから、死んだ俺がこの世に戻ってきてつきまとってると思いこんだのか」

レインはくちびるを突如きつく結び、苦々しげに厳しく言いはなった。「伯爵は自分を買いかぶりすぎている。もし俺が幽霊になってこの世を永久にさまよわなければならないとしても、絶対に伯爵には近寄らない――生きていようと死んでいようと」

「とりついているのがあんたさんの幽霊だと伯爵は思ってないみたいだ、レイン」グンナは静かに言った。「ほかの人間の幽霊だと思ってる」

「それはいったい？」

「死んだ奥さんさ」

レインは苦い笑いがこみあげてくるのを感じた。「おお。どの奥さんだい？」

その言葉にグンナは傷ついた表情を浮かべて、大きく舌打ちした。「死んだ者に対してはやさしく話さんとね、レイン・メリック。特に、かわいそうな呪われた花嫁たちなんだから」

「すまない。父親のことばかり考えていたせいで、伯爵の考えがうつったようだ。さあ、我が父はどの花嫁が離れたがらないと言っているんだ」

「あんたさんのお母さんさ。それであたしがこの礼拝堂に来たわけさ」グンナはふたのない箱のところにすり足で行った。中身が乱雑に放りだされている。グンナの手は品々の上にやさしく伸びた。「伯爵が奥さんの持ち物を片づけたのはここだと知ってたし、馬屋の若者のひとりが昨晩ここに明かりがついていたと言ったものだから、あたしは思ったんだ……」

「ジャネットが化けて出たって？　で、伯爵の代わりに、ジャネットの霊にお願いに上がったわけか？　父にそれほど身をささげていたとは知らなかった。おまえが忠誠を誓っていたのはフィアだとばかり思ってたんだが」

レインのからかいに対してグンナはさっと向きを変え、彼の耳を軽く引っぱたいた。彼が大仰に悲鳴を上げてあとずさりする。

「いまでもそうさ」グンナは言った。「もしだれかが伯爵に、死んだ奥さんがつきまとっていると信じこませようとしているのなら、それはフィアにとってもあまりいい話じゃない」

「おまえはフィアのことになるとどこまでも闘うんだな」レインが言った。

「そうしなきゃいけなかったんだ」グンナの言葉がつかえる。「あんたさんは……その、自分にゃ守ってくれる者がおらんって、そう感じてたのかい？」

レインは予想外の質問にびっくりして目をみはった。グンナはすぐに彼の沈黙を非難と誤解した。

「あたしがこの城に来たとき、あんたさんたちはもうたくましい若者だった」グンナは言い訳がましく言った。「むこうみずでせっかちだったけれど、とにかくすでにひとりの人間だった。伯爵が何も関心を持たなかったことを神に感謝せんとね。あんたさんは自分の力で自分っちゅうものをつくりあげていったんだ。伯爵に無理やりつくられたんじゃない」

それでも、伯爵が認めてくれたら、どんなにかうれしいだろうと思っていたときがあったのだ。

「でも、フィアは……」グンナの両手が粗い布地のスカートをぎゅっとつかんでねじった。「とてもきれいで、とても悲しい子なんだ。ちっちゃなまぼろしみたいな女の子で、伯爵からうそとまやかしをスプーンで食べさせられてきた。だれかが伯爵のさじかげんを監視しとかにゃならんかった」

「それでおまえが二人のあいだに入らなければいけなかった？」

「ほかにだれがいる？」

「でも、なぜ？」

老女は自分の形のくずれた顔をさわった。「よく言うじゃないか。醜い者は美人に目がないって」グンナはあっさり言った。「でも、あんたさんとアッシュのことも気にかけていたのは絶対に本当だ。マクレアン一族があんたさんをつるし首にするつもりでいることを、伯爵の耳にちゃんと入るようにしたのはだれだと思ってるんだい？」

レインはグンナの悲しげな瞳をじっと見つめ返した。「伯爵は俺を助けになんか来るはずはなかった、グンナ」

グンナは足元の石の床につばを吐いた。「もちろん、伯爵はしないだろうよ！　でも、あのかわいそうな愚かもんのマクレアンたちがあんたさんに危害を加えるってことになって、これで一族の残党をみな殺しにできると思えば、伯爵はあんたさんのあとをただちに追いかけるだろう。そして、伯爵はそうしたんだよ！　口実ができてほくそえんだはずだ。憎しみのあまりあんたさんを手ひどく痛めつけたマクレアン一族のことは、まあ許してやっとくれ」激しく動揺しながら険しい口調で話を終えた。

しかし、カー伯爵は一族を抹殺はできなかったなとレインは思った。フェイバーとその兄が生きのこっている。「マクレアンたちのことでは、伯爵はたたけばほこりが出てくるわけだから。幽霊が見えるってのも当然だな」

「ああ《アィ》」グンナが言った。「でも、最近は伯爵の客たちのなかにもその幽霊らしきものを見ている者がいるんだ。伯爵の行動は変になってきているしね。やたら気がたってる。それに、あたしはいま廊下をやってくるとき、女の声を絶対に聞いたよ」

「この礼拝堂には俺以外いない。幽霊も女たちもその他何でも、ここにはいないと断言できる」万一、フェイバーが戻ってこようという気になったら困る。グンナを追いだす必要があった。グンナを疑うわけではないが、彼女がだれに忠誠を誓っているかは本人が明言したとおりだ。もし、フェイバーがマクレアン一族の者だと知ったら、フィアに脅威を及ぼす相手と思うかもしれない。結局、マクレアンの者はメリックの者をみな目の敵にするはずなのだ。

「みんなは俺を見たにちがいない」レインは魅力的な笑みを浮かべた。「これからは目立たないようにするよ」

猟犬が野ウサギのにおいをかぎつけるように、グンナはこちらが故意に話をそらそうとするといつも敏感に察知した。彼女はにじり寄って、注意深く彼を見た。「アイ。あんたさんの言うとおりだろうよ」彼の胸を長い指でたたく。「ここで何をしてるんだい、レイン・メリック？　家族と再会するために来たんじゃないのははっきりしてるね」

「そうじゃないって言うのかい？」彼女のなじる指をとらえるとレインは握りしめ、その指先にキスをした。「おまえからもう一回抱きしめてもらいたくて、来たのかもな、グンナ」

「そもそも、あたしから抱きしめられることなんてなかっただろうに、なんでいまになって、そんなことを言いだすんだい」グンナはぶっきらぼうに言ったが、その口調には隠しきれないうれしさがにじみでていた。「本当のことを言ってしまいな、さもないと、ちゃんと言うまで居座るからね」

　レインが彼女の指を放すと、グンナは彼のあごの下で指を振った。「あたしをだまそうなんて決して思わんこった、レイン・メリック。あたしを何とか行かせたいとあせってるね。どうしてお母さんの物を探っているのか、わけを話したら、あたしゃ、すぐにでもいなくなるよ」

　話すかどうかの決断を下すまで、たいして思案の必要もなかった。どうせ俺はグンナから間抜けと思われている。フェイバーもそう思っているようだが。それに、母の遺品のありかを、グンナが知っているかもしれない。

「マクレアンのトラストを探しているんだ」

「マクレアンの何だって？」グンナの眉根に、さらにしわが何本か加わった。「何のことだい？」

やはり、グンナはその宝石について何も聞いていなかったか。フェイバーが言ったように、それは狭い地域での言い伝えにすぎないのだ。グンナはマクレアンの人間ではない。母が死んで数年後に北の地方からやってきた。フィアが彼女をとても気に入り、伯爵はすぐに雇った。グンナのような醜い容貌の女は安い賃金でも文句を言わずに働くからだ。

「母は宝石をひとそろい持ってたんだ、グンナ。一族の財産を預かっていた」

グンナは肩をおおげさにすくめてみせた。「じゃあ、伯爵がもう自分のものにしてるさ」

「いや、伯爵は知らない。俺だけが知ってるんだ。昔、母がそれを取りだすのを見た」

グンナは疑わしそうに聞いていた。

レインは説明をつづけた。「ネックレスやほかの装身具もあった。ライオンの形をしたブローチで、仕上げ加工されていない宝石がいくつも埋めこまれているやつなんてのも。いい職人がつくったものでないのは、子どもだった俺にもわかったが、ブローチの金《きん》は俺の親指ほどの厚みがあり、光る石は猫の目ほども大きかった」

「うそばっかり」グンナがげらげら笑う。

レインは口の端をゆるめた。「東洋の茶箱みたいなものに入っていたんだ。そんな物がことか別の部屋に転がっているのを見た記憶はないか？」

グンナはひしゃげた鼻を親指でなでながら、目を細めて天井を仰いだ。少しばかり考え、申し訳なさそうに肩をすくめる。「いんや、レイン。悪いけど、そんな物見た覚えはねえ。

でも、あたしが見たことがないからといって、それがないってことにはならない。たくさんの物がそこらじゅうに置きっぱなしになっているんだ」

グンナは何も知らない。投げすてられた品々、くず、がらくたの無数の山を、やはり何日も探すしかない。おそらく、来る日も来る日も。

彼の小柄な「被害者」と一緒に。

どういうわけか、レインはそういう毎日が頭に浮かんでも気落ちしなかった。

娘は伯爵をひどく嫌っているようだった。

伯爵はフェイバー・ダンを絵画の鑑賞にいざなった。以前、彼女がそこに飾ってある絵を見たい、それも伯爵の説明があったらどんなにうれしいかと言ったからだ。

伯爵の袖の上にフェイバーはいったん腕を預けたものの、その指はいまにも離れていきそうにゆらゆらと持ちあがっていた。もし本当に妻の霊が乗りうつっているのならば、この仕草はとても変だ。妻は彼をひたすら情熱をこめて愛し、その愛情をはっきり表に出していたのだから。少なくとも、結婚したてのころはそうだった。

万一、フェイバーが本当にジャネットの生まれ変わりだったとしても、彼女をどうすればいいのか。この小娘と結婚などできない。もし妻にしたフェイバーに「本物の」災難がふりかかって死んだりしたらどうする？　フェイバーを情婦にするという手もあるが、ジャネットは何といっても、男女のあいだのことについては非常に堅物だった。結婚の誓いを立てるまでは伯爵に指一本触れさせないだろう。それに、娘は彼のからだに触れるときはなんとか我慢しながらという感じなのだ。

その推理はまちがっていない。これまでも数ある女たちを誘惑してきた経験がある。しかし、フェイバーはずっとこんなふうだ。娘にジャネットの霊が乗りうつっているというパラの話からは、これをどう説明できるだろう。

プレードの事件以来、伯爵はずっと疑いを抱きつづけてきた。しかし、ジャネットのまぼろしがいつまでも頭から離れず、その思いには一種の強迫観念、いや、自暴自棄な感情すら入りこんできて、伯爵はパラの言葉を信じはじめるようになっていた。それにパラによれば、娘は自分のからだにほかの女の霊がすみついているとは知るよしもないらしい。

結局、伯爵は彼女の願いを聞きいれ、展示した絵画コレクションの前にいた。画家ティツィアーノが思うがままに描いた逸品の前に立つ。美術品、宝石、写本などにかなりの大金を注ぎこんでいるのだ。

「青色が好きなんですの。特にクジャクの羽のような青緑色が」フェイバーは伯爵を横目でちらりと見ながら言った。瞳がいやに大きいが、ほとんど黒に近い色だと思いながら、伯爵はその黒っぽい目を見た。彼女の黒髪と同じように心惹かれはするが、どことなく奇妙な感じもする目だ。

「微妙な色あいですな」伯爵は同意した。

部屋を歩いてまわるあいだ、フェイバーはこうした意見をときどき、ふともらした。カニやエビが好きなこと。バイオリンの音色に感動したこと。ジョナサン・スウィフトやヘンリー・フィールディングの小説を読んだとも話し、それを聞いた伯爵があきれかえるのをどうも期待しているふうだった。しかし、伯爵はどちらの作家の本も読んでおらず、読書は退屈だと返事をすると、フェイバーは明らかに当惑し、しばらくのあいだ沈黙していた。それでもときおり思い切ったように、さらにとりとめのない意見をぽつぽつと口に出していた。娘は寡黙でもなければ、こんな空疎な会話をつづけるような性分でもないはずだ。彼女がタンブリッジ卿と気楽で気のきいた言葉を交わしているのを耳にしたことがある。目の前のこの娘には、ジャネットの影響力が強く出ているのかもしれない。娘がこのようにくだらないたわごとを連発するのは、霊にとりつかれているせいなのか。

二人はティツィアーノの傑作を数分間じっと見上げた。それにも飽きた伯爵が言った。

「次の作品をご覧になりますか?」

伯爵はフランドル派の恐ろしく陰鬱な絵画を通りこして、彼が本当に好きな作品のほうに連れていった。フランスのプーサンが描いた『城門のディオニュソス』という題の絵画で、風景をきわめて忠実に描きこんでいるものだ。正確無比な構図だけでなく、ギリシア神話のテーマも伯爵の心をとらえてやまないものだった。古代ギリシアの建築はすばらしいといつも賞賛していたし、ギリシア人へのあこがれの気持ちもあった。もちろん、ローマ人に対する尊敬の念ほどではないが。

「すてきですわ」フェイバーが小声で言った。

「すてきなだけでなく、精密なのです」伯爵は指摘した。「背景の建物が並んでいるところを見てください。すべてアテネに実際に建てられている配置どおりに描かれているのですよ」

「本当ですか？　わたしはギリシア語も読めませんし、ラテン語もだめです。フランス語はいくらか読めます。ドイツ語は少々ですが」

伯爵は彼女の話を聞いていなかった。私が古代ギリシアに生まれていたら、すばらしい貴族だっただろう。あるいは、哲学者だったかもしれない。または政治家か。堂々と演説をしていただろう、ちょうど……絵のそのあたりで。

「ねえ、ご覧なさい。あそこがアクアポリスの丘で、そこに、ほら、パルテノン神殿があります」

フェイバーが小声で何か言い、伯爵は振り返った。思わず視線が鋭くなる。フェイバーの表情はやさしく夢見るようになっていた。口元はこれからほころびるように薄く開き、目はやわらかな光を帯びていた。

「何と言いましたか？」伯爵は尋ね、彼女の言った言葉を確かめようと頭を下げた。「何と？」

「パルトオブノン」フェイバーはまるで馬鹿げた楽しいことを思い出したかのようにつぶやいた。

伯爵は息をのんだ。胸のなかで心臓が痛いほど大きな音を立てはじめる。完全には本気にしていなかったのだ。まさかと思っていた。いまのいままでは。

　ジャネットがこの世に戻ってきたのだ。


「お休みなさい、ミス・ダン」

「ありがとうございます、カー伯爵」フェイバーは笑みを浮かべ、部屋に入ると、後ろ手に扉を閉めた。伯爵が行ってしまうのを確かめるために耳をすませているあいだ、まぶたをぎゅっと閉じていた。彼が廊下を去っていく足音がとうとう聞こえるまで、まるまる五分かかった。

　フェイバーはすすり泣きながら、扉にくずおれた。鈍い音とともに肩が扉の羽目板にぶつかる。落ち着こうとして両手を握りしめて口に当てるが、嗚咽はあとからあとから漏れてきた。どうしようもなかった。

　わたしはとうとうやったのだ。カー伯爵の関心をがっちりととらえた。とらえただけではない。伯爵の目はわたしに釘づけだった。あの細長い陰気な絵画陳列室にいるあいだに、伯爵はジャネット・マクレアンの霊がわたしのからだに乗りうつっているとどこかで確信したのだ。

　伯爵はわたしにさわり、手の甲でわたしのほほをなでた。ああ！　脚が震えはじめ、関節にまるで力が入らなくなる。こんな芝居じみた子どもっぽい仕草をしているなんてと自分を厳しくしかりながら、床にへたりこむ。

もちろん、伯爵はわたしにさわったわよ。計画どおりにすべて事が運んだら、さわる以上のことをされるわけだし。それがわたしの目標でもあり、最初からめざしていたことなのだから。伯爵がわたしと結婚すること。いまでもそれが最終目標だ。

涙が流れた。次から次に、止めどなく流れおちた。ほほからくちびるへと伝い、あごの先からしたたりおちて、ボディスの縁の繊細なレースを濡らした。わたしには実行すべき計画があり、固い決心で目標めざして突きすすまなければならないのよ。この不実でわたしを裏切る、自分勝手な涙は何？

フェイバーは途方に暮れていた。わたしを最初にさわったのがレイフでなかったらどんなによかったか。

18

「来ている方はまだ少ないようね」レディ・フィアはフェイバーに笑いかけた。そのふんわりした笑顔は美しい顔をさらに引きたてたが、それでも外見のやさしさを自ら愚弄しているようでもあった。

そばに立っていたフェイバーは、仲間が集まるのを待つあいだ、かたわらのフィアにもほとんど注意を払わず、別のことを考えていた。わたしが来ないことを知ったレイフは、あれこれ想像するだろうか。持ってくるよう約束させられた衣類をなんとかして調達すればよかった。レイフはおそらくわたしを悪しざまにののしって、わめきちらすわ。

でも、わたしがいないのをさびしく思うかもしれない。

フェイバーは自分の馬鹿さかげんに気づき、目をぱちくりさせた。こんなくだらない考えは即刻頭からはらいのけなければならない。伯爵がやってきてみんなを戸外の昼食《デジュネ》に連れだすまでに、なんとかほほえみを浮かべられるようになっておかないと。

一〇月も下旬になっていたが、太陽が晴れやかに照り、晩秋とは思えないあたたかさだった。前の晩のうちに風の向きが変わり、いまでは南のほうから、まるで日曜に散歩している乙女のように、好ましくのんびりした風がゆらゆらと吹いていた。

レディ・フィアはきょう、突然ピクニックを計画した。その行動はだれにも予測がつかない。早朝、彼女は招待状を客たちの部屋に届けさせたが、疲れはてた常連客たちはその招待状を読まずに、眠りこんでいるはずだ。しかし、フィアに心酔してあとをついてまわる面々のほとんどは——召し使いたちにレディ・フィアからのお達しがあったらどんなものでもただちに知らせるようにと命じてあるため——ピクニックに参加していたのだ。

フェイバーは招待状が届いたときに眠っていなかった少数の客たちのひとりだった。というのも、前の晩からずっと寝ていなかったのだ。招待を受けるかどうか迷ったのは、ピクニックに行けば、その日はずっとカー伯爵といなくてはならず、レイフと一緒に宝探しができなくなるとわかっていたからだ。

しかし、伯爵を避けていては、自分の義務をただ先延ばしにすることにしかならない。それでいまのフェイバーは伯爵の到着を、伯爵が自分に関心を向けるのを、そして最終的には伯爵の求婚を待っているところなのだ。快晴の朝は気持ちよく澄みわたっているというのに、フェイバーの心はどんよりと重苦しかった。

「ミス・ダン」フィアの声は大きかった。「本当にお具合が悪そうよ。ワントンズ・ブラッシュに残ったほうがいいのではないかしら」

「いえ、大丈夫です」

フィアは首をかしげてほほえんだ。「きょうのピクニックに行かなかったからといって、大事なチャンスを逃すわけではないわ」

「レディ・フィア？」フィアの声に人をからかう響きがわずかにあることに、フェイバーはやっと気づいた。

「父はね、ミス・ダン。馬の用意をしていませんのよ」

いっぺんに目が覚めた。びしょ濡れで冷たくなった冬のマントを脱ぎすてたかのごとく、それまで夢遊病者のようにさまよっていた心がしゃんとした。フェイバーが伯爵に関心をもっているとフィアが気づいていることよりも、伯爵がきょうのピクニックに参加しないという事実のほうが、いまのフェイバーには重要だった。

「伯爵はわたしたちと一緒に行かないのですか？」

「ええ」フィアがフェイバーを見つめながら言う。「伯爵はお昼前にはめったに起きてきません」

フィアはからだをぐっと近づけ、まるで悪だくみの片棒をかつぐようなうれしそうな笑みを浮かべた。「ねえ、あなたにお知らせして、ちょっとよかったでしょう？　もちろん、もっと役に立つアドバイスもできるのですが、あなたが聞いてくださるかどうかわからないのですもの、ね？」

フェイバーが答える前に、男たちの挨拶の声が聞こえた。フィアも挨拶を返そうと急いで振り返った。これからおおいに楽しもうと決意を固めた人々が数十人ほど集まり、娘たちと連れだって城の正面玄関を出ようとしていた。フェイバーは自分の義務が急に先延ばしになったことにまだ困惑していた。

まったく自由な一日。ムーラからいやになるほどの質問攻めにもあわず、伯爵の脅迫的なまでに熱のこもった視線に追われることもなく、レイフの魅力に心悩ませる必要もない。フェイバーの解放感は見る間にふくれあがった。タンブリッジ卿にほほえみかけ、別の伊達男の挨拶に応じ、隣の年配の婦人とおしゃべりした。

一行は馬屋に着いた。つながれた多数の馬たちは、まるで春のような天気に外に飛びださずにはいられなくなったらしく、そわそわと脚を動かしていた。馬番の親方は馬の群れのなかに立って、客たちの乗馬歴に合わせ、各自に適当な馬を割りあてていた。

おとなしそうな雌馬を引きながら彼女のほうにのしのしと近づいてくるジェイミー・クレイグの巨大なからだが、ちらりと見えた。彼の姿を見たフェイバーの心は、ムーラの影響力が広範囲に及び、その目が遠くまで光っているのを思い知って沈んだ。ジェイミーが兄トマスの御者のふりをしているのをほとんど忘れかけていた。彼はこの陸の上では場違いに見える大海原にいたほうが本領を発揮できそうな気がした。ムーラに牛耳られてあれこれ指図されている人たちは、これまで彼女の口出しに腹を立てたことはないのだろうか。フェイバーがそう考えるのも、これが初めてではなかった。

ジェイミーが彼女の前で立ちどまった。その表情からは何も読めない。頼めばおそらく、きょうのずる休みをムーラには黙っていてくれるだろう。「ジェイミー、お願いが――」

「何も心配せんでください、お嬢さん」ジェイミーは警告するように口をはさんだ。その視線はフェイバーの背後に向けられている。「こいつの口には、はみをくわえさせますんで」フェイバーは振り向いた。タンブリッジ卿がすぐ後ろに立っている。

「もちろん。ありがとう、ジェイミー。おばに伝えて……」

「だけども、お嬢さん。おばさまはお嬢さんが帰るまで絶対に寝ていらっしゃいますよ。でも、どうしてもとおっしゃるのなら、女中をやって起こしてもらいますが。俺が言うのもなんですが、奥様にはお嬢さんの予定を知らさずにこのまま寝かせてあげるのがいいんじゃないですか」ジェイミーがすばやく密やかなウインクをよこした。ああ、うれしい。わかってくれたのね。フェイバーは明るい微笑で彼のウインクに応えた。すっかり元気を取りもどしていた。

ドレスのすそを持ちあげ、フェイバーは馬の背に上がるのをジェイミーが手助けしてくれるのを待った。しかし、ジェイミーが足を踏みだす前に、やせた硬い指が彼女の腰に回る。「ミス・ダン」タンブリッジ卿の息が彼女の耳にかかったと思う間もなく、彼の手がフェイバーのからだを鞍にすんなりと持ちあげた。

馬上のフェイバーはびっくりしながら、青白い顔を上向けた男と視線を合わせた。「ありがとうございます、タンブリッジ卿」

タンブリッジ卿の薄いくちびるには賞賛の微笑が浮かんでいた。「思い切って申し上げてもいいでしょうか。ミス・ダン、きょうのあなたはとてもお美しい」

この人をそれほど敬遠しなくてもいいのかもしれないとフェイバーは思った。こちらが切なくなるほど、彼はレディ・フィアに夢中なんですもの。なのに、フィアはそんな卿をあざけっている。そんなことを思いながら、フェイバーは彼にほほえんだ。「ありがとうございます」

タンブリッジ卿は財布から取りだした硬貨を指ではじき、ジェイミーのほうを見ることもなくそちらの方向へ投げた。ジェイミーはお礼の言葉を口のなかでつぶやき、大きな頭をひょこっと下げて、慎みぶかい感謝の態度をきちんと演技しながら退いた。

タンブリッジ卿はフェイバーをずっと見つめている。彼が口のなかで「彼女と同じぐらい美しい」とつぶやいたのを聞いたような気がした。「くそっ、そうでなければ困る」

パニックに陥った若者の叫び声で、フェイバーはタンブリッジ卿の注視からようやく逃れることができた。「いや、お許しください、ミス・ダン」卿は言った。「馬屋の若者が私の雄馬にてこずっているようです。気性の荒い馬でして。腹帯を締めようとする者にかみつく悪い癖がある。その若者を殺していないかどうか見てこないと。昼食が湿っぽいものになると困りますので」

タンブリッジ卿に対する好意があっという間に消えた。「本当に人道主義者でいらっしゃいますのね、閣下」

彼はにやにや笑って立ちさった。フェイバーのその日の浮かれた気分がすぐに戻ってくる。ほかの者たちも馬に乗り終えると、レディ・フィアは手袋をはめた手を上げた。

「さあ、わたしにつづいて！」フィアは叫んだ。「みなさん、ついて来て！」

「ミス・ダンがフィアやほかの騒がしい連中と一緒に馬で出かけていく」塔の窓から見下ろしながら伯爵は言った。馬に乗った四〇人ほどの人々が城の敷地の端のほうでうろうろしながら集まっていた。フィアは不遜な態度でレースのハンカチを頭上に掲げると、円を描くように勢いよく振った。人々は興奮しきった馬の停止を解いて全速力のギャロップへと駆りたて、いっせいに動きだした。ピクニックに出かけていくはずなのに、まるで障害競走を始めようとする勢いだ。

「ああ」伯爵はあからさまにため息をついた。「悠々と馬を進める者はもういないのか」持ちあげていたカーテンから手を離す。窓は再び厚い布で閉ざされた。彼はパラに注意を向けた。「ミス・ダンは私の妻だったころのことをもっと思い出すだろうか」

パラは立ったまま、からだをすくませている。いつものように私を怖がる態度をとるべきなのだ。

このばあさんを探しだすのに二日かかった。ようやく召し使いのひとりが、崖の道をきたならしい草や何かを摘みながらとぼとぼと歩いている老婆を見つけたのだ。知りたいことがあるというのに、どうして姿を消したりするんだ？

伯爵は苛立たしい気持ちをなんとか抑えた。「私の話を聞いていなかったんだろう。もう一度訊くが、ミス・マクレアンはジャネット・マクレアンとして生きていたときの経験を覚えているのだろうか」

パラはほほの赤いみみずばれをさすった。「わからねえ」

伯爵が乗馬用の短いむちを手に取って、軽く振った。「言ってみろ」口の両端をかすかに持ちあげて笑みを浮かべる。「それも、正確なところを」

老婆はたじろいだ。「おねがいです、だんな様。わしが思うに……そうしたことは娘が感じて……あの娘がなんとなく感じるんだ。娘にも理由はわからんはずだ」

「ふむ」その説明にはうなずける部分もある。

「わしの言うことが気に入らないんだね。役に立たなくて、すまんことで」パラは頭を下げながら、めそめそ泣いた。

「気にしておらん」もし、ジャネットが――つまり、ミス・ダンが――くそっ、ややこしい――この世での最後の日の出来事を思い出したとしたら、事態はますます複雑になるだろう。といっても実際、あの日はいったいだれのものと言えるのだろうか。ミス・ダンのものでないのはたしかだし、ジャネットのものとも言えない。容易には答が出ない疑問に、伯爵は興味をかきたてられた。

ジャネット。二人が出会ってすべてが始まったこのワントンズ・ブラッシュで、また一緒になれるのだ。物事があるべき姿に戻るだろう。もし、ミス・ダンを説得できさえすれば……。

「ある点では、ジャネットの及ばない部分が――何と言ったらいいか、霊気が足りないために――ちょっとした問題を起こしている」

パラは不安そうな問いかけの視線をすばやく伯爵に向けた。血色の悪いこけたほほの両側には、よごれた縄のように固まった髪の毛が垂れている。「そりゃ、何だい、だんなさん？パラはどうしたらいい？　とっても親切にしてくれるだんなさんのために、どうやったらお役に立てる？」

パラがにじり寄ってきた。貝殻や明るい色の奇妙な石をつなげた何連もの首飾りが首のまわりでかちゃかちゃと音をたてている。重たいスカートがきれいな床をこすっていったあとには、木の葉が何枚も散らばっていた。「だんなさんの望みは何なんだい？」

「つまり……」伯爵は自分のつめのようすを調べながら、つぶやいた。「なかなか信じがたいことではあったが、私は結論に達したのだ。ミス・ダンが私のことをどうも嫌っているとね。おお、ぎょっとしたな？　顔を見ればわかる。おまえがいたく驚くのはもっともだ」

「へ、へい、だんなさん」

「だが、それは本当だ。ミス・ダンは私という人間を嫌悪しておる」

懐疑心のしるしのように、パラのやせほそった首の上の頭がまっすぐ持ちあがった。信じられないと言わんばかりに大きく見開いた目が、伯爵の視線をとらえる。「でも、どうして……っていうのは、娘はいつも伯爵の姿を探していたって、話してくれたじゃないか。伯爵の目に留まるところに娘はおったって。たぶん、若い娘の内気なところだけを見て、それをいやがっていると思ったのでは？」

伯爵はパラに冷たい微笑を送った。「生娘が恥ずかしがるのと嫌うのとを区別できるくらいの経験は積んでいる」

「でも……！　わかんねえ。娘っこが伯爵を嫌ってるんなら、どうして近寄るんだ？」

伯爵は部屋に一つだけある椅子に、新しい長上着のすそがしわにならないよう注意しながら、腰を下ろした。「パラ、おまえのような野蛮なロマの老婆にこれがわかるか？　程度の低いおまえごときに哲学上の微妙な事柄を説明するのは不可能かもしれないが、それでも、知性を試される難題を私は拒んだことなどない。だから、よく聞け、パラ。なんとか説明してやる」

老女は熱意をこめてうなずいた。

「ジャネットの霊はミス・ダンのからだの奥でひっそりと息づいているが、これは、船のなかに隠れすむドブネズミみたいなものだ。船にネズミがいるとはだれも思っていないし、ネズミも自分の存在を知られたくない。しかし、ミス・ダンのからだに密かに入っておきながら、ジャネットはなんとかして彼女が私に関心を向けるようもっていった。つまりネズミについたノミを、船の乗組員にうつしたようなものなのだ。ミス・ダンは私に対するジャネットの感情に強い影響を受けているが、その感情があまりに深くて強烈なものだから、恐ろしいとも感じている。それで、ミス・ダンは私を求める気持ち――前妻のおかげでね――と私に対してしりごみする気持ちのあいだで揺れうごいているのだ」反論を見越して、伯爵は片手を上げた。「信じがたいだろうな」

パラは明らかに礼儀をわきまえていないらしく、ふつうなら同意の言葉を返す代わりに、押しだまって伯爵を見つめているだけだった。彼は孤独なため息をついた。どいつもこいつもがっかりさせられる者ばかりだ。

「私の知っているジャネットであれば、非常に強力な手段でミス・ダンを動かそうとしているはずだ……その、ジャネットの気持ちどおりに娘が動くようにな」伯爵は内緒話をするように身を乗りだした。「ジャネットが私に抱く熱い情熱に、修道院育ちの感じやすい娘は圧倒されておののいているにちがいない。ジャネットが下した命令なのに、ミス・ダンは自分の肉欲の衝動だと思って、恐怖に駆られているのではないか。それで、ジャネットの命令にしぶとく抵抗し、そうした感情を引きおこす男に嫌悪感を抱いたというわけだ。そう《ネ》じゃ《ス》ないかね？」

あかだらけのパラの顔はあっけにとられていた。

いまの話は豚に真珠だったと、伯爵は考えた。まあ、そうだな、パラは結局、動物と大差ない。しかし、畜生もたいがい役に立つように、ばあさんも使いかた次第でなんとかなる。これ以上時間を無駄にしないでおこう。

「理解できなくとも、おまえがわかる必要はない。おまえがしなければならないのは、パラ、一つのことだけだ」

「そりゃ何だ、だんなさん？」恐怖に満ちたパラの声が途中でつまった。

おそらくミス・ダンが伯爵を嫌っているといういまの話を理解しようと、必死なのだろう。にわかには信じられないとかなんとか思いながら。まあ、その気持ちもわからないではない。

「私のために、ほれ薬をつくるのだ」

ムーラは馬小屋の戸口から入る明るい光のほうに足のせ台を押しやり、どすんと座りこんだ。横柄に伸ばした片手に、ジェイミーが鏡を持たせる。ムーラは傾けた顔を、鏡でじっくりと見た。

「伯爵の野郎め！」伯爵から打ちすえられたほほの痛みはまだ我慢できた。しかし、乗馬用のむちが当たった跡が残ったのはかえすがえすも無念だった。計画を遅らせなければいけない。よりにもよって、これほど物事がうまく運んでいるときに。

「くそったれだよ。あいつのどす黒い魂は地獄に落ちろってんだ！」

「それがあんたの目的であり、行きつく先なんじゃないかと思ってたが、ムーラ」ジェイミーは言った。「奴の魂を地獄に落とすってことが」

ムーラは突然くすくすと笑った。怒り狂っていたと思えば瞬時に激しく笑いだした声は、聞く者の神経をひどく逆なでするものだった。「そうだ《アィ》よ、ジェイミー・クレイグ。そのとおりだ。それももうすぐさ。すぐにな」

大男はブリーチズのベルト部分に両手の親指を差しこみながら、小柄な老女の上にのしかかるように立っていた。「そうか、そのときが来たのか」ジェイミーは言った。「それで、ここまでやってきて、俺たちはみんな考えてるんだ。奪いとられたもんを一族が再び手に入れるという目的を遂げるために、もっといろんな計画の立て方があったんじゃないかってな。

あんた自身の復讐心を満足させるだけじゃなくてね」

ムーラは彼を憎々しげににらみつけた。「一族の目的も私の目的も両方実現できる間際になって、どうして突然そんな気乗りのしない言い草をするんだい？」

「あんたが計画の中身をきちんと娘に話してないからさ」

ムーラの視線から毒気が抜けた。彼女は何枚も重ねたきたないスカートの下に手を入れると、すその縁かざりをちぎりとり、それで顔をぬぐいはじめた。「フェイバーは知ってるさ」

「彼女に話したのか？」

「話す必要はなかったさ。知ってるにちがいないし、もし、伯爵の妻になったあと姿をくらましても、伯爵は寿命を全うするだろうと自らに言いきかせたほうが夜もよく眠れるのであれば、それでいいじゃないか。そのおかげで、フェイバーが自分の務めをはたせるのであれば、私はそれでいいと思ってる」

ジェイミーはムーラが水桶のなかにぼろ布を浸して、その布で顔を乱暴にこするのを見ていた。「あの夜起こったことで、あんたの頭は半分おかしくなっちまってるんだ、ムーラ・ドゥーガル。それをわかってるかい？」

ムーラは彼の疲れきった声を降伏のしるしと的確に見抜いて、にやりと笑いかけた。「たとえそうでも、私はたいがいの正気な人間よりも抜け目ないだろ、え？」

ジェイミーは鼻を鳴らしたが、結局うなずいて同意した。ムーラの表情からたちまち冗談気分が消える。

「忘れるんじゃないよ、ジェイミー。デーモン伯爵が兵を率いて襲ってきたときに生きのこったあんたやほかの男たちのめんどうをみたのは、この私だってことを。『罪人』にされて国外に売りとばされたマクレアンの者たちがなんとか戻ってこられるようにしたのは私なんだよ。北部の海岸の村にそのマクレアンたちを連れていったのも私だ。あんたが密輸品を隠している、あの村さ。この私がやってのけたんだ。マクレアン一族は土地を取りもどすのさ。ワントンズ・ブラッシュにはマクレアン家の当主が再び住むようになる。そして、カー伯爵は死ぬんだ。絶対に」ムーラの声は激情で震えていた。

ジェイミーは怒りでからだを震わせる老女を見下ろしながら眉根にしわを寄せていたが、何も言わなかった。意志の力だけで、残った一族を率いてまとめあげてきたムーラのこれまでの年月に、ジェイミーは何も異論を唱えなかった。フェイバー・マクレアンの姿に、勇気あるハイランドの娘たちが陽気で、自由で、のびやかに寛大だった時代を思い出したからといって、いまさらムーラに抗議する資格はない。ムーラと彼女の計画がフェイバーの身を滅ぼしてしまうことになったとしても。

「くそったれ!」ムーラは鏡をもう一度のぞいて、叫んだ。「このみみずばれは夜になっても薄れないだろうよ。顔料をどれだけ塗ったくっても隠せやしない。今晩のフェイバーは、頭痛を理由に部屋にこもってるしかない。ありがたいことに、明日は仮面舞踏会だ。見ててごらん、私は仮面をかぶるからね」

19

「おい！　もう一杯エールだ」見知らぬ客が叫んだ。

「あたしもね」フラニーが甘い声でささやく。

荒々しい獣の雰囲気を漂わせるハンサムな男は彼女の声を聞いていないふうだった。ジョッキの底にたまったエールの泡と残りかすを見つめたままだ。フラニーがもう一度エールをねだろうと口を開けたとき、男が顔を上げた。ぎくっとしたように彼女の顔をじっと見る。まるでそれまで膝の上に乗せていたのを忘れていたかのようだった。七六キロを超す体重のフラニーが膝の上にいれば、たいていの男は忘れたりしない。

この客自身が男らしいがっしりとした体格である証拠だった。フラニーはうれしくなって身をもぞもぞさせた。男が指を二本上げる。「この人にもだ、ご主人」

「ただいま、だんな。ちょいとだけお待ちを。別の樽の栓をこれから開けるもんで。あたしがそれをやってるあいだ、ここのお世話をする者がいなくなる。そうすると、その女がだんなのポケットの中身に手を伸ばすかもしれませんから、気をつけててくれますかね」居酒屋の主人は毒々しい目つきでフラニーをにらみながら応じた。

「あたしは紳士から一ペニーだって盗んだことはないよ。よく知ってんだろ、それは」フラニーは大声を上げた。しかし、力をこめて新しい樽を起こそうとしていた主人の耳には、彼女の抗議の声は届かなかった。フラニーは居酒屋の主人の意向など、まったく気にしていなかったのだが、この男の手前もある。野性的な見知らぬ客は気前がよさそうに見えたし、フラニーの直感はそういう方面にかけてはぴたりと当たる。一時間ほど前に店に入ってきたこの男は、酔っぱらってやると決めてきたようだった。それはフラニーの勘にすぎなかったが……彼女自身もそういうときがあるからだ。男は不機嫌で、いらいらしており、何もかも忘れたがっているように見えた。気晴らしにうってつけの相手として、フラニーは自分を差しだそうと決めた。

どうしてそんな気になったかというと、客は気前がよさそうなだけでなく、ハンサムだったのだ。それもいかつい風貌のハンサムだ。若そうに見えるけれど、ちょっとばかり疲れがにじみでている。でも、あたしだって、少々くたびれてきてんだからおあいこさ。

「ねえ、あんた！」日光が射しこむ明るい部屋の向こうから、別の客の声がかかった。「あんたはここの土地の者かい、それとも旅の途中で寄っただけかい？」

ろれつが回らない男の声のほうに、見知らぬ客はすばやく頭を向けた。フラニーの口が苛立ちで引きつる。また、あのどうしようもないデーヴィー・ダフだ。デーヴィーはよろよろと立ちあがり、空いている手でエールのジョッキをつかむと、どたどたと近づいてきた。

「で、どうなんだ？」デーヴィーはしつこく尋ねた。

見知らぬ客は冷静なまなざしで彼を見た。「どうしてそんなことを聞くんだ？」

「なぜかっていうと」じっと見下ろしながらデーヴィーは言った。「あんたを見てると、昔知ってた奴を思い出すんだよ。無駄に過ごした青春時代に付き合ってた奴だ」自分の過去を総括した言いまわしが気に入ったみたいで、数回くり返して言った。「無駄に過ごした青春というやつだ。無駄に過ごしたんだよ、青春時代を」

「俺がだれに似てるって？」男は膝を動かし、上に乗ったフラニーの位置を微調整した。

「おっ立たなくてすまないな」

「あたしのほうはかまいやしないよ！」フラニーは自分の機転のよさにわくわくしながら、割りこむように歓声を上げた。デーヴィーは、こいつら楽しんでんじゃないかと言わんばかりに二人を横目で見た。

「それで、昔の仲間とはだれなんだ？」フラニーが寛大なところを見せようとしたのに、まったく気にも留めていない。

「レイン・メリックという男だ。でも、あんたはレインじゃないよな」デーヴィーが言う。

「本当にそう思うか？」見知らぬ客は尋ねた。その声の何かが引っかかり、フラニーは振り向いて男の顔を真剣に見つめた。

デーヴィーをからかっているのだと判断するのに一秒もかからなかった。この人はレイン・メリックなんかではない。あたしはレインのことを知っている。もちろんよく知っているとまではいかないけれど、一、二回一緒に寝て楽しく過ごしたくらいの仲ではある。彼は大柄でがっしりしていて、筋骨たくましい若者だった。

ここにいる男はレインよりも背が高いし肩幅も広いけれど、やせている。レインよりも髪の毛の色が黒いし、顔がもっと角ばっている。しかし何よりも、レインには内側から突き動かす激しい怒りがあったとフラニーは思い出した。稲妻と雷鳴を伴う嵐が迫りくるときの一片の金属のように、レインのからだからは怒りの低い振動音が聞こえてくる感じがした。辛らつな言葉、握りしめたこぶし、苦い笑い――レイン・メリックについて思いうかぶのはそんなことだった。

この男の雰囲気が、こぶしを握りしめる修羅場とまったく無縁なわけではない。しかし、この男が悪魔を服従させているように見えるのに対し、レイン・メリックはまるで悪魔の手下のようだった。

カー伯爵がどんなにひどい父親だったかを思えば、この感想はおそらく真実に近いだろう。

「あんたがレイン・メリックでないのは運がいいよ。奴はフランスのどこかの監獄で死んだっていううわさだ」デーヴィーがしゃべっていた。

「あんたはきっと仲間の死が悲しいんだろうな」客は少々あざけるように応じた。

「俺がか？　まさか。いいかい、奴は本当はダチじゃなかったんだ。あんたを見て奴じゃないかと思ったと言っただけさ。レインはいつも父親を困らせようってそればかり考えてた若造だった。かわいそうな奴さ。でも、奴が尼さんを手込めにしたために、危うく縛り首にされかけるまで、父親は奴に目も留めなかったさ」

その言葉に、見知らぬ客がすばやく頭をもたげた。

「おい、デーヴィー、なぜ、そんなつまらんいやな話をほじくり返すんだ」居酒屋の主人が声をかける。

「どうしてかっていうと、レイン・メリックについてはこんな話しか出てこないからさ」デーヴィーは甲高い声で笑った。

「聞いてると、くそひどい話だな」客が言った。

「そうだ、マクレアン一族が思ったのもたしかにそういうところだろうな——奴らはレインの首をもう少しでへし折るところだった」デーヴィーが言った。「尼さんはマクレアン一族の娘だったんだよ。その娘をレインが乱暴したってみんなが思ったのさ」

客はすでにエールのほうに関心を戻していた。

「でも、もし奴らがレインの首をつるしていたら、赤っ恥をかくところだったぜ」デーヴィーはくすくす笑った。

「なんでそんなことを言うんだい？」大男の客がだるそうに言う。

「レインはだれにも乱暴しちゃいないって、あとでわかったからさ」

「何だって？」

デーヴィーがうなずいた。「メリー・マクレアンって娘が、レインと一緒に抱きあっているところをみんなにとっつかまったんだが、その娘がそれから数年後に告白したんだ。二人は恋人どうしで、互いに了解の上でのことだったとね。うそをついたまままもう生きてはいけないと言って」

「一族の男たちはメリーをどうした？」

「メリーに何をしたかだって？」デーヴィーはとまどっているふうだった。「なあんにも。まず、とにかく何かをするような人間が残っちゃいなかった。それに、女子修道院の院長になった相手にどうやって手を出せるんだい？」

男のシェリー酒色の目は大きく見開かれていた。「冗談だろ？」

「いいや」フラニーはデーヴィーの話を引き受けた。「聖なる女子修道院――ええっと、とにかく、何とかっていう女子修道院のペルペトゥア・アウグスタ院長として、ここから南に半日ほど馬で行ったところの修道院を束ねてる。このあたりではみんな、口に鍵をかけて礼儀正しくしてるさ。女子修道院のことも、マザー・アウグスタに言いなりの司祭のことも、だれもうわさしないんだから」

男は口元をほころばせ、次に大きな声で笑いだした。「そうか、ほかのことはともかく、レイン・メリックは悪魔並みにすごい幸運だったようだな」

「レインは悪魔の子だから、納得いくだろ、ね」フラニーはこの話に夢中になっていた。

「ああ、そうか。カー伯爵か。かの有名なデーモン伯爵だな」男は言った。「伯爵のことは聞いたことがある」

「あんたもほかの者も伯爵についてはいろいろ聞いてるだろう」デーヴィーが気取って言った。「でも、俺は伯爵をじかに知ってる。レインもだ」

フラニーは物悲しげにうなずいた。「そうだよ。悲しいじゃないか。レインはね、腐りきった悪魔じゃなかったんだよ。ただね……やっぱり毒されてたのかねえ」

「ブランデーを一杯おごってくれたら、レインについていろいろ話してやるよ、ミスター《ア》……」デーヴィーがもちかけた。

フラニーは過去の恋人たちの思い出にひたるのはおしまいにして、現在の男に集中するときだと判断した。「消えちまいな、デーヴィー・ダフ」彼女は叫んだ。「お呼びじゃないんだよ。あんたが一緒にいなくても、この紳士とあたしだけで十分にむつまじくやってるんだから。それに、大酒飲みだったかわいそうな死人なんかの話を聞きたい者がいるかっていうんだよ」

「ああまったくだ」男は笑みを浮かべながら、空のジョッキを見てつぶやいた。「行くんだな、デーヴィー」

提案をけられたデーヴィーは、テーブルからジョッキを引ったくり、胸に大事そうに抱えた。「ああ、こうしてあんたを見てみると、レインなんかにゃ、ちっとも似てないね」彼は悔しまぎれの捨てぜりふを吐きながら、仲間たちのほうへこそこそと戻っていった。

居酒屋の主人がやっと二人のテーブルまで戻ってきて、なみなみ注がれたジョッキを二つ、べとつく天板の上にどんと置いた。男がその一つをフラニーに手渡した。彼女は太ももを彼の両脚のあいだにそっと押しこみながら、身をくねらせて彼の膝に深く座りなおした。

「ああ」フラニーはため息をもらした。自分の肌が感じとったもので目が輝いている。「お出ましだね。いつあんたが自己紹介してくれるんだろうかって思ってたんだ。あたしの言う意味わかるだろ？」

男が彼女の耳元に口を近づける。「俺は自分のことをきちんと知ってほしいと思ってるぜ、フラニー」

フラニーは居酒屋が自慢する唯一の個室に通じる扉を見やった。「あたしもあんたをもっとよく知りたいと思うんだけど……仕事をしないといけないからね」

男はフラニーのあごを軽くさわった。「いまはあんまり客がいないから、しばらく姿をくらましてもわかりゃしないさ」

「少しのあいだかい？」フラニーは心引かれながら言った。

「もし、俺のことを十分に説明させてもらえるのなら、時間はたっぷりほしいね。急いでやるのは嫌いなんだ」

フラニーも同感だったが、実際的な女を旗印に生きてきたのを思い出して踏みとどまる。もし、この元気な若者が一五分以上、彼女の時間をもらいたいと思うのならば、代価を払って納得させてくれなくては。「情けないよねえ、お楽しみはいいけれど、それじゃ家主に払うものは稼げないっていうのが現実だからね」

何かががらりと変わったわけではなかった。顔がゆがんだとか、はっきりとわかる変化が起きたわけではないが、悲しみに似た感情が男の顔ににじみでる。それでも男はささやいた。「楽しみごとはお金を出しちゃくれないが、代わりに俺が払おう」

フラニーはすぐさま男の膝から立ちあがり、彼の大きな手をつかむとぐいと引っぱりあげた。「ねえ、そういうことなら行こうよ」フラニーは言った。「ついてきて」

むくむくと太った白雲の小艦隊が、頭上の空をゆったりと進んでいた。一〇月という季節がはっと我に返り、冬の先兵隊としての役目をまじめに考えはじめるまでは、あと何時間か気持ちのいい日射しを楽しめるはずだ。

ピクニックにでかけた客たちは、季節はずれのあたたかさを当然のものとして満喫し、気持ちをもっぱら世俗的な楽しみのほうに向けていた。彼らは毛織物の毛布の上でくつろいでいた。女性たちの膝の上には男性の頭が寄りかかり、舌でくちびるを濡らしながら、みだらな言葉のやりとりの合間に、めざす相手とこっそりと合図を交わす。あいびきの約束をしているのだ。

レイン・メリックはナナカマドの木の下で馬の手綱を持って立っていた。どん欲に快楽を追いもとめる人たちのなかで育ってきたため、ピクニックの客たちの自堕落なようすを見てもどうということもない。フェイバーがいないか、人の群れを順に見ていき、数分ほどその場にいた。

もしフェイバーがどこかの自称求婚者と戯れるために密かに抜けだそうとしているのならば、考え直したほうがいい。俺たちはマクレアンの宝を探している最中なのだ。彼女がそれをさぼって勝手放題するのを許すつもりは毛頭なかった。レインがこぶしを握りしめると、黒い手袋の革がきゅっと伸びた。とにかく、俺たちは同僚のような関係だとフェイバーは誤解している。気まぐれに行動でき、宝探しに参加する時間や場所は自分で決められるとでも思っているのか。それは大まちがいだとすぐに思い知らせてやらねばならない。

ナナカマドの枝に馬の手綱を巻きつけると、怒りがこみあげてきて、彼女の……彼女の不実に対する憤りがふつふつと沸きたってきた。もともとそばにフェイバーを置いておこうとしたのは、彼女への借りが返せる方法が見つかるかもしれないとの理由からだが、それを思い出したとしても、矛盾を感じて悩むつもりはない。

レインからしてみると、この責任はもっぱらフェイバー・マクレアンにあるのだ。彼女はレインの考えや夢のなかに忍びこんだ。彼の戦略を混乱させ、決意をなしくずしにしようとした。さらに、ほかの女と寝たいという欲望までも萎えさせたのだ——冗談じゃない。俺をだめな奴にしたくせに、自分だけ楽しもうったって、そんなことが許されるはずがない。

くそっ、絶対に見つけてやる。たとえ、あの宝石で飾りたてた人形みたいな、頭が空っぽの客たちにひとりずつ訊いてまわってもな。カー伯爵の客ではないとだれかに気づかれたとしても、それが何だ。そのあとにどんな騒ぎが起こるかなど、もうどうでもよかった。

座りこんで酒盛りをしている小さなグループのほうに、レインはぐんぐん近づいていった。二、三人の紳士が近づく彼を無関心そうにながめた。女性たち四、五人が多大な関心を寄せて彼を観察している。

「娘はどこにいる?」レインは近づきながら怒声を浴びせた。ブルネットの婦人の胸のすぐそばでほおづえをついていたお洒落な男は、問いかけるように両方の眉を上げた。

「ここではよりどりみどりで食べられるほど、娘っこがたくさんいますがね」めかしこんだその男は言った。「どのおいしそうな娘《こ》をお探しで?」

「ミス・ダンだ」

紳士はやわらかく舌打ちした。「残念だね、君。こう話しているあいだも、ミス・ダンは……味見されているかも」

「本当か?」やれやれ、監獄で長く暮らしたおかげで、俺もかなり練れてきた。レインはまだ微笑していた。いくらかはというところだが。

「あら! あなたって、すてきじゃん」青い絹のドレスをまとってはいたが、その美人のささやき声は、絹のような高価な代物とは縁もゆかりもない素性であるのを露呈していた。

「大丈夫。見栄えがいいんだからさあ、別の娘がすぐに見つかるって」

レインは美人の言葉を無視した。「だれと一緒なんだ?」

「タンブリッジ卿だ」別の男がうらやましそうに答えた。「運のいい奴だよ」

「それで、そのしあわせな二人はどこにいる?」レインの口調に険悪な雰囲気が漂いはじめた。

先ほどの波止場なまりの美人が指さした。「あっちのほうに行ったわ。まあ一五分前ってとこかな」

伊達男がレインをちらりと見上げて、意地悪そうに笑った。「走っていけば、開幕に間にあうかもしれない。言いたいことはわかるだろう。まだ、いい席は残ってるはず——」レインは男のベスト、シャツ、皮膚までを一気につかんだ。伊達男はぎゃっと叫んでレインの腕を必死でぶったが、寝そべった姿勢のまま地面から一メートル近く引っぱり上げられた。

座が急に静まった。伊達男の叫び声だけがあたりに響く。レインは彼のほうに顔を近づけた。「あんたの態度は好きになれないな。おそらく、ここにいる友だちは」厳しい笑みを浮かべながら座を見渡す。邪魔する奴がいるのなら、受けて立とうじゃないか。「あんたの下品な言葉をおもしろいと思っているのかもしれないが、俺はちがう。それを覚えていてもらいたいね」

レインは伊達男をどさりと落とした。男は胸を押さえながら、すぐに小走りで逃げだした。「いったい君は自分を何様だと思ってるんだ!」男は歯をきしらせながら、恐怖と怒りが半々の震える声で言った。

レインはすでに娘が指さしたほうに進んでいた。立ちどまりもしない。「何様とも思っちゃいない」彼はつぶやいた。「俺はだれでもないんだ」

20

タンブリッジ卿は誘惑にとりかかろうとしていた。運の悪い人。せっかく決意しても無駄骨なのに。卿には、好ましいと感じさせるだけのものがどう見てもない。少なくともフェイバーにとってはそうだった。

タフィー菓子のようなあたたかな茶色の瞳、笑うときはその目尻にしわが寄る。そういうところに魅力があるのだ。そして、つやのある黒髪が力強く太い首に垂れて、そこが巻き毛になって。それから、やせて角ばったあご。皮肉っぽい機知に富んだ言葉。性急でむこうみずな性質。言い伝えの宝石を追いもとめる男性のそうした気質がなければね。そんな部分があればぐっとくるのだけれど。

タンブリッジ卿はのどの奥を鳴らして、ぼんやりしていたフェイバーの注意を引いた。彼は苔におおわれた岩のてっぺんに手を預け、片脚を曲げて前に出していた。そのつま先は上を向いている。そして舞台俳優が最前列の観客を見るように、座らせていたフェイバーに流し目を送った。

「あなたは本当にかわいいお嬢さんだ、ミス・ダン」赤茶色の眉の片方が持ちあがり、もう片方が下がる。

わたしはこんなところで何をしているのかしら。自由な時間を満喫し、ただ成りゆきまかせに楽しんでいたら、なぜかタンブリッジ卿と二人だけになってしまった。

離れ業的な眉の表情でも、フェイバーに感銘を与えられなかったタンブリッジ卿は、別の方面から攻めることにしたようだ。「黒髪の乙女にはいつも弱いのですよ」彼は舌でくちびるを濡らした。「黒髪の持ち主は火のように激しく、情熱的で、冒険好きで――」

こんなたわごとはもうたくさん。

「わたしの髪は黒くありませんの。本当はとても明るい色なんです」フェイバーは落ち着いて言った。「染めましたのよ」

タンブリッジ卿は岩にかけていた手をはずし、背筋を伸ばした。あっけにとられている。

「なんと?」

「がっかりさせてごめんなさい。でも、わたしが……だましたと思われるのはいやですから。でも、レディ・フィアは」フェイバーはいたずらっぽくつけ加えた。「生まれつき黒髪ですわ。もちろんお気づきでしょうが。とってもきれいな方ね」

「あの地獄育ちのおてんば娘について論じたいとは思いませんが」鼻の穴がぎゅっとしまり、目がせばまる。

タンブリッジ卿の表情が急激に変わったので、フェイバーは驚いた。彼はレディ・フィアから捨てられた哀れな失恋男だとたかをくくっていたが、いま目の前にいるのは、何をするかわからない危険な存在だった。その表情は、フェイバーが冷やかしたのをちゃんとわかっていると語っている。

フェイバーは立ちあがろうとしたが、ふんわりと広がったドレスのすそに邪魔されてなかなかまっすぐ立てない。卿の骨ばった指が彼女の上腕部をつかんだ。

「失礼」タンブリッジ卿が彼女を引っぱりあげた。やせた外見にもかかわらず、握力は驚くほど強かった。

フェイバーは感謝の言葉をつぶやいたが、今度は彼女があざけるような視線を受ける番だった。卿は彼女の腕をつかんだまま放さない。

「ミス・フィアには絶大な権力をふるう父親がついています」彼は言った。「どんな態度をとっても許されるのは彼女だけだ。ほかの者が同じように人をあざけっても、おとがめなしで通る保証はありません」

馬鹿なことを言ってしまった。この場の険悪な空気を変える必要がある。「本当にそうでしたわ」フェイバーはわびた。「わたしとしたことが考えなしにふるまって」

「考えなしですか」タンブリッジ卿は彼女の言葉をもう一度口にして吟味したが、気に入らないようだった。フェイバーの腕を握る指の力がさらに強まった。「むしろ軽薄でしょう」

「そうとも言えますわね」フェイバーは心から同意した。とにかくこの危険な状態から抜けでなければと、頭を忙しく巡らせる。「いやみな言葉を軽い気持ちで言ってしまいました。でも、わたしも先週、傷つけられることを言われましたの。わたしが……関心を抱いている人から。心にぐさりときましたわ」

フェイバーの思いもかけない話に、タンブリッジ卿は気をとられた。彼女をつかむ指がゆるむ。「あなたがですか?」

タンブリッジ卿と目を合わすのは自尊心が許さないというように、フェイバーは彼から視線をそらした。「はい。そうです」

「でも、だれがそんな?」あからさまに驚いていた。「あなたはご自分のあとをついてまわる男たちのだれかを特に気に入っていたふうでもなかった。実際、あなたについては男の名前を当てる賭け金帳があるくらいで。いったい、だれが最初に——」

タンブリッジ卿はしゃべりかけてやめた。彼もある程度は礼儀をわきまえているようだった。というのも、だれが彼女を最初にものにするかで賭けが行われているのだろうとフェイバーは推測したのだが、そのことを口走ったのを卿は明らかに悔やんでいたからだ。いまの彼女にとって、そんなことはどうでもよかった。窮地を脱するチャンスとして利用できるのならばまったくかまわない。

「最初に?」フェイバーは甘ったるい声で問いただした。卿がろうばいするのを見てうれしくなる。「当ててみましょうか。『わたしの防衛線を突破する』ことですか?」彼女が身をよじると、タンブリッジ卿はその腕を放した。

「そうです」と認める。

「閣下やお仲間にはその人の名前は決してわからないと思いますわ。わたしの……」フェイバーは言葉をとぎらせた。「その人は閣下のお仲間ではありませんもの」

つかの間彼女を見つめてから、タンブリッジ卿が大きな声で笑いだす。「馬丁や見習いの若者だなんて言わないでくださいよ。ひょっとして、従僕ってことでは？　いやいや、ここにもうひとりレディ・オーヴィルがいるわけではないでしょうね」

「まさか」フェイバーはぴしゃりと言った。

タンブリッジ卿のふざけた気分は消えた。探るような光が目にともる。「あなたの心をつかんだ男性がだれか言いあてられたら、私のふところにかなりの金額が入ってくるのですがね、ミス・ダン」

もちろん、そうだった。ワントンズ・ブラッシュが快楽の殿堂であるのはたしかだが、何よりもまず、金が乱舞する賭博地獄なのだ。そして、タンブリッジ卿はその魔窟にどっぷりとはまっているひとりでもあった。

「閣下は……道楽が過ぎますわ！」フェイバーは憤慨した声を上げたが、その実、会話の風向きが変わったのを喜んでいた。実に危ないところを巧みにかわし、それと同時に、カー伯爵の関心をかきたてる絶好の機会もつくれたのだ。

こうなったら、自分が想っている人はカー伯爵だと名指しするだけでよかった。レディ・フィアの父親に気に入られたいと願うあまり、タンブリッジ卿は彼のもとにはせ参じ、そのニュースをさっそく伝えるだろう。淑女から想いを寄せられているといううわさの主が自分だと知って、気持ちが揺るがない男性がどこにいるだろうか。

「私たちは賞金を山分けできますよ」タンブリッジ卿はずるそうに提案した。

フェイバーはあえいだ。ショックを受けたからではなく、それ以外、この場にぴったりの反応を考えつかなかったからだ。カー伯爵の名前をそんなに簡単に打ちあけるものですか。事実だと思いこませたいのなら、あっさり告白してはいけない。フェイバーは吟遊詩人なみに物語を語る技に通じており、タイミングが重要なことをよく心得ていた。

にじり寄ったタンブリッジ卿に対して、フェイバーは背を向けた。卿が彼女の肩に軽く触れる。こっそり相談しようと伸ばされた手に、男女間の情熱はひとかけらもない。フェイバーは身動き一つしなかった。タンブリッジ卿が上体をかがめて接近するのを感じる。彼の息が耳をくすぐった。

「ファーストネームだけでいいですから」

さあ、いまだわ。磁石が鉄くずを吸いよせるがごとく伯爵の心をがっちりとつなぎとめるのに、わたしは「ロナルド」という名前をぽつりとささやくだけでいい。昨晩は伯爵との応対をしくじってしまった。変なことはしゃべらなかったし、伯爵にさわられても我慢したし、彼の言葉はちゃんと聞いたつもりだ。でも、心の底はひんやりとしていた。伯爵にはそれが伝わったはずだ。彼女がいったいどういう気持ちなのか疑っているだろう。

その失策も、これですぐに取りもどせる。

伯爵の名前を言わなきゃ。タンブリッジ卿が励ますように彼女の肩にかけた手に力を加えた。

「だれなんです？」彼はささやいた。

フェイバーは秘密を明かすために、その男性の顔を思いうかべようとした。しかし、閉じたまぶたの奥に浮かんだのは、カー伯爵の整った傲慢な容貌ではなく、レイフの顔だった。だめ、だめ。フェイバーは絶望しながら考えた。レイフじゃないわ。カー伯爵よ。さあ、言うのよ。

フェイバーのくちびるが開いた。息を吸う。「それは――」

タンブリッジ卿の手が肩から急に離れたかと思うと、怒って抵抗する物音が聞こえた。フェイバーは急いで振り向いた。鼓動が高鳴る。しあわせな気持ちがからだじゅうにあふれた。笑みを浮かべたレイフがタンブリッジ卿の前に立っている。しかし、レイフの微笑が決して愉快なものではないと気づくのに一秒とかからなかった。

「おい、すまないが」レイフはゆっくりとしゃべった。「そのレディの肩があんたの……興奮しきった汗で湿るのを見たくなかったもので」

レイフの姿を見たときの喜び。それはどんな種類のものか見きわめようとする間もなく、たちまちのうちに消えうせた。彼はタンブリッジ卿をわざとあおっている。フェイバーは冷厳な現実に直面した。やっとうまく運びかけていたのに。あの無骨な大男は、自分が邪魔したことが騒ぎの元になるだけで、結局、災難が自分にふりかかるとわかっていないみたいだ。

「礼儀知らずの野良犬め」タンブリッジ卿は吐きすてた。

「少なくともよだれは垂らしていないが」レイフは軽口をたたいたが、からだから発する空気は無頓着とはほど遠かった。いつでもかかってこいという立ち姿だ。はすに構え、前に重心を置き、両腕はからだの横にさりげなく添えられている。

「いったいだれなんだ？」タンブリッジ卿は大声で訊いた。

「ミス・ダンの神殿を崇める男のひとりというところかな」

タンブリッジ卿は憤っていたが、同じくらいひどく混乱しているようにも見えた。彼の目に映るレイフの姿がいきなりフェイバーの脳裏に浮かんだ。伯爵の城に招かれた客たちにとっては外見が何よりも重要だ。仕立てのよい服であっても着古していてどことなくみすぼらしいレイフは、どう考えても裕福な洒落者の資格を満たしていなかった。

「でたらめを言うな！　こちらのレディと私の邪魔をするなんて何を考えているんだ」タンブリッジ卿は言った。「私たちが内々の話をしていたのがわからないのか」

「そうか」レイフは何食わぬ顔で言った。「じゃあ、お邪魔虫だったというわけだ」

「そのとおりだ」

フェイバーはすぐさま何か手を打たなければならなかった。これ以上タンブリッジ卿を挑発してはいけない。なにしろ、卿は五人の男を剣で刺し殺したと言われているのだ。

「ああ」フェイバーは言った。

苦悩のあまり漏らした彼女のあえぎ声は、どちらの男の耳にも入っていないようだった。

フェイバーは二人の注意を引こうと声を大きくした。「ああ！　なんてこと。よりによってあなたが来るなんて！」

　金切り声を耳にして、さすがに両人とも振り返った。レイフは男らしさを見せつけているところを邪魔されたのが不本意だったらしく、顔をしかめている。フェイバーは彼を無視して、タンブリッジ卿だけに注意を向けた。卿の表情に理解のしるしが生まれはじめたところをとらえる。

「この男か？」タンブリッジ卿はささやいた。

　フェイバーは目を大きく見開きながらうなずいた。深呼吸せずとも、震えるように息を吸いこむ声になった。そういう芝居に苦労は要らなかった。「この人です」

「運のいい奴だ」タンブリッジ卿はうらやましそうに言った。よくわかったという表情になる。

「いったい何を話しているんだ？」レイフは問いつめた。

「お願いです」フェイバーは頭を上げて、自尊心が切りくずされる間際のようすをなんとか演じた。「紳士でいらっしゃるのですから、わたしの秘密を守ってくださいますわね、閣下」

　期待で胸をふくらませていたタンブリッジ卿は、ハザード（サイコロを使った博打）でどこからともなく奥の手を出されたかのように、がっくりとうなだれた。「それはまあ……」

「閣下！」

「ええ。いいですとも。秘密は守ります。まったく。なんてことだ。くそっ」

　フェイバーはタンブリッジ卿の約束をまったく真に受けていなかった。しかし、この瞬間くらいは、彼女の打ちあけ話を真剣に聞きいれ、だれにも漏らさないつもりでいてくれるだろう。少なくともそれくらいの名誉心は持ちあわせているはずだ。フェイバーにはそれで十分だった。そのわずかな間にレイフが逃げだすことができれば。このせっかちでむこうみずな彼が。

「あんたの言葉遣いはこちらのレディの耳に入れていいものではないな」レイフは言った。

レイフからもっと乱暴な言葉を投げかけられてきたフェイバーは、彼を見つめ、突如として冗談を言う気になったのだろうか、と考えた。いや、冗談ではなさそうだ。彼はタンブリッジ卿をにらみつけていた。卿のほうは、仲間のもとに飛んで帰り、この数週間なぜか見落としていたみすぼらしいなりの大男の正体を突きとめたくてうずうずしながら立っている。あたりを見回すようすは、扉が開いている鳥かごの近くにいる猫が、獲物はもうこっちのものだと思いこんでいるかのようだった。

「失礼しました」タンブリッジ卿は急いでつぶやいた。「失礼なことを言いました。お話にならないふるまいをしてしまっては、豚とののしられてもしょうがない。お許しください、ミス・ダン、それからミスター……ミスター? 申し訳ありません。名前を聞きもらして――」

「この人の名前はまだ言っていないし、これからも言うつもりはありませんわ」フェイバーは強い調子で言った。「わたしたちから聞きだそうとしても無理です、タンブリッジ卿。お願いです、閣下。二人だけにしてください」

幸運なことにレイフは、彼女の言動をまねするのが賢明だと思ったようだった。フェイバーとタンブリッジ卿のあいだに立った彼は、ますます威嚇的な態度をとった。「レディが頼んでいるのを聞いただろう、タンブリッジ卿。行くんだな」

タンブリッジ卿はレイフと彼女の顔を順に見た。「なんてことだ!」彼が叫ぶ。「名前をどうして言ってくれないのか理解に苦しむ。カー伯爵の客であるなら、調べるのはそんなにむずかしい仕事じゃないんだから。教えてくれたら、少しでも時間を無駄にしないですむのに」

フェイバーは指先を胸に置き、目を閉じた。「下品な当て推量をする人たちに、わたしのもろい心をもてあそばれたくありません」真に迫る口調でささやく。

「何だ?」レイフの頭がさっと彼女のほうを向いた。

「いいでしょう」タンブリッジ卿はかみつくように言い、それ以上は言葉をかけずに、来た方向に大またで去っていった。

フェイバーたちはタンブリッジ卿の姿が見えなくなるまで、黙ったままでいた。それから二人は顔を見合わせる。

「この騒ぎはいったい全体、何事なんだ?」レイフがわけがわからずに尋ねた。

フェイバーはいきなり笑いはじめた。膝の上に両手を置き、ひとりで思う存分笑いころげている。彼は自分も笑みを浮かべるほかなく、次第にくっくっという笑い声を漏らし、しまいには大声で笑いだした。そんなふうに笑うとは自分でも思ってもみなかった。

あのとんまの手がフェイバーの肩に置かれているのを見たとき、俺は本能のまま、条件反射的にその手を引っぱがした。密会を邪魔されてかんかんに怒るだろうと思っていたのに、振り向いた彼女の顔には、俺を歓迎している表情があった。驚くべきことに——神よ、俺を哀れみたまえ——彼女のくちびる全体がほころんで生まれたほほえみには喜びのような感情が表れていた……俺の姿を見て……。

役柄をきちんと演じられるように、タンブリッジ卿が惑わされているうそを見抜こうとしていると、フェイバーが俺の視線をとらえたのだ。たちまち、彼女の意図がわかった。それが正しいことも確信できた。まるで故郷に戻ったような心持ちだった。

圧倒的な思いが心と頭に押しよせた。これまでの人生のうつろで何もなかった部分をたちまち満たしていく勢いで。フェイバーと一緒にいるとき、過去は消えさる。怒りも苦々しさも憎しみも感じない。カー伯爵と母のことが頭に浮かぶときはいつでも、救済や償いのことを考え、息がつまる思いだった。しかし、フェイバーといると、俺の目は過去に向かわず明日の方向に向けられる。

そしていま、フェイバーのおかげで俺は笑っている。

彼女につられて、次はどんなことをやってしまうんだ?

彼女と寝る以外に。

「ああ、まったく」フェイバーはやっとのことで手の甲でほほの涙をぬぐい、鼻をすすった。ため息をついて、ほほえみかける。「さあ、わたしが処女を失ったのを見届けようと、タンブリッジ卿が証人を連れて急いで戻ってくる前に、どこかへ行ったほうがいいですわ」

「何をくだらない」

フェイバーはまたしても起こる笑いの発作を勇敢にも抑えこんだ。

「いいえ、本当よ。タンブリッジ卿がわたしの耳にささやいていたのはそんな話だったの。わたしが惹かれた相手の名前を言わせようとしていました」

フェイバーはうれしそうに首を振った。その言葉で彼の心が大きく波立っているのも気づいていない。「殿方たちはわたしの想い人がだれかを当てる賭け金帳をつくっていたのよ。かわいそうなタンブリッジ卿。わたしの恋人になる運命ではないとわかってからは、この機会を最大限に利用して、その男性の名前を聞きだそうとやっきになっていたわ。淑女として、わたしはもちろん恋人がだれか明かすのを断り、その男性がタンブリッジ卿の遊び仲間のなかにはいないこと以外、断固しゃべりませんでした。そのとき、あなたがやってきたというわけ。これ以上いいタイミングは頼めそうもなかったくらいよ」

「冗談だろう」

「いいえ！」フェイバーは口を大きく開けて笑い、無邪気ないたずらっ子のように、実に愛嬌たっぷりに、彼の胸を指で軽くたたいた。「わたしだけでは、あれほどもっともらしい話をでっちあげられませんでした」

「あなたは信じちゃいないが、俺はあなたの持つ技能には太鼓判を押している」彼は冷淡に言った。

「そうね。おそらく、まずまずの話はこしらえられたと思うわ。でも、あなたが現れなければ、あれほど迫力あるものにはならなかったでしょう」フェイバーは控えめに同意した。

「でも、なぜあなたはここへ？」

彼はやってきた理由を話すつもりはなかった。彼女以外の女性に欲望を感じていないとわかって腹を立てたからだとは。もっともらしい理由を思いつこうと、あたりに目をやる。

「服だ。俺の服を持ってくるはずだったじゃないか。きょうの午後一時に。いまは――」ポケットから懐中時計を引っぱりだす。「三時だ」

フェイバーはあとずさりした。たかが三〇センチかそこらなのに、彼は二人のあいだに距離が開いたことに腹を立て、内心でののしった。

「時間どおりに服を届けなかったと、非難しに来たというわけですか。なんというもったいぶった、うぬぼれの強い、むちゃな人だこと――まったく」

フェイバーの口調の何かが警告を発していたが、彼の耳には届かなかった。ひたすら彼女の姿を見て楽しんでいたからだ。突然の気まぐれな微風でフェイバーの髪の毛が波打ち、ほほとくちびるの色はみずみずしく、瞳はスミレの花のように青く澄んでいる。「そんなにむちゃなことでもないだろう」

「まあ！」彼女の手が苛立たしげにふりあげられた。

ある考えが浮かび、彼女の姿を見入る楽しみは中断された。「タンブリッジ卿はなぜ、あなたが恋をしていると思ったんだ？」

「わたしがそう言ったから」

「うそをついたのか？」

フェイバーの眉間のしわが消えた。晴れやかな笑いが返ってくる。

くそ。この心の内をすぐにでも伝えてしまったほうがましだ。しかし、そんなことをしたら、二人の関係がどうなってしまうかわからない。もちろん、そんな馬鹿なまねはしない。フェイバーが傷ついてしまうだけだ。

いや、おまえのほうが危険なのだと内なる声が警告する。俺は取り返しのつかない致命的な傷を負ってしまう。

「わたしがですか？」フェイバーがいたずらっぽく尋ねかえした。

彼女が頭をつんと上げながら気取って近づいてくるあいだ、じっと立ったままでいるのは大変な努力を要したが、すでに挑発に乗ってしまっていた。

「もちろん、あなたはうそをついていた」無関心を注意深く装って言う。「もしあなたがかもを見つけていたら、こんなところでタンブリッジ卿といちゃついたりしていないだろう。その哀れな間抜けのそばで、風を起こす算段でもして長いまつげをぱちぱちさせていただろうね」

フェイバーの小生意気な笑みが揺れて、消えた。「衣装を盗みだして渡せと言うためだけに、あなたがここに躍りこんできたなんて信じられる？　あなたが少しでもそんなふうに思っているのなら、残念ながらそれはまちがってるわ」

「ほかにどんな理由があるというんだ？」レイフは冷たい態度で訊いた。「あなたの都合で、俺の言った用事を軽く考えてもらっては困ると教えようとしたんだ。あなたのお楽しみを邪魔するつもりはもちろんなかったがね」

フェイバーの口がぎゅっと結ばれた。そそられる豊かな曲線の下くちびるが引っこむ。

「目的は遂げたので」彼は話をつづけた。「もう行く。あなたはどうぞご自由に……気晴しを。明日、服を持ってきてくれ」

いい調子だ。俺の声は冷たく威嚇するように聞こえたはずだ。あとは立ち去るのみ。しかし、フェイバーの下くちびるはまた突きだされてかすかに震え、硬質な輝きが失せた瞳に涙の膜がかかっている。怒りの涙だとしても、涙に変わりはない。女性が泣くのを見たのは、思い出せないくらい昔のことだったが、いまその涙が彼を完璧に打ちのめす。

「どうしてわたしたちはいつもけんかで終わってしまうの？」彼女の口から漏れた言葉は悲しみに満ちていた。

降伏するしかなかった。彼は手を伸ばすとフェイバーのからだをたやすくつかみ、腕のなかに入れてこちらを向かせた。

「小さなハヤブサさん、本当にわからないのか？」彼は尋ねた。「どうしてけんかで終わるのか？　それは、こうならないためだ」

彼はフェイバーにキスをした。

21

レイフのくちびるが彼女のくちびるの上を動く。力強い腕。しがみついてもびくともしない頑強な肉体。一瞬たりとも、その抱擁から身をふりほどこうと考えなかった。フェイバーはため息をついて、彼のキスに我を忘れた。両腕を彼の首に巻きつけ、もっと引きよせた。からだをおおうだけでなく、内部までしみわたるようなすばらしい興奮をすべて吸いつくそうとしながら、フェイバーは目を閉じた。乾いた海綿が大洋に投げこまれたかのごとく、めくるめく刺激がどっと流れこみ、彼女の意識はふくれあがった。レイフのがっしりしたあごを両手ではさみ、お互いの顔をくっつけ、手のひらをちくちくさせるひげの伸びかけたあごの感触を余すところなく感じる。

わたしの持ち駒《ポーン》。わたしの恐喝者。わたしの心を盗んだ人。

筋肉質の腕。ももの筋肉がわたしの腰に押しつけられる。硬い胸板が乳房をつぶさんばかりに迫る。こうしたすべてを感じて、肌がひりつく。もっと近寄って猫のように彼のからだに肌をこすりつけ、背中を弓なりにそらしたいという欲望が高まる。レイフのにおいが鼻孔を満たした。押しつぶされた草、乾いた松の葉、アストリンゼン入りの石鹸、神秘的なジャコウの香り。

そしてこのキスときたら。こんなキスがあるとは知らなかったし、想像したこともなかった。羽根のごとくやさしくベルベットのごとくなめらかに、そっとついばまれるキス。そして、からだの奥から震えるような欲望を感じさせる濡れたキスや、ゆっくりと吸われるキス。ついには魂に焼きごてが押されるような深々としたキスも。レイフは重ねたくちびるの向きをはすかいにし、彼女のあごを傾け、口を開かせようとした。それ以上、促される必要はなかった。彼の舌がフェイバーのほほの内側のなめらかな膜をなで、彼女の舌とからみあった。熱く湿っていて、かぎりなくみだらだった。

感覚は突如として、これまでのあらゆる経験を超えてしまった。からだじゅうを瞬時にして駆けめぐる戦慄とも快感ともつかぬものを銘記する言葉はなくなり、表現する言い回しさえ浮かばない。

頭は後ろに傾き、彼の腕のあいだにしっかりとはまりこんでいる。まぶたを震わせながら開くと、張りつめて集中している彼のいかつい顔がちらりと見えた。それから、彼は再びキスをした。でもキスだけでは、わたしのからだじゅうに流れるこれほどまでの喜びを説明できない。熱した蜂蜜ワイン《ミード》のように甘く、頭がくらくらする。両もものあいだがこんなにもどくどくと脈うち、乳房の先端がこんなにもうずくなんて。

彼のなかに溶けこみたかった。彼のからだにおおいつくされたかった。彼をわたしのなかに取りこみたかった。フェイバーはそうしようとした。もう、そうせずにはいられなかったのだ。

レイフの胴体に回した手を上のほうにはわせ、盛りあがった肩の硬い筋肉をつかむと、力の及ぶかぎり自分のからだを引きつけた。広げていた彼の脚のあいだに、フェイバーの腰がすっぽりと納まった。レイフの胸の奥からくぐもった声が漏れた。彼が自分のからだを引きはがす。フェイバーはわけのわからない激しい声を出して抵抗した。目を開き、信じられないと言わんばかりに彼をにらみつける。

なぜ、やめたいわけ？　いったい全体これほどまでにすばらしいことをやめてしまいたいと思う人がどこにいるというの？

レイフは頭を上げて、彼女を見下ろした。激しく乱れた息が、彼女のほてったほほと腫れたくちびるにかかる。

「いや、いけない」息を切らしたレイフの声はおもしろがっているようでもあり、同時に怒りとやさしさをいっぺんに感じさせた。「キスなら、ほら」彼はフェイバーのこめかみやほほやまぶたの上に、無数のキスの雨を音高くすばやく降らせた。彼女の口はそのキスをつかまえようと動いたが、はたせない。苛立ちの声が出る。

「なんてこった」レイフはささやいて、彼女の後頭部を片方の大きな手で持つと、互いの額をくっつけた。

「キスだけだ」小声で言う。「それ以上は無理だ」彼は笑った。「俺はまるで罰の味のほうが好きになったみたいだ。キスだけでは満たされないとわかっている——だめだ。動かないで、フェイバー」彼女がレイフのくちびるを求めてあごをずらそうとするのをとどめる。「俺は聖人なんかではない。そして、これまで遭遇したどんな誘惑にも増して、あなたはそそられる存在だ。この哀れな肉体は抵抗しようにもそれができない」

レイフの言っている意味がわからなかった。彼女の顔の上を獲物を求めてさまようように視線をはわせているのに、彼自身は後ろへと下がっていく。そんなのは理解できないわ。彼女にわかっていたのは、先ほどまではからだの底から沸きおこり、全身をぞくぞくさせていた喜びが、いまでは刻一刻と、満ちてきた潮が足跡をおおっていくように消えていくことだけだった。

最近はうれしいと思うことがあまりに少なく、それがどんな気分かということさえ忘れていた。両手を彼の顔のほうにそろそろと伸ばして、その張りつめたあごをはさんで支え、指でくちびるに触れる。

「キスして」フェイバーはささやいた。レイフがじっと見つめてきた。まつげが投げかける影であたたかな茶色の瞳が神秘的に見える。その瞳からは彼が何を考えているかわからない。世界じゅうが固唾をのんだかに思えた。漆黒の絹のようなまつげの縁どりを指先でそっとなぞる。「お願い」

レイフの頭がゆっくりと下がった――。

「あらあら。タンブリッジ卿の話は本当だったわ」女性の声が、息をつめて待っていたフェイバーの気を散らす。

レイフは瞬時に背を伸ばし、彼女をわきに寄せて後ろに隠すと、物見高い野次馬から守った。

「失礼します」彼の声は冷ややかに燃える氷のように、手厳しく冷たかった。「のぞき見趣味の人たちに見物されていたとは気づかなかった」レイフは言った。「もし、知っていたなら、もっとみだらなタブロー・ヴィヴァンをお見せできるようにがんばったのだが」

フェイバーは黙ったまま、心のなかで侵入者たちをののしった。見られてばつが悪いというよりも、途中で邪魔が入ったという怒りのほうが大きかった。あごを傲慢な角度に上げ、レイフの広い背中の後ろから踏みだす。

「レディ・フィア」そこには、ほっそりした娘とその両側でくすくす笑っている二人の男性がいた。「わたしを探していたのですか?」

しかし、フィアは彼女の声が聞こえたようには見えなかった。レイフに向けられた視線は夢遊病者のようにうつろで動かない。

「フィアだって?」レイフは眉を寄せながら、彼女の言葉をくり返した。

若い男のひとりが——その金髪のハンサムな男性の名前をフェイバーは思い出せなかったが、息がたまらなくくさかったのは覚えていた——前に進みでた。あざけるようにくちびるがまくれている。「レディ・フィア・メリック、カー伯爵のお嬢さんですよ。もちろん、カー伯爵のことはご存知でしょうね。客人としてあなたを招いた主人ということになるのか、それとも」若者はフィアのほうを向いた。次にしゃべる気の利いた言葉が賞賛されると信じて疑わない。「あなたの雇い主ということになるのかは知りませんが」緑色の服を着たもうひとりの若者は、前の晩に「悪の道に入って非道のかぎりを尽くす」強烈な願望を持っているとフェイバーに告白していた。その若者は金髪の男性の言葉を引きついだ。

フェイバーのほうをやましい目つきでさっと見たあと、視線をそらしてしゃべりはじめる。「ミス・ダン、都会的な男性を試食したがらなかったのは、田舎者が好みだからなんて言わないでくださいよ。タンブリッジ卿が言いたてたときは信じられなかったのですが」彼は手で口をおおった。「この目で見てしまいましたからね」

「わたしを見つけるのは少々大変だったのではありませんか、レディ・フィア」フェイバーはレイフから関心をそらそうとする試みをもう一度やってみた。彼は怒りに駆られ、伯爵の取り巻きにずかずかと近寄っていくだろう。早いところ何か考えださないと、レイフの正体がばれてしまう。「ここに来るのに、とても急いだのでしょうね。タンブリッジ卿が行ってしまってからまだ一〇分も経っていませんわ。わたしをどうしても見つけださなければいけないご用事でも？　それとも、わたしたちが二人でいるところをどうしても見たかったのですか？」フェイバーの言葉は鋭く、あからさまな皮肉がこめられていたが、フィアは彼女にはほとんど見向きもしなかった。

男たちはどちらもあまりに頭が鈍く、言外の意味を理解できないか、あるいは単に気にしないのか、レイフをじろじろと見ていた。レイフは無言だった――数分前まであれほど饒舌だった男にしては奇妙だった。フェイバーは彼を注意して見た。一見しただけでは、彼もセイレンのようなフィアの魔力にやられたように見えたが、実際には、視線にまるで欲望が感じとれなかった。それは探るような、どことなく悲しげなまなざしだった。

「この荒くれ男は雇い人のひとりですか、レディ・フィア?」若者が訊いた。フェイバーは息をつめた。レイフが怒り狂わないように願う。

フィアはレイフから視線をはずさずに答えた。「いいえ」

「では、この男をご存知ですか?」ブロンドの若者が尋ねた。

「わかりませんわ」フィアは物思いにふけりながら言った。「どことなく見たことがあるような」足を前に踏みだす。

「さあ」傲慢な口調で言う。「わたしのことを知ってますか?」

レイフはためらった。瞳に宿る悲しみが増す。彼は首を振った。「いいえ、知りません」

フィアの表情が曇り、あでやかな美貌に悲劇的な影がさした。それも過ぎさり、大きくカーブを描く眉が片方、横柄に持ちあげられる。

「そうだと思っていました。わたしもあなたのことは知らないわ」フィアは背を向けて歩きだそうとしたが、足をぴたりと止めて振り向いた。「ああ、思い出した。この人をどこで見たか。父を知っているでしょう?」

レイフの大きな口がゆがんで、不愉快な微笑が浮かんだ。「ああ、そうだ。伯爵なら知っている」

フィアはうなずいて、明らかに満足したようすだった。「思ったとおりだわ。伯爵の特別なお客のひとりだから、会ったことがなかったのね。それに、どうも」彼女の視線がフェイバーに移る。「ほかのお仲間に夢中になっていたみたいですしね。ねえ、ミス・ダン、伯爵はあなたが彼と……戯れているのを知っているのかしら。伯爵は喜ばないと思うけれど」

フェイバーの心臓が重苦しく鳴った。どうか、レイフの前でわたしが伯爵に関心を持っていることをばらしたりしませんようにと心のなかで祈る。いまはいや。時間がほしかった。時間を置いたら……。

「伯爵は他人と何かを分かちあうのがお嫌いですから」フィアはつづけた。「仲よく分けあうこつを知らないみたいですし」なめらかな若々しい顔が猫のような笑みでさらに輝いた。若者たちを手で招く。彼らがミルクボウルに群がる子犬のようにやってきて、フィアは両わきに来た男性たちそれぞれに腕を預けた。

「行きましょう、みなさん。ミス・ダンは、わたしたちが森のなかを忍びよって、わっと驚かせようとしていたと信じこんでいるみたいだわ。この男の人と二人でいけないことをやっている最中にね。あいにく、わたしのほうはピートリー夫人が見たと言っていた雄鹿の枝角をどうしても探したいと思っているの。ああ、そうだ。あなたから質問を受けていたわ、ミス・ダン。答えは『いいえ』よ。わたしはあなたたちを見に来たんじゃありませんから」

フィアは後ろを一度も振り向かないまま、忍び笑いをする男友だちに導かれて去っていった。ほどなく彼らの姿が樹木が散在する岩地の向こうへと消えた。

危ないところだったが、なんとかレイフは怪しまれずにすんだ。フェイバーは安堵の思いに包まれ、草地に座りこんだ。

「なぜ、伯爵のことで警告されたんだ？」レイフが彼女の上に立ちふさがる。「どういう意味だ？」

たったいま感じた解放感が消えうせた。ちゃんと言わなければならない。この城に来たのはカー伯爵の婚約者になるためだと。顔をそむけ、覚悟を決める。それに、どうしてしゃべっちゃいけない理由があるの？　レイフはもう話の半分は知っているはずだ。玉の輿を探していると、金持ちの夫の金で一族の金庫が再び潤うようにしたいと思っているのは彼も承知の上ではないか。その相手が伯爵でなぜ悪いのかしら。

伯爵の顔が心に浮かんだ。彼よりもっと年上の男性との結婚なんてざらにある。しかし、なかなか明かせなかったのは、ただ歳が離れているからではなかった。邪悪な人間だと知っていながら、彼を夫にしようとしているからだ。

レイフには思いもよらないことだろう。伯爵が子猫を溺れさせるよりも無造作に、他人の運命を絶ち切る決断を下したとき、汗びっしょりになった馬にまたがる伯爵の足元に立ち、彼を見上げていたわけではないのだから。自分の息子たちとともに馬で去るとき、伯爵がどれほど満足げな顔をしていたか、それを目の当たりにしたわけではないのだから。死にかけている者たちと死体のあいだに、血まみれのナイトガウン姿のわたしを残して。

まさかわたしが怪物の花嫁になろうと画策しているなんて、レイフは考えてもいないだろう。

「フェイバー？」

彼の口から呼ばれると、なんてすてきな響きになるのかしら。でも、わたしの名前をマクレアンの家名と結びつけることはできないだろう。知らないのだから。彼の姓が何なのかをわたしが知らないのと同じように。そんなことはどうでもいい問題だけれど。

いや、おおいに問題だ。本能と感情のままに二人はここまでやってきた。でも、その関係は砂上の楼閣で、厳しい実情と容赦ない事実、家名と過去、義務と報いにのみこまれ、消えうせる定めなのだ。

でも、その楼閣はまだくずれおちてはいない。とにかくいまは。しあわせを感じる瞬間にまだしがみつけるのだ。そのひとときがつづいてくれたら。あと数時間でも、数日でも……。

「フィアはあなたのことを話していたのだと思いますわ」

レイフがかたわらにしゃがんだ。額にしわを寄せている。「わからないな」

「伯爵は分かちあうことを嫌うと言っていたでしょう。フィアはあなたをギャンブラーのひとりだと誤解したのね。伯爵は自分との付き合いだけを考えてもらいたがっているという意味ですわ。わたしのせいで、あなたの関心が賭博のテーブルから離れるのを望んでいないのよ」

「わかった」レイフはそのうそを信じたふうだった。彼女の身を心配するあまり、細かいところまで注意を払う余裕がないらしい。「大丈夫か。あいつらが気に障ることを言ったのであれば、俺が――」

「だめ！」フェイバーは手を伸ばし、彼の前腕をつかんだ。その筋肉が硬くなるのを感じる。先ほどのめくるめく感覚が再び押しよせてきた。彼女は手を引っこめた。「だめよ。あなたにできることはないの。隠れていて。そうしなければ見つかってしまうわ」

「俺は見つからないさ」

「もうちょっとでばれるところだったのよ。フィア・メリックが、この城に忍びこむような者はいないと信じこんでいたおかげで、いま、あなたは何事もなく、こうしていられるのだから」

レイフはくちびるの片側だけを上げ、実に魅力的な笑みを再び浮かべた。常日ごろは大人の男らしさを見せつけている不遜な顔が少年のように見える。「ご心配、ありがとう」

フェイバーはかっとなった。「心配したかったわけではないですからね」

レイフの笑みがさらに大きくなった。「そうだろうね」

かたわらに片膝をつけると、手を上げて彼女のほほに触れる。フェイバーはあわててお尻を後ろにずらした。彼がさわってきさえしなければ、わたしも誘惑に負けないわ。でも、なぜこんなにも彼の魅力に抵抗したがるのかしら。そんなの――。

ああ、いけない。こんな調子じゃ身の破滅だわ。

レイフのほうは、いまの状況が危険だとは思いつきもしないようだった。気楽な態度で彼女にゆらゆらとからだを近づけてくる。口の端にはまだ微笑がちらついている。気だるい笑みはまさに、肉食動物そのものだった。魅力を放つ物憂げな微笑とは裏腹に、目は陰りを帯び、強いまなざしでこちらを見つめてくる。おとぎ話に出てくる、子羊をたぶらかしにやってきた狼のように見えた。

フェイバーはあえいだ。座り位置をまた後ろにずらそうとしたが、姿勢がくずれてばったりと仰向けに倒れた。なんとか起きあがろうとする前に、彼のからだが上に来る。肩の両側に腕をついた彼の大きな胴体で、空の景色が見えなくなる。

彼は手を伸ばし、縮みあがったフェイバーを見て口元をゆるめたが、その手が動揺して震える彼女のくちびるや胸を何事もなく素通りし、髪の毛のあいだに入った。

フェイバーの鼓動は高鳴った。彼とのキスの記憶は鮮やかで、彼のくちびるの感触がまだ残っているのだ。

「どうして本当の色を隠そうとするんだ?」微笑がゆっくりと消えた。「ああ、そうか。求婚者になりそうな男たちは黒髪の娘が好きだったんだな」

黒く染めた髪の毛をからませていた指をはずし、レイフは軽やかに立ちあがった。倒れている彼女に手を差しのばす。なんとかひじをついたフェイバーはその手をぼんやりと見た。動揺はすぐに失望に代わった。そう、では二人で戯れようという気はないのね。

「手を貸そう」レイフが穏やかに言った。まるで、彼女をつかんだことも、愛撫したことも、自分のからだにひしと抱きよせたことも、くちびるを重ねたこともないような言い方だった。

「いいえ、結構です」不満げな声になったのに自分でも気づく。

彼女の顔がむっつりしている理由を知っているかのように、レイフは笑った。「さあさあ、小さなハヤブサさん。俺は伯爵のまわりに群がる裕福な道楽者ではないかもしれないが、少なくとも、人目のつくところで色事に関するささやかな技能をせっせと披露するような、さもしい人間ではない。あなたもそんなことは不本意だろう」

「もちろんです！」フェイバーはどなるように言って、くっついてもいない草の葉をドレスからはらいおとす仕草をし、彼のおもしろがっている目を見ないようにした。なんて傲慢な男なの！

「どんな気の迷いで判断力が鈍ったのかはわかりませんが、とにかく、あんな過ちはもうないとあなたも覚えていたほうがいいでしょうね」

差しだされた彼の手を無視し、ひとりでなんとか立ちあがった。威圧的な視線を向けたフェイバーは、彼女のそっけない宣言に敬意を表してお辞儀をしているレイフに満足感を覚える。

しかし、うやうやしく伏せた彼の顔に笑みが浮かんでいたのは見逃していた。

22

フェイバーは乗馬用手袋をはずしながら、自分の部屋のほうにのろのろと戻っていった。レイフと別れてからまだ一時間しか経っていないのに、もうさびしくなっている。彼にそんな気持ちを見せる気はもちろんない。それに、キスを許したのはあまりに愚かなふるまいだった。

キスを許したの？

いたずらっぽい微笑が浮かんだ。彼は自分が認める以上にわたしに夢中なんだから。そして、もしわたしが同じような自尊心なり恐れで苦しんでいるとしたら……まあ、そうね。もうどうでもいいわ。

部屋の前に着くのとほとんど同時に、扉が勢いよく開かれた。ムーラから手首をつかまれ、なかに引っぱりこまれた。ムーラが後ろ手に扉をばたんと閉める。びっくりしたフェイバーはつかまれた腕をふりほどき、そのときになってようやく、彼女がパラにもダグラス夫人にも化けておらず、素顔でいるのに気づく。しわの寄ったほほには赤黒い大きなみみずばれができていた。

「何が起きたの？」フェイバーは心配して尋ねた。

「あんたのほうは何も起きてないのかい？」ムーラがぴしゃりと言いかえした。「あんたがどこかの木の下で、指についたお菓子の砂糖をなめていたとき、この『パラ』は伯爵にお目にかかっていたんだよ」

「伯爵がやったの？」

「やったって、何を？」ムーラは苛立たしげに訊いた。ショックを受けているフェイバーの視線の先に気づいて、自分のほほをさわる。あざけるような声を上げた。「こんなのはどうでもいい。もっと大変な問題をどうにかしなきゃならない」

「何のこと？」

「もちろん、あんたにはわからんだろうよ。馬鹿な娘だ」ムーラは言った。「あんたが何をしでかしたか、話してやろうか。繊細で感じやすいあまりに、伯爵がすり寄ってくるのが我慢できなかったんだね。それで伯爵はあんたがもっと簡単に求愛を受けいれてくれるように、ほれ薬を手に入れなければと思ったんだ」

「何ですって！」

「そうだよ。ほれ薬さ。私がそれをつくることになってる。伯爵があんたに飲み物を渡すだろ、ね。あんたはそれを受け取って飲む。一時間後には、チープサイド街の売春婦のようにふるまうというわけさ」

「そんなのいやよ」フェイバーはぞっとしながらささやいた。

「心配要らないさ」ムーラは冷たく笑った。「くちびるを突きだす練習をするのに、一日は余裕があるから。伯爵がここんところに傷跡をつけてくれたおかげでね」ムーラはほほをさわった。「どんなに塗ったくっても隠せやしない。シャペローンなしでは、あんたも夜の催しに出られないしね。頭痛のためにきょうは休むと伝えさせよう。明日になったら、あんたも伯爵に甘くささやくかわいこちゃんを演じられるようになってるさ」

その姿を想像しただけで身の毛がよだった。「いや」彼女は言った。「そんなことは絶対しないわ」

「わからず屋だね、するんだよ」ムーラの手が攻めにかかった蛇のように飛びだし、フェイバーの顔を激しく打った。

フェイバーは自分を守ろうと、とっさにムーラの上腕部をつかんで、再度の平手打ちをやめさせた。ムーラが信じられないと言わんばかりに、自分を押さえこむフェイバーの手を見る。あっけにとられて口が開いている。

フェイバーは防衛本能でムーラの腕をつかんだものの、沸きおこる怒りで、握りしめる指の力が強くなる。

「よく聞いてね、ムーラ」フェイバーはこわばった低い声で言った。「昔、あなたは請けあったじゃないの。伯爵に関心を示せばそれでいいって。わたしは伯爵に夢中になっているふりをする必要はなかったから、ここまで自分の役を務めてこられたのよ。わたしにそんな道化芝居はやりこなせない。あなたがいくら引っぱたこうが脅そうが、どうしても。ほほに伯爵の息がかかると考えただけで耐えられないのだから。もし無理強いするのなら、計画が失敗した責任はムーラ、あなたひとりでとることね。わかった?」フェイバーはムーラのからだを揺さぶった。怒りと苦痛と後悔の念に圧倒されていた。

「さあ」フェイバーは歯がみした。「気持ち悪い液は飲まないし、よもやあんな人にむらむらときたふりなんてしませんから。わたしの言いたいことはちゃんと伝わったかしら」

ムーラは目を見開き、瞬き一つしない顔でうなずいた。「でも、それならどうすればいいんだい? 伯爵はパラからほれ薬をもらえると思いこんでいる。その薬を持っていかなければ伯爵の前には出られないしね。それに薬の効き目がなければ、二度と信頼してもらえない」

フェイバーはムーラの腕を放し、あとずさった。ムーラに対して腹を立てていたが、年とった女性を手荒に扱った自分にも同じように気分が悪くなっていた。ムーラは気づいているだろうか。近ごろはパラのことを話すとき、演じている役が現実の女性であるかのようにしゃべっているということを。

「ほれ薬をつくればいいわ」フェイバーは言った。「そして、伯爵に渡せばいい。彼はわたしに勧める飲み物や食べ物にその薬を混ぜるでしょう。でもわたしは、差しだされたものは何一つ食べたり飲んだりしないよう、口実を見つけるわ。それと同時に、わたしと結婚したあとでなければ、伯爵はジャネットとの濃密な時間を再現できないとはっきりわかるようにもっていきます」

「うまくいくと思うかい？」フェイバーの荒々しいふるまいに対するショックは薄れはじめていた。ムーラは辛らつな気持ちを秘めながら娘を見た。先の見えないこの暗い一〇年間、一族をまとめあげてきたのはムーラだった。この横柄な小娘ではない。マクレアン一族に権力と地位を取りもどそうとしているのは、ムーラの計画だ。この……小童《こわっぱ》の計画ではない。ムーラ・ドゥーガルこそ、一族の影の支配者なのだ。なのに、この乳離れもできていないようなはねっかえりが指図しようとしている。

「ええ」フェイバーは言った。ムーラの頭を駆けめぐるどすい考えには気づいていない。

フェイバーの決然とした硬い表情から一瞬も目をそらさずに、ムーラは了解のしるしにうなずいた。そして、ムーラはムーラで、独自の計画を立てた。

「……伯爵の話が本当ならば、お嬢さんはクリスマスにはロンドンにいるだろうね」いつもとちがってきょうのグンナはおしゃべりだった。フィアは化粧台の上にかかっている鏡に映るグンナを見ていた。背のねじれた老女はフィアの巻き毛をブラシでとかし、黒光りしながら波打つベールのように整えた。「お嬢さんはロンドンを気に入るだろうね。どう思いなさる？」

「気に入らずにはいられないでしょう。ワントンズ・ブラッシュとはまるでちがうのよ」フィア《アイ》は答えた。

「そうだ」グンナは言った。「まったくだよ。この悲惨な場所を出ていけるんだから。ここは、伯爵の客たちが売春宿のように利用しているだだっ広い霊廟でしかないんだ」

「すばらしい想像力ね」フィアは軽く皮肉をこめながら言った。「グンナ、あなたの言葉を選ぶ才能はいつもすごいわ」

グンナは声を立てて笑った。「まあね、こんな陰気なばかでかいところはこれっぽっちも好きにはなれないけれど」フィアに目をすえる。「お嬢さんのほうはちょっとは好きでいなさるかと思ってた」

「興味はあるわ」フィアは表現を正した。「メイデンズ・ブラッシュと呼ばれていたころの城を知っていればよかったなと思っているの。好奇心からよ」

グンナはそれには答えず、髪のもつれに神経を集中していた。時間が流れ、沈む夕日が投げかける光が寝室を琥珀色に染めた。外では、オークの木々の裸の枝が、逢瀬を請う恋人の訪れのように窓を軽くたたいている。

「彼がこの城にいるのを知ってたんでしょう」フィアは言った。

グンナの手がぴたりと止まった。「だれのことかね？」

「レインよ」フィアは答え、椅子に座ったまま振り向いて、グンナをじっと見た。醜い顔からはほとんど表情が読めない。それはいつものことだった。「レインがここに来たのを知ってたのよね」

「ああ《アイ》」グンナは認めた。

フィアはくるりと背を向けて、鏡を見ながらうなずいた。そうだと思っていた。グンナのことはずっと信頼していたのに、わたしに黙っているなんて。少しばかり心が痛んだが、幻滅するのは慣れっこだ。「いつわかったの?」

「昨日さ。数週間前に城に来たらしいけれど、知らなかったよ。ほかのだれもね」

「何を企んでいるのやら。伯爵も知らないの?」

「だれも。お嬢さんに知らせなかったのは、レインが知らせたがらなかったのと、彼の無関心なそぶりでお嬢さんを傷つけたくなかったからね。でも、レインはお嬢さんのことを信じていいもんかと迷っているけれど、無関心でいるわけではないと思うよ」グンナはフィアの目をとらえた。「レインはお嬢さんのことを知らないんだ」きっぱりと言う。「彼はちっちゃかったころのお嬢さんさえよく知らないんだ」

「レインはどちらの点でもまったく正しいわ」フィアは平然と言った。「わたしに関心を示す理由も、信用する理由もないもの」

「つまんない乳母のために、傷つかないふりをするのはやめとくれ、フィア・メリック。立派なふるまいは無駄に使わないこった。こっちはお嬢さんがもっとましな人間なのを十分に知ってるんだから」

「グンナが?」出し抜けにささやき声が漏れた。はかない望みを隠しおおせずに途方に暮れた少女の声だった。心の奥底では、上品で名誉を重んじ……善良な娘でありたいと願っていたのだ。そんなふうに心を動かされたことを恥じて、彼女は頭を垂れた。

下を向いた彼女の頭の上にグンナの手がそろそろと伸び、いっときためらいを見せたが、再び引っこめられた。せきばらいをする。「レインがいるとわかったのはいつだね？」

それ以上自分のことが話題にならなかったのにほっとしながら、フィアは答えた。「きょうの午後のピクニックで会ったの。ミス・ダンに付き添っていたわ」

「ミス・ダン？」

「トマス・ダンの妹よ」

「アイ。伯爵がその娘に関心を持っているのにびっくりしたと言っていたね。思い出したよ。先週くらいまではそれほど意識もしていなかったはずなのに、奇妙に思えたんだろ？」

「そう。父だけでなく、どうやら兄までもミス・ダンに惹かれているみたい。ダン家の人間はわたしたちメリックの者をどうしようもなく引きよせる力を備えているのかしら」そう言ったとたん、フィアは後悔した。グンナでさえ、トマス・ダンのせいでフィアがどれだけ深く傷ついたかを正確には知らないだろう。いまだ血を流しつづける傷口があるのをほのめかすつもりはまったくなかった。

心のなかではあのときのトマスの声がまだ響いていた。海から吹きつける強風のなか、彼は内密な話をするために、いまはアッシュの妻となったリアノン・ラッセルを庭に連れだしていた。その声は、庭の壁の反対側で耳をすませていたフィアにも届いた。

〝伯爵たちはただの不愉快な一族ではないのです。彼らは邪悪な一族です〟

〝カー伯爵は最初の妻を殺しました〟

〝賭博でいかさまをした男の手を串刺しにするところを私は見ました〟

〝その弟が修道女に暴行を働いた〟
〝悪辣さは父親と変わりません〟
そして最後には、致命的な一突きが。
〝フィアは伯爵が仕立てあげた売春婦にすぎない。色香を振りまいて、どこかの大金持ちの男をつかまえて結婚し、財産を乗っ取る魂胆だ〟
その記憶を拒否するかのようにからだ全体がひきつった。まぶたを閉じる。あのときのことをまだこんなに引きずっていることが悔しい。自分の周囲に壁を築きあげて過ごしてきたのに、これほどまでに弱い部分がまだ残っていたなんて。かつてはトマス・ダンを愛した。でも、裏切られた恋心はがらりと変わるものだ。いまは憎んでも憎んでもまだ足りないほどだ。

せめて、トマスの妹を憎めたら、その復讐の味に満足できるかもしれないのに。しかし、フェイバーを憎いとは思えなかった。

フィアはグンナをちらりと見た。老女はじっと立ったままでいる。ヘッドスカーフ《マンティーラ》に隠れていない顔の半分が何事かを一心に考えているように張りつめている。「どうしたの、グンナ?」

「レインはピクニックで何をしていたのかい?」

フィアは肩をすくめた。「わからないわ。わたしのことを知らないふりをしたから、わたしも同じお返しをしたわ。なぜレインはこの城にいるの、グンナ? 何事なの?」

「何かのお宝を探しているんだと。レインが言うには、お母さんがもっていたものらしい。伯爵には内密に、持ちかえろうとしてるんだ」

フィアは物思いにふけりながら、少しばかり悲しい笑みを浮かべた。屈強な次兄についての記憶を思い返せば、なるほどそのとおりの行動ではないか。衝動的で大胆で、そして不運なレイン。

「お嬢さんは、レインとその娘が一緒にいるところに出くわしたんだね？」グンナが尋ねた。

「はめ接《つ》ぎされた木材みたいにぴったりくっついてたわ」フィアの声は平板だった。「くちびるのところでね。レインは彼女を是が非でも守ろうとしていた。二人と出くわしたわたしの頭にかみつかんばかりの勢いで向かってきたわ。そして、フェイバーのほうは……そうね、彼女はわたしと連れの気を散らして、彼のことを根掘り葉掘り尋ねられないように一生懸命になっていた」

「やっぱりね。レインと一緒にだれかいたんじゃないかと思ってたんだよ」グンナはつぶやいた。

「何ですって？」

「レインとは昔の礼拝堂で会ったんだ。いや、むしろ、彼がこっちを見つけたというべきだね。こぶしを固めた腕を上げながら凶暴な顔をして躍りかかってきた。なるほど、これでわかった。女性と一緒にいたんだ。レインは彼女を守ろうとしていたのさ。話しているあいだも、彼の目は礼拝堂のなかをずっと動いて、つまんないがらくたに目を留めては、やさしい表情になっていた。その人のことを考えていたんだ」細い手で顔をなでる。「なんて子だろうね」

「どうしてそんなふうに言うの？」フィアは当惑して尋ねた。「だって、レインは尻軽女を見つけただけでしょ。別にそれだけよ。びっくりする話ではない。レインの評判なんていまさら驚くことじゃないわ。わたしでさえ、いろいろ聞いているもの。彼が一六歳になるころには昔話になっていた話から」

「あれあれ」グンナが首を振るのにつられて、マンティーラが揺れる。「もしそんなふうに思っているのなら、レインのことをまったくわかっていないね。レインはとにかくむこうみずな子で、いつでも悪魔と地獄まで駆けくらべするくらいの気でいた。でもそれは、だれも踏みとどまらせようとしなかったからなんだ。レインのことを気にかけて、やめさせる者がいなかっただけのことだ。そりゃあ男女の交わりについてはたっぷり知識があるさ。だけど、愛のことはなあんにもわかっちゃいない。愛を与えることも受けとることもね。でも、いったん愛とは何かを学んだら、ほかのことと同じようにできるようになる。心の底からがむしゃらに、結果を考えず、自分の心がずたずたになる危険があろうとも、愛を貫きとおすだろうよ」

「レインはミス・ダンを愛していると思ってるの？」フィアは面食らいながら尋ねた。

「わからない」グンナは言いきった。「レインは愛される資格があるよ。もうずいぶん長いこと、待っていたんだから」

フィアは笑った。グンナの思いもかけない言葉で心に哀れみと混乱が生まれ、神経過敏になっていた。「それで、ミス・ダンは？　彼女の心の状態については、どんな見解を述べるつもり？」

「そんな調子であたしにしゃべりかけるのはよしておくれ。それは、お嬢さんのお上品な友だち用の口調だよ」グンナが手厳しくやりこめると、フィアは目を伏せた。「その娘については何も知らないんだ。節操のない娘かもしれないね。でも、レインのほうは……伯爵は彼からもうたっぷりと奪いとってきたんだ。彼女まで奪っちゃいけないさ」

伯爵は無骨な瓶のコルクを抜いた。従僕の説明によれば、数時間前にみすぼらしいなりのロマが届けにきたという。顔の前で瓶を振って、鼻をくんくんさせる。

それほどおぞましい液体ではない。かすかなアーモンドの香り。わずかにオレンジの花の香りもする。まあ、なんといってもほれ薬だからなと伯爵は思いなおした。どんなにおいがするというのだ、まさか硫黄のにおいではあるまいし。

机の上のろうそくに火をつけ、引き出しの錠に鍵を差しこむ。夕暮れどきだった。急いで準備を終える必要がある。

引き出しを開け、小さなお盆を取りだす。机の上に置くと、何本かある小瓶がかちゃかちゃと音を立てた。空の小瓶を持ちあげ、小さなじょうごをその口に当ててほれ薬を移すあいだ、鼻歌が出た。真夜中には、ミス・ダン――ジャネットは――彼の意のままになるだろう。

自身の魅力で娘をくどけないわけではない。しかし、これほど簡単な方法が手近にあるのに、不要な努力をなぜしなければならない？

小瓶いっぱいにつめると、封をしてポケットに入れた。お盆を元の位置に戻し、引き出しを閉めて再び鍵をかける。ワントンズ・ブラッシュを引きはらうときは、あのお盆も一緒に持っていくことを忘れないようにしなければ。小瓶に入った各種の薬はロンドンでも役立つだろう。

鏡に映った自分の姿をたまたま見てしまい、伯爵は顔をしかめた。これではまずい。娘を誘惑しようとするのに、平凡な白色のかつらはないな。あとで、今宵のための新しい袋かつら（後ろ髪を包みこむ絹袋つきのかつら）に、ラベンダー色の髪粉をランクルが準備したかどうか確かめよう。最近はとみに――ありがたいことに――あの男は口を閉じている。

しかし、まずは……。伯爵は壁のところに行き、絹の引き綱を引いて呼び鈴を鳴らした。

数分後に従僕が現れた。

「温室に行って、何でもいいからぱっと人目を引く花を庭師に何本か切らせるんだ。その花をミス・フェイバー・ダンのもとに、ただちに届けてくれ。今晩、ご一緒できるのを楽しみにしていると、私からの伝言も忘れずにな」

「ええっと。はい」背の高いがっしりした体格の、見た目にはまったく申し分ない若者は言った。「ええっと、閣下？」

彼のような美形の若者は残念なことに、例外なく頭がとろいのだ。

「何だ?」伯爵は苛立たしげに詰問した。今晩の集いが始まる前に、やらなければならないことは山ほどある。

「ミス・ダンはきょうの晩餐には出ていらっしゃいません、閣下。伯母様から欠席の通知が。頭痛がするのだそうで、老婦人がミス・ダンのそばについているとのことです」

「くそいまいましい」伯爵はどなった。「部屋から出ていけ!」従僕が逃げだしかける。「いや、待て。ともかく花は手に入れて、ミス・ダンのところへ届けるように。気持ちが晴れないのをお気の毒に思っていると言葉を添えるんだ」

従僕は頭をひょいと下げ、あとずさりしながら部屋を出た。彼が出ていった扉を音高く閉めた伯爵は、行ったり来たりしはじめた。頭痛だと? 計画の次の段階を始める用意はすっかり整っているのに、この期に及んで頭痛とは。よりにもよって何てことだ。

単に私をあざけるために、ジャネットはあの娘の頭を痛くしたのだろうか。それとも、あの娘がジャネットの意志をくじくために、頭痛を起こしたのか。女性ひとりの心の原始的な働きを理解するだけでも十分に大変であるのに、結びついた二人の女性の心を何とか読みとかねばならない! そんな微妙でやっかいな仕事は、小物の男には手に負えないだろうとも。

23

前日、フェイバーが二度とないと宣言した「一時の気の迷い」が、どうもまた起きているようだった。彼女は判断力が鈍っているだけでなく、理性も失っていた。いったいどうしてキスを始めたのか、レインにはそれすらはっきりしなかった。ええい、どうとでもなれ。フェイバーのやわらかなくちびるをのど元に感じると、思考が停止し、快感だけが頭のなかに広がった。彼はうめいた。彼女のくちびるがのどのわきを通ってあごの先までゆっくりと動いていく。俺にも少しはあった自制心は、いったいどこに消えたんだ？

宝探しをつづけていた部屋に現れたフェイバーは、みずみずしい口をむっつりと閉じ、盗んできた男物の服を腕に下げていた。この悪徳の城にすすんでやってきたという彼女に対し、レインは女子修道院育ちの淑女として接しようと心に決めていた。しかし、その決意を守るのがどれほどむずかしいか、頭で考えるのとは大ちがいだとすぐにわかった。

フェイバーはため息をついた。彼女からシャツの下を指で熱く探られ、心までかき乱されていく。まぶたを閉じて肩に頭を預けるフェイバーを見ると、さらにキスしたくなる。上品な甘いキスは花の蜜のようで、味わえば味わうほどもっと強烈な美酒をすぐにでも飲みたくてたまらなくなった。それでも俺は善良でなければならない。抑制が必要だ。遠雷のように体の底で低く響く渇望の手綱をとるのだ。もうわがままで無責任な若造ではないのだから。そして、修道女たちのなかで育てられたこの小さなハヤブサになついてもらおうと思うなら、少しずつ近づいていかなければならない。それに、フェイバーがまだ求婚者を見つけていないのと同じように、俺もこれまでだれかに求愛するという行動に出たことなどないのだから。求愛のダンスは芳醇で複雑きわまりなく、それ自体で微妙な快い刺激のほうびとなることを知った。もっと若いころは、肉体の交わりが終着点だと思っていた。相手のからだをなでたり舌をはわせたりキスをしたりするのはすべて、女性と寝るための通過儀礼でしかなかった。非常にあわただしく、そしてほとんどの場合、やみくもに終わらせてしまうものだったのだ。

しかし、フェイバーとのキスは……それだけで極上の味がした。

想像したこともなかった美味。楽園の食べ物。互いに口を開いて求めあい、あこがれの吐息をつきながら、湿った熱い情熱を深く探りあう、甘く濡れたキス。繻子を思わせる口づけ。すみずみまでやさしくなめらかになぞるくちびる。さっと羽根のようにかすめるキス。これほど甘美な責め苦は初めての経験だった。

フェイバーは彼の腕のなかで信頼しきったように身をゆだねていた。技巧と言えるものはなくても、彼女には過去の女性たちにはなかった賢さがあった——自分のことばかりを考えている人間ではなかった。相手に喜びを与えて自らも喜びを得ることを十分に理解していた。

フェイバーはまさに宝物だった。
「宝物」彼女の額に向かってレインはつぶやいた。
フェイバーの目が開いた。「ええ」ため息をつく。「そうね。仕事に戻らなければ」
「俺は……そういう意味じゃ――」途中で言葉を切る。とを言ったのだと認めるとでも？　とんでもない。それでなくても、あらゆることが恐ろし
くこんがらかって、日を重ねるごとにそのもつれがますますひどくなっていくのだから。
彼女はレインが告白しかけてあわてたのに気づいていないようだった。腕を彼ののどから
そっとはずし、悲しげにほほえんだ。心を残しながら、レインは彼女のからだを放した。
「もう行かなければ。今夜は伯爵が催す仮面舞踏会がありますから」フェイバーのほほが紅
潮している。仮面舞踏会での参加者たちの乱痴気騒ぎについて彼が言った言葉を、覚えてい
るにちがいない。
「参加する必要はないさ」
フェイバーの視線は離れた壁に向けられていた。ほほには作り物めいた微笑が浮かんでい
る。彼はかちんときた。
「ワントンズ・ブラッシュを出ていくべきだ」怒っているような言い方に、不満の気持ちを
隠しきれない。「伯母さんごと荷物につめて、お兄さんの屋敷に戻るんだ。金持ちの夫を見
つけなければいけないのならば、お兄さんが帰ってきてからロンドンに行けばいい。言って
おくが、あなたを迎えてくれるところはここだけではない。フェイバー、もっと条件のいい

狩り場はいくつもある。この城にいる必要はないんだ」

フェイバーは彼のほうに顔を向けた。疲れきっているようだった。すべての活力が突然なくなったかのように憔悴しきったようすは、どうにも不可解だった。

「それは無理よ。わたしは……すぐに結婚しなければいけないの」

「なぜだ？ あなたの一族はあと数カ月くらい、なんとか自分たちでやっていけるではないか？」彼は腹を立てながら尋ねた。「そんなに哀れなやつらなのか？ 数週間でも早く楽な生活をしたいからと、あなたを犠牲にしようとするなんて」

フェイバーの青い目に怒りの火花が散る。どんなものにせよ、うつろなものより輝きがあるほうがいい。「何も知らないくせに」

「それなら話してみろ」

「ああ！」フェイバーは彼の言葉にたじろぎ、あとずさった。しかし、レインは追及をゆるめるつもりはなかった。どうしても知りたかった。

「話せ」

フェイバーは胸の下で両腕を組み、彼をにらみつけた。「名誉を重んじるのは男性だけだと思っているでしょ。借りを返して、心の平穏を得たいと思うのは俺たちの専売特許だって。でも、それはちがうわ」

「なぜあなたは心の平安を得る必要があるんだ？」息がつまる思いだった。告白されるのも、口を閉ざされるのも怖かった。彼女に信頼してもらいたかった。しかし、俺にそれだけの価値があるのか。自分がどんな人間か、彼女に話してもいないのだ。「なぜだ？」

「大変なことをしてしまったの。もう何年も前の話よ」フェイバーはためらった。彼はその顔を探るように見た。若い女性が、それもまだうら若い娘が決断できずに苦しんでいた。自分の人生でもっとも秘密にしておきたい出来事を、しかしどうしても聞いてもらいたいと思っているのだが、話す相手の素性はほとんどわからない。それでも、聞いてもらいたくてたまらないのは、ほかに話せる人がいなかったからだ。

だれにも言わなかったのか？　フェイバーはつらい孤独を味わってきたにちがいない。心が痛くなるほどの孤独を。

「わたしのせいで……一族の人たちは殺されたのです」フェイバーはとうとう告白した。

「そんな結果になると知っていたのか？」

「まさか！」

「故意でなかったら、自分を責める必要はない」

「知らないということは言い訳になりません」自分が何度も聞かされてきたせりふを復唱しているような声だった。

足を踏みだしかけた彼に対して、フェイバーは来ないでと言わんばかりに手を上げた。彼は近づくのをやめた。「わかりやすく言ってくれ」

「わたしは……まだ小さかったのです」フェイバーは目をそむけながらつぶやいた。「わたしの……一族の人たちは、犯罪者に罰を受けさせようとしていました」

「犯罪者?」

「強姦犯ですわ」

フェイバーの口からその罪名を聞き、思わずたじろいだのは奇妙な話だった。あのときは一瞬たりともひるまなかったし、何度なぐられようとも耐えぬき、なぐった相手を満足させはしなかったというのに。

フェイバーは彼がたじろいだ理由を誤解してうなずいた。「一族の人たちが、罰を下す命令を父に出してもらおうとその罪人を連れてきたとき、父はいなかった。留守を預かっていた領主夫人である母が、リンチをやめさせるようにわたしに命じたのです」

「なぜ?」

「もし、その強姦犯を絞首刑にしたら、報復として、わたしの兄たちが殺されるかもしれないと恐れたから」

「そうか」

「わたしは言われたとおりにしました。やめてとみんなに頼んだのです」からだのまわりに腕をきつく回す。「そうしているあいだに、その強姦犯の家族が武装した兵士たちとともにやってきて、わたしの一族をほとんど残らず殺したのです。虐殺の場でした。振りかざされた大ガマで小麦が刈られるように、男たちはなぎ倒されていきました。ロンドンで兄がすでに処刑されていたのは、あとで知ったことです」

記憶が再びよみがえったフェイバーはぼう然としていた。瞳はぼんやりと曇り、絶望の表情になる。彼自身もよく覚えている凄惨な光景を、フェイバーの頭のなかからどうあっても追いはらってやりたい。「何をつまらん、フェイバー！　ほかにあなたは何ができたんだ？」

フェイバーは額にしわを寄せて、何年も前から答の見つからなかった難問を再び解こうとしていた。「その若者の処刑を止めなければよかった。わたしが邪魔しなければ、一族の人たちはその首をつるして、兵士たちが到着する前に姿を消せたのに。たとえ逃げるのが間にあわなかったとしても、少なくとも正義は貫かれたわ。強姦は絞首刑にされてもしょうがない罪だもの」

「あなたは頼まれたとおりにしたまでだ」彼は重々しく言った。「あなたの責任ではない」

彼の言葉にフェイバーはがっかりしたのではないか。そんな印象をどうしてもぬぐえなかった。彼女はいまだ聞かせてもらったことのない答をのどから手が出るほどほしがってきたのではないか。

「ええ」まるでわざと鈍感にふるまっている相手に対するかのように、フェイバーは諄々とさとした。「でも、『責任』からではないのです。失敗を取りもどそうとしているのでもありません。こうしなければわたしの良心が許さないの。どうしてもそうする必要があるの」

「どこかの金持ち野郎と結婚するのが、良心に恥じないように生きる唯一の方法だとでも？」焦燥感のあまり、皮肉めいた言葉になる。

「ええ《アイ》」フェイバーの声は冷ややかだった。

「なぜ馬巣織の苦行衣《シリス》を身につけない？」彼は苦々しく言った。「あなたが満足できるように、打ちすえる殻ざおならどこかで見つけてこられるぞ。なんといってもここは忌まわしいワントンズ・ブラッシュなのだから」

「そんなことを言わないで」フェイバーは怒りもせず、心を痛めるでもなく、ただあきらめるように言った。「現実をよく見ていないのはわたしじゃなくて、あなたのほうよ。一族の暮らしをよくするために裕福な夫を選ぼうとするのは何もわたしが初めてではないはず。実際、ほかの人よりずっとましだわ。わたしは自分の自由意志でやっているのですから」我慢できずに問いかける。「それとも、わたしの利己的な心を喜ばせるためだけに、良心の命じることには耳を傾けないほうがいいとあなたは思うのですか?」

喜びが刃《やいば》のようにレインの身を貫いた。禁断の歓喜に息がつまる。一言もしゃべれなかった。言われた言葉の意味をなんとか味わおうとして、立っているのがやっとだった。

「レイフ」彼女はよるべない微笑を浮かべた。彼が片手を差しのべた。フェイバーはその手を見ないふりをして、向きを変えて歩きだした。彼はまぶたを閉じた。

「レイン」低い声でささやき返した彼の言葉は、フェイバーの耳に届かなかった。そうだったのか。なぜ詩人たちがはりさけそうな胸の内を語ろうとするのかがわかった。いま、俺の胸のなかには熱い、痛みをもたらす感情があふれている。目を開ける。フェイバーのほっそりとした背中が見えた。肩の線は重荷を背負っているかのようで、足取りは重かった。

フェイバーは立ちどまった。退出すべきとわかっていながらも部屋を見回し、居残る口実を探そうとしている。「レイフ」彼女はせきばらいをして、言いなおした。「東洋の箱を探していると言っていたでしょう」その口調には前の明るさを取りもどそうとする空しい努力が表れていた。

彼も同じように答えるしかなかった。外の世界で待ちかまえる陰謀や要求から無縁の場所を探して、とうとうこの打ちすてられた空間を見つけた。一族の宝探しのはずだったのが、もっと大事な宝を発見してしまった。思いがけない貴重なものを、しょせん我が物にできないとわかっていた。

「ああ」のろのろと言う。「東洋の箱だ」

「暗い色でした？　幅はだいたい六〇センチくらい？」抑えがたい好奇心が彼女の顔にちらついた。

「そう」とつぶやく。「茶箱だ」

フェイバーの目の下には疲労で藤色の影ができていた。いつもつけている白粉が落ちた肌は空気のように透きとおり、触れればこわれてしまいそうな繊細さを感じさせる。

「あんな感じですか？」彼女は指さした。

その方向を見た。ここはほかの部屋よりも置かれている物が少ない。水の染みができた一組のサイドテーブル。かびくさいじゅうたんの巻物、革張りの旅行かばん。壁に沿って大きな本棚があるが、扉が一つなくなり、薄暗い棚の上には何も載っていない。そのばかでかい本棚の一番上にいくつかの箱が置いてあった。本棚の背が高かったために見落としていた。こうやって部屋の反対側の端から見上げてようやく、そこに箱があるのがわかったのだ。

箱の一つには複雑な模様が彫られていた。どうも外国で作られた品の雰囲気がある。黒い箱だ。

「ああ」レインの鼓動が速くなった。あの箱を開ければ、毎朝起きるたびになんとか忘れようとしてきた夢がかなうかもしれないのだ。探してきた箱が、いまや手の届くところにある。冥界へと追いやってきた夢が舞いもどり、すぐにも実現するかのように、目もくらまんばかりの輝きを放ちはじめた。

マクレアンのトラストがあれば、大金持ちになれる。金のために結婚しようとする女性の候補者になれるだろう。

そうしたくだらない考えは即刻、打ちけした。フェイバーはマクレアン一族の娘だ。一族が虐殺された責任はレインにあると思っている。その命を助けたことを彼女が後悔してから、まだ一〇分も経っていない。

マホガニー材の大きなサイドテーブルの一つをつかみ、うなり声を上げながら本棚のほうへずるずると押した。フェイバーに求婚することはできないが、マクレアンのトラストを手に入れたら、少なくとも彼女がタンブリッジ卿のような間抜けな男と結婚する必要はなくなる。彼女に宝のすべてを渡せばいい。

彼は最後にもう一度サイドテーブルを持ちあげ、本棚の近くまで寄せた。サイドテーブルの上に飛びのり、目的の黒い箱をじっと見る。本当に母の茶箱だった。波のように光る象眼細工の背中を持つ竜が躍っているふたは記憶のとおりだった。彼はたぐりよせた茶箱とともにに飛びおりた。

後ろ側のちょうつがいからはブロンズ製の複雑な留め金が所在なさそうにぶらさがって揺れていた。小さな引き出しははずれてどこかに紛れたのか、見当たらない。しかし、一番上の引き出しはまだぴったりと閉まったままだった。そこが開けられ、宝石が取りだされたのを小さいころに見ていたのだ。

「本当にこのなかに宝があると思っているの？」フェイバーが尋ねた。その口調や、奇妙にも物悲しい表情から、彼女が何を考えているのかはわからない。

「さあ、どうかな。開けてみよう」重たいろうそく立てを手に取ると、茶箱のふたの上に振りおろす。細かく彫刻が施されたもろい木製の茶箱が砕けちった。

二人はばらばらになった茶箱を見下ろした。まるまる一分間はそのままの姿勢でいた。レインはそっと手を伸ばし、こわれた茶箱のなかから、ふたのついた大きめの仕切り箱を持ちあげた。それを引きあけても、色あせたベルベットの内張りがあるだけで、ほかには何もない。フェイバーはかたわらにひざまずいて、木片を拾っては放り、破壊を免れたいくつかの仕切り箱をのぞきこんだ。レインは最後の破片を足でそっと押し、ひっくり返した。重たい金や宝石ひとそろいはもちろんのこと、指輪一つさえ隠されていなかった。

「あの……残念だわ」フェイバーがささやく声が聞こえる。

ひんやりとした失望感がレインのなかに広がっていった。彼には何も残されていなかった。おとぎ話のような夢も、高潔な意図も消え去った。

どうしたらいいかわからないというまなざしを向ける。俺はここを去るべきだ。探さなければいけない部屋が無数にあるなかで、マクレアンのトラストを見つける可能性は万に一つより低かった——それも、まだその宝があると仮定しての話だ。しかし、逃げだしたい本当の理由はほかにあった。フェイバーがどこぞのぼんくらを夫にしようとしているとき、どういう顔をしてここにいたらいいのだ。

「まあ、宝探しをつづけるしかないでしょうね」フェイバーがかすれた小声で言うのが聞こえた。

目を上げた彼は、フェイバーの表情を見て理解した。彼女にとって、負債や義務から離れて、二人が一緒にいられる場所はここだけなのだ。それに、彼と一緒にいるのは宝探しをしているからだと言い訳ができる。

微笑こそ浮かべなかったが、やましさの混ざった喜びで、彼女の顔は日の光が当たったように輝いていた。

レインは降参するしかなかった。

「ああ」静かにうなずいた。

24

タンブリッジ卿がカー伯爵の書斎に飛びこんできた。「閣下！　一大事です。とうとう！」約束手形や証文、遺言書、手紙、たまさかの告白書などの束から探し物をしていた伯爵は、鋭い視線を卿に飛ばした。「タンブリッジ卿、どうか扉を閉めてもらえないだろうか」そう言って書類をまとめはじめる。

昔の恋文をどうしても見つけたかったのだが、まあ、あとでもいい。机の上の紙の山に過剰な関心を示していると思われないようにするほうが重要だ。将来の権力と威光を保証する文書を探しているのを気づかれてはならない。

「さて」伯爵はより糸を長めに切り、書類の山を二つに分けて束ねた。「そのすばらしい知らせとは何だ？」

「王がご崩御されました。ジョージ王がついに！」タンブリッジ卿はそう言うと、机の上に両手をぺたりとつけ、身を乗りだした。「伯爵、お耳を疑うでしょうが、本当です。ジョージ二世が一〇月二五日にお亡くなりになりました。これからは孫息子が国王です」

「孫息子？」伯爵はくり返した。これまでの長い年月が、ようやく……。

「はい」タンブリッジ卿は元気よくうなずいた。「ハノーバー家の当主たちは後継者を憎むのが習いで、ジョージ王も孫息子を嫌っていました。孫息子のほうもお返しに祖父に反感を持っていましたが。今度の新しい王は若く、素直で熱心です、閣下」

「前国王の私への命令を、今度の国王は撤回するだろうか？」伯爵は不安を気取られないよう注意しながら尋ねた。

「新王はそんな命令があるのさえ知らないでしょう」

得意気に笑うタンブリッジ卿の顔に、伯爵はぐいと自分の顔を寄せた。「気をつけたほうがいい、タンブリッジ卿。その発言にがっかりしたくないからな」

「たしかです」タンブリッジ卿は言いきった。「晩年は長いあいだ外国暮らしだった先代のジョージ王は、孫息子のことをほとんど知りません。若い新国王に祖父の個人的な敵対関係まで関わるひまはほとんどないでしょう。請けあいます」

「その知らせをどこで聞いた？」

「エドガー卿からです。一時間と経っていません。ちょうど私が出立《しゅったつ》しようとしていたところ、彼がやってきたのです。聖ジェームズ宮殿からそのままここに来たそうです」

「エドガー卿はいまどこに？」

「部屋でたぶん寝ているでしょう。疲れきっていました。ここをめざしてまっすぐに馬で来たらしいですから」

伯爵はゆっくりと姿勢を正した。「わかった」

タンブリッジ卿は大きく息を吸うと机についた腕を伸ばし、前のめりになっていた背をまっすぐにした。「私はここ何年ものあいだ、伯爵にお仕えしてきました」

「ああ？　まあ、そうだ」伯爵が気もそぞろで同意する。

ジョージ王はもういないのか。なんと皮肉なことだ。老王から追放された身ではあったが、この冬はもう気にせずにロンドンに戻るつもりでいた。ついに十分な「威力を発揮するもの」を獲得したのだ――右手のほうにある書類の束を指先でなでる――これのおかげで、スコットランドに追いはらわれた命令を無視できる。

さて、とうとうこの追放生活からもおさらばだな。これからは……なんたることだ。堂々とまた結婚できるのか。

「閣下？」

その声で伯爵は我に返った。これほどまでにいい知らせを持ってきた男には、寛大な気持ちを示してやらなくては。「何だ」

「召し使いたちに命じるおつもりなのではありませんか？」

「いい考えだ、タンブリッジ卿。ただちに荷造りにかからせよう。週末までに出発するのは無理だという気がするがね」

「閣下？」タンブリッジ卿は目をしばたたいた。

「ああ、私がこの城に一財産残していくとは思っていないだろう？　ここが燃えようと知ったことではないが、まずは価値のある品をすべて持ちだしてからでないと」伯爵は書類の束を自分のほうに引きよせた。「銀器と宝石は全部、ロンドン行きだ。絵画と彫刻も馬車に積んで旅の列に加えるべきだな——芸術品はいい投資になる。君にとってもこれは、最高に有益な財政上の忠告となるぞ」

「おお、そ、そうですか。ありがとうございます」

「どうしてそんなにとまどっているのだ？」

「今夜の仮面舞踏会について召し使いたちに指示を出さねばならないのではと、申し上げたつもりでしたが」

「仮面舞踏会がどうしたというのだ」壁にかかっているタペストリーもどうするか考える必要がある。ぞっとする陰気な代物だが、かなりの価値があると聞いている。

「国王がお亡くなりになったのですよ。喪に服さなければいけません」

喪に服すだと？　やりたいのは祝うことだけだというのに。くだらん。それに、ジョージ王の死によって、ジャネットとの未来図が突如、劇的に変化したのだ。思いがそこに至ると笑いが漏れた。

あせって先のことばかり考えすぎた。まずは、ジャネットの霊を呼びださなければならない。そのためには、フェイバー・ダンと会う必要があった。彼女ひとりのときに。一対一になる場はまだ実現していなかった。国王の葬儀のためにロンドンに帰る人々のなかに彼女が加わるようなことにでもなれば、その機会はなくなるだろう。

「エドガー卿は部屋で休んでいると言ったな。だれか連れがいたのか？」

「いえ」

「その知らせをほかのだれかに話していたか？」

「いえ」タンブリッジ卿は記憶を探りながら言った。「私たちが話しているあいだに、ハイゲート家の人たちが大勢の従者と一緒に到着しました。しかし、かわいそうなエドガー卿は疲れすぎていて、横になる場所を頼むのが精いっぱいで、彼らにろくろくうなずいてみせることさえできないようでした」

「それでは、ハイゲート家の者たちは国王が亡くなったのは知らないのだな」

「そうです」

伯爵の視線は大事な秘薬を入れてある引き出しのほうに下りた。「タンブリッジ卿、君は明日、ロンドンに出発しなさい。着いたら当分のあいだ、部屋にこもっていることだ。そうすれば、君が国王の死を黙っていたとか、それを聞いていたのに私が知らんぷりをしたのかと、だれも非難できなくなる」

「それはあまりに危険すぎます」タンブリッジ卿は言った。「国民が喪に服すべきときに派手な遊びの催しを開くと、反政府的行動だとさっそく決めつける者たちが出てくるでしょう。エドガー卿がだれかに話していたらどうしますか？」

「エドガー卿は」伯爵の口調はなめらかだった。「すぐには起きだしてこないだろう。君が先ほど言ったように、ここまでの旅は消耗するものだったようだが、体調がさらに悪くなっていることだろう」伯爵は考え深げにあごを軽くたたいた。

「召し使いたちはどうします？」

「この城から追いはらう。エドガー卿が病気にかかったとなれば、私の客たちの健康を損なうような危険は冒せない。卿と一緒にいた者たちにうろうろされて、何か悪い病気をうつされたらかなわんからな」

「召し使いたちに国王の死の知らせがもう伝わっていたら？」

伯爵はため息をついた。タンブリッジ卿の心配ぶりにはもう我慢の限界だった。これほど女々しいとは。借金のかたに奪った、彼の一族の屋敷に関する証文を返してやろうかとも思ってみたが、この男にそんな高価なものを渡す価値はない。

「好きにさせろ」伯爵は言った。「ジョージ王が死んだといううわさはここ何年ものあいだ、それこそ幾度も流れた。召し使いたちのうわさ話に耳を傾けなかったからといって、とがめられはしない」

「伯爵はいつもながら、あらゆる不測の事態を考えておられますね」タンブリッジ卿は感に堪えないように言った。

「ああ」伯爵は言った。「そのとおりだ」

「すぐに伯爵は再びロンドンの社交界を支配することになるでしょう。強大な力を握って、周囲から尊敬され、恐れられ、称賛されて――」

「わかった、わかった。言いたいことがあれば早く言ってしまえ、タンブリッジ卿。君の話をじっと聞いていると、私の新品のブーツの革がどうかなってしまいそうだ」

青白いやせた男の顔がさらに白くなった。薄いくちびるのまわりが白く浮きでている。

「それで?」

「ほかの者を脅したり、恐喝したり無理強いしたりする必要もなく、伯爵は目的を達せられました」

「そうだ」伯爵は不満げな気持ちが広がったのに自分ながら少々驚いていた。「それが何か?」

「私はもう不要です」

「タンブリッジ卿、私はこれまで君を必要としたことはなかった。君のことは重宝しているが」伯爵は笑みを浮かべた。「いまもそうだ」


城内の熱気はうんざりするほどで、絶えず響く騒音で耳がどうにかなりそうだった。三〇〇名もの人々がそれぞれ一番あでやかに、派手に、突飛な格好をしようと競っている光景は、まぶしすぎて目がちかちかし、はっと息をのむことの連続だった。カー伯爵はこの催しをワントンズ・ブラッシュで開く最後の仮面舞踏会だと宣言していた。その上、伯爵は城を引きはらってロンドンに行くつもりだといううわさが広まっていたため、客たちはこの舞踏会を記憶に残るものにしようと気合を入れて参加していたのだ。

奇妙な衣装に身を包み、そびえたつ頭飾りや法外なかつらをなんとか支えながら、客たちは気取って歩きまわった。天然石、加工された宝石、模造宝石がぎっしりついた衣装でとりすました外見とは裏腹に、だれもかれもがあからさまに流し目を送っている。宝石のよろいを着た異様なハリネズミのように、部屋のなかを堂々とゆっくり進み、視線で互いに相手の衣服を脱がせあっていた。

しかし、実際、参加者たちはそれほど脱がせあうものを身につけていなかった。たしかに真珠や水晶や重厚な金の装飾の重さで、スカートのすそは床についている。長上着の飾りの貴石はちょっとした身動きで互いにこすれあい、じゃりじゃりと音を立てていた。しかし、彼らのからだのほかの部分は裸だった——男性も女性も——ただ、クリームを塗って香水をつけた素肌を見せているだけで、まさに素肌の洪水だった。

後ろ指さされる危険はなかった。プロスペロー（シェークスピア劇『テンペスト』の主人公の魔術師）を装った、黒い絹のドミノ（フードと仮面のついた仮装用マント）の下に隠れている人物の名前も、羽根の仮面をつけた白鳥の女王になった女性の名前も、いったいだれにわかるだろう？　本当は「たくさんの人」が知っていても、それを認める者はほとんどいない。なぜなら匿名性こそ仮面舞踏会の存在理由《レゾンデートル》だからだ。今宵は相手がだれかを問わずに、人々はふざけあい、踊り、戯れるつもりだった。

カー伯爵だけはその例外だった。客たちがどういう仮装をしたかは把握していた。彼らは弱みを握られていると承知しているのかどうか念押しするつもりではいた。しかし、いまのところは、だれがだれのからだをまさぐっていようとどうでもよかった。ただひとりの女性だけに伯爵の関心は向けられていた。スコットランドの小娘に。

数分前に見つけだした彼女は、片方の乳房でさえ露出していない数少ない女性だったが、それでも彼女の大胆さに驚嘆する思いだった。

彼女は少々のことではおもしろいと言わない者たちを興奮させるために、新手の方法を考えだしていた。

なんとハイランドの伝統的な女性版プレード《アリサード》を身につけていたのだ。一七四七年に議会が定めた法律によって着用を禁じられていた肩掛けだ。厳密に言えば、禁止されなければハイランダーたち全員が着用していたはずの伝統的な衣装だ。服従を潔しとしないジャネットの魂が力をふるっているとしか言いようがない。

細長い長方形に織られた粗い絹のアリサードは黒髪をおおい、肩のところからすとんとまっすぐ落ちるシルエットのドレスの上にかかっていた。その当世風ではないドレスは、二〇年は昔にはやった型だろうが、彼女が着ると魅力的に見えた。

フェイバーはぷくぷくと太った老いた伯母に話しかけていた。まんまるい老女はてっぺんに蛇をくっつけた暗褐色のくしゃくしゃした垂れ布をかぶっており、半透明のベールで口のところをおおっていた。あの婦人はクレオパトラになったつもりか。好きにしてくれ。

伯爵はパンチを満たしたカップをお盆に載せて運んでいる従僕を呼びとめた。死んだ――それでもまだ驚くほどしぶとい――妻が引きおこした問題を片づけるときがきた。パラ特製のほれ薬の入ったガラス瓶を取りだし、その全部をパンチのカップに注ぐ。一滴もこぼさないように注意しながらカップを持ち、人ごみのなかを縫うように進んだ。

「ダグラス夫人」伯爵は二人に近づき、老婦人にまず挨拶した。フェイバーのほうに顔を向ける。「ミス・ダン」

彼女は伯爵がやってくるのを見ていた。目の上につけた仮面は、豊かな下くちびるが嫌悪感できゅっと結ばれるのを隠さなかった。夜明けまでには、男を惑わすそのくちびるを吸い、快楽のため息をつかせてやると伯爵は誓った。

「閣下」彼女の伯母は手袋をはめたふっくらした手を口に当ててくすくす笑った。「なんてぜいたくな夜会《ソワレ》でしょう。こんなすごい催しは初めてです」

「そして今後、再び見たいとは思えませんわ」フェイバーは愛想よく言ったが、伯母が驚いてあえぐのに対して言い添えた。「どうしてそんなことが望めるでしょう？　これほどまでの……ものと肩を並べられる催しなんてありませんもの」ルクレツィア・ボルジア（ルネサンス期の名門ボルジア家の美女）になった女性を追いかけているサテュロス（半人半馬の森の精）姿の男性のほうに手を向ける。

「このような会をまた経験できるなんて想像もできませんわ」

伯爵は微笑した。「ミス・ダン、こうした催しならこれからもたくさん経験なさるでしょう。もし、私の行事にずっと出席してくださるのであれば」

「それはむずかしいことかもしれません」伯母は悲しげに口をはさんだ。「姪がいくら出席したいと望んでも」

「どうしてですか、ダグラス夫人？」

「伯爵は近いうちにロンドンにいらっしゃるのでしょう？　そういううわさですわ。私たちはトマスの屋敷に戻らなければいけなくなります。ロンドンに思い切って行こうとしても、トマスがいなければ無理ですもの。あの子がどのくらい家を空けているかは、神様だけが知っていること。戻ってくるまで何カ月、いや何年かかるやら」

「なるほど」伯爵はフェイバーの陰りを帯びた瞳をのぞきこんだ。「ミス・ダンがご一緒してくださるとうれしいかぎりですが、方法はまだありますよ」

ダグラス夫人が鋭く息をのむ音が聞こえた。フェイバーからそういう反応を引きだしたかったのだが。結婚をほのめかされたのを彼女は気づいているにちがいない。私を苦手だと思っているかもしれないが、結婚の約束をちらつかされて大喜びしているはずのジャネットの霊は、娘の拒否反応をいまにも追いやろうとしているのではないか。

しかし、フェイバーの表情は冷ややかだった。伯爵は顔をしかめながら、妥当な解釈を引きだそうとした。幸いなことに、その答はすぐに浮かんだ。ただ単に、私の言葉を正しく理解しえなかったのだな。もったいなくも私が申しでた夢のような話に仰天したのだ。

そうであれば、彼女のこの反応も許してやろう。「ミス・ダン、あなたがどれだけ魅力的か、まだ申し上げていない気がします。離れたところにいるあなたを見つけたとき、すぐにそう思いましたよ。しかし、それは」伯爵は、異教徒じみたアリサードのほうを指さした。

「ちょっと暑くありませんか？　涼しくしてさしあげようと思い、パンチを持ってきました」

伯爵がカップを差しだす。

「ありがとうございます」フェイバーは答えて手を伸ばしかけたが、いきなり気持ちを変え、引っこめた。恥ずかしそうに微笑して一歩後退し、カップを持つ手を出したまま立っている伯爵から離れる。

「ご親切な申し出を受ける前に、ちょっとお時間をください、閣下。おっしゃってくださいな」腰に片手を当て、愛くるしいポーズをとる。「わたしはだれに扮しているのでしょう?」

小娘はこれだから困る。カップを受けとって飲みほしてくれさえすればいいのに。

「さあ」伯爵はなんとか楽しげに答えた。「わかりませんな。さて、どうぞ」カップを突きだす。彼女はその手を無視した。

「まあ、どうか考えてください」頼みこむフェイバーのようすは、思いがけず茶目っ気たっぷりだった。

姪から目を離さなかったダグラス夫人が、ゆっくりとうなずいた。「まだ子どもなのです」彼女は言った。「子どもというのはとかくゲームをやりたがりますわ。この娘もそのようです。どうか、わがままを聞いてやってもらえますでしょうか、閣下」

「わかりませんな」伯爵は立腹しながら強い調子で言った。このはしゃぎようはまるで小さな女の子のようだ。伯爵にとっては退屈なだけだった。「ブーディカ女王(イングランドの東部地域を治めていた古代イケニ族の女王)ですか?」

「いいえ……」彼女はふざけるように指を振った。

「勘弁してください」伯爵の口調がきつくなる。「だれなのです?」

「ジャネット・マクレアン様ですわ。閣下の亡くなられた奥様です」

伯爵の手からカップが落ち、床を打った。落ちた音が周囲の騒音にのみこまれた。

「何と言いましたか?」伯爵が彼女のほうに足を踏みだすと、ブーツの裏でカップが踏みつぶされる。「どうして私の妻の格好をしようと思いついたのですか?」

フェイバーは縮みあがり、伯爵を恐しそうに見ている。

「こ、これを寝室の収納箱の――底にあった小箱のなかから見つけたのです」

「まさか!」ジャネットの私物はすべて、城のだれも寄りつかない片隅に移しておいた。妻の持ち物はこちらの居住区域には何もないはずだ。ジャネット自身が動かさないかぎりは……。

「どうして私の最初の妻に扮装したのです?」

「アリサードを見つけたからです。ワントンズ・ブラッシュで最初に開かれた舞踏会の話を聞いていたものですから」彼女はくちびるを震わせた。「奥様が広間に下りていらっしゃらなかったことや、お客たちが奥様を探しにいったことを。それから倒れている奥様を見つけたそうですわね。でも、近寄ろうとする前に、まず肩掛けを、奥様のからだは海の波にさらわれてしまったと。伯爵がどれだけ奥様を愛していらしたかも聞いていましたので、わたしは――」彼女はためらった。「この城での最後の仮面舞踏会の場に、奥様も当然いらっしゃるほうがいいと思ったのです」

ダグラス夫人の視線が伯爵とフェイバーのあいだを神経質にちらちら動いた。「悪意はなかったのですが、伯爵がご気分を害されたのでしたら、私の責任です。姪がだれに扮しているのかを聞いておくべきでした」

「いや」伯爵は言った。「ミス・ダンに悪気がないのはわかっています。妻たちや結婚生活について考え、自分の孤独をしみじみ味わってきたものですから、どきりとしただけです」彼は手を伸ばし、フェイバーの片方の手をつかんだ。その手が力なくなすがままになる。「それに、ミス・ダンの口から妻の名前を突然聞かされてしまうと……これは偶然ではすまされない気がします。まことに、何かのしるしかもしれない！」

「ああ！」有頂天になったダグラス夫人が、両手で豊かな胸を抱きしめた。

フェイバーはくちびるをなめた。「おっしゃっていることがわかりかねますわ、閣下」とささやく。

「そうですか？　わたしにはわかりますわ」フィアの声だった。伯爵が首を巡らすと、すぐ近くに自分の娘が立っていた。フィアは銀色と白の繻子の衣装を着ていた。目を隠す細い仮面まで同じ色の繻子だった。髪に編みこまれた長くやわらかな羽根が、空気のかすかなそよぎに揺れている。たくさんの羽根が彼女の肩やドレスの長く細い袖をおおっていた。フィアは白鳥の女王になっているらしい。

「伯爵のあらゆる言葉の真意を長年読みといてきたのですもの。わたしが説明してあげましょうか、ミス・ダン？」フィアは尋ねた。

「ああ、フィアだったか」伯爵はそっけなく言った。「娘の失礼をお許しください。こんな態度をとっては、子ども部屋から出てきたばかりだと思われてもしょうがない。甘やかしすぎた結果ですな。どこでも歓迎されると勝手に思いこんでいるのですから」

さすがにこの言葉はこたえただろうと思ったが、なんとフィアは笑っていた。伯爵の鋭い皮肉も彼女にはまったく通じないと知っておくべきだった。

「いらいらしないでください、伯爵。わたしはもう失礼しますから。伯爵が――」彼女はフェイバーのほうをちらりと見た。「ついにひざまずく前にね」伯爵が返事をする間もなく、ゆらりと去っていく。

「レディ・フィアのお話はいったいどういう意味ですか?」ダグラス夫人がせわしなくしゃべった。

「わたしにはさっぱり」フェイバーはきっぱりと言った。その肌から血の気がすっかり失せている。

「すぐに頭を悩ませる必要はなくなるでしょう。私がすべてを説明しますから」彼女をやさしく見下ろしたが、内心では、ほれ薬を落としてしまった自分をののしっていた。まあ、そうだな。夜はまだ長い。秘薬をまた瓶につめて戻ってくればすむことだ。さもなければ、私が自分の魅力で……。

「ダグラス夫人」伯爵は老夫人に対してうやうやしくほほえんだ。「私は人生の盛りにある男として、経験も教養も兼ね備えているつもりです。ですから、常識はずれなお願いとは重々承知してはおりますが、私を姪御さんと二人だけにさせてもらえるよう、あなたのお許しを請うわけにはいかないでしょうか?」

「あら?」夫人は近視らしい目を瞬きした。「あら、まあ、いけません、閣下。そんなことを認めたら、トマスは決して私を許さないでしょう。姪は育ちのいい娘です。どこかの浮気者の娘ではありませんわ」

そうか、この愚かなちんくしゃのばあさんは、くちびるをめくりあげて老いた歯を見せつけ、この私に刃向かおうとするのだな？「ごもっともです。軽率でした」

「いかにも軽率でしたね、閣下。しかし、これほど美しい淑女の前でしたらだれでも一度はぼうっとなってしまうでしょうから」

いらついた伯爵は声のほうに顔を向けた。しかし、突然、人の会話に首を突っこんできた男を黙らせようとにらみつける心づもりだった。しかし、目の前をふさいでいたのは、日焼けした太い首だった……このゴリアテ（聖書に出てくる巨人の戦士）のような大男は何に扮装しているのか。まったくもってくだらん。おそらくジン（イスラム神話に出てくる精霊、魔人）にでもなった気なのか。

その男は東洋風の長上着を着ていて、青銅色の繻子の上着には幾何学模様がついている。幅広い肩の一方にプラム色のケープをかけていた。大きなターバンを巻いた顔は黒く塗られてムーア人のようだ。

伯爵は男の腰にぶら下がっているシミタールに目をやりながら、ジンかトルコ人のつもりだなと見当をつけた。視線を上げて、興味しんしんのごろつきと目を合わせる。見慣れない男だった。「きょうの午後、ハイゲート家の人たちと一緒にいらしたのですな」

背の高い男は頭を下げた。

「まだお名前をうかがっていないが」

「マホメットとお呼びください」

「それはどうも」伯爵はくちびるを横に伸ばして、主人らしい笑みを浮かべた。「かたじけないことで」

こんな仮面舞踏会を考えついたのはどこのあほうだったのだろう？　いたるところに無作法な輩《やから》があふれていた。もううんざりだ。明日になったら、このならず者の名前を確かめよう。もし、まだ興味があればの話だが。いまはとにかく、ほれ薬をガラス瓶に注ぎなおさなければ。

そのトルコ人は肩で押しわけるように伯爵の前を通りすぎ、フェイバーの横に行った。彼女は大きく目を見開いて動揺しながら男を見つめている。「こちらの美しいスコットランドのお嬢さんとご一緒できる喜びを得られるのであれば、ダンス以外、けしからんことはいっさいお誘いしないことをお約束いたします」彼の言葉はダグラス夫人に向けたものだったが、その視線はフェイバーの青ざめた顔に釘づけだった。「ミス？」

「まあ」夫人は大きく舌打ちしながら、反対した。「あなたのことは存じあげていませんし――」

「ああ」背の高いトルコ人は白い歯並びを見せながら、頭を振った。「しかし、私はカー伯爵の親友である、ハイゲート家の人間とともに来たのですよ。それで十分な保証書になりませんか？」

不意を突かれて、老婦人も降参したにちがいない。出し抜けに登場したライバルのなかなかの腕前に、伯爵は目をせばめた。ダグラス夫人は男の申し出をあえて断りはしなかった。こんなふうに言われて拒めば、主人役の伯爵を侮辱することになるからだ。

「ミス・ダン？」トルコ人が手を差しだした。

フェイバーは黙ったままおずおずとうなずき、男の力強そうな大きな手のなかに自分の手を置いた。男の指がきゅっと彼女の手を握る。

それに応える彼女の指にも力が入った。

「ああ！　アラーの恵みがありますように」背の高いトルコ人は勝ちほこった笑い声を立て、彼女の腕をとると舞踏場に導いて、大勢の人々のなかへ連れこんだ。ダグラス夫人はおわびの言葉をつぶやくと、伯爵を残し、二人のあとを急いで追った。

そうだな。明日になっても、あの男の名前を知りたいと思っていることだろう。伯爵は確信した。

25

「頭がおかしいんじゃないの！」からだをぐるっと回されてめまいを覚えながら、フェイバーはあえぎ声を出した。「あの人がだれか知っているのですか？」

「どいつだ？　ライラック色のかつらをかぶっている奴か？」レイフはフェイバーの手をとって自分の前腕の上に置いた。手を重ねたまま、指先で彼女の手首をやさしくなで、喜びの旋律をその腕に送りこむ。曲はちょうど静々と並んで歩きはじめるところになっている。

「フェイバー？」シェリー酒色の彼の瞳はあたたかく頼もしかった。

「うん？」愛撫で気もそぞろになって、フェイバーはつぶやいた。

「あの男のことか？」

「え……？　ええ、そうよ。あの人がカー伯爵なの、レイフ」

彼は大仰に怖がってみせながらあとずさりした。「ちがうと言ってくれ。デーモン伯爵本人なのか？　でも、しっぽはどこにある？　角は？」

「あんな気味悪い紫色のかつらをかぶっているのですから、角が見えるわけがないでしょ」

小声で言うフェイバーに、彼は笑った。彼女がきつい視線を向けた。「いいわ《アイ》。カー伯爵があなたを引きずりだして、背中の皮がずたずたになるまでむちで打たせたら、あなたもいまみたいにうれしがっていられるかどうか」

レイフはにやりとした。「気がかりかい？」

彼女は自分のほほが赤くなるのを感じ、そっぽを向いた。「いいえ」

「いや、気にしているね」

笑いを含む彼の声にやさしさがあふれていたせいで、フェイバーは突っぱねてしまえなかった。「そうね」

手を握りしめられたフェイバーは彼のほうにからだを傾けた。彼のそばにいたい。大勢の人々が鵜の目鷹の目で見ていたが、それでもそばにいたかった。せっぱつまっている気持ちがその欲求をなおさら抑えがたいものにしている。

伯爵はフェイバーに求婚しようとしている。おそらく今晩か、今晩でなくとも近いうちに。もう求婚したも同然のことを言われたではないか。いま、伯爵はどこかに姿を消しているが、すぐに戻ってきて、彼女がべたべたしてくるのを期待するだろう。ムーラが伯爵をちやほやするように。

伯爵が再び姿を現したときに、ここにいてはいけない。フェイバーは彼を見た。表情は明るく、いつもの攻撃的な印象がやわらいでいる。わたしのいまの返事を喜んでいるのだ。この人はわたしを大事に想ってくれている、と突然に悟った。からだの奥底ではすっとそれを感じとっていた。彼の気持ちは真実だとわかっていた。わたしが自分のこの想いに気づいているのと同じように……。

「愛しているわ」

レイフがくるりと振り向いた。舞踏場の真ん中で大きく足を踏みだす途中、急に立ちどまった。彼女の腕をつかんで、自分のほうに向かせる。フェイバーの顔をじっと見下ろし、その表情を探るあいだ、彼の眉は集中するようにぎゅっと寄っていた。

立ちどまった二人のせいで、ダンスのつづきを乱された男女がぶつかりそうになってためらい、ついにはパートナーの手を放し、二人の両側を分かれて進むようにしながら通りすぎていった。フェイバーたちは繻子のドレスの流れのなかにとりのこされた小島になった。

「何だって？」

「愛しているわ、レイフ。でも、あなたは知っていたはずよ」余分なことは言わなかった。

彼は霊感を求めて天を仰ぐかのように顔を上向けた。フェイバーが彼の腕をそっと引っぱった。

「いや」レイフはかすれ声で言った。「知らなかった」

すでに十分すぎるほどの注目を集めている。レイフは夢遊病者のようにステップを再開したが、音楽にまるで合っておらず、機械的な上品さも何もない足運びだった。

ムーラの怒りくるった姿が部屋の向こう端のほうにちらりと見えた。ちょっとでも近づこうものなら、たちまち殺されかねないにらみ方だ。わたしの望みを知ったら、それこそ一晩じゅうそばにくっついているかもしれないわね。

レイフの顔を見上げる。どうしたらいいかまだわからないようすだった。こんなに過激なことを考えるなんて、自分をあばずれのように感じるべきなのだろうけれど、そう思うひまはなかった。とりすます余裕はない。自由な時間は一晩。今夜だけだ。

しょせん、二人の行く末はめでたしめでたしにはならない。レイフは泥棒であり、脱獄囚であり、家族も未来もない。その上、本人は否定しているが、家名も捨てたのではないかとフェイバーは疑っていた。別にそうしたものがあったほうがいいと彼に言いたいわけではないけれど。

わたしには家族が……ただ一つの行動でしか償えない、借りを返さなければならない一族がいる。わたしには家名があった……かつて、レイフが手かせをはめられて監獄の壁に鎖でつなぎとめられていたのと同じように、わたしも過去にがんじがらめに縛られている。そして、わたしには未来もあった……カー伯爵夫人としての未来が。

一族に対しては義務があるけれど、伯爵に対しては何の義理もない。わたしの処女をささげなければいけない筋合いはないのだ。自分が大事に守ってきたものをいけにえとして差しだすのでなく、愛する人にあげたい。レイフに。

「ここを出ましょう」フェイバーはささやいた。

「何だって？」彼はまごついている。愛しいむこうみずなレイフ。

「二人だけになりたいの。でも、伯母がやってきたら――いまにもこっちに来そうだわ――きっと一晩じゅう、自分のそばにわたしを置いておこうとします」レイフは彼女が指さす方向を見た。ダンスをする人々のまわりを幾重にも囲む見物客たちをかきわけるようにして、老婦人が近づきつつあった。決然とした足取りで、くちびるを固く結びながら。「一緒に踊れなくなるだけでなく、付き添い役抜きで話すことさえもうできなくなるわ」

それだけ脅されれば十分だった。レイフは一言もしゃべらずに彼女の腕をつかむと、自分が先に立ち、部屋の反対側のほうにぐんぐん進んでいった。


着飾って気取っている馬鹿者たちの最後の一群をひじで押しわけ、ムーラはダンスフロアに出ようとしていた。「ダグラス夫人」のふっくらと太った姿になるのに、つめ物や当て物を重ねているせいで、たっぷり汗をかいている。わきの下には黒ずんだ丸い染みができ、汗で溶けて糊のようになった白粉がほほを少しずつ流れおちるのが感じられた。

くそったれの娘だと、ムーラは毒づいた。ほほのみみずばれがあらわになる前にここを出て化粧を直す必要がある。それにしても、あの小娘はどこにいるのだろうか。ちょっと前には、肌を黒く塗ったあの大男に、まるでロバート一世（国民的英雄のスコットランド王）にでも会ったかのように、息づかいを荒くしていた。そして男のほうは、ごちそうを前にした飢え死に寸前の人間のように、娘を見下ろしていたが……。

ダンスをしている人々を見渡してみる。二人がもうそこにはいないとわかるのに数分もかからなかった。憤然としながら取りかこむ見物客のあいだを歩きだそうとしたが、刻一刻と人の群れは増えていき、先を見通すのもたちまち無理になった。

あきらめるしかしようがない。ムーラほどワントンズ・ブラッシュのことをよく知っている者はいなかったが、この城はなにしろ巨大で、二人の行きそうな場所は数えきれないほど多い。その上、伯爵がいまにも戻ってくるかもしれない。フェイバーがシャペローンなしで伯爵と過ごすようなことにでもなったら大変だ。小娘は信用できなかった。大事な機会を台無しにしてもらっては困るのだ。

いや、待てばすむ。好機の到来をひたすら待って、つまらないことをしゃべらなければいい。伯爵からフェイバーのことを訊かれても、もっともらしい口実をひねりだそう。これまで何年ものあいだ、半ば飢え、半ば凍える思いで画策し、手順を考え、ひたすら追い求めつづけて人目を忍んでやっとここに、この段階までたどり着いたのだ。すべては一族のため、マクレアン一族のために。

明日、フェイバー・マクレアンにこの計画がどういう意味を持つのか、はっきりとわからせてやろう。

「俺のことを知りもしないではないか」レインは言った。彼女の両肩を軽くつかむようにして、タペストリーのかかった壁にその背中を押しつける。二人は城の上のほうの部屋にいた。そこはかつてメイデンズ・ブラッシュの初代領主夫人、リザベト・マクレアンが使っていた部屋の一つだった。

フェイバーが彼の顔に触れた。「あなたのことは知っているわ」

彼はまったく信じられないというふうに首を振った。フェイバーは若い。けだものばかりが横行する場所で彼女を助けたものだから、俺を愛していると思いこんでいるのだ。「俺は——」どうしようもないのはわかっているのに、無駄な希望を抱えて息も絶え絶えになっているのに、思わず言葉が口を突いて出た。「そう言ってもらって光栄だ」

彼女をやんわりといさめてあきらめさせようと考えていたのに、思った効果は与えられなかった。フェイバーはそっとほほえんだ。

「だったらいいのですけれど。わたしの心はそうそう、人にあげたりしないつもりですから」指先で彼の下くちびるをなぞる。「ああ、きれいな形」

「やめてくれ」彼の声は動転しているように響いた。実際、あわてていた。「あなたは誤解している。そうに決まっている。泥棒であり恐喝者であり、あなたが信用していない男に——それも、本人も認めるほど、たくさんの欠点をあげられる男に——あなたの愛がどうしてささげられる？」

「わたしに選択の余地があれば、多分あなたの賢明な忠告を聞いていたでしょうが」彼女はつぶやいた。「でも、わたしのこのはねっかえりの心は、自分の理性の声も聞かなかったの。冷静な判断を求めようともせずに、愛してしまったのよ」

「あなたの言葉があまりに甘美で、聞いているほうはもっとたくさん聞きたくなる」そう、俺が信じたくてたまらない甘い言葉を。

レインは動こうとしなかった。彼女にあごをそっとさわられ、その輪郭をたどられて、稲妻のような感覚がからだ全体に走る。のど元で脈打つ部分に彼女の手のひらがふんわりとかぶさった。

「そう思って？　わたしを詩人にしたのはあなたよ。舌がなめらかに動くようにしてくれた神様に感謝しなければ。でも、やっぱりそんなふうにおだててくれなくてもいいわ。実際のところ、あなたの舌のほうが相手をとろかす技巧を持っているのですもの。わたしは知りたくてたまらないの――」

フェイバーはもう一方の手を上げて、彼の古代ペルシア風の長上着のボタンをはずし、シャツを縛っていたひもをゆるめた。

「秘訣を教えてもらうにはどうしたらいい？　愛の詩をもっとつづけたほうがいいかしら。でも」彼女がささやく。「あこがれの気持ちが強すぎて息も止まってしまいそう」

レインはうめいた。目を閉じる。彼女の手がシャツの下をはい、彼の素肌をなでた。

もうこれ以上我慢できなかった。

レインはうなり声を上げながら、彼女の腰を両手でつかんだ。ほっそりした胴体を持ちあげ、自分のからだと壁のあいだにはさみこむ。顔を傾けて彼女に口づけをした。くちびるのあいだに舌を差しこみ、あたたかくすばらしい内部を探り、見つけだす――喜ばしい賜物を――彼女自身の熱意あふれる舌を。

フェイバーは言葉でも行動でもいっさい拒まなかった。レインがゆったりしたドレスの肩をずらして片側の乳房をあらわにし、どん欲に見つめる。弾力のある青白い半球をそっと手で包むと、彼女の喜びの声が小さく漏れる。硬くなった乳首が彼の手を押す。

彼女の反応が思いのほか熱いために目もくらむような気持ちで、どうしようもないほど欲情しながら、彼はくちびるを近づけて絹のような茶色の乳輪を舌で転がした。彼の肩に置かれた彼女の手に力が入り、筋肉に深くくいいるようにつかむ。彼の舌の動きにつれて豊かな胸があえぎ声とともに小刻みに揺れる。レインはむさぼるように乳房を吸い、お尻の下に手をはわせ、やわらかな毛織のタペストリーでおおわれた壁の上のほうへとフェイバーのからだをさらにずり上げた。たっぷりしたスカートの布が握りこぶしのなかで音を立てながらもみくちゃになっていた。ゴッサマーのレースが彼の腕に垂れかかり、クリームのようになめらかな彼女のももが彼の手の下ですべるように動いた。

「そう」喜びのささやき声を上げ、揺らめくまぶたを半分閉じている。「お願い。そう」

「そう」彼はくり返した。くちびるが丸い乳房のまわりへと移る。フェイバーのからだの反応におぼれてしまいそうだった。

「ああ、だめよ。やめないで」もっとゆったりしたペースにしようとするのを彼女は承知せず、レインは嘆願者と支配者の双方になった心持ちで、喜んで応じた。

スカートを腰のあたりまでたくし上げると、フェイバーのあたたかい恥丘がレインのからだにきつく当たるのを感じた。二人の肌をへだてているのは薄いブリーチズの布地だけだった。彼は本能的に自分の腰をぐいと押しつけた。

フェイバーの口が開き、官能的な不ぞろいの前歯が見えた。腰の向きを変えると、彼女の両ももが開く形になった。

「わたしを抱いて。愛して」

神よ。これは愛なのか？　そうだ、フェイバーを抱きたい。彼女を愛したかった。抱きあうことで得られる肉体の喜びならよく知っている。それを彼女に分け与えたかった。そうすることで、彼自身もっと深い何かを確かめたかった……それがあるといまなら信じられる気がする。

ちゃんと考えるんだ。しかし、彼女のあたたかい湿り気がブリーチズの布地を通してしみてくるなか、ゆらりと誘うようなまなざしで見つめられると、頭がまるで働かない。彼女のくちびるから自分の口をもぎとる。抗議の声が上がる。彼女のあごを軽くつかむとその顔を横に向け、かたわらの壁に自分の額をもたせかけた。フェイバーは空いたほうの彼の手を取り、自分のくちびるまで導いた。

「あなたがほしいの」男を惑わすセイレンの呼び声だ。自分が何を頼んでいるのか、わかっちゃいない。

もう二度と俺のせいで、目の前の命の恩人に罪の意識や苦悩を感じさせてはならない。彼女と寝て、その未来を台無しにする危険を冒すわけにはいかない。俺は相手が処女であろうとなかろうと気にしないが、ほとんどの男はそうではない。加えて、フェイバーの話が本当であれば、彼女は花婿に対して、生まれる子どもの父親が必ずその男性だと保証できるという。それだけが自分の価値だと前に打ちあけてくれた。

くそっ、どんづまりもいいところだ。宝石さえ見つかっていれば。彼女の姓がマクレアンでなければ。俺にやめてと言ってくれさえすれば……。

しかし、フェイバーはやめてと言わなかった。彼の指の根元のやわらかい部分に順に歯を当てていってから、親指の関節にそっと口づけた。「とっても美しい手ね。この手がわたしのからだにどんな魔法をかけるのか知りたいわ」

善意は消えうせた。彼女のあごをつかんだだけのはずだった指がそっと愛撫を始めた。

「こんなことは望んでいないはずだ。俺たちが抱きあっても決してしあわせは来ない、フェイバー」しわがれ声を出す。「俺には何もない。あなたに差しだせるものは何も持っていないんだ」

「あなたの名前だけ呼ばせてくれたらいいの」フェイバーはためらいがちであると同時におびえたような声でささやいた。

おお、神よ。その名前が一番問題なのだ。「言っておくが、俺の名前はあなたに薦められるものではない」

フェイバーは激しく答えた。「かまわないわ」

「俺がかまうのだ。あなたにのしかかりたい、あなたを全身で感じたいと俺が望んでいないとでも思っているのか?」と歯がみする。「あなたの叫び声をのみほしたい、あなたに歓喜の声を上げさせたい。抱いてしまいたい。いま、ここで」

「ああ！」彼女のすらりとしたももが片方、彼の脚にかかり、腰の上部に引っかけられた。フェイバーはこすりつけるように腰を揺らした。急速に大きくなった欲望が決意をなしくずしにしながら、レインのからだのなかを斜めに走りぬける。ふくれあがった欲求でからだがはりさけそうになっている。

「だめだ。そんなことをしたら」息が苦しい。

上体を離したフェイバーに、シャツを引きあけられる。その表情は情欲の熱を帯び、確固たる決意がみなぎっている。指がのどから胸へと下りていき、胸骨の上をさまよった。つめでやわらかな胸毛をすくようにし、腹部に濃く生えたV字形の毛の上を通り、ブリーチズの下へと入っていく。彼は息をのんだ。

フェイバーの手は彼の硬いふくらみのまわりまでやってきた。ちょっと触れられただけでからだがひきつり、渇望で身動きがとれなくなり、相反する望みで心は引きさかれた。のどの奥深いところからうなり声が上がる。

「あなたは処女だ」とがめるような目をぎらつかせながらあえぐ。自制心を保とうと必死にじっとしているなんて、まるで自虐行為を喜んでいるようではないか。

フェイバーの閉じた手が絹の覆いとなり、どくどくと脈打つふくらみを包みながら下りていく。レインの額と上くちびるに光る汗が浮かぶ。からだが震えた。フェイバーは彼のものをつかんだまま、上体を後ろにそらし、ささやいた。「いいえ、ちがうわ」

フェイバーの言葉で、最後まで残った自制心が消えさった。

処女であろうとなかろうと関係ないはずだった。フェイバーに与えるものは結局何もないのだから。未来も、家名も差しだせない。台無しにされた子ども時代を償ってやることもできない。しかし、何も渡せないとしても、少なくとも処女を奪って、彼女を傷つけることだけはしないですむはずだ。

「どうか」フェイバーがすべての思考を打ち砕くリズムで腰を密着させながら揺らしてきた。彼の下腹部から手をはずし、その頭を引きよせる。フェイバーのくちびるは開き、請いもとめている。その舌と、彼のからだに巻きつく腕の力からは、未来に目をつぶって真っさかさまに落ちようとする気配が伝わってきた。

騎士道精神ももはやこれまでだった。レインは二人の腰のあいだに手を伸ばし、硬く立ちあがろうとする自分の肉体からブリーチズをはぎとった。そして彼女の入り口を探しあてると、なめらかな割れ目のなかへと指を差しいれた。そこはもう熱く濡れ、準備が整っていた。

彼女のなかで指を動かし、探っては刺激した。内部の筋肉が指をぎゅっと締めつけてくる。彼ののどに顔を寄せたフェイバーが小さくすすり泣くのが——喜びからか、痛みからか——耳にかすかに届いた。外側に出した指、ふっくらした割れ目の上部に隠された小さな突起へとたどり着いた。その部分に慎重に触れ、吐息まじりのうめき声を上げさせる。

さらに上りつめさせようとして、指を再び彼女のなかに入れ、小刻みに同じテンポで引いては入れた。彼のからだにしがみついていたフェイバーが、背後の壁をさらに高い位置にずりあがろうとしながら、泣き声を上げる。彼のふくらはぎの上に脚が乗る形になると、靴がぬげて床に落ち、鈍い音がした。

「小さなハヤブサ」レインは求めた。「あなたに喜びを与えたい。あなたに教えてあげたい」

荒々しく突くリズムに合わせるように、フェイバーの腰が前に出た。すべてを投げすてた姿態はすばらしかった。頭を後ろにのけぞらせ、髪を腰にかけて波打たせ、両腕を緊張で張りつめさせている。

彼女の湿った塩辛いのど元をなめると、自身の興奮もいまや極点近くにまで達していた。彼女をクライマックスに導く責任感だけで自制し、その瞬間も間近だということを十分に承知し、自分の力でそこまでもっていったという事実に酔いしれる。

「お願いよ！」フェイバーはすすり泣いた。

「そうだ」彼の手が彼女の両もものあいだで巧みに動く。この女《ひと》は自分のものだという激しい思いに視線を熱くたぎらせながら。

まもなくだった。彼女の両ももが彼の腰をぎゅっと締めつけ、激しく震えたあと、つま先が硬直して持ちあがった。彼の腕にしなだれかかるように背が弓なりにそった。スカートは腰のところまでまくれあがり、むき出しになった胸は淡い影のなかにある。

「ああ、お願い。だめ……だめよ……」

「そう、そうだ」濡れた髪を顔からなであげてやりながらつぶやき、彼女を絶頂へと押しあげていく。

フェイバーの視線が彼の顔をとらえた。「レイフ！」

レインではなくて、レイフと呼ばれるのか。思い悩むのはやめろ。考えてはいけない。ただからだで感じるのだ。

フェイバーの激しいあえぎ声が必死の叫びへと変わり、これまで聞いたことのないような甘い音色となって響いた。

レインは姿勢を整えると、彼女の熱い中心部に向かって腰を押しだした。フェイバーの満ち足りた浅いあえぎはむせび声になった。彼女の内部のきつさにフェイバーが男をあまり知らないことがわかって、レインのなかにすむ獣《けだもの》が満足げにのどをごろごろ鳴らした。彼はさらに入ろうとした。首に回された彼女の両腕の力が反射的に強まった。

「俺のものだ」低くつぶやくと、ゆっくりとからだを密着させようとする。

フェイバーのからだも動いたが、彼の動きに合わせるのではなく、彼の望む深い結合を避けるかのように退いていた。レインはためらった。

「そうよ」フェイバーがささやく。

レインは彼女のももの下に両手を置き、脚をもっと広げさせた。彼女のなかにぐっと押しいろうとすると、かなりの抵抗を感じた。フェイバーは紛れもない処女だったのだ。レインは野獣のようにうなりながら歯をくいしばったが、欲求不満で荒れくるいそうになり、高まる欲望でいまにも爆発しかけていた。彼は身を震わせ、ののしり声を上げた。

「あなたはまったくの処女だ。そうだろう?」

フェイバーは泣いていた。

「そうだな?」

「ええ!」

レインは張りつめた自分のものを急いではずした。動転したあまり乱暴になり、彼女が痛みであえぐ。見下ろしたフェイバーの輝く目には、絶望があふれていた。涙がほほを転がりおちる。レインはうなりながら彼女の後頭部を片手でおおい、自分の腕のなかに引きよせた。俺に処女をささげたかっただけなのだ。そのことで彼女をののしるわけにはいかない。しかし、ほかのありとあらゆるものに対してののしってまわりたかった。

レインは宙を見上げ、知るかぎりの冒瀆的できたならしい言葉でこの世界と自分の運命を呪った。彼女をこれ以上おびえさせる恐れがなければ、怒りのあまり大声で吠えたてていただろう。フェイバーの髪をたとえようもなくやさしくなでるあいだ、心の底から陰鬱なののしり言葉を吐きだし、ただ暗然と立っていた。

26

馬車から勢いよく降りたムーラは扉の内側に手を入れ、フェイバーの腕をつかんで引きずりだした。フェイバーがよろめいて、がっくりと膝をついた。身につけていた明るい緋色の昔のハイランダーの衣装が泥にまみれる。

「ここはどこですか？」明るい朝の光に瞬きをしながらフェイバーは尋ねた。心の痛みと睡眠不足で頭がもうろうとしている。昨晩、部屋に戻ろうとしたフェイバーを、ムーラは廊下で待ちかまえていた。無言で彼女の腕をわしづかみにすると、そのまま引きずるようにして廊下を進んだ。フェイバーが意図を尋ねようと切れ切れに話しかけるのも、二人がもつれるようにして進む姿を好奇の目が追うのも無視し、城の裏口から馬小屋のある中庭に出た。そこでは、トマス・ダンの馬車の屋根席にジェイミーが座って待っていた。

乗りこむのを拒んだフェイバーのほほを、ムーラは手の甲で打った。激しい一撃にぼう然としているフェイバーを馬車のなかに押しいれ、自分もあとからつづき、扉を音高く閉めた。馬車の天井を手で強くたたき、馬を急いで出すようにとジェイミーに大声で叫ぶ。

馬車は夜じゅう走りつづけた。ムーラは座席の隅に陣取り、悪意のこもった目で突きさすようにフェイバーをにらみつけていた。先ほどまではレイフの情熱的な抱擁と熱い言葉のなかにいたというのに、そのひとときはあっという間に過ぎ、いまは冷たい無言の馬車に揺られて名もない道を通っていく。その事実をフェイバーは驚きもせず、ただ苦々しくかみしめていた。

「ここはどこですか？」フェイバーは再び尋ねた。

「わからないのかい？」ムーラはフェイバーの髪をつかんでぐいと頭を持ちあげさせた。その勢いでフェイバーが半ば立ちあがる格好になる。「まわりを見てごらん」

「ムーラ、慎重に。娘っこじゃないか……」ジェイミーが馬車のてっぺんから異議を唱えた。

ムーラはあざができるほどフェイバーの上腕部を振りまわした。「娘っこだって？」と息も荒く吐きすてる。「ああ、この小娘が全部おじゃんにするところだったんだよ。私たちがすべてを犠牲にして懸命に積みあげてきた計画をね。それもこれも、この娘が見栄えだけのイングランド野郎とさかりのついた犬ころみたいにやりあいたかったからさ」

ムーラの厳しい言葉で、ジェイミーのいかつい顔に裏切られたというショックの表情がよぎった。「あんたが想像してたような修道院育ちの純潔な娘ではないんだよ、ジェイミー」

ジェイミーは顔をそむけ、地平線のほうをじっと見た。

「そんなことをしたのではありません」フェイバーは小声で言った。

「では、どんなことだったんだい？」ムーラはフェイバーのほうを向いた。「あの男はよくなかったのかい？ 脚を広げさせて、あんたに金切り声を上げさせたんじゃないのか？」

フェイバーはほほの内側の肉をきつくかんだ。泣くものですか、この女性の前では絶対に。どんなに涙を流したくても我慢するわ――ああ、泣きくずれたくてたまらないのだけれど。

ムーラの計画に同意したときは、何を犠牲にすることになるかわからずにいた。しかし、いま思い知った。自分が何を失おうとしているのか、だれを失おうとしているのかを。それに気づいたフェイバーは、自分が奈落の底に引きずりこまれていく予感におびえた。

「それで?」ムーラは明るい調子で尋ねた。「金切り声は出さなかったってわけか」フェイバーの後方を指さす。「でも、彼らは金切り声を上げたんだ」

ムーラの口調がうわさ話をするかのようにくだけていたので、フェイバーはちょっとのあいだ何のことか理解できなかった。

見えない手に押されたように、フェイバーはあたりを見回した。重苦しい鉛色の空から霧雨がそぼ降るなか、荒れはてた塔の骨組みがいまにも倒れんばかりに立っていた。屋根はなくなり、西側の壁は倒れ、二階の部屋が丸見えになっている。朽ちかけた黒い桁が内部の裸の壁のほうに傾いていた。そこはフェイバーの弟が死んで生まれた部屋だった。そのお産で死にかけていた母が、絶え絶えの息で運命的な任務を言いつけた場所でもある。やわらかな雨音があたりを包んでいても、母のかぼそい声が耳に響いてくるのを消すことはできなかった。

〝息子たちが殺されてしまう!〟母はフェイバーの手をつかんだが、そのつかみ方は弱々しく、皮膚は熱っぽくかさかさしていた。〝あの人たちを止めて、フェイバー。あなたしかい

ない の〟

〝どうやって？〟

〝わからないわ！〟母の声はすっかり乱れていた。〝でも、やめさせなければ。カー伯爵の息子を殺したら、王は私の息子たちに決して情けはかけない。息子たちはこの月の終わりには絞首刑になってはらわたを抜かれるわ。あなたのお父様がいくら嘆願に走りまわっても止められはしない。フェイバー、行ってちょうだい。リンチをやめさせて〟

そして、フェイバーは母の命令に従ったのだ。

「どこにいるか、もうわかったかい？」ムーラの声から荒々しさが消え、ほとんどやさしいと言ってもいいくらいになった。フェイバーの腕を放すと、メッカ巡礼にやってきたイスラム教徒のように、畏れおののきぼう然としながらぬかるみのなかを歩きまわる。「ここでカム・マクレアンが死んだ」彼女は指さした。「あの大岩のところだ。兵士からぶちのめされて倒れこみ、岩に当たった頭が割れてね」

くるりと向きを変えたムーラのスカートが、ダンス中の娘のドレスのようにふわりとふくらみながら回転した。「そして、ここで私のボビーが殺されたんだ。私の末っ子はもんどりうってそのまま――」

女どうしで家族の悪口を言いあっているときのように、ムーラは奇妙な仲間意識の笑みをフェイバーに向けた。「頭に鉛の玉をぶちこまれたのさ」くちびるをすぼめてうなずく。「それでも即死状態だったから苦しまずにすんだ。あの子の父親は腹が裂けて、息を引きとるまでに三日かかった」

フェイバーの胃がせりあがった。彼女も覚えている空恐ろしい記憶を屈託なく語る声に気分が悪くなる。絶叫する男たち、鋭い刃を突きたてられた馬たち。たいまつの明かりが流れでる血を照らす。はるか遠くの山腹でちらちら光る純白の雪。

ムーラはフェイバーのところに戻ってくると、彼女の腰に腕を回した。そのまま軽く引っぱりながら、塔のアーチ門のほうへと連れていく。「あんたはだれがばったり倒れて、だれが生きのこったか見てたかい？　敵と互角にやりあった男は？　私もあの場にとどまって戦いたかったけれど、イングランド兵がやってくるとすぐに、男たちから隠れろと堀のなかに放りこまれてしまったから」

ムーラは首をかしげた。「みんながどういうふうに立ちむかったかよく見ることができなかった。でも、あんたは……ずっとど真ん中にいた。メリックの息子にぴったりとくっついて離れなかったんだから。一族の男たちが勇ましく戦ったかどうか、いつも知りたいと思っていたんだ。それでどうだったんだい？」

「それはわたしには」フェイバーは消え入りそうな声を出した。恐怖の光景が心のなかに次々に現れては重なっていく。

ムーラは訳知り顔でうなずいた。「そうだね《アィ》。暗かったし、あっという間に戦いは終わったからね。いまじゃ、男たちがそれぞれどうなったかもわからなくなっているだろうね」

ムーラが門のすぐ近くで立ちどまる。フェイバーのからだは震えはじめた。ムーラはそれに気づいたようすもなく、顔をしかめていた。「ジェイミー。ここで切り殺されたのはラッセルだったっけね？　ラッセルだったかガヴィン・フレイザーだったか覚えていないなんて、本当に私《アイ》も年とったもんだ。ラッセルかね」

「ああ」ジェイミーが記憶を探った。「ラッセルだ」

　ムーラの顔が明るくなり、彼女はほっとため息をついた。「じゃあ、忘れてなかったんだね」フェイバーのからだを再び引いて、歩かせはじめる。「ジェイミーもここにいたんだ。知っていたかい？　どでかかったから、馬たちをまとめる役についていた。でも、赤服のイングランド兵たちが襲ってくると、おびえて興奮した馬たちはどっと駆けだし、ジェイミー・クレイグをものの見事に蹴倒していったんだ。ジェイミーが意識を取りもどしたのは二、三日してからだった。私の家でね」

　フェイバーの膝は麻痺したように力が入らなくなった。つんのめりかけて、靴が泥にまみれた。帽子をかぶっていない頭は霧で湿り、冷えきった肌に生じた細かな水滴が、ゆっくりとほほの上を落ちていった。

「私のすべてはここにあると言っていいんだ」ムーラは空いた手でこめかみをさわった。「あのときの一瞬一瞬が、ひとりひとりの男たちの叫び声が、あの夜が酸のように私の脳みそに焼きつけられていったんだ。どんなものにも、あの晩の記憶がかぶさって見えてしまう。どんなことを考えても、その上に広がる影のように……」ムーラの言葉がとぎれた。

　かすかなおののきで始まったフェイバーの震えは、はた目にもわかるほど大きくなった。

歯がかちかちと鳴る音が自分の耳にも聞こえる。二人は門の前で足を止めた。

「ちょうどここがあんたの立っていたところだ」フェイバーを前に押しだし、ムーラは後ろに下がった。「私は……そう、こっちにいた。思いうかべてごらん、フェイバー。一〇年前のあのとき、私はあんたと……あいつの目と鼻の先にいた。そのあと、伯爵たちはあいつを連れていって、あんたを置きざりにしたんだ。はだしで凍えかけ、血に染まったナイトガウン姿のあんたをつっ立たせたまま。私も生きのこった負傷者と一緒にさっさと行ってしまえばよかった。あんたを置いてね」

ムーラの笑みが醜くゆがんだ。「二度までも私たちを裏切るってわかっていれば、あんたなんて放っておいたのに」

フェイバーは気分が悪くなりかけていた。頭がくらくらし、膝ががくがくとぶつかりあう。こんな場所にはいたくなかった。決して戻ってきたくなどなかったのに。ここにあるものすべてが恐怖だった。狂乱の場。血でべたつくきたならしい少年のからだ。男たちのわめき声、火薬の強烈なにおい。そして……強姦犯のくちびるが彼女の頭の上をやさしく哀れむようにかすめた記憶――あの晩、わずかに慰められたことと言えばそれだけだった。敵から与えられたものではあるにせよ、あのときのフェイバーは喜んで受けいれていた。もちろん、慰められた自分を絶対に許すつもりはないけれど。

腰のまわりに両手をしっかりと巻きつけて、フェイバーは自分を抱きしめた。そうしなければ粉々に砕けちって、すべてをのみこむ暗い深淵へと吸いこまれそうで怖かった。

「あのときの光景がまた見えてきただろう、フェイバー?」ムーラは静かに言った。「つい忘れていたんだろうね。ああ《アイ》、そうだと思ってたよ。あれをずっと覚えていたら、よもや私たちを裏切るまねなんてできないはずだから」

フェイバーはぼう然とうなずいた。

「マクレアン一族の一七人の男たちが、まだ年若い子も含めて、あの夜に命を落としたんだ。なんとか息をしていた生存者たちを探しだして世話をしたが、そのうち二人はあとで死んだよ。あの強姦犯を助けた結果がそれだ、フェイバー」

「ムーラ!」ジェイミーが突然、心配そうな声で呼びかけた。

ムーラの視線からやさしさが消えた。「落ち着いて、ジェイミー。この娘が強姦犯の命を助け、その結果、一九人死んだと言っているだけだよ」

ムーラはフェイバーのほうに向きなおった。険しく威圧的な表情になる。

「生きのこった九人の男たちは、一族の復興のために私と同じように一生懸命にやってきた。いまではそれぞれ、密輸人や泥棒稼業をやったり、激しい肉体労働や召し使いの仕事についたりして、死んだ仲間の家族だけでなくあんたの生活を支えるためにがんばって稼いでいるんだ。あんたがカー伯爵夫人になって、土地と城を再び私たち一族のものにするために。あんたの修道院での生活や、ドレスや宝石をまかなった金がどこから来たかわかっただろう、フェイバー。あんたが裏切ったのはそういう男たちなんだ」

「いや!」フェイバーは弱々しく叫んだ。そのことを忘れられるわけがないじゃないの。一族の者たちが必死でやりとげようとしてきたことをぶちこわすなんて、絶対にできるわけがない。

「カー伯爵の花嫁になる決心はついたかい？」

フェイバーはうつろにうなずいた。

レインは墓場に解き放たれた獣のように、白い布でおおわれた家具しかない部屋や、がらんとした暗い廊下をさまよった。昨日、フェイバーは彼のところに来なかった。きょうも姿を見せない。実は昨晩、舞踏室をはるか下に見下ろすいつもの隠れ場所で、彼女が現れるのを待っていた。これまで経験したことのない気持ちを胸いっぱいに感じながら。心臓の鼓動が重たくとどろき、呼吸するたびに息がのど元でつかえた。

彼は心配していたのだ。フェイバーがすべてにわたって後悔しているのではないかと。彼女が口にした言葉、示した情熱……愛を。しかしそうこうするうちに、まるで病人のように伯爵の腕にすがりながら、フェイバーが舞踏室に入ってくるのが見えた。彼女の顔は蒼白で、足取りは心もとなかった。

新たな心配がふくれあがり、ほかの心配を押しのけた。フェイバーは病気なのだろうか？気がかりでたまらず、とうとう昨夜遅くに彼女の部屋まで行った。フェイバーは部屋にはいなかった。小走りに通りかかった女中に尋ねると、彼女は伯母の部屋で寝ていると教えてくれた。

彼女を一目でも見ようと終日、注意を払っていた。昼ごろ、伯母からせかされるように温室から出てくる彼女を見た。歩き方がやはりふらついていた。

午後も遅い時間になっていた。フェイバーに尋ねたかった。具合が悪いのかどうか、もしそうならば、何が原因で、病状はどの程度なのか。それがわからなければ気が狂ってしまう。実際、頭がおかしくなりかけていた。レインはじっと待っているような男ではなかった。

それ以上は考えずに寝泊りしている部屋まで大またで戻り、テーブルに投げすててあった長上着をつかんだ。急いで着こむと人気のない廊下を進み、塔の階下に通じる階段へと向かった。扉を開け、らせん状の階段を客たちが集まる階まで下り、北翼に入る扉を開けた。

大広間の人影は少なかった。年配の道楽者たちが何人か、緑色のやわらかい布張りのテーブルでさいころ賭博をしている横で、ひとりの従僕が床の上にどんと置かれたデカンターから目を離さずに番をしていた。紳士の一団をはべらせた女性が、鉛枠の大きな窓のところに立って、下のテラスを見下ろしていた。その女性が振り返り、レインの姿を認める。

フィアだった。子どものころのフィアをあまりよく知らないのが残念だった。伯爵はこの小さな王女を兄たちからいつも遠ざけるようにしてきた。たまに会ったときも、彼女はほとんどしゃべらなかった。いまと同じように、何かを考えているような表情で見つめてくるだけだったのだ。それとも、あの表情は何かを訴えていたのだろうか？

フィアはちょっと顔をしかめて、くちびるを曲げた。窓の外を見やってからレインのほうに足を踏みだす。そばの紳士たちもあとにつづこうとしたが、待っていてと命じられる。レインは彼女が近づくのを見守った。

「ああ、ミスター……？」フィアが言いよどむと、レインは静かに彼女を見つめた。「謎《ミス》の男性《テリー》」フィアはほほえんだ。「でも、もうミス・ダンのミステリーではないわね」

「何をおっしゃっているのかわかりませんが」レインは言った。「ミス・ダンがどこにいるか、ご存知ですか？」

「ええ、もちろん、知ってますわ」フィアは手首に下げていた真珠の柄のついた扇を手にとると、ぱちりと広げた。「でも、その前に知りたくはないですか？　なぜあなたがもはや、前のようにミス・ダンのミステリーではないと言われたのか。ミス・ダンの……まあ、ともかくわたしの想像ですけれど」

「格別興味はわきませんね。言葉遊びは好まないので」

「あら、そうですか。思い出したわ」ぎくりとした彼を見て、フィアのえくぼが深くなる。「前にお会いしたときのことを。要するに、わたしはゲームが大好きなの。ゲームをすると、知能に磨きがかかるのよ」

「ミス・フィア、あなたは比類なきゲームの達人だと本当に思いますよ。ですから、さあ――」

「あなたがミス・ダンの特別な人ではなくなったのは、どうしてかというと」フィアは言葉を切って身を乗りだし、扇を上げてこれからしゃべろうとする口元を隠した。「ミス・ダンはだれかさんのものになってしまったからよ。そのだれかさんは、彼女が前に別の人と仲良くしていたのを知ったらたいそう腹を立てる人なの」彼女の笑みはバターのようにやわらかで無邪気に見えた。

レインは金縛りにあったように彼女を見つめた。「だれなんだ？」

「そう、ここからがびっくり仰天なの。もし結婚の申しこみも同然のことを言うところに居合わせなければ、わたしも絶対に信じなかったのだけれど」

「だれだ？」レインは問いつめた。

「だれって、わたしの父」フィアの声が突如として平坦になる。「カー伯爵よ」

うそだ。そんなはずがない。フェイバーが伯爵のものに？　まちがいだ。

フィアの言葉が彼の心を、頭を、思考を駆けめぐっていた。彼の全存在が低いうなりとともに、それを事実と認めるのを拒んでいた。うそだ、うそだ、うそだ。

「ミス・ダンは魅力的な方ね」フィアはつづけた。「なぜいまになって、ジンの瓶を手放そうとしないのかしら。間近の婚約を祝っているのか……それとも自分を慰めているのか」

「ミス・ダンはどこに？」

「下よ。テラスに――」レインはすぐに広間から出ていったので、さらに詳しい説明をする必要はなかった。ガラスのように繊細な微笑がフィアの顔から消えた。「――レイン」

「ロンドンに行くから、今晩じゅうにわたしのドレスをトランクにつめてちょうだい、グンナ。明日、出発するわ」

グンナはフィアの昼用のドレスを脱がせるのに貸していた手を止めた。「伯爵の計画がそんなに早まって、何かいいことがあるのかね」グンナはびっくりしていた。「それにしても、そんなに出し抜けに伯爵が出発できるわけはないよ。やらなければならないことは山ほどあるんだから」

「わたしが出ていくことを伯爵は知らないわ」フィアが関心なさそうに言う。「わたしはウェンテ卿夫妻のところに滞在するの。ご親切なお二人は、いつでも好きなだけいらしてくださいと招待してくれているわ」

フィアは腰のリボンをほどいた。張り骨が床にすとんと落ちる。彼女は優雅にフープのなかから歩みでた。「もちろん」フィアは言った。「ウェンテ卿はタンブリッジ卿に借金があるのよ。その証文が物を言って、わたしを気前よく招いてくれたのだと思うけれど。私自身に魅力があるからではなくてね。でもまあ、それはともかく、お誘いを受けるつもり。少なくともわたしが自分の家を確保するまでは。本拠地ができたらあなたを呼ぶわ、グンナ」

フィアの顔から冷ややかさが消えた。どことなく人間らしいあたたかみがあふれて、硬質の輝きが放たれていた瞳がやわらいだ。「約束するわ。長くは待たせないから」

「わからないね」グンナは震える指でフィアのコルセットをはずしながら言った。「お嬢さんの家だって？　お嬢さんは子どもだよ。まだ若い」

「あら、グンナ」フィアは言った。「わたしはこれまでも『子ども』だったことはないわ。あなたもそれはよく知っているでしょ」

「でも、そりゃ夢物語だ。お嬢さんがひとりで住むなんてことはできない。伯爵は自分と絶対一緒にいるようにって言いわたすだろうし。言いつけにそむくことを許すわけがないよ。あたしは……」グンナは言いよどんだ。ベールから半分のぞく顔に不安げなしわが寄る。「あたしもロンドンに来ていいって伯爵が許すかどうかもわからない」

フィアの表情に漂っていたはかなさが消え、あとには冷静な仮面のような顔があった。「伯爵をうまく扱うから、グンナ。何でもうまく扱ってみせるわ。家も、資金繰りも、あなたのロンドン行きも」

グンナにはフィアを信じるしか道はなかった。フィアはこれまで当てにならない約束をしたことはなかったのだ。「でもなぜだい？　なぜいま出発を？　待てないのかい？」

フィアの顔にはいつの間にか、若い娘の憂いが再び広がっていた。完璧な化粧をしたなめらかで魅惑的な顔には、かぎりない悲しみがあふれていた。「なぜならば、わたしは悲劇には本当にうんざりしているの。ここにいて、また新しい悲劇が起こるのを見ていたくないからよ」

27

フェイバーはどっしりしたウールの毛布を脚にきちんと巻きつけ、城の小塔の上空に広がる嵐の雲がさらに勢いを増していくのを、陰鬱な満足感でながめた。もし、晴れわたった明るい日であればきっと耐えられなかっただろう。

彼女はかたわらの召し使いにむっつりとした顔で合図し、目の前の錬鉄製のテーブルに置いてある空のグラスを指さした。召し使いはグラスの横の瓶から酒を注ぎ、お辞儀をして退いた。フェイバーは両手でグラスをつかみあげ、そのままゆっくりとかなりの量を飲んでから、危なげな手つきでグラスをテーブルの上に戻した。

きょうの出だしは天気も上々になりそうだったため、中庭には遅い午後の食事がとれるよう席が設けられていたが、人は数えるほどしかいなかった。フェイバーの目には、城は急速に客たちを外へ吐きだしているように見えた。ここを去る準備をする人々の姿をいたるところで見かけた。道中無事でありますように、ごきげんよう。

庭にまだ残っている人々は小さいグループに分かれてテーブルのところに座り、紅茶やコーヒーの茶碗を両手で抱えこんで暖をとっていた。一方、フェイバーはもっと強力な炎のような蒸留酒を飲んで、氷のごとく冷たいからだの奥をなんとかあたためようとしていた。ほかの客から少し離れたテーブルに彼女はひとりで座っており、その顔に浮かんだ表情を見た人たちは皆、近寄るのを遠慮するのだった。

望みどおりになっているじゃない。時間をやり過ごすには、酔っぱらうしかないわ。グラスをもう一度さっと持ちあげると、口のなかに流した中身をしかめっ面をしながら飲みこんだ。

「それで楽になるのか?」

フェイバーは目を閉じた。絶望感が広がる。もちろん、彼はやってくるはずだった。引っこんでいるわけないじゃない。彼には常識なんて通用しないし、みんなの前に出てきたら素性がばれる危険があると警戒するような人間じゃないことくらい、どうして考えつかなかったのだろう。

「あっちに行って」フェイバーは彼から目をそむけたままつぶやいた。

「楽になるのかと訊いたんだ」レイフの声は低く、凶暴だった。彼女が処女だとわかったときと同じように激しい怒りに満ちている。しかしあのときはそれでも、この世で初めて出会った一番大切なもののように抱きしめてくれた。彼と愛を交わした。いまのひどい泥沼状態のなかで、唯一の輝かしいひとときを支えとしていかなければならないのに、冷たく暗い底に深く閉じこめていた激しい願望が、なんとか表に出ようと立ちさわいでいた。

泣かないようにまぶたをきつく閉じ、手のひらにつめをくいこませる。その痛みに集中しなければ――でも、別の強烈な痛みが圧倒的な勢いで襲ってくるのをどうすればいいの？　とにかく彼を追いはらわなければいけない。ムーラの仕打ちに泣くつもりはない。いまは涙を流さない。

答えるのを待っている彼を前にして、フェイバーは気を引きしめた。わたしは大うそつきなのだ。サクレ・クール女子修道院きってのうその天才なのだ。フェイバーは目を開けた。のしかかりそうに立った彼は彼女のからだをはさむようにテーブルの上に握りしめたこぶしをついている。まるで戦いに臨んでいるみたいに、広げた脚をふんばっている。

「どうしてそんなことを訊くの？」フェイバーは目の前の愛しい姿のあちこちを盗み見して、記憶を確かめた――琥珀を思わせる瞳、ひげがちくちくするあごの手ざわり、背の高さと肩幅の広さ――彼の姿をずっといつまでも覚えていようと、細かいところまでしっかりと胸の内に刻みこもうとした。

でも、彼がわたしに触れた感触のほうは心配ないわ。忘れようにも忘れられないもの。その指のしなやかな強さ、くちびるとキスとささやいた言葉のあたたかさは、もうわたしの一部になっている。生きているかぎり、彼の愛撫の思い出をなくすことはない。

しばらくのあいだ、二人は見つめあっていた。

「本当なのか？」彼がとうとう尋ねた。

フェイバーは震えはじめた。ムーラに連れられて塔から戻って以来、ずっと寒くてたまらなかった。二度とあたたまらないのではないかと思うほどからだも心も冷えきっていたのに、それでも震えは起きなかったのだが。

「何が本当だというの？」飲んだジンでぼうっとしながら、弱々しく訊く。ああ、そうよ、ジンがあったわ。逃げこめる場所があった。グラスを急いでつかんでくちびるに運ぼうとすると、彼が手首をつかんでグラスをテーブルに音高く戻させた。酒が飛びちり、リネンのテーブルクロスに染みが広がる。

フェイバーは自由になろうともがいた。二人のまわりで、人々の会話の低いざわめきがやんだ。物見高い視線が集まる。

「やめて」フェイバーはかすれ声でささやいた。「そんな態度をつづけたら、すぐに従僕が飛んでくるわよ」

レイフの笑みはどす暗く残忍だった。「いいさ」

「だめ、後生ですから」フェイバーは言った。「見つかってしまうだけよ。行ってちょうだい。お願い」

「それが本当かどうか聞くまではだめだ」くいしばった歯のあいだから言葉をしぼりだす。

「カー伯爵と結婚するのか？」

「わたしがだれと結婚しようといいではありませんか」張りつめた低い声で尋ねかえす。

「わたしが獲物を探していたのは知っていたでしょう。伯爵ほどの大物がいるかしら。彼は最高にお金持ちよ」

「馬鹿な」彼は目をぎらつかせた。「あなたは自分のしようとしていることがわかっていない。わかるはずがない」

「わたしが結婚するのをどうして突然、そんなにいやがるようになったのですか？」フェイバーは苦々しく言ったが、自分の気持ちを抑えきれずに言葉をつづけた。「わたしに言ったことを覚えていますか？　あなたは代わりに渡せるものは何も持っていないと。家名さえも。それとも、わたしはあなたの要求にただおとなしく従って、白紙委任状を与え、あなたの愛人になるべきだとでも言うの？」

レイフが身を乗りだした。テーブルについた両腕が制御しきれない感情でぶるぶる震えている。「俺の地獄行きがまだ決まっていなかったとしても、これで確定だな」彼は真剣な声でささやいた。「くそっ、しかし、それがあなたの望みならば……伯爵を遠ざけることができるのならば……いつでも手を差しのべる」

手なのね、心ではなく。

「もう決まったことよ」フェイバーは力なく答えた。「わたし自身よりもっと大切なもののために行動しなければならないの」

彼の日焼けした顔がどんよりと曇った。姿勢を正した姿がひときわ高く見えた。「あなたの人生はおしまいだ」

フェイバーは首を振った。「伯爵の思いどおりにはさせないわ。ね、わたしは伯爵を手なずけるように育てられたのよ」

「馬鹿な」彼は再び低く悪態を突いた。「どういう奴と張りあおうとしているのかわかっていないな。俺でないとしても、だれかほかの与太者でいいから、そいつを選べ。はっきり言っておくが、伯爵と結婚しないと約束してくれたら、俺は喜んであなたをほかの奴のところに行かせる」

「ほかの人とは結婚しないわ」

「虚栄心からか、それとも自殺行為か、どちらだ?」彼女をきつくにらみつけた。テーブルの端をつかんだ指の関節が白くなっている。

「どちらでもない。わたしの一族のためよ」

「ああ、フェイバー」突如として、懇願するように言う。「そんなもの、いやだと言え。あなたに期待しているだけの人生から解放してやったほうが、彼らのためになるんだぞ。自分たちの運命はそれぞれで受けとめさせろ。あなたが代わりに将来を手に入れてくれるのを甘えて待っているようなことはさせるな」

フェイバーは染みのできたリネンのクロスをながめた。午後じゅう心の痛みを消そうとしていたが、結局はたせなかった、忘却のための酒がこぼれていた。風が強さを増し、たいがいの人たちは中庭から城内へと引きあげたが、わずかの人はまだ残っていて、遠巻きにこちらを見ながら座っていた。そのなかのだれかが伯爵に二人のことを話すだろう。レイフが見つかってしまう。

フェイバーはよろよろと立ちあがった。「わたしは借りを返す必要があるのです」彼とのあいだにはテーブルが、そして一〇年ものあいだ縛られてきた義務があった。

「そんな借りなんてくそくらえだ」彼はがなりたてた。

もう遅いのよ。どうしようもないことなの。彼に理解してもらおうと、最後の説得にかかる。「あなただって自分に恥じないように生きているのでしょう。いいかげんなことをやってしまったら、わたしは自分を許せなくなるわ」

彼がテーブルにもう一度こぶしをたたきつけた。顔に血が上り、くちびるがめくれている。

「あなたの良心がどうだとけなしているんじゃない。問題は伯爵なんだ。奴は三人の妻を殺したと言われているんだぞ。四番目の犠牲者になりたいのか」

「わたしが死ぬ――」

「まさしくそうだ」

「それは、結婚してからずっとあとのことよ。伯爵より長生きしますから。伯爵より歳はぐんと若い――」

彼はテーブルの向こうから勢いよく迫り、フェイバーの手をつかんでぐいと引いた。テーブルの半分ほども引きよせられ、顔と顔がつくぐらいに彼が上体を近づけても、彼女は逆らわなかった。「あなたはほんの小娘だ」緊迫した表情で言う。「仰ぎ見るほど高く貴い目的のために自分自身を犠牲にするという、馬鹿げたロマンチックな考えを吹きこまれて育った、軽はずみな娘さ。でも、犠牲になどならなくていいんだ。自分の若さを、美しさを、勇気を、そして――くそっ！　あなたの命がいけにえになるのだぞ、フェイバー！　あなたは伯爵の都合がいいときに殺される。そういう展開で、仰ぎ見るほど高いものと言えば、伯爵があなたを投げおとす崖の高さだけだ。俺の——いや、最初の妻を放りなげたようにな」

彼の言葉にフェイバーはおびえ、決心がくずれかけた。それでも、ここで撤退するわけにはいかないのだ。彼女は目を閉じ、あの塔に無理やり自分の心を向ける。一族の男たちの傷ついた死体が転がり、いまわの際の絶叫が聞こえる場に立ちもどろうとする。

わたしはこの目的だけを抱いて育てられてきた。そしてこれからその目的を成就させる。ああ、聖母マリア様、お助けください。苦々しく非難するレイフの表情を見たり、軽蔑のこもった声を聞くのはこれ以上耐えられません。恋人である彼には真実を打ちあけても許されますよね？

「わたしの名前はフェイバー・マクレアンです」彼女はのろのろと言った。「カー伯爵がわたしの一族からこの島とこの城を奪いました。わたしたちの財産だけでなく、代々の土地までも盗んだのです」

その告白に感銘を受けるわけでもなく驚きもせずに、彼はただ彼女を見つめていた。名前は明かさないまでも、前にも告白めいた話はしていた。「なぜあなたが一族の富を取りもどす役をしなければならないんだ？」

「なぜならば」彼女は言った。「一〇年前、そういう任にあたるはずの人たちが虐殺される原因をつくったのがわたしだからです」

「そんな」彼は頭を振った。

「伯爵の息子が見習い修道女を強姦し、その息子を一族の人たちがひったてて——でも、あなたはそのいきさつを知っているのでは？」彼女は尋ねた。「アッシュ・メリックがマクレアンの宝みたいなつまらない話までしているのならば、メリックの家系にまつわるおもしろい逸話をきっと聞かせているでしょう。図星のはずよ」フェイバーはほほえもうとしたが顔がゆがんだだけに見えた。「ねえ、レイフ。わたしはレイン・メリックの命を助けた少女だったの。彼の首をつるすのをわたしが遅らせたばっかりに、カー伯爵は一〇〇人のイングランド兵と一緒に馬で乗りつけて、一族の者を皆殺しにしたのよ」

彼の顔は厳しく、かたくなだった。「あなたの命をささげても、死者は戻ってこない」

「わたしはいま生きている人たちに借りを返しているのです」彼女は疲れきったように言った。「伯爵と結婚したら、彼のもとを去ります。フランスに戻るわ。海の向こうまでは伯爵も追ってこないでしょう。彼が死ぬまで待ってから――」

「それから何だというのだ？」レイフは冷たく笑った。

「それから、マクレアン島は再びマクレアン一族のものになるわ。スコットランドでは、寡婦は夫の財産を相続できるのよ」

首を振った。荒涼たるまなざしでもう一度首を振る。「あなたはどこまでうぶなのか」彼がささやく。「あなたにそんな計画をふきこんだ奴もまた、あまりに単純すぎる。『伯爵が死ぬまで待つ』だと？」

「それが、これからわたしがやろうとしていることなの」フェイバーは言った。「そのうちそうなるわ」

彼は頭を振りつづけた。こめかみがずきずきと脈打ち、歯の根元まで見えるくらい、くちびるがめくれ上がる。「いや」彼は言った。「俺がやめさせる」

「だめ、そんなことできないわ。もう遅いの」フェイバーは彼と目を合わさないまま下を向いた。耳ざわりなささやき声を出す。「伯爵に今朝、結婚を申しこまれたの。わたしは承諾したわ」

彼の動きが完全に止まり、フェイバーは目を閉じた。非難する彼の表情をとうてい直視できない。彼の軽蔑がまるで波のように押しよせてくるのを感じた。それでも、彼を責められない。ふだんは飲まないジンの瓶を置いてわたしがここに座りこんでいるのは、求婚を受け入れたからなのだ。伯爵の贈り物――まちがいなくムーラの「ほれ薬」が入っているマデイラ酒のカラフ――を昼食のあいだ飲みつづけ、伯爵が引きあげたあとも居残ってジンを飲んでいたのは、そういう理由からだった。彼女がまぶたを上げると、彼はまだ目の前にいた。

「あなたに訊きたいことがある。よく聞くんだ。ちゃんと答えてもらいたい」厳しい声だった。「あなた自身が結婚の宣言をしたのか? 証人となる人間がいる場所で?」

フェイバーはやっと理解した。彼は伯爵が、スコットランドの昔からの婚姻成立の習わしである、証人の前での宣言をさせて、すでに二人の結婚を成立させたのではないかと疑っているのだ。

「どうなんだ?」彼は叫んだ。重たい鉄製のテーブルをブリキのかけらのようにいとも簡単に大きく揺らした。

「何のちがいがあるというの？」フェイバーは言った。

「もう一度だけ訊く。はっきり言うが、お嬢さん――いまあなたに対して感じているほど、人を傷つけたいと思ったことはないぞ」

「あなたが望むように、わたしはもうすっかり傷ついているわ。それはたしかよ」フェイバーは穏やかに言った。レイフはぐいと前に乗りだそうとしたが、がくんと止まった。まるで見えない鎖に引きもどされたかのようだった。

「宣言したのか？」

「いいえ」彼女はうんざりしたように言った。「するところだったのですけれど、ムーラが――つまり、ダグラス夫人が――司祭様を連れてこなければと言いはったのです。マクレアンの者たちは、教会に認められた結婚でなければ正式なものと認めないだろうからと言って」

フェイバーは悲壮な瞳を彼に向けた。「本当に冗談みたいな話でしょ？　もともと呪われた計画なのに、この結婚に神の祝福をほしがるなんて」

レイフののどから苦悩と怒りの音が沸きおこるのが聞こえた。フェイバーの空虚なユーモアにぎょっとしている。

「もう止めることはできないわ、レイフ」彼女は小声で言った。「いまわたしたちが話しているあいだにも、司祭様がワントンズ・ブラッシュに向かっているわ」

彼の怒りは悲しみのうなり声になって爆発した。テーブルをつかむと放りあげ、テラスの向こうへとたたきつけた。フェイバーのほうを見やりもせずに、彼は風の吹きあれる中庭から去っていった。

レインが根城にしている部屋に戻ると、グンナが待っていた。「国王がお亡くなりになったそうだよ」彼の顔を見て言う。

レインは返事をしなかった。グンナの前を通りすぎ、脱ぎすてた衣類の山を急いであらためはじめる。

「みんな、ワントンズ・ブラッシュから出ていこうとしているんだ。みんなだよ」グンナは話をつづけた。「フィアはもう出発してしまった。城のなかは嵐が来たみたいだ。召し使いたちがそこらじゅうを走りまわり、トランクに荷物をつめている。馬丁と見習いの馬番たちは夜も昼もぶっとおしで働いて、それぞれの馬車にまちがいなく馬をつなげているよ」

レインは厚地の外套を見つけ、勢いよく広げて肩にかけた。部屋の真ん中で立ちどまると、いまの全財産、十数枚のギニー金貨が入っている小さな革の財布を持っていこうとあたりを見回す。

「伯爵は城のなかを、まるで年とったアナグマみたいに徘徊して、がみがみ言ったりほくそ笑んだりしているさ。お客たちが全員いなくなるというのに、伯爵は塔に召し使いたちを置いて、一台の馬車の到着をいち早く知らせるよう待機させているんだ」

「ああ《アイ》」レインはテーブルの上のがらくたを残らず調べた。財布はそこになかった。「伯爵は司祭を呼びにやったんだ」

「なぜだい？」グンナは尋ねた。くずれた顔に混乱の表情が浮かんでいる。

「伯爵とミス・ダンの結婚のためにね」

グンナが息を吸いこむ、ひゅーっと鋭い音がした。「アイ。フィアと俺の新しいまま母だ。俺たちはなんとも幸運じゃないか」財布は窓の下枠のところにあった。彼はそれをつかみとり、肉食動物の笑みを浮かべながら宙に投げあげた。

「おお、レイン。何と言ったらいいか」グンナがそっと言う。

「悲しまなくていいさ。おまえの哀れみは大事にとっておくんだな。フェイバーは伯爵とは結婚しない。絶対に！」

「でも、レイン、どうやって止めるんだい？」

彼は財布をベルトのなかにねじこみ、くるりと向きを変えると、グンナの両肩をつかんだ。

「ちょっと出かけてくる。長くても二、三日だ。おまえに少しでも俺への愛情があるなら、どうしてもやってもらいたいことがある、グンナ。必ずやってもらいたいことが」

グンナは彼の顔に何かを見てとった。思わず、傷だらけの年老いた肺のなかで息が止まりそうになる。「もちろんやるよ、レイン。でも、どこに行くんだい？」

レインの表情は厳しくなった。「古い貸しを取りたてに行くのさ」

28

「起きるんだよ」

寝床でからだを横向きにして、フェイバーは自分を引っぱる手をはらいのけた。暗闇のなか、フクロウのように瞬きをする。夜はまだ明けていない。口のなかはざらつき、いやなにおいがした。目のまわりにはさんざん泣いた涙の塩気がこびりついている。まだ酔いもさめきっていない。

酔っぱらったところで救われなかったわ。

昨日レイフが行ってしまってから過ごした永遠とも思える時間を思い出した。レイフのことを考えてはだめ。彼はわたしから去ったのだ。「消えてちょうだい」とつぶやく。

「さあ！」ムーラは彼女の腕をつかんで身を起こさせた。火打石を打つ音がしたあと、炎がきらりと輝き、ろうそくに灯がともった。「司祭が来たよ。一時間もしないうちに、あんたは伯爵の奥様になるんだ」

はっきりと目が覚めたフェイバーは、ムーラからつかまれた腕をもぎとるようにして、寝台の向こう側へと急いで距離を置いた。しわだらけでよごれたピンクの繻子のかさばる長い布地が、からだのまわりでこんもりとした山となっているのに気づく。わけがわからないまま見つめ、ようやく昨晩着ていたドレスだと思い出す。着替えもせずにそのまま寝台に倒れこんだのだった。脱がせてくれる女中もいなかったようだ。

「いや」フェイバーはつぶやいて、膝を胸のほうに抱えこんだ。「伯爵はとても調子が悪いみたい。昨日はずっと寝室にこもっていました。お客たちが出立するのを見送りにも出てこなかったくらいよ」

「伯爵はもうすっかりよくなっているにちがいないよ」ムーラが彼女の足首をつかんで、寝台の向こう側から引きずりよせようとした。「数分前に知らせてきたんだよ。呼びよせた司祭はワントンズ・ブラッシュにいる反カトリック派たちを怖がって、ここに長くいたくないんだそうだ。さあ、起きて!」

「やっぱりわたしは呪われてるのね」これ以上引きよせられまいとして手を伸ばし、足首にしっかりとかかったムーラの指をはずす。「行きますから。伯爵と結婚すると言ったからには、わたしはちゃんとやるわ。さあ、花嫁にさせて」

「馬鹿な娘だね。花嫁にはまったく見えないじゃないか。自分の姿を見てごらん。下からお湯を運ばせたから」ムーラは部屋の中央部に置かれた湯船を指さした。「あれを使ってからだを洗うんだ」

フェイバーのくちびるがまくれあがった。「もし、わたしを処女の生贄《いけにえ》かなにかのように飾りたてようと思っているのなら、おあいにく様だと、はっきり言っておきます。伯爵のもとに黒い喪服を着ていきたいくらいだから」

老女の口はじれったげに薄く引きのばされた。「ああ、そうかい。わかったよ。どっちにしろ、伯爵はあんたと結婚するわけじゃないんだ。あいつはジャネットとまた結婚する気でいるんだから」

ムーラがあとずさって見守るなか、フェイバーは寝台の端に移って立ちあがった。頭がくらくらし、こめかみがずきずきするなか、まぶたを閉じる。再びまぶたを上げると、向こう側の壁にかかっている薄暗い鏡のなかに映っている自分の姿に見入った。

顔が死人のように青白かった。目は深く落ちこみ、そのまわりに暗い影ができていた。髪は太い黒縄のように顔と肩に垂れおちている。ぞっとするほど陰気に見えるわね。満足を覚えながら鏡のなかをにらみつけ、人殺しの花嫁にぴったりだわと思う。すばやく手を振り、先に立って進むようムーラに合図する。

ムーラはぶつぶつぶつやきながら、人気のない暗い通路や、音が反響する長い廊下を彼女を連れて進んだ。ワントンズ・ブラッシュにはすでに打ちすてられた雰囲気が漂っている。ここ数日のあいだ、城を見かぎった常連客たちは次々にここをあとにしていた。

「みんなこの部屋で待ってるんだ」ムーラはささやいた。「結婚証明書には目を通さなければね。司祭から指図されたら頭をちゃんと下げるんだよ。そうすりゃ、ついに結婚は成立する」扉を開けてフェイバーを先に通し、あとにつづいた。

小さい部屋は薄暗く、ふだんは何のために利用されているのか定かではなかった。ろうそくの明かりは少なく、部屋の隅は暗い陰に沈んでいた。少なくとも礼拝堂ではなさそうだと、フェイバーは思った。戸口近くでまっすぐの背椅子に座っていた司祭は、二人が入ってくると立ちあがり、心配そうな視線をすばやく向けてきた。司祭のかたわらにひとりの小男が立っていた。その表情からは感情が読みとれない。おそらく、式に立ち会う証人だろう。

フェイバーはあたりを見回した。部屋にはほかにだれもいなかった。カー伯爵もいない。安堵の気持ちが広がる。たぶん、本当に病状が重くて寝室から出られないのだろう。伯爵は自分の体力を過信しすぎていたのね。彼は来ないわ。フェイバーの心のなかで抑えつけられていた希望がまたむくむくと頭をもたげた。

「閣下はどちらです？」ムーラは尋ねた。彼女のはまり役である「ダグラス夫人」の声音があまりに本来の声とかけ離れていたため、フェイバーは一瞬、だれが話しているのかわからないほどだった。

「閣下はお具合が非常に悪いため、横になってお休みになっていらっしゃいます」司祭の横にいた小男が前に進みでた。

「ああ！」ムーラの口から思わず小さなさけび声が上がり、すばやくかみ殺された。

「しかし」小男は言った。「閣下はミス・ダンとの結婚を、実のところ非常に望んでいらっしゃいます。しかし、司祭様は――」彼のさげすむような視線が無言の司祭にちらりと向けられた。「安全な聖域から長く離れるのを不安がっておられます。しかし、カー伯爵は式の延期はしないよう強く要望されています」

「わけがわかりませんわ」ムーラはぴしゃりと言った。思いもよらない事態の推移に頭が混乱して、無害な老婦人の役柄を演じるのを忘れている。

「おさしつかえなければ、代理人を立て、結婚式を挙げてしまいたいとのことです」小男が言葉をつづけた。「伯爵の代理人を務めさせていただきますランクルと申します。閣下のおそばに仕えている者です」

「伯爵の従者ですか？　それはまた決まりごとからはずいぶんはずれていますわね」ムーラは大声を上げた。「馬鹿げているとも言えます。どうかと思いますわ。そんな結婚式が法律上許されるのか——」司祭のほうを見る。「有効だとも認められないのではないかしら」

「そうした形の式でも法律上有効であるとはっきり申し上げられます、マダム」司祭は静かに言った。「それに、世間の人々が問題にするのは、証人の前で結婚の宣言があったかどうかです。スコットランドの法律では、それさえすんでいれば結婚が成立したと認められるのはご存知のはずです」

「結婚証明書が見たいですわ」ムーラはそう言って、手を伸ばした。

ランクルは無言で書類を渡した。書類をろうそくの明かりのほうに傾けてムーラが見ているあいだ、フェイバーは息をつめ、どうか記載に怪しいところがありますようにと祈った。あと数日、式が延びれば——神様がご慈悲を示してくださりさえすれば——そのあいだに、レイフの顔が記憶から薄れていくだろう。

顔を上げたムーラのくちびるに、満足げな笑みが浮かぶ。フェイバーの希望は絶たれた。

「合法的な書類ですわ。はっきりとわかりました。結構です《アィ》」と言い、フェイバーのひじをつかんで前に押しだす。「司祭様、お言葉をかけてください。この娘の答をきちんと聞きとってください」

自分がまっすぐ立っているのが、ムーラがつかんでいるからなのか、自分自身の意志からなのか、フェイバーにははっきりわからなかった。ムーラの勝ちほこったようすに、それまで細々と保っていた希望の切れ端がついに消えた。部屋は照明を落とした舞台のようになり、他の人々が、彼女にとっては何の興味もない劇のなかでわけのわからないせりふをもぞもぞと滑稽につぶやく役者に見えた。フェイバーはろうそくの炎のまわりの明るい輪を見つめた。鈍く痛むこめかみの上方で司祭の声が単調に響くのを聞く。手足に力が入らなかった。考えがまったくまとまらない。せかされては消えいりそうな声で返事をし、同意を示すためにうなずきながら、心の奥底ではある名前を悪魔ばらいの呪文のように低く唱えていた。レイフ、レイフ、レイフと。

そして、とうとう式は終わった。ランクルはフェイバーの前途を祝福し、財布を司祭の伸ばした手のなかにぽんと置いた。ムーラが達成感で目を輝かせながら結婚証明書を折りたたみ、ボディスのなかに突っこんだ。

「すぐに出発してこの書類を一族の者たちに見せなければ」

「行かないで」フェイバーはささやいた。ムーラに泣きつくようじゃ、わたしもいよいよおしまいね。彼女の助けが得られるわけがないじゃないの。

ムーラは彼女のあごを親指と人差し指でつかみ、おもちゃを扱うように冷酷に揺さぶった。「聞き分けのないことを言うんじゃありません。マクレアンの者たちが住んでいる村は馬車で五時間近くかかるところにあるのよ。フェイバー、急にふさぎこむなんておかしな子ね」ムーラはからだを近づけて、そっと耳打ちした。「伯爵はとても気分が悪くて、夫の義務をはたすどころじゃないさ」うっすらと笑う。「図抜けて幸運ならば、伯爵はこのまま死んじまって、あんたも無罪放免さ」

フェイバーは堂々と部屋を出ていく老女を見つめた。司祭が不安げに顔を緊張させながら、それにつづいた。

「レディ・カー」ランクルはお辞儀をすると、彼もまた退いた。

フェイバーがひとり残される。

視線がゆっくりと定まり、ボディスの上にくねくねと蛇のように垂れた脂っぽい黒髪に気づくまで、立ちつくしていた。巻き毛を何かの死体をさわるかのように持ちあげる。心底、ぞっとした。

カー伯爵をわなにかけるという目標は達成したわ。さあ、こんな気持ちの悪い黒色をとにかく落としてしまいたい。レイフはいつもいやがっていた。

すぐに髪をきれいにするわ。洗いおとしてしまわなければ。

フェイバーは部屋に戻って着ているものを脱いでいった。不快なドレスを足元に落とし、コルセット、シュミーズ、ペティコートをはぎとる。そして裸になって、ムーラが持ってこさせていた腰湯用の湯船から冷めた湯をすくい、小さなたらいに注いだ。そのなかに頭を浸す。

ムーラが化粧を落とすときに使っていた、ざらざらする石鹼を使って、ゆっくりと髪を洗いはじめた。しびれたような指で髪の根元にまで石鹼をこすりつける。湯の色が黒くなるにつれ、髪の色を落とそうとする熱意はどんどん高まっていった。びしょ濡れの髪の塊のなかに指を突っこみ、速く強くがむしゃらにこすった。灰色の石鹼の泡が大量にできていく。髪を元どおりにしたいという欲求は強迫観念にまでなった。よごれた湯を床に捨てると、広がった水たまりのなかに立って、きれいな湯をたらいに汲みなおした。何度も何度も洗ってはすすいだ。とうとう石鹼の泡が白くなり、たらいの湯にも色がつかなくなる。そうなってようやく、疲れきったフェイバーはへなへなと膝をつき、両手をからだに回して前後に揺れた。髪をすっかり損ねていた元凶は取りのぞいたけれど、まだ自分はよごれていると感じていた。

あたたかな空気がからだをじんわりとなでていった気がし、フェイバーはゆっくりと目を開けた。寝室は薄明るくなっていた。夜もやっと明けたようだ。

「フェイバー、最愛の人。目を覚まして」

声のしたほうに頭を向けながら夢のつづきを見ようとする。でも、そうではなかった。レイフが見下ろしていた。やわらかな日の光で、愛しい人の荒々しい姿が余すところなく見える。表情にはもう怒りはなかった。激しい怒りはすべて消えさっていた。二人のあいだに怒りなどないのだ。

「あなたの髪は」つぶやく声はやさしさに満ちていた。手を伸ばし、指で髪に触れる。「覚えていたとおりの明るい髪だ。いや、前よりも輝いている」

「あなたは遅すぎたわ」彼女はささやいた。

「ああ《アイ》」と悲しみをこめて答える。「何年も遅すぎたようだ」

疲労困憊していた意識に、現実がさっと鋭く切りこんでくる。リネンの布の下が裸であるのもかまわず、なんとか起きあがろうとした。「ここにいたらだめ。見つかったら――」

「やさしくてかわいいハヤブサさん」フェイバーの両肩を握りながら寝台の端に座っている彼が、彼女のからだを枕のほうに戻した。「警戒する必要はないさ。あなたの厳しいお目付け役の老婦人は出かけているし、召し使いたちはほかの用事で忙しい。カー伯爵はねぐらで倒れている」

安堵の気持ちが全身に広がり、つづいてすぐに感謝の念がわきおこった。レイフに再び会えるとは思っていなかった。それなのに、いま彼はここにいる。彼を失ったさびしさにどれほど胸を痛めていたか。フェイバーは首を回して彼の手の甲に口づけをした。

彼はためらいもなく、長い指で彼女の後頭部を抱えこみ、自分のほうへ近づけた。彼女のくちびるが彼のものになる。驚きのあまり動揺する自分がいた。レイフったら、いきなり強引にキスしてきたわ。請いもとめもせずに。彼にそんなキスをする資格はないはず。しかし、ぴったりと沿った彼のくちびるが動くのを感じると、それ以上何も考えられなくなった。いま、抱いて、キスして、愛撫してくれているのは、わたしの愛する男性、レイフなのだから。

フェイバーはすすり泣きながら、彼ののどのまわりに両腕を回し、熱いキスを返した。彼の手が動いて彼女の顔を傾け、口を開くようやさしく促す。求めに応じたフェイバーがくちびるを開くと、彼の舌が奥深くまで侵入し、彼女の舌を見つけてからめてきた。フェイバーの頭のなかは旋回していた。その肉体は戸外の太陽のように、純潔さとは無縁のところで炎を上げて燃えていた。

「あなたは俺のものだ、フェイバー」彼女のくちびるに向かって、彼がささやいた。

わたしの肉体は何も知らないかもしれない。でも、わたしの頭はちゃんと自分の立場をわきまえている。「わたしは結婚したのよ、レイフ」

「知っている」にがい苦悩をにじませた口調だった。彼はあとずさって彼女の瞳をのぞきこんだ。琥珀色の瞳の奥に荒々しい獣の光が揺らめく。「そんなことはどうでもいい。あなたは俺のものだ、フェイバー。どんな名前に変わろうとも、どこへ逃げようとも、あなたは永久に俺のものだ。愛している」

ああ。フェイバーは絶望しながら考えた。そうよ。彼の言葉が紛れもない真実の光を放ちながら身を貫いてくる。わたし自身の心をもう偽れないのと同じく、彼の言葉を否定できないわ。それでも、どちらも堂々と認めてしまうわけにはいかない。

わたしはレイフのもの、そして彼はわたしの愛しい人。なのにわたしは新しい名前で呼ばれ、もうすぐフランスへ逃げていく……。

でも、いまはちがうわ。まだそのときは来ていない。あと数時間の猶予が与えられている。生涯の思い出をつくるための時間は残されている。レイフに抱きすがる腕の力が強くなる。

言葉は何も要らなかった。レイフは彼女をそっと仰向けに寝かせ、自分もからだを横たえた。この前のとき、彼女は立たされたまま性の喜びを与えられ、圧倒的な感覚の嵐にもみくちゃにされた。彼のからだはすがりつくための錨であり、大岩だった。いま、からだの上にかぶさる彼の重さと肩幅の広さを改めて知り、うれしくてならなかった。

レイフの指が彼女の鎖骨の上を軽やかにすべり、脈打つのど元で止まった。どくどくと急速に打つ脈を感じとったくちびるは、上掛けの縁のほうへと下がっていった。フェイバーは背中を弓なりにそらした。それだけではいや。あのときと同じ喜びを手に入れたい。二度と経験できないものを与えてもらいたい。彼はリネンの布をそっとはらいのけ、あらわになった乳房を熱い欲望の視線で見つめた。

レイフが鋭く息を吸った。「シャツを脱いでもいいか、フェイバー。あなたの素肌をじかに感じたい。お願いだ」

フェイバーはうなずいた。それが精いっぱいだった。声を失ってしまったみたい。頭からシャツを脱ぎすてる彼の身のこなしは猫のように優美で、なめらかな皮膚の下に、等間隔のあばら骨をおおう筋肉がよどみなく動いた。愛撫した彼女の指が覚えているとおり、胸と腹は筋肉質で硬かった。盛りあがった筋肉が張りつめる長い腕は、いかにも力強そうだ。

胸をおおう黒い毛は下がるにつれ濃い線となって、ブリーチズのなかへとつづいていた。フェイバーの視線はさらに下へと向かい、彼女は思わず息をのむ。からだにぴったりとしたブリーチズは、古びて小さすぎると言ってもいいくらいで、その色あせた布地を、大きくふくらんだ彼の男性自身が持ちあげているのがはっきりとわかった。紛れもない欲情のしるしだ。

彼女のなかに彼のものが押しいろうとしたときのことを思い出し、フェイバーは目を閉じた。あのときの痛みがよみがえってくる。しかし今回はそうした苦痛はなしの、ただ頼もしいものに思えた。

「フェイバー?」

目を開けて、あわてて唾を飲みこむ。レイフが張りつめた面持ちで真剣に見つめている。

「俺が……いいのか……」彼は言葉をとぎれさせ、自分の髪のなかに手を突っこみ、つやのある黒髪をさらに乱した。「フェイバー、あなたを怖がらせないと約束する——」

フェイバーは手を伸ばした。片膝をついた彼が、フェイバーのからだの下に両手をすべらせて上掛けから持ちあげて引きよせた。ぶつからんばかりに素肌を合わせる。彼は激しく息を吸いこんだ。「ああ、あなたはなんて気持ちいいんだ」

抱擁のなかでからだをくねらせ、フェイバーは彼の胸板に乳首をこすりつけた。官能をくすぐられて、うっとりとする。こすれた胸の先端が甘くうずく。再び彼のやわらかい胸毛に乳房をこすりつけ、そのうずきを止めようとした。

レイフが歯をくいしばり、快感に目を細めた。彼女は彼の髪のあいだに手をはわせ、頭を引きよせた。彼のにおいを吸いこみ、指にからまってゆるく波打つ絹の手ざわりを十分に感じとる。

「きれいだ、とっても。あなたがほしくてたまらない」レイフはささやいた。彼女を傷つけるのではないかと恐れているのがフェイバーにはわかった。

わたしは怖くなんかないのに。彼は細心の心遣いをしてくれたではないか。わたしに最高の喜びを与えてくれた。情熱とは何かを教えてくれた。彼が与えてくれるものをすべて受けとったにもかかわらず、わたしはそのお返しに何も差しださなかった。愛情以外は。愛情だけはたくさんささげたつもりだけれど。いまは、彼をただ喜ばせたい。わたしの愛情を一番親密なやり方で示したかった。

フェイバーは彼の二の腕をつかみ、さえた色のなめらかな皮膚の下で筋肉が盛りあがるのを感じて気持ちが高ぶった。彼の重たいからだを押す。彼女だけの力では彼を押しのけることなど絶対にできない。彼は即座に反応してからだを動かした。穏やかな視線で問いかけるように彼女を見る。何を望まれても、あるいは何を望まれなくても、彼女の気持ちを大事にするつもりでいるのだ。

フェイバーが彼をまた押した。今度は力をこめて。レイフは無言の命令にゆっくりと従い、ごろりと仰向けになった姿勢で、フェイバーが彼の上に落ちてしまわないように、彼女のからだをつかんだ。しかし、彼の上になることこそ、彼女が望んでいた体勢だったのだ。フェイバーは彼の真上にぴったりと心地よく身を乗せた。彼の胸に乳房が押される。彼のあばらの両側に、髪がきらめくカーテンのように流れる。

フェイバーは頭の位置を下げて、彼の平たい腹にキスをした。あたりの筋肉がにわかに硬くなり、輪郭がくっきりと現れる。彼女の両肩をわずかにつかんでいた彼の手が、痛いほど握りしめてきた。フェイバーは口を開き、熱を発する肌に舌先ですばやくさっと触れていった。

「フェイバー!」息をつまらせたような、制止の声がする。

しかし彼の警告よりも、フェイバーを駆りたてる渇望のほうが強力だった。ブリーチズの下にもぐらせた指を布地にかけて、細い腰の下へと引きさげると、欲望のあかしが勢いよくその姿を現す。前に触れてはいたが、まじまじと見る心の準備はできていなかった。それは大きく張りつめ、硬く立っている。心細げに視線を上げると、レイフが彼女を見ていた。彼の微笑は悲しそうだったが、フェイバーの不安はたちどころに消えた。

「絶対に痛くしないから」彼はしゃがれ声で言い、彼女のからだを引っぱりあげようとした。

フェイバーは従うつもりはなかった。からだをねじって彼の手を振りはらうと、もっと下へとからだをすばやくずらした。彼のものを両方の手のひらで軽く包む。彼の腰がびくりと反応した。

頭を下げて、そのぶあつい先端をかすめるようにキスをする。レイフののどの奥から苦悩と喜びが混ざったような声が出た。さらに駆りたてられるにはその声を聞くだけで十分だった。くちびるを開いて、男性自身を口のなかに包みこんだ。舌をはわせると、絹のようになめらかなそれは脈を打ち――。

彼の両手がさっと下りてきてフェイバーの顔を持ちあげようとする。「だめだ、フェイバー。そんなことをしたら――」言葉のつづきは、うなり声と身震いで立ち消えた。

性の喜びでフェイバーはすべてを忘れた。このがっちりした強い男性が、大きな男の人が、わたしの与えた喜びで身を震わせている。自分の力に酔いしれた。レイフの欲望に火をつけることができたかと思うと、うれしくてたまらなかった。

舌先で彼の先端をなめる。くちびると舌で長々と吸われ、きわどい刺激が与えられるたびにふくれあがる欲望を、彼は制御しようとした。フェイバーの髪のなかに入れたこぶしはよじれ、彼女のこめかみに当てた指関節は震えている。どうして自制しているの？　あなたの情熱がほしいのに。フェイバーは彼の塩辛さを味わい、もっと深く口のなかに――。

腹の底から響くうなり声を上げながら、レイフは彼女の上腕部を握り、上のほうに引きずりあげた。彼女の上体が宙に浮くように支える。二頭筋が震え、日焼けした皮膚の下の静脈が太く浮きあがる。

「俺の番だ」彼は乳房のほうに頭を近づけ、口を大きく開いてその先端をとらえると、繻子のような頂《いただき》を吸った。

フェイバーはあえいだ。彼の硬いものに触れた腰が本能的にうねる。あたたかい液体が太もものあいだからにじみでる。

レイフは乳房から口を離すと、大きな両手で彼女のお尻をつかみ、さらに上のほうへと引きあげた。フェイバーのからだは後方にそり、両手が支える場所を探して彼の腰をつかんだ。彼の太ももに垂れ布のようにかかる彼女の髪は、からかっているように軽やかに揺れていた。レイフは彼女の内股のやわらかい部分に口を押しつけ、奥へと分けいった。脚の継ぎ目がすぐそこにある——フェイバーのまぶたがぱっと開いた。恥丘をおおう彼の口がやさしく吸ってくる。

ああ、どうしよう。彼の舌が割れ目のなかへと入りこみ、隠されていた突起をとらえた。まともに考えられなくなったフェイバーのからだに、快感が稲妻のように走り、楽しみはこれからだと挑発するようにささやきながら、まぶたの裏の暗幕の向こうへと駆けぬける。フェイバーはうめいた。彼がどんなことを、どのようにしたかなどひとつとして覚えていられなくなる。全身が欲望の嵐に巻きこまれていた。刻々と高みへと彼女を持ちあげていく勢いが痛いほど強まり……。

ついに極点に達した。クライマックスを迎えたフェイバーが、低く鋭い叫びをもらす。あらゆる感覚が一点にしぼられる。彼女のからだは緊張し、かすかに揺れながら、はるかな高みにとどまった。中心部を繊細になぞる彼の舌の感触が耐えがたいほど鋭く迫ってきて、フェイバーはびくりと身を揺らしてから、ぐったりした。レイフがやさしく動いて、彼女を寝台に横たわらせ、その上にかぶさった。

彼女のなかになめらかな動作でゆっくりと入ってきたと思うと、レイフは迷うことなく、フェイバーの処女だったあかしを貫いて進む。薄い障壁が破られた痛みにはっとしたが、それも瞬間的なもので、すぐにかきたてられた欲望しか感じなくなる。レイフが彼女の奥深くに入って動きを止めた。

フェイバーはさっと目を開けた。レイフがこちらを見ていた。息は荒く、日焼けした肌は黒みがかっている。手を伸ばし、彼女の手を片方ずつ持ちあげると、自分の肩へと導く。

「俺につかまって、フェイバー。そうしてくれ。しっかりとつかむんだ。俺を求めてくれ。後生だから、今度ばかりは俺を信じてほしい」そして動きはじめた。

彼のペースは容赦ない激しさで、深く突いてきた。彼のものがフェイバーのなかを広げて満たしたが、それでもなおフェイバーはさらに求め、うずいた。言うことを聞かぬフェイバーの手は彼の肩からさまよいでて、彼の張りつめた臀部のほうへと下りていった。丸く盛りあがった硬質の筋肉に指をくいこませ、ももを彼の腰に巻きつけ、大昔から女たちがやってきたとおりに、彼のものを歓迎して骨盤を突きだした。彼女をがむしゃらに自分のものにしようとするレイフ自身を、どこまでも感じとろうとする。

これっきりだから。いまこのときを、ずっと覚えておくために。

もうだめだと思う瞬間が次から次に襲ってきた。フェイバーは潮流にさらわれる木ぎれのように漂い、大波に持ちあげられてはどんと落ち、揺れ動き、高ぶり、すばらしい感覚にさらされた。突然、レイフのからだが緊張した。ウルカヌス（古代ローマの火と鍛冶の神）のように胸を上げる。光る汗でおおわれた肉体はとぎすまされて硬く、王者の風格と強さを感じさせた。両腕をついてからだを支えると、低い叫び声を上げ、彼女のなかに深く入った。そこで静止する。精を解きはなつと同時に彼は身震いした。

すべてが終わり、彼は満ち足りたからだをぐったりと沈めた。彼女の背に両手をすべらせると、やさしくそのからだを抱いた。

フェイバーは身を起こそうとしはじめた。

「そのままでいるんだ、フェイバー」レイフはものやわらかに言った。「俺と一緒に横になっていてくれ。俺がやりたかったのは交わることだけではないんだ。そのあとのしあわせなまどろみも一緒に味わいたい。行くな」

「無理よ。伯爵が召し使いをよこすわ。そうなれば見つかってしまう」

彼の抱擁から抜けだそうとフェイバーは再び試みたが、情けないうわべだけの物まねに終わった。彼の悲しげなようすを見て、離れることができなかったのだ。レイフのわきにからだを下ろされ、長い腕で抱かれるのにもあらがわなかった。頭を彼の胸に乗せ、その心臓の鈍い鼓動が低くとどろくのに耳を傾けた。そして不覚にも、フェイバーは眠りに落ちてしまった。

「レイン！　起きておくれ。伯爵が寝床を離れたよ」寝室の戸口にグンナが立っていた。廊下の明かりで、ねじまがったからだの黒いシルエットが浮かびあがる。

レインが勢いよく身を起こすと、つられてフェイバーのからだも持ちあがった。彼はとっさに自分を楯にして彼女をかばった。

「レインですって？」フェイバーの声はやわらかくあやふやだったが、冷たい不安が少しばかりにじみでていた。

「大丈夫だ、フェイバー」うそだと知りつつ、つぶやく。まったく大丈夫ではなかった。どうしてそんなことが言えるんだ？　フェイバーは俺を憎み、俺は終生、彼女の憎しみを心に突きさしたまま生きていかなければいけないのだ。

「だれのこと？　何を言っているの？」

「レイン」グンナはくり返した。「ぐずぐずしているひまはないんだよ。伯爵が起きだして、彼女を探しているんだ。ここにやってくるのは時間の問題だよ」

「彼女はなぜあなたをレインと呼ぶの？」フェイバーはささやいた。「なぜ……ああ、どうして」

彼は目を閉じ、祈った……しかし、何を望もうというのだ？　大事なものを失うのに、あと一時間猶予がほしいとでも？

「レインというのが俺の名前だからだ。俺はレイン・メリックだ」

29

フェイバーがリネンのおおいを引きよせながら急いで離れた気配に気づき、レインは振り向いた。彼女は混乱した瞳を大きく見開いて彼を見つめていた。金色の髪が裸の肩に流れおちている。

「そんな」首を振る。「そんなわけはないわ」

「いや。俺は……本当にすまなく思っている」

「すまなく思っているですって？　ひどい。だから、マクレアンの宝やこの城やカー伯爵のこと、それら一切合財を知っていたのね。伯爵がどんな人間かも……。でもどうして？」最後の言葉は心がちぎりとられたようなささやき声になった。「どうして？」

「ここに来たのを伯爵に知られたくなかった。そして、あなたと出くわし、あとになって、あなたがだれかもわかったんだ。フェイバー、俺はあなたに命を助けてもらった。俺の素性を知ったら、あなたは俺の助けを拒むだろうと考えたのだ」

「あなたの助けですって？」フェイバーはくり返した。自分の身を隠すように、頼りないおおいの布を持ちあげる。「わたしを姦通者にしたてあげるのが、助けだったというの？　わたしにあなたの父親を裏切らせて」

フェイバーは彼から身を引き、寝台の端のほうに急いで移った。瞳に恐怖が浮かんでいる。

「レイン！」グンナが扉を閉めて、脚を引きずりながら近づいた。

「伯爵に一服盛って、動きまわれないようにしたと言っていたじゃないか」目の前で身を震わせるフェイバーをじっと見つめたまま、レインは絶望的な声を上げた。「彼は寝ていると。まちがいじゃないのか？　伯爵はまだ起きあがれないはずだ」

「いいや！」グンナは言った。「あたしはこの目で見たんだよ。伯爵は今朝、薬入りの水を飲まなかったにちがいない。二人でいるところを見つけられたら、あんたさんは伯爵に殺されるよ！」

フェイバーはこらえきれずにすすり泣いた。頭のなかが真っ白になる。「あなたたちはいったいどういう家族なの？　伯爵と結婚したわたしと寝ることで、長年の監獄生活の仕返しをしようとでも？」

「ちがう、フェイバー。そうじゃないと誓う」手を差しのべたレインは彼女の表情を見て、自分が素っ裸なのに気づく。うなり声を上げながら立ちあがり、ブリーチズをつかんではいた。グンナが彼の前腕にすがる。「レインったら！」

レインは怒りながらその手を振りはらい、フェイバーに近寄った。あとずさった彼女の愛らしい顔には激しい恐怖が広がっている。「だめ、来ないで。ああ、どうしてこんな仕打ちを？」

レインはもう、グンナがそばにいるところで彼女に打ちあけるしかなかった。「あなたは姦通したわけではない、フェイバー」

「何？」フェイバーがかすかな声で言った。

「昨晩、あなたは俺と結婚したんだ。カー伯爵とではない」

「いいえ」と彼女は息を吐いた。「ありえないわ」

「本当だ。グンナが伯爵を薬で眠らせているあいだ、俺は南にある女子修道院まで行ってきた。そこの院長は俺にたっぷり借りがあったから、司祭を送りこんでくれたんだ」

「でも、あの従者は……」フェイバーはがたがた震えていた。その肌がクリームのように白く、色を失っている。レインは抱きしめたくてたまらなくなり、一歩踏みだしたが、彼女は逃げ場を探してさっとあたりを見回した。きちんとわかってもらうためには話をつづけるしかない。

「ランクルは俺の代理になってくれたんだ。表向きは伯爵の身代わりを務めていたんだが、実は俺のために式に出ていた」

「なぜ？」

「伯爵が召し使いたちをどのように扱っているかは知っているだろう？　さんざん痛めつけられていたランクルは、仕返しができたらそれだけでしあわせだったのさ」

「でも、結婚証明書は？　ムーラは書式はすべて整っていると言ったわ」

「ムーラはあの紙に自分が見たいものを見ただけさ。証明書にはあなたの夫としてR・メリックと記されていた。貴族の肩書きまでは載っていない」

「R・メリック。レイン・メリックのことなの？」彼女はわずかにふらついた。

「フェイバー、あなたを伯爵と結婚させるわけにはいかなかった。そんなことをすれば殺されてしまう。あなたたちが立てたお粗末な計画は、絶対にうまくいくはずがなかった」

「あなたが邪魔したのよ。わたしは義務をはたせなかったのね」彼女の声に新たな恐怖が加わる。「すべてが駄目になってしまった。ああ……どうしよう」頭をさっと上げ、傷ついたまなざしを恐ろしそうに彼に向ける。「この結婚を無効にされないよう、わたしを抱いたのね、そうでしょう？」

レインにはその非難を否定することができなかった。実際のところ、彼女の言葉どおりの動機を胸に、寝室に入ってきたのだ。しかし、彼女を見たとたんについた情熱の火を前に、そういった動機はかき消された。苦痛と後悔と悲しみに満ちた人生で、愛のための短いひとときを求めていた。しかし、フェイバーの非難は正しい。彼女の部屋に向かったときのレインの頭に、その想いはなかったのだから。フェイバーは彼の顔に罪悪感とたじろぎを見てとった。

「しかし、そんな気持ちであなたと抱きあったのでは」彼はしわがれた声でささやいた。

「決して――」

「消えてちょうだい！」彼女はあえいだ。望みは何もかもなくなった。「この部屋から出ていって。ひとりにして。行ってちょうだい」

「フェイバー、お願いだ。頼むから――」

「行かないの？　やりたい放題にやったでしょ。わたしの心、わたしの名誉、わたしのプライドも盗んで――行ってよ！」床にくずおれて、すすり泣く彼女のほっそりした背中は白く、いまにも折れそうだった。大粒の涙を流しながら泣きくずれ、揺れている。

「言うとおりにしたほうがいい」グンナは彼の腕をぐいっと引っぱりながら言いつのった。

「ここにいてもいいことなんてないよ、レイン。彼女にもいいことはちっともない」

「そうだな」呆けたように言ったものの彼は足元のか細い姿を見つめ、怖くて触れられぬままに、立ち去れずにいた。

「頭を働かせて！」グンナは歯ぎしりした。「伯爵はあんたさんを殺して、あんたさんの代わりを務めることになるだろうよ、レイン。結婚については、まだだれも知っちゃいないんだ。ランクルは口を封じられる。伯爵の洗礼名がやっぱり『R』で始まるということでね」

グンナの心配はもっともだった。俺はここで死ぬわけにはいかない。もう行かなければ。

「フェイバー……」

彼女はさらに身を縮こませ、彼を見るのを拒んだ。レインはののしりの言葉を吐くと、くるりと向きを変え、部屋から即座に出ていった。

フェイバーは彼がベールをかぶった背の曲がった老女と一緒に部屋を出ていく物音を聞いた。長いあいだ、倒れこんだところにそのまま横たわっていた。からだに巻きつけたくしゃくしゃのリネンには二人の情熱の香りがまだ残っている。

レイン・メリック。強姦犯であり、わたしの敵の息子。わたしをだました男。そして、わたしの夫。まもなく伯爵がやってきたら……伯爵は知りたがるだろう……でも、ムーラはいない……わたしはひとり。これまでの人生で経験したことのない深い孤独を感じた。なぜなら、昨夜でさえわたしにはレイフ――いえ、レインがいたのだから。そう思うと、からだが切りきざまれるような痛みを覚え、フェイバーはさっと姿勢を正した。

ここを出ていかなければいけないわ。姿を消さなければ。でも、どこに？　これまでのわたしはあちこちを転々としてきた。生まれた小さな町から、フランスの女子修道院へ、そしてこのスコットランドの運命的な海辺へと。故郷と呼べる場所はなかった。わたしにあるのは目標だけだった。そして、その目標が成就する見込みもつぶされた。いまわかるのは、ここにいてはいけないということだけ。

立ちあがり、震える手をなんとかすばやく動かしながらドレスを着た。外套を急いで着こみ、部屋の扉を開け、廊下をのぞき見た。人影はなかった。廊下にそっと出ると、中央階段の前を通りすぎて召し使い用の階段を靴のかかとを鳴らしながら下りた。階下に着き、台所や食料貯蔵室を早足で通りぬける。彼女の姿にびっくりした召し使いたちが、頭を下げたり膝を曲げるお辞儀をしながら見送った。

フェイバーは城の裏口から飛びだし、小さな中庭を馬屋のほうへと小走りで進んだ。馬屋に着くとなかにすべりこむ。よく似た葦毛の馬たちに引き具をつけていた馬丁が驚いてよろめき、やっと踏みとどまりながら、ぺこぺこと挨拶をする。

「ジェイミー・クレイグはどこですか?」彼女は尋ねた。

「ええっと――」

「ここにおります、ミス・ダン」大男が革のエプロンで手をふきながら、仕切りの一つから現れた。

「ムーラはどこにいます?」

ジェイミーは警告するような視線を馬丁のほうに飛ばした。それがどうだっていうの?もう何もかも終わったのよ。

「ダグラス夫人は今朝早く、おひとりで馬車に乗って出かけられました」彼は言った。「北部の親戚のところに行くとおっしゃって。晩餐までには戻っていらっしゃいます。お嬢さん、失礼ですが、顔色があんまりよくないみたいです。大丈夫ですか?」彼のいかつい顔が心配で曇る。

「ええ」彼女はささやいた。「ただ、わたしはどうしてもしたいことがあって……ここを離れなければいけないの」どうかジェイミーが行き先を尋ねませんように。どこに行ったらいいのか見当もつかないけれど、ただこの城を出ていかなければいけないことだけはわかっている。ジェイミーだけが望みの綱だった。

「いまですか、お嬢さん?」

「ええ、そうよ。お願い、ジェイミー」

彼が再び馬丁のほうを心配そうにちらりと見ると、馬丁は好奇心を隠すことなく二人を見ていた。

「そうしてほしいの」

「もちろんです、お嬢さん。いま馬車を取ってきます。すぐに出発しましょう」一心に耳をすまそうとしている馬丁に厳しい視線を投げながら、ジェイミーはきびすを返した。「馬車で出発したら、行き先を教えてください」

結局、三〇キロほど内陸の兄の館以外に行くあてもなかった。


「何があったんだい？ 城に戻ったら、伯爵は取り乱しているし、あんたたち二人はいなくなっているし」下の小さな玄関ホールから、ムーラのかみつくような声が聞こえた。ジェイミーが重々しく答える声もする。

フェイバーは椅子から立ちあがった。ムーラから隠れ引っこんでいるつもりはなかった。

ムーラがなんだっていうの？ もうすべてどうでもいいわ。

「伯爵は何て言っていた？」ジェイミーが尋ねた。

「伯爵とは話していないんだよ、この唐変木！ 愛情たっぷりの花嫁を連れずにひとりでのこのこ会いに行けるわけないじゃないか、そうだろ。娘は猟犬から逃げだすウサギのように姿をくらましたとでも説明しろと言うのかい？ 娘を連れもどすためにここにまっすぐやってきたんだから。そう、そのために来たの」

「あの子は病気だ、ムーラ」ジェイミーはつぶやいた。「顔が新雪のように白いし、目は掘りたての墓みたいにうつろで、底がないみたいな感じだ」

「知ったことじゃないよ。馬鹿娘はどこだい？　あの娘に教えてやろうじゃないか——」

「わたしはここにいます、ムーラ」

老女はくるりと振り向き、階段の踊り場に立っているフェイバーを見上げた。「外套を着るんだよ！」と激しく言う。「あんたの夫が待っている」

「いいえ。待ってなんかいませんわ」

「頭の悪い娘だね。伯爵はまだあんたと寝ていない。あいつは結婚を無効にしようと思えばできるんだよ。さあ、こっちに下りておいで」

フェイバーは笑った。息がつまったような、ひとかけらの希望もない声だった。それを聞いたムーラは階段に突進し、彼女の腕を万力のような力で握りしめ、ぐいと引っぱりよせようとした。

「いや」フェイバーはやっきになって首を振った。「いやよ。わたしの話を聞いて、ムーラ。聞いてちょうだい」叫び声に効果があったのか、ムーラは彼女の腕を放した。

「わたしは伯爵とは結婚しませんでした。わたしが結婚したのは伯爵の息子、レインです！」

ムーラがジェイミーのほうを向くと、彼はひどく混乱して額にしわを寄せていた。「私を馬鹿にしてんのかい？」彼女は険しい声でささやいた。「さあ、気が狂っていようといまいと、きょうは伯爵と寝るしかないね」

「それはないわ。わたしはもう伯爵の息子と寝てしまったのですもの。わたしの夫と」

ムーラの表情にあった完璧な自信が揺らいだ。「頭が変になっているよ」

フェイバーは老女の後方のジェイミーを見やった。「フランスの監獄からまんまと連れだした相手はレイン・メリックだったの。彼は伯爵に知られないようにこっそりとワントンズ・ブラッシュに戻ってきて、マクレアンのトラストを探していましたが、宝の代わりにわたしを見つけたの。でも、いまのいままでわたしは、彼の素性を知りませんでした、本当よ」

「ああ、お嬢さん」ジェイミーが大きく息を吸う。

「そんな話、無視するんだよ」ムーラはきっぱりと言いきったが、不透明な目の奥に何かがかすめていく。「逃げ道を見つけようとしているだけさ。そんなもんはどこにもないよ」

「あなたは本当に見る目がないわね。仮面舞踏会でわたしと踊ったのはレインだったのよ。その晩わたしは彼と一緒にすごしました。結婚証明書に記された名前はレインです」

ムーラののどが反射的にごくりと動くのがわかった。「そんな!」

「見たらいいわ」フェイバーは言った。ムーラは折りたたまれた書類をボディスの奥から震える指で引きだした。「『R』・メリックと書かれているでしょ? 『R』はロナルドではなく、レインのことなのです。わたしが結婚したのがカー伯爵ならば、書類には『カー伯爵、メリック』と書かれているはず。それに、見てください。花婿の生年月日はいつになってます？」

ムーラの答は腹の底からしぼりだされた怒りの叫び声だった。フェイバーが恐怖を覚えてあとずさりする。ムーラは証明書を力まかせに握りしめ、くしゃくしゃになった紙を骨の形が白く浮きでた手で破りはじめた。すっかりちぎってしまうと、下のホールに投げすてて振り返った。

「だめさ。そんなことはさせない。これまでの年月のあいだ計画を立て、犠牲を払い、なんとか生活の糧を得て暮らしてきたのはいったい……。許さないよ！　マクレアン島をもう一度マクレアン一族のものにするんだ！」

ジェイミーが落ち着いた注意深い表情のまま、急な階段をじわじわと上がってきた。「もう終わったんだ、ムーラ」

「いや、終わっていない」ムーラはあえぎ声を出した。荒々しい視線で彼をねめつける。「まだまださ。道はあるはずだ……」フェイバーのほうを急に向く。「あんたを見るとへどが出そうだよ。どこまであたしたち一族を裏切れば気がすむんだ」

ムーラの言葉が容赦なくフェイバーを打ちすえた。一言ひとことが心に突きささった。「あんたの名誉や義務を何と引き換えに売りわたしたんだい？」ムーラは責めたてた。

「知らなかったの。ああ、本当よ。わたしは彼を……愛してしまったのだけれど、彼が本当はだれか知らなかったのです。誓うわ。わたしの結婚した相手がレイン・メリックだなんて、想像もしていなかった。わたしは伯爵と結婚したとばかり思いこんでいました。彼がずっと自分のことを隠していたと知ったのは今朝、彼が……」

「あんたとつがったあとでかい」とぎれた言葉を補うムーラの口調があまりに下品だったため、フェイバーは思わず目を閉じた。「あんたのきたない裏切り行為を知っているのはほかにだれがいる?」

生々しい憎しみに満ちたムーラの声に、フェイバーはたじろいだ。「だれも。司祭と伯爵の従者とレインだけです」

「『レイン』とはね」ムーラはあざけった。「彼と寝るのを少しは待てなかったのかい。数カ月も経てば、あんたを未亡人にしてやれたのに」

フェイバーの顔がとまどったのを見て、ムーラは笑った。ぞっとする暗い声だった。「ああ、なんて無邪気なこった。ねえ、伯爵の死が計画の一部だと知らなかったのかい? あんたより先に伯爵が死ぬだろうと神様まかせにしていたと本当に信じていたのかね。神なんて当てにならないよ。この週のあいだにも伯爵に死んでもらうつもりでいたのさ」

死んでもらうですって? よく考えればわかっていたはずだわ。気がつくべきだった。でも、一度だって疑いはしなかった。わたしの罪がまた一つ増えたけれど、少なくともレインと結婚したことで、殺人に力を貸すのだけは免れたのね。「伯爵を殺す計画なんて知っていたら、絶対に賛成しなかったわ」フェイバーは小声で言った。「伯爵がどんなに邪悪であっても」

「もちろんそうだろうよ」ムーラは冷笑した。「あんたには肝っ玉がないからね。マクレアンの血よりも、青白い顔をしたあんたの母さんの血のほうがあんたにはたくさん流れているんだ。あんたはあの強姦犯のからだの下でもだえるために、メリックのくそ野郎を腹いっぱい味わうために、あたしたちを売りわたしたんだよ。地獄の業火に焼かれてしまえってんだ」

「いいかげんやめないか、ムーラ」ジェイミーが冷ややかに警告する。「メリックはあの尼さんを強姦してなどいない。あんたはそれをよく知っているはずだ。メリー本人が強姦されたと言ったのはうそだと告白して、レインの潔白を証明したんだ」

「何ですって?」フェイバーが尋ねた。「これまでずっとあなたは、わたしが強姦犯の命ごいをしたせいで、一族の人たちが皆殺しにされたと言いつづけてきたではありませんか」

「それがどうした」ムーラは取りあわなかった。「あいつは悪魔の子孫だよ。あいつがいるべき場所は地獄なんだ。そっちのほうをなんとかする時間はまだある。従者と司祭はあとまわしだ。あたしが――」

「だめよ」すぐにフェイバーは、ムーラの狂った頭のなかでどす黒い陰謀が新たに組みなおされたのに気づいた。「だめ、あなたは――」

からだをひねったムーラはありったけの怒りのこもった一撃を浴びせ、こめかみを強打されたフェイバーが階段から転げおちる。床にからだがつく前に、フェイバーの視界は暗くなった。

30

「ムーラはどこ?」フェイバーはかすかな声で尋ねた。頭が割れるように鳴り、背中から肩甲骨にかけて焼けつくような痛みが走った。忘却の世界へといざなう暗闇が意識をじわじわと包囲してくる。

「とっくにいなくなったさ」ジェイミーがつぶやく声が聞こえる。「どんな土地もお嬢さんの魂ほどの価値はない」

暗闇がフェイバーをのみこんだ。意識が再び戻ったときには、だれかが彼女を支え、額に冷たく濡れた布を当ててくれているのがだんだんとわかってきた。「レイン」とささやく。

「すまない、フェイバー・マクレアン」ジェイミーが言った。「俺たちがお嬢さんにやったことのすべてを申し訳なく思ってる。あの若者は強姦犯じゃなかった。お嬢さんは無実の若者を殺すという罪を俺たちが負わないですむようにしてくれたんだ。それが真相さ。伯爵はどうせ、この土地から俺たちを消す別の手を考えついただろうよ。お嬢さんはたまたまうまい具合に利用されただけなんだ」

「お願い」フェイバーはからだの向きを変えようとしながら言った。ムーラを止めなければ。

そうしなければ、レインが。ああ、大変。なぜ彼のもとにとどまらなかったのかしら。彼の話をもっとよく聞けばよかった。暗闇が渦を巻きながらフェイバーをまた呼びよせようとしている。彼女はあらがった。ジェイミーの聞きとりにくい声が低くつづくのに気持ちを集中しようとする。

「お嬢さんはムーラにとっても便利な道具だった。俺たちにとってだ。それは否定しない。だが、そんなふうに利用するべきじゃなかったんだ。ムーラに恩があるばかりに、俺たちはそんな愚かなことに加担しちまったんだ。どうか、そこんところを少しでもわかってもらえるだろうか。あの虐殺のあと、俺たちは散り散りばらばらになった。ムーラは俺たちを探しあて、めざすゴールを与えてくれたんだ。自尊心も未来も過去もはぎとられ、一日一日をなんとか過ごすだけの暮らしとは別のものを示してくれた。でも、ムーラはどっかで道をまちがえた。俺はそれをわかっていて、止めなかった。その罪は、これからの人生で俺が背負っていかねばならん十字架だ」

暗闇がずいぶんと薄らぎ、フェイバーの意識は、ジェイミーの大きな腕のなかで背を起こそうともがくくらいにはっきりしてきた。彼の罪悪感など気にしていない。罪の意識なんて、フェイバー自身いやというほど感じている。わたしがほしいのはレインだけ。「ムーラはどこ?」

「わからん。城に戻ったんではないかと思う。馬たちを猛烈にむちでたたいて馬車を走らせていった」彼は大きなぼさぼさの頭を悲しげに振った。「休んだほうがいい、ミス・フェイバー。もうすべて終わったんだ」

「いいえ。まだ終わっていないわ」フェイバーは彼から身を引きはがすと、ふらつきながら立ちあがった。視界が闇で閉ざされようとしていた。それに必死で立ちむかい、意識をのみつくそうとする闇をねじふせた。「レインのところに行かなければ。ジェイミー、ワントンズ・ブラッシュに連れていって」

「なあ、ミス・フェイバー。そんなことをして何になるんだ？」ジェイミーは悲しげに言った。

フェイバーは階段の一番下の軸柱に手をかけ、からだを支えた。正気を失ったムーラの妄想のせいでレインを失うわけにはいかないのだ。いや、どんな理由でも。

「ムーラの話を聞いていたでしょ、ジェイミー。あなたはムーラのことをよく知っていたはずなのに、彼女がどんな計画を思いついたか、わからなかったの？」

彼は手を伸ばし、フェイバーのひじをつかんで支えようとした。フェイバーは彼の手を振りはらった。「どんな計画なんだ？」

「三人とも殺すつもりよ――従者と、司祭と、レインを――そうやって、わたしと伯爵の結婚を邪魔だてするものを除こうとしてるの」

ジェイミーは彼女を見つめた。何もしゃべらないのは、彼も同意見である証拠だった。

「でも、お嬢さんは決して伯爵との結婚に同意しないだろう。思惑どおりに進むとムーラは思ってるのか？」

「そんなこと関係ないのよ。ムーラは狂ってるの!」と言い、ジェイミーの手をつかんで強く引く。「さあ、わたしをワントンズ・ブラッシュまで連れていって、ジェイミー・クレイグ。悪魔に追いたてられている気持ちで、馬車を走らせてちょうだい」

夕闇が深まるなか、ワントンズ・ブラッシュはひときわ黒い影となってそそり立っていた。城の正面にある少しばかりの狭い銃眼から明かりがもれていたが、正面から左右に伸びるL字形の翼部分は完全に真っ暗で、巨大で敏感な夜行性の鳥が羽を薄暗い中庭のほうに折りたたんでいるように見えた。ジェイミーは正面の大きな入り口の前まで来ると、汗びっしょりになっている馬たちの手綱を引いた。へとへとの馬たちが完全に止まる前に、フェイバーは馬車から飛びおりた。

「ミス・フェイバー!」ジェイミーが叫んだ。「城の外で待ってますから」

フェイバーは返事をせず、重い扉を力まかせに開けると、めんくらった召し使いを尻目に突進した。中央の階段を上がり、使われていない東側の翼部分へと向かう。

最上階まで上ると、廊下を飛ぶように進み、海に面する部屋に通じる狭い通路へと入っていった。レインがねぐらにしているのは北の塔に近い部屋だ。もし彼が城内にいるなら、その部屋で会える可能性が一番高かった。もし彼がまだここにいるのならばという話だけれど。レインが城から出ていったかもしれないという考えが浮かぶと、フェイバーのパニックもわずかに収まるのだった。

でも、ムーラが追っている——悪だくみを邪魔されて頭がおかしくなった女が悪霊にとりつかれたように。ワントンズ・ブラッシュについてムーラほどよく知っている人はいないだろうから、すぐにレインの居場所を探りあてるわ。

フェイバーは足どりをゆるめ、暗がりに目を慣らそうとした。長い廊下の真ん中付近の扉の下からわずかに明かりがもれていた。そこはジャネット・マクレアンの持ち物のほとんどが捨ておかれている礼拝堂だった。

それに気づくと、前にこのなかで見たレインの姿が頭に浮かんできた。彼は母親がかつて大事にしていた品物の残骸を見ていた。礼拝堂にたまたま入ったフェイバーは、彼が物思いに沈んでいる理由がわからなかった。フェイバーの突然の出現で、彼がほっとしたように気持ちを切りかえたのには気づいたが。あのとき、レインも過去の亡霊と向きあっていたのだ。

フェイバーは礼拝堂の扉を開け、なかに入るとあたりを見渡した。床の上に凝ったつくりの銀の枝つき燭台が置かれていた。一〇数本のろうそくの光が磨きあげられた燭台の表面に反射してちらちら輝いている。しかし、部屋には人影一つないようだった。フェイバーは顔をしかめて前進した。背後の扉がばんと閉まる音がする。

振り向くと、カー伯爵、ロナルド・メリックが彼女の後ろに立っていた。伯爵は王子のような装いで、頭から足の先まで光り輝いていた。腰には宝石をちりばめた鞘に納められた剣を携え、頭にはダイヤモンドの留め金で固定された雪のように白い袋かつらをつけている。長上着の袖口の深い折り返しやボタンはたくさんの水晶玉や金属的な光沢を放つ糸の飾りできらきらしていた。靴の留め金でさえまぶしいほど輝いている。

「髪に何かしたのかな」彼の声はことさらやさしかった。「ああ、こちらのほうがいい。美しい」

フェイバーは何と返事をしていいか、言葉が浮かばなかった。伯爵の表情は落ち着いていたが、目がどことなく変だった。

「おまえが来るのはわかっていた、ジャネット。いつもきれいなものが好きだったな、しかし――」彼は悲しい目つきであたりをさっと見た。「ここにあるものはもうあまりきれいではなくなっている」

「わたしはジャネットではありません、閣下」

「もちろん、あなたはちがう。あなたはフェイバー・ダンだ。いや、マクレアンと言うべきかな。知らないとでも思っていたのか？　もちろん、私は知っていた。ただし、白状するが、つい最近わかったことではあるがな。息絶える前のランクルがしゃべってくれた。まったくいくじのない男だったな」

まあ、なんて恐ろしい。あの小柄な従者を殺したんだわ。

「心配は無用ですぞ。あなたのお兄さんとはちょっと話をしなければならないだろうが……もしお兄さんが戻ってきたらね。しかし、あなたとわたしのあいだでそのことは何の関係もない。あなたがマクレアンの人間であっても、だれであってもかまわない。なぜならば……」フェイバーのほうに近寄る。「あなたには私の愛するジャネットの霊が乗りうつっているのだから」

伯爵が彼女の髪を一房つかみあげ、無頓着に指に巻きつけるあいだ、彼女はゆっくりと息を吐き、身動き一つしないでいた。「まったくこの上なく美しい。本当に、この色合いからは目を離せなくなる」

ほほえもうとするフェイバーの口元はわなわなと震えていた。

「あなたが死ななければいけないのは実に残念なことではあるが」

フェイバーは突然の死の宣告に動転して飛びのいた。伯爵はおびえた雌馬に人がよくやるようにやわらかく舌打ちしながら、笑みを浮かべた。「さあさあ、ジャネット。隠れて聞いているんだろう？　私が話さなければいけないことはすべて、ミス・ダンには関係ないことなのだから」

伯爵はわたしをなんとしても殺そうとしている。わけがわからない。「なぜです？」小さなしわがれ声で訴えかける。

「ロンドンでおまえに追いかけまわされるのはかなわないからな。おまえはスコットランドの単なる平凡な小娘だ。今の肉体に宿ろうが、以前の肉体のときだろうが。おまえは――」伯爵は適切な言葉を求めて、片手をくるくると回した。「金持ちでもないし、有力なコネももちあわせていない。私の妻にふさわしい特別な人間ではないのだ。それにジャネット、おまえはいつもプライドが高すぎて、妥協ということを知らなかった。おそらく、ミス・ダンもおまえのお高くとまった性分に苦労していたのではないかな。なぜならば、私はたしかにミス・ダンに――おまえに――私の愛人になるあらゆるチャンスを与えたのに、ミス・ダンは――いや、おまえは――夫婦になることにうんざりするほどこだわった」

「わたしはジャネットではありません」と弱々しく否定する。ムーラの陰謀を打ちあけたほうがいいのかどうか自信がなかった。そんなことをすれば、かっと怒った彼にすぐ殺されてしまうかもしれないと怖かった。

「もちろんちがう」伯爵は子どもに対するように彼女のほほを軽くたたいた。フェイバーの表情を見るうち、彼の目がゆっくりと活気づいてくる。「知っているか、ジャネット。おまえの望みどおりに従おうと思った時期もあったのだぞ。結婚しようとほとんど決心しかけていたのだ――もちろん――私の好きなときに、おまえの束縛から自由になれるという但し書きつきでな。しかし、あのもうろくしたジョージ王が死んで、私の結婚を禁止する者もいなくなり、正々堂々と妻をもてるようになった。ロンドンには財産を相続する娘たちが星の数ほどいるのだ。有力な親戚がいる金持ちの娘たちが数えきれないくらいにな。残念ながら、おまえに勝ち目はない」

「では、どうしてわたしに結婚を申しこんだのですか？」フェイバーは訊いた。「なぜ司祭を呼びにやったのです？」

「そんなことはしていない。司祭を呼んだとあなたの伯母に話しただけだ」軽く舌打ちをする。「もし私が結婚を申しこめば、あなたの番をしているダグラス夫人が、私たちが二人っきりになるのを許すだろうと踏んだからだ。それで求婚した。実際のところ、フィアさえ、そのときの私の言葉を聞いてしまったのではなかったかな。ダグラス夫人には、司祭を呼びにやっているところだと話し、馬車の到着を見張るための召し使いも何人か張りつかせた。その偽装工作もうまくいくはずだったのだ。私は一時間かそこら、二人だけで過ごせるように求めるつもりだった。しかしその後、病気になってしまってね。私の挫折感がどれほど深かったか、口ではとうてい言いあらわせない」打ちあけ話をするように言う。「しかし幸運なことに、すべてはあるべき状態に戻った。私たちはここにこうしているのだから」フェイバーの視線が適当な武器がないかと、部屋をすばやく駆けめぐったが、何も見当らなかった。「わたしはまたよみがえってきますわ」と絶望的にささやく。「あなたが何度わたしを殺しても、そのたびにわたしは戻ってきます」

「ほほう」伯爵はくすくす笑って、彼女のあごの下に音高くキスをした。「最後にはおまえを引きずりだせると思っていたが、今度は脅しか、ジャネット？　あの日の崖でのふるまいがまちがっていたのを学んだとばかり思っていたのだが」彼は窓の方向に手のひらを広げた。冗談めかした口調にもかかわらず、伯爵はフェイバーの言葉でかんかんに怒っているのがわかった。

伯爵のまばゆいほどの青い目のなかで、瞳孔が収縮して針の先ほどの黒点となっていた。口角がかすかにぴくぴくと引きつっている。「せいぜいがんばることだな、ジャネット。この世に好きなだけ戻ってこい。そのたびに殺してやるから」

大変なまちがいをしてしまったわ。あとずさったが、並んだ箱や木枠に逃げ道を阻まれてしまう。箱に沿ってじりじりと進みながら、背中で手を隠すようにして何か武器になるものを探った。伯爵があとを追う。

「なあ、ジャネット、知っているか？　私は幽霊や悪霊についての本を読んでいる。なかなかおもしろいぞ。おまえたち幽霊はとにかく家族団らんが好きなようだな。入りこむ人間の入れ物が見つからないときはどうするのだ？　それを手に入れようとつまらん画策をするのに、今回はどれだけ時間がかかった？　かなりかかっただろう」

伯爵との距離は一メートルもなかった。なんとか離れようと動いても、何の効果もなく礼拝堂の隅に追いこまれる。「ジャネット、私が言いたいのはだな――」いまや伯爵はくいしばった歯のあいだから声を出していた。顔は怒りくるっているのに、ものやわらかで上品な口調で話すところが、彼の言葉以上にフェイバーを心底震えあがらせた。「おまえや――おまえの一族は――この地を離れることはできないということだ。では、試してみようではないか」

伯爵が彼女ののどをわしづかみにした。フェイバーは逃れようと必死で手足をばたつかせたが、ずっしりと重たいスカートに邪魔されて思うように動けない。伯爵の手首をつめで引っかく。激しくつめを立てたが、伯爵の指はのどに深くくいこんだままだ。

「あなたの息子の妻を殺すつもり？」フェイバーの息はつまりそうだった。

伯爵は笑った。フェイバーの言葉をてっきりくだらない陽動作戦だと思いこんでおかしくなったらしい。しかし、彼女があえぎながら一息ついて肺に空気を送りこめるくらいには、のどをつかむ指の力がゆるんだ。

「そうよ。本当なの」息も絶え絶えに、のどにかかった容赦ない手をなんとかしようと引っかきつづける。「わたしはあなたの息子のレインと結婚したのです」

「レインだって？」伯爵は含み笑いをした。愉快そうな顔になり、ハンサムぶりがさらに際立った。しかし、のどをつかむ握力がわずかにゆるむ。どれだけ腕や手に深い引っかき傷をつけられても、気にしていないように見えた。ネズミをつかまえた猫のように、彼女をもてあそんでいる。彼女が次に何を言うか興味しんしんのようすだ。

「ええ。レインはこの城にいます。もしわたしを傷つけたら、レインはあなたを殺しますわ」フェイバーはそう言いながら、それが真実だと気づいた。彼が持てるだけの空恐ろしい力を発揮して、フェイバーのかたきを取ってくれるだろうと信じて疑わなかった。なぜならば彼はわたしを愛しているから。

彼の素性を知ってがく然とし、理解できずにうろたえたまま、わたしは彼がとんでもなくおぞましい動機で行動していたと決めつけた。でも、いまは彼の言動のすべてが、わたしを守るためだったとわかる。わたしと結婚したことも含めて。ああ、自分の心の声にちゃんと耳を傾けてさえいたらよかったのに。

伯爵は遊びに飽きたようだった。彼の手の力は強まり、拷問を加えようとするかのように、彼女の命を少しずつしぼりとっていった。フェイバーの視界の周囲に、火花を散らす黒雲が激しく揺れながら押しよせてきた。手足の感覚がなくなった。肺が焼けつくように熱くなった。

「それで、あなたを傷つけたら、私はレインに殺されるというわけか」彼女の顔をじっと見ながら、低い声で笑う。

「ああ、そうだ」

わたしはレインの声を想像しているにちがいない。しかし、伯爵はぱっと頭をもたげ、獲物に気づいた猟犬のようにからだを緊張させて動かなくなった。伯爵の手がのどからはずされたため、フェイバーは床にくずおれ、息をつこうとあえいだ。伯爵は声の主と対面するためにからだの向きを変えた。

陰になっていた戸口のほうからレインが大またで近づいた。手には撃鉄を起こした拳銃を持ち、伯爵にねらいをつけている。シャツの前は開き、長い髪は乱れ、ブーツは泥だらけだ。伯爵のかぎりなく華やかな姿に比べると、レインは無骨で粗野に見えた。しかし、すばらしく美しい。大天使ミカエルが悪魔ルシファーに挑んでいるかのようだ。

「おやおや、だれかと思ったら私の大きくなった次男ではないか」伯爵はまぶたを半ば閉じながらつぶやいた。「さあ教えてくれ、残りの話も本当なのか？　おまえが彼女と結婚したというのは？」うずくまっているフェイバーのほうに手を振る。後ろへ飛びのいた彼女を、彼は気にも留めなかった。

「ああ」レインは言った。視線は用心深く、抑えられない怒りであごがこわばっている。

「近親相姦が好みというわけか。それとも、この娘のなかにおまえの母親の霊がいるというのを知らないのか」

レインは忍び笑いをした。「もうろくしたものだ。俺たちの計画にまんまと引っかかったな。俺が城のなかでマクレアン一族の宝探しをしているあいだ、母がよみがえったとあなたに信じさせて、ほかのことに気が回らないようにしていたんだ」

俺たちですって？　まあ、レインはわたしの話を聞いて、ムーラがどんな計画を立てているのかを推測したにちがいないわ。いまは伯爵の関心をわたしからそらそうとしている。衝撃のさめやらぬ伯爵の顔に怒りの表情が現れ、くちびるが引きつり、目がちらりと光った。右手の力が入らないかのように固まっている。

「いや」伯爵は言った。「うそに決まっている」すばやく振り返り、いまにも殺しかねない視線でフェイバーをにらみつける。「おまえはジャネットだ。知っていたではないか。パルトオブノン――」言葉が途中で消え、彼はもう一度レインのほうにさっと向きなおった。

「おまえがあのせりふを教えたのだな」

レインは顔の片側だけで笑みを浮かべた。ジャネットの笑い方だった。ムーラが何時間もかけてわたしに練習させようとした笑いだ。どうしてそれに気がつかなかったのかしら？　伯爵の目から狂信的な光が薄れ、人を殺すのもいとわない冷たい敵意が現れた。伯爵は何よりも笑いものにされることが嫌いだと、レインは知っているのだ。わざと彼をあおっている。

「おまえを殺したくてたまらないのだが」伯爵は言った。

「どうぞ、やってみたらどうですか」レインは重々しく応じ、拳銃の撃鉄を下ろすとそのまま放りだした。拳銃は床すれすれに飛んでいき、フェイバーがうずくまっている場所から六メートルくらい離れたところにある収納箱にぶつかって止まった。

伯爵は咆哮にも似た声を上げながら剣を抜くと、突進した。レインは枠箱のふたをつかんで顔の前に振りあげ、切りつけてくる伯爵の剣をよけた。その剣が木のふたに深く突きささる。レインは身をよじり、剣が刺さったままのふたを遠くに投げすてた。その瞬間、胴体が無防備になる。

フェイバーは伯爵の長上着の袖口の下から、輝きを放つ恐ろしい短剣が飛びだし、その手のなかにすべりこむのを見た。

「伯爵が短剣を持っているわ！」その警告は遅すぎた。伯爵のからだが突っこむと、振り向いたレインのあばら骨のあいだに短剣の先が刺しこまれた。レインはあえぎ、後ろによろめく。あくどい戦い方がお手の物の伯爵は、レインの動きについて前進した。短剣から手を放し、レインのからだに刺さったままにして、彼の顔を何度もなぐりつけた。

レインを殺そうとしている。

フェイバーは壁に沿ってはいながら拳銃のところまで行った。彼女がそれを拾いあげたとき、レインは短剣の刃先を胸のわきから力まかせに抜きとったところだった。血でぬるぬるした短剣が下に落ちると、フェイバーは拳銃の撃鉄を引きおこし、震える手でねらい、引き金を引いた。

何も起きなかった。

すすり泣きながら、フェイバーは呪われた拳銃を床に投げだした。突然、拳銃が火を吹く。銃声がとどろき、礼拝堂の壁に反響した。不意をつかれた伯爵が音のほうに顔を向ける。レインが反攻のきっかけをつかむにはそれだけで十分だった。

彼のこぶしが伯爵のあごに命中し、骨のくだける気持ちの悪い音がした。つづく打撃が腹に深くめりこんだ伯爵が、膝をついた。レインは両手を合わせ、頭の上に振りあげると、伯爵の首の後ろに強烈な一撃を加えた。伯爵がうつぶせに倒れる。

「起きろ！」レインは倒れた父親の上に立ちはだかって叫んだ。シャツの右わきが赤く染まり、ほほの切り傷からも血がにじみでている。

「起きろと言っているのがわからないのか」レインは片手を伸ばし、伯爵の長上着の背中をつかんだ。ビーズや水晶玉がぱちぱちという音とともにあたりに飛びちる。レインは片手で伯爵を半ば引きずりあげるようにし、もう一方の手の甲でその横っ面《つら》を張った。レインは野性を取りもどした者のように顔をゆがめて歯をむき出し、伯爵を何度もなぐった。ざらついた激しい息づかいの合間に、彼のこぶしが伯爵の顔に当たる音が加わった。

ああ、ひどい。伯爵が息子の母親ジャネットを殺し、今度はその息子が父親の伯爵を殺そうとしている。おぞましいメリックの血はやはり受けつがれていくのだろうか。ちがうわ！わたしはレインのことをよく知っている。伯爵がどんなに邪悪な人間であったとしても、レインが父親殺しの罪を犯して平気でいるわけがない。

「レイン！」フェイバーは叫び、なんとか立ちあがろうとした。よろめきながら部屋を横切る。「だめよ」

見上げたレインの顔は猛々しくゆがんでいた。フェイバーは彼の首に両手を投げかけ、抱きついた。「いけないわ、レイン。ああ、お願いだから、やめてください」

心臓の鼓動が一拍する。もう一拍分の沈黙が流れた。足元に伯爵が倒れこむのと同時に、レインは彼女を力いっぱい抱きしめた。その腕は震えている。

「伯爵なんかどうでもいいわ。どうでもいい」フェイバーは懸命にささやいた。「放っておきましょう、レイン」

「こいつは俺の母を殺したんだ。人を殺したり傷つけたり……ああ、フェイバー。伯爵はこの世からぜひとも消えてもらわねばならない厄病神だ」

「でも、それをあなたがすることはないわ。その役目はわたしでもない。伯爵を見て、レイン。もうどこにも行けそうにないわ。ジェイミーが外で待っているの。伯爵をジェイミーに渡して、マクレアン一族の人たちに彼をどうするかまかせましょう」

「だめだ」レインは激しく首を振った。「伯爵がどんな人間か、あなたは知らないんだ。逃げてしまうぞ！」

「いいえ、もう逃げられないわ」フェイバーは懇願した。レインのからだを下のほうへとたどった手が血でべとついた。彼はけがをしている。それも大量に血を流して。レインが出血多量で死にかけているのに、伯爵のことなど議論して時間を無駄に使うひまはない。「とにかく伯爵は放っておくのよ。あなたはわたしに言ったでしょう？　わたしもあなたに頼むわ。愛しています。どうかわたしのものになってちょうだい」

「俺にはあなたに与えられるものは何もない」息を激しく吐きながら彼は言った。「この……男があなたに再び危害を加えないと保証する以外には何もないんだ。その保証をあなたにあげたいんだ、フェイバー」としわがれた声で頼む。「それだけでもさせてくれ、あなたのために」

フェイバーの両手が彼のからだをはいあがり、傷ついた顔をそっと包んだ。「もうあなたはわたしに、この世にあるとは夢にも思わなかったものをくれているの」と切ないほどの愛に満ちた言葉を返した。「わたしがほしくてたまらないのは、あなたが与えられるものなのよ。あなたの心なの」

「それはとっくにあなたのものだ」

「では、わたしからそれを取りあげないで。伯爵の命はそのままにしておいて」

レインはもはやためらわなかった。彼は無条件で降伏した。やるせない想いを訴えかけながら、やさしく、うやうやしく、キスをする。両腕で彼女を持ちあげると、そののどに顔をうずめた。

「だめよ」フェイバーはあらがった。「傷が」

「たいしたことはない」そうつぶやく。

足元で伯爵が身動きした。レインに抱擁されたまま、彼女は伯爵のほうを見た。伯爵は手と膝を使ってなんとか体勢を整えようとしていた。ハンサムだった顔は殴打で見る影もなくなり、衣服は破れ、血の染みができていた。

「子どものころも肝っ玉に欠けていたが、いまでも同じだな」伯爵はかすれた不明瞭な声でつぶやいた。「おまえは私からは何一つ受けつがなかった。度胸も、脳みそも、外見も何一つ。見所などどこを探してもない。つまらん奴だ。マクレアンのトラストも見つけきれなかったのだろうな」

「ええ。しかし、それよりもはるかに大切なものを見つけました」

その言葉を聞いて伯爵の顔はすばやく上がり、腫れあがった目のなかにさもしく問いかけるような光が生まれた。「何だ？」むせてせきこみながらも詰問する。「何を見つけたのだ？」

「あなたにはわからないでしょう」レインは答え、フェイバーの顔を見る。彼女をそっと下ろして立たせた。伯爵の視線がレインの見た先をたどった。「もしフェイバーに一言でも話しかけたら、俺はあなたを殺す」レインは誓った。「どうしてもやるのなら――」

そのとき、かつて礼拝席があった中央部の後方の入り口から、子どもの悪夢に出てくるような恐ろしい姿の人間が、両手に持ったたいまつを振りまわしながら飛びこんでくる。ムーラの顔は土気色になり、口はぽっかりと開いた穴のようで、目は狂気でぎらつく点と化していた。

「裏切り者め！」ムーラが甲高くののしった。「あんたはすべてをぶっこわした。私がこれまでやってきたことも計画もすべて。でも、裏切ったからって簡単においしい獲物にありつけると思ったらおおまちがいだ。マクレアン一族以外の何者にもメイデンズ・ブラッシュを渡しはしない」

ムーラはそう言うと、そこらに散らばった、燃えやすそうながらくたにたいまつを一つ投げこんだ。ジャネット・マクレアンの私物だった品々に。

31

火は朽ちかけた木製品から紙箱へと恐ろしい速度で燃えうつっていった。布、本、張り子、カーテン、リネン、革製品が次々と、どん欲に燃えさかる火のえじきとなる。紅色の波を勢いよく描く炎が音を立てながらわきでて広がり、行く手のあらゆるものを瞬時にのみこんでいく。

突然動く人影にフェイバーが気づいた。伯爵が立ちあがり、よろめきながら扉を通って外の廊下へと出ていく。「待て！」ムーラは自分の獲物が逃げるのを見て、金切り声を上げた。レインがフェイバーの腕をつかんでぐいと引っぱり、扉のほうに行こうとした。しかし、ふくらんだスカートに足をとられたフェイバーは、危うく転びかけた。彼は腕で抱きとめて支え、廊下に出ようと急いだが、そのわずかな遅れが致命傷となった。

ムーラのほうがすばやかった。

ムーラはもう一つのたいまつを空中で振りまわし、火の粉が飛びちる煙の雲を背後にたなびかせながら、礼拝堂のなかを扉まで駆けぬけた。戸口のところでぴたりと止まる。かたわらにある巨大な衣装だんすの上には、物が入った木枠や箱が置かれており、重みでぐらぐら揺れていた。ムーラは気がふれたように、たいまつを細身の剣《エペ》のように構え、二人に対して突きかかる構えを見せた。

レインはムーラを押さえつけようと手を伸ばしたが、たいまつの燃えさかる炎の先にさわってしまい、痛みで激しく息を吐きながら退いた。フェイバーが狂った老女をなんとかしようと突進しかけるが、レインが腰に手を回してそれを引きもどす。すんでのところで、振りまわされるたいまつに顔をやられるところだった。レインはフェイバーを自分の後ろに押しやり、ムーラの背後に伸びる地下道のような細く暗い廊下をじっと見た。フェイバーの背中の側にはすでに焦熱地獄が刻一刻と広がり、その耐えがたい熱さが伝わってくる。

「フェイバーは見逃してくれ」レインはしわがれ声で求めた。

「だめだね。やなこった」ムーラが左右にはねまわりながら高い声で騒ぐ。「この娘とのお楽しみは次は地獄でやるんだね、レイン・メリック！」ずる賢い表情になり、視線がかたわらにさっと移る。衣装だんすの朽ちかけた中身にたいまつを近づけると、たちまち炎が上がった。

「よせ！」レインが叫んだ。彼が止めにかかる前に、ムーラはぐらつく衣装だんすの扉をつかむと、えいと引いた。衣装だんすが床にぶちあたる寸前に、逃げ道の廊下のほうへと飛びのく。倒れたたんすは激しく燃えだし、出口をふさいだ。

暗い廊下を小走りで進みながら、手当たりしだいにたいまつであたりに火をつけていくムーラの姿を二人は見た。出し抜けにつまずいたムーラのスカートの上にたいまつが落ち、見

る間に火が燃えうつった。ムーラの甲高い声が響きわたる。それは痛みによる悲鳴というよ
り、身の毛のよだつ笑い声に聞こえた。燃やされる人形のようになったムーラは廊下をぐる
ぐる転げまわり、あっという間にその姿が二人の視界から消えた。

「神よ、ご慈悲を」フェイバーはささやいた。

「急げ！」レインが叫ぶ。

フェイバーは振り返って礼拝堂の奥を見た。祭壇近くの出口にはとうてい行けそうにない。後ろの壁をいまにものみつくそうとして、炎が波のように盛大に上がっている。首の後ろや肩が焦げそうだった。逃げる道は目の前の扉しかない。フェイバーは燃える木枠の山に飛びついて、まだ火の移っていないものをつかんでは戸口から離れたところへと放りなげた。レインはすでに必死で取りかかっており、手や腕が火傷するのもかまわずに、木枠や旅行かばんを引きずりだしては投げすてていた。

並んだ二人はしゃべらずに死に物狂いで手を動かした。真っ黒な毒々しい煙がもくもくと広がり、新たな出口を求め、高い天井のほうにまで立ちのぼっている。煙が彼らをおおってしまうのも時間の問題だった。すでにフェイバーの肺は有毒のガスで焼けつき、目からは絶え間なく涙が出ていた。

外の廊下のほうでも、火はしっかりと燃えだした。床板をなめるように進み、その飢えた舌先で壁を少しずつ味わいはじめている。扉の腐った木枠からは鮮やかなオレンジ色の炎が盛んに上がり、火は城の中心部分へ急速に広がろうとしていた。

レインはぐらぐらする衣装だんすの端をつかみ、うーんと大きなうなり声を上げて戸口から突きうごかした。フェイバーは彼が開けた小さなすき間に飛びこんで通りぬけると、廊下側から手を伸ばし、レインの手首をつかんだ。

「行け！」レインは彼女の手を振りはらおうとしながら叫んだ。「この穴は小さい。逃げろ。俺はあとからすぐに追いかける」

フェイバーは手をはずしたが、その場を離れなかった。大岩のような家具に向かってか細いからだをぶつけ、力をふりしぼって押した。

「行くんだ！」彼が叫んだ。

「あなたと――」歯をくいしばる。「一緒でないと――」目をつぶって祈りをささげる「いや！」びくともしない巨大なたんすに肩を激しくぶつける。

「なんて娘だ、フェイバー・マクレアン！」レインの叫び声が聞こえた。衣装だんすの位置がありがたくも少しずれた。彼はすばやくたんすに足をかけ、かろうじて通れるくらいの広さができたすき間を通りぬけ、廊下に出た。フェイバーのほうを向くと彼女の手をつかんで引きよせる。

炎の上がる廊下を二人は走った。火がぱちぱち、ばりばりと燃える音が気のふれた者の笑い声のように二人を追ってくる。塔の下へと通じる階段の扉を開けて大急ぎで入りこみ、真っ暗闇の狭いらせん階段を大きな音を立てながら半分転がるようにして、玄関のある階まで駆けおりた。ムーラは望みどおりにやってのけた。いまや、ワントンズ・ブラッシュは紅蓮《ぐれん》の炎が燃えさかる地獄と化していた。

気がふれた老女の放火によって、城は燃えていた。伯爵は痛むからだを引きずるように執務室めざして廊下を進んでいた。

まぶたは腫れあがり、ほとんど閉じかけていた。赤いもやのかかった視界はぼんやりとしたままで、その上、物がいくつにも重なるように見える。鼻の骨は折れ、頭のなかでは鈍い音が鳴りひびいている。息をするたびに槍で刺されたようにわき腹がずきりと痛んだ。伯爵はからだの痛みを無視した。息子からぺてんにかけられた——あのスコットランドの無作法な小娘の助けを借りて——という、心の底をえぐる苦痛も無視できたのだから当然だ。

いまはそんなことにかかずらっているひまはない。背後の階段の吹きぬけにはすでに熱っせられた空気がゆらゆらと立ちこめ、先陣を切る炎があとにつづこうとしていた。

城内にとり残されたわずかの客たちが、これまで大騒ぎをしていた部屋から目をぎらつかせながら出てきて、崖っぷちのレミング（タビネズミの一種。集団で海に飛びこみ自殺をすると言われる）のように、おろおろと無能ぶりをさらけだしている。目だけはかっと見開いているが、どうしていいかわからず、愚にもつかない言葉をぶつぶつつぶやき、助けを求めて何度も叫びながら立ちつくしていた。伯爵はそうした客たちをも無視して通った。数人の従僕たちが水を持ってこいとわめいている。馬鹿者どもめが。水くらいではもうワントンズ・ブラッシュは救えはしない。執務室の戸口までたどり着き、腫れあがった手でポケットを探って鍵を出し、鍵穴にさした。地獄の番犬がほえたかのように、ぶーんという大きな音が頭上でした。数メートル後方の天井が突如としてくずれる。束縛から解きはなたれたアトラス（ギリシア神話に出てくる、天をかつぐ巨人）のように、すさまじい勢いで炎が立ちあがり、燃える木材から熱波が押しよせ、火が襲いかかる。豪華なタペストリーや金めっきの額に入った名画が一瞬にしてめらめらと燃えあがる。

やり場のない怒りに歯をきしらせながら、扉を押して執務室に入った。時間はほとんどなかった。一刻の猶予も許されない。凝った彫刻が施されたマントルピースのほうに足音も荒く進んだ。マントルピースのタイルの下につめを差しこんで、歯をくいしばりながら力まかせにこじあける。なかから現れた仕切りに手を突っこみ、小さな包みを探りあてると、取りだしてシャツの下に入れた。

廊下に通じる扉のほうを見ると、下のすき間から繊細な渦を巻いて、煙が忍びこんでくる。まずはものやわらかにあたりを調べはじめるというわけか。彼は向きなおって、隣接する寝室のほうに足を引きずりながら急いだ。せめて、ジャネットの肖像画の下の収納箱に入れてある金貨くらいは持っていかなければ。ジャネットへと考えが及ぶと、傷ついたくちびるがゆがんで、うなり声が出た。取っ手に手を伸ばし、扉をぐいと開けた。

目の前の光景に思わず後ろによろめく。息が苦しくなって胸元をつかむ。

肖像画の下にジャネットが立っていた。

私室の暖炉にはいつも火を燃やしておくように命じていたのだが、その明かりを背景にジャネットのシルエットが浮きでていた。両手を腰で組みあわせ、顔は横を向いている。まるで肖像画をながめているかのように、彼女のあごは上向いていた。やわらかなくちびるはかすかなほほえみをたたえていた。

「まさか!」伯爵はささやいた。

「ここを出て、ロナルド」彼女の声は伯爵自身の頭のなかから響いてくるように感じられた。低くぼんやりとしているが、有無を言わせぬ声だった。ジャネットは彼のほうに顔を向けなかった。その姿がかすかに揺らいでいる。「さあ、ここを出るのよ」

ジャネットは伯爵を救いにきたのだ。

カー伯爵、ロナルド・メリックはジャネットの幽霊の言葉に従った。

「向こう側からかんぬきがかかっているわ」フェイバーは叫んだ。塔の階段の一番下まで下りたところの小さな扉に、レインが何度も何度も肩をぶつけるのを止めようと、腕にすがりつく。あたりは真っ暗だった。明かりといえば、扉の下のすき間からわずかに差しこむ薄ぼんやりした銀色の光の縞だけだった。「上に戻らないと――」

「だめだ! 上に行ったら死んでしまうぞ」

扉を開けようと必死になったのは一〇分ほどだったが、何時間も格闘した気分だった。石の塔はまだ荒れくるう火に対して持ちこたえているが、炎はすぐに侵入口を見つけて入りこみ、二人は塔の一番下で焼け死ぬことになるだろう。

「フェイバー」彼は切迫した声で言った。「ちょうつがいを引きはがすのに何か道具が要る。

なんとか役に立つ物を探してきてくれないか。俺はこいつをたたきつづけているから」

フェイバーはうなずいて、階段をはいのぼりはじめた。てこになる棒のようなものがないか、手であたりを探り、石段の幅いっぱいに足をずずっとすべらせながら確かめた。二階まで上る途中で、壁から飛びでた硬く鋭い何かにもうちょっとで突きささるところだった。闇のなか、フェイバーは手探りして、湾曲した金属のきれはしをつかんだ。それは古い鉄製の手すりだった。マクレアンの偉いだれかが急な階段に手すりをつけたのだが、すぐにさびて形がくずれたのをそのままにしていたのだろう。その先祖の頭上に神の恵みが二倍ありますように。

冷たい金属を握りしめてひねると、手すりが動いて、漆喰《しっくい》のかけらが落ちる音がした。らせん階段の中心部分のほうに上体をそらしながら、壁に片足をかけてふんばり、力のかぎり手すりを引っぱる。ぽきっという音があたりに響いたかと思うと、彼女の手のなかには重たい棒状の金属の破片が残った。

やったという気持ちで階段をあえぎながらはいおりて、レインのところまで戻った。彼の腕を軽くたたきながら手のほうまでたどり、九〇センチほどの金属片をその手のひらにぽんと渡す。

「さあ、どうかわたしたちをここから出してね」

「はい、奥様」レインの声の調子から、彼はどうも笑みを浮かべているようだった。扉のちょうつがいをごそごそ探る音と、金属と金属がこすれる音で、ちょうつがいの下に手すりの棒が差しこまれたのがわかった。それからレインはうなりながら、てこの原理で力を加えた。手すりがぽきりと折れた。

一瞬、どちらも黙ったままだった。

「わたしたちはここで死ぬのね」フェイバーが静かに尋ねる。

答える代わりに、彼の肩が扉にぶちあたる大音響が聞こえてきた。そのダーンという音が閉じこめられた狭い空間に鳴りひびいた。

「お願い、レイン」彼女は言った。「もし、ここで死ななければいけないのなら、あなたの腕にもう一度抱かれてから死にたい」

ダーン！

「あなたを愛しています、レイン。それを胸にとどめていてほしいの」

「こんちくしょう！」レインの叫び声には怒りと嘆願の両方が混ざっていた。

「お願い――」

力強い腕が彼女をつかみあげ、熱く抱きしめた。塩辛い血と汗にまみれたくちびるがあまりにやさしいキスをくれたので、フェイバーの目に涙があふれた。

「愛している、フェイバー・マクレアン・メリック。あなたをしあわせにするためなら、俺のできることは何でもしただろう。絶対に」

「わたしたちはどこへ行っていたのかしら」フェイバーの心は不意に不思議な静けさに包まれた。こんな地獄のような状況でこれほど満たされた気持ちになるなんて。愛のおかげかしら、と考える。

「アメリカかな？」彼の声は、この運命をなんとか受けいれようとしているように聞こえたが、フェイバーほどの心境にはとうてい及んでいなかった。「たぶん……インドだ。そう、インドだと思う」

「その国はいつもあたたかいのではなかった？」切なそうに尋ねる。「わたしはハイランドに戻ってきて初めて、自分がどれだけあたたかいのが好きか、よくわかったの」

「約束する。あなたに二度と凍える思いはさせないと」しわがれ声で誓う。

「わたしは絹のサリーを着て、白い天蓋の下に寝そべり、あなたにザクロを食べさせてあげたでしょうね」

「いいや、愛しい人」彼は静かな声で言った。「俺があなたにザクロを食べさせて、キスであなたのくちびるの果汁を味わっただろう」

「では、わたしはザクロで太ったこの世で最初の女性になるところだったのね」穏やかにほほえむ。

レインは答えなかった。フェイバーは彼のからだに震えが走るのを感じ、苦悩の息を鋭く吸いこむ音を聞いた。この暗い場所から彼を連れだして、少しのあいだでも、この世ではとうてい望めない二人の明るい未来を一緒に見ようと決意し、急いでしゃべった。

フェイバーはなだめようとして、彼の口をさわった。「それで、わたしたちには何人の子どもができたのかしら？」

「何人も」と小声で言う。「輝く金髪と黒いまっすぐな眉の子どもばかりだ。そして……ああ、だめだ。俺はそれができないんだ。これからも！」彼はこぶしで扉を激しく打った。

何の音も立てずに、扉がすっと開いた。

フェイバーがぼう然と見つめるなか、レインは彼女の手をつかんで引きずりながら扉を通りぬけた。二人は、中央階段に出られる玄関ホールにいた。天井の一部が落ちかけている。天井にあいた穴から炎が噴きだし、片方の壁はちろちろと燃える火の膜でおおわれていた。

空のずだ袋を持った従僕が二人のはるか前方を走って、食堂のなかに消えた。扉の一つから金切り声を上げながら現れた皿洗い女中は、スカートをはいあがろうとする火を消そうと手ではたきながらも、抱えた銀のお盆を捨てようとはしなかった。女中はくるりと向きを変えると、出てきた部屋のほうにまた入って、姿を消した。

二人は立ちどまった。天井から廊下に落ちてきた漆喰や木材の山が燃えあがっているところを突破しさえすればよかった。しかし、耐えがたいほどの高温が二人のほほを焦がし、髪の毛をちりちりと焼いた。出口まであともう少しだ。その角を曲がりさえすれば、正面の出口に突きあたる。しかし、くずれた天井の破片がうずたかく積もっていて、それをのみつくそうとする炎が大きく上がっている。

レインは突然、彼女のからだをぐるりと回転させると同時に、繻子のドレスをつかめるだけつかんで力まかせに引っぱり、重たいスカートをちぎりとった。彼女をすくいあげると、肩の上にぽんと乗せ、ののしり言葉をつぶやきながら、燃えさかる残骸の山の上をまっすぐ走りぬけた。反対側に着くと彼女を下ろし、くすぶるブーツから火をはたき落として、前方に彼女を誘うように手まねきした。フェイバーは彼の手を取った。あと数メートル。その角を曲がれば正面の出口に着く。

しかし、あろうことか、城の外に通じる扉のど真ん中に、ジャネット・マクレアンの実物大の肖像画がたてかけてある。だれかが出口をふさぐようにそこの床に置いたにちがいない。しかし、だれが？　肖像画は炎に包まれていた。キャンバスの四隅は熱で縮みあがって丸まり、黄色い小さな火が端のほうから中央に描かれた顔に向かって次第に迫っていた。片側だけの魅力的な笑み、貴族的な鼻、何もかも心得たようなまなざしを向けるすばらしく美しい目に火がついていく。二人があ然としながら見守るなか、ジャネットの顔は焼けおち、その後ろに現れた裏張りに、大きな革製の肩掛けかばんがくくりつけられているのが見えた。絵につづいて裏張りも燃えあがると、支えがなくなったかばんが下に落ちた。

「レイン……？」

彼はひざまずき、重たい革のかばんをすばやく拾いあげた。ひもをほどいて、垂れぶたを上げる。人間の手ほどもある、ケルト族伝来のしるしであるライオンが、卵形に磨かれたビー玉サイズのルビーの目で彼をにらみ上げていた。

「マクレアンのトラストだ」レインがつぶやいた。

「どう思います？　あなたに見つけてもらおうとして、だれかがここに置いたのかしら」彼女は尋ねた。二人の背後の炎がどんどん迫ってくる。

だれかがそうしたのだ。レインは絵がなくなって枠だけになったものをじっと見た。顔をしかめたために表情が厳しくなったが、火がジャネットの美しい顔を焼きはらったかのごとく、やがてしかめっ面も消え、代わりにやさしさとあたたかみと絶対的な確信が生まれた。革のかばんのひもを再びしめて、シャツのなかへとしまう。

「レイン？」フェイバーが再び尋ねた。

「ああ《アィ》」彼は言った。「そう思う。母だよ、フェイバー。俺たちの結婚祝いにくれたんだ。死ぬまでそう思いつづけるだろうな」

レインが手を差しだし、フェイバーがそれを取った。

二人は燃えさかる城から一緒に出ていき、花崗岩の階段を下り、ずらりと集まって泣き言を言っている客や召し使いたちの前を通りすぎた。

そして振り向かずに進んだ。

訳者あとがき

実力派作家コニー・ブロックウェイのマクレアン三部作《トリロジー》の、今回はその第二弾『宿命の絆に導かれて』（原題 The Reckless One）をお届けします。

このシリーズは、北スコットランドの小島の城を舞台に、カー伯爵の子どもたちそれぞれが織りなす三つの物語からできています。

ライムブックス既刊の第一作『美しく燃える情熱を』では、長男アッシュが活躍しました。今回のヒーローは次男レインです。ただ、この本のほうを最初に手に取られた方もご心配なさいませんように。過去の経緯についてはきっちりとわかる構成になっていますから、こちらの一冊だけでも十分にご満足いただけると思います。

レインが出会うのはフェイバーという魅力あふれる娘。ところが、彼女はハイランドの没落氏族《クラン》マクレアンの長の妹だったのです。その一族の城を乗っ取っていたのがレインの父親の伯爵ですから、二人は本来なら敵対する関係にあります。さらには、フェイバーは幼いころ自分が伯爵の次男の命を助けたために、一族が皆殺しにされたという罪悪感で苦しんでいます。その若者がこの世にいなければよかったと思っているくらいなのです。フェイバーは目の前の男性が当の次男、レインだとは気づいていません。レインのほうはその事実を知りつつ、密かに命の恩人の助けになりたいという決意でいます。

フェイバーは一族の衰運に責任を感じ、その再興のための使命を帯びていました。それでも、レインにどうしようもなく惹かれる気持ちは日ごとつのります。一本気なだけに、なおさら使命との板ばさみに悩むのです。

ところで、本シリーズでは、マクレアン一族の残党が伯爵の率いる兵たちに殺戮されるのに先立って、史上名高い一七四六年のカロデンの戦いがあったことになっています。この歴史的事件について少しだけ触れさせてください。スコットランドが舞台のロマンスでは、高地人《ハイランダー》たちがイングランド政府に刃向かって大敗する、カロデンの戦いの話がよく出てきます。というのも、これ以降、クランの力は弱まり、スコットランドがイングランドに急速に取りこまれていく一大転機となっているからです。吹きすさぶ風のなか、激しい攻撃になぎ倒されるハイランダーたち、苦痛と恐怖と死の支配する戦場の凄惨なさまは歌となって、哀愁漂うメロディとともにいまでも聞くことができます。

さて、将来結ばれる男女は、互いの小指と小指が赤い糸で結ばれているとよく言われますが、レインとフェイバーとの絆は、赤い糸どころではありません。かつて若者の命を救った少女が美しい娘として成長し、偶然にも再び彼の前に姿を現す。これを運命の究極の出会いと呼ばずしてほかに何と言えばいいでしょうか。

フェイバーに自分の素性を知られたら、憎まれ退けられてしまうと思いつつも、レインは彼女を求めてやみません。年若いころの奔放な行動、そして余儀ない監獄暮らしから脱し、彼は思慮深くふるまうようにもなっています。それでも、レインは原題の Reckless が示すとおり、未来も何の展望もない二人の関係へと、しゃにむに飛びこんでいく、むこうみずな男性なのです。

また、本シリーズでは、子どもたちを苦しめる父親、カー伯爵の存在も見逃せません。第一作で悪のパワーを全開にしていたカー伯爵は、本作品でも極悪人ぶりを存分に発揮します。その自己中心的な考えや行動は図抜けており、腹が立つのを通りこして、あきれかえるほどです。最初の妻ジャネットへの妄念はさらにねじ曲がっていきます。

著者ブロックウェイは、二〇〇〇年、本シリーズの出版後のインタビューで、制作の過程を語っています。彼女は部屋の壁一面に張った紙に、歴史上の事件を赤インクで、登場人物の出来事を黒インクで書きこんで、物語の流れ図をつくり、大きな傘の下にある三つの物語がそれぞれ独立しつつも発展していくように、夢中になって取り組んだそうです。本作のレインとフェイバー兄アッシュとリアノンのその後はどうなったのでしょうか。本作の末娘フィアは？ カー伯爵メリックの子どもたちは一八世紀半ばのハイランドの地に私たちを手招きしています。

二〇〇八年八月

ライムブックス

宿命の絆に導かれて

著　者　コニー・ブロックウェイ
訳　者　高梨《たかなし》くらら

2008年9月20日　初版第一刷発行

発行人　成瀬雅人
発行所　株式会社原書房
〒160-0022東京都新宿区新宿1-25-13
電話・代表03-3354-0685　http://www.harashobo.co.jp
振替・00150-6-151594
ブックデザイン　川島進（スタジオ・ギブ）
印刷所　中央精版印刷株式会社

落丁・乱丁本はお取り替えいたします。
定価は、カバーに表示してあります。
 ISBN978-4-562-04347-7　Printed in Japan